Um casamento feliz

Rafael Yglesias

Um casamento feliz

Tradução de
MARCELO MENDES

CIP-BRASIL. CATALOGAÇÃO-NA-FONTE
SINDICATO NACIONAL DOS EDITORES DE LIVROS, RJ

Yglesias, Rafael, 1954-
Y49c Um casamento feliz / Rafael Yglesias; tradução de Marcelo Mendes. – Rio de Janeiro: Record, 2011.

Tradução de: A happy marriage
ISBN 978-85-01-08743-0

1. Casamento – Ficção. 2. Cônjuges – Ficção. 3. Ficção americana. I. Mendes, Marcelo II. Título.

11-3180 CDD: 813
CDU: 821.111(73)-3

Título original:
A happy marriage

Publicado mediante acordo com a editora original, Scribner, um selo de Simon & Schuster, Inc.

Texto revisado segundo o novo Acordo Ortográfico da Língua Portuguesa.

Direitos exclusivos de publicação em língua portuguesa somente para o Brasil adquiridos pela
EDITORA RECORD LTDA.
Rua Argentina, 171 – Rio de Janeiro, RJ – 20921-380 – Tel.: 2585-2000,
que se reserva a propriedade literária desta tradução.

Impresso no Brasil

ISBN 978-85-01-08743-0

Para Ela

Capítulo 1

A garota delivery

Ele a havia encomendado para entrega em domicílio. Enquanto esperava pelo *Saturday Night Live* diante de sua Trinitron novinha em folha (quanta definição, que cores nítidas, que dádiva da tecnologia!), ele encomendara a Garota dos Sonhos com a qual nem sequer sabia ter sonhado até que se deparou com aquele par de olhos azuis, marejados pelo frio de dezembro, que agora o examinavam com certa perplexidade.

O entregador era um amigo, o quase odioso Bernard Weinstein, que com a grosseria de praxe cuspiu o nome de ambos: "Enrique, Margaret; Margaret, Enrique", e deixou a moça para trás, irrompendo no novo loft — novo tanto para Enrique Sabas quanto para o mundo. O apartamento de Greenwich Village, Eighth Street, quinto andar e nenhuma escada, havia sido completamente esvaziado, e as obras haviam terminado dois meses antes para justificar o reajuste do aluguel, outrora controlado, para os atuais níveis de mercado. Enrique se mudara uma semana após o assentamento do último azulejo do banheiro. Portanto, tudo era novo em sua vida, desde o encanamento até o aparelho de TV, quando a nova garota atravessou a porta, dirigiu-se para o único artigo de luxo que ali havia, uma lareira que de fato funcionava, e libertou os cabelos muito pretos do jugo de uma boina vermelha. Em seguida, dando as costas para os tijolos desbotados e o consolo de mármore claro, plantou os faróis marejados sobre Enrique e abriu o zíper do casaco preto, acolchoado de penas de ganso, deixando à mostra o suéter vermelho que embalava seu corpinho enxuto, de peitinhos pequenos. O strip burguês teve sobre Enrique o efeito de um choque, como se, ignorando os adesivos de advertência, ele tivesse aberto a parte de trás da televisão e enfiado o dedo onde não devia.

Com os olhos azuis ainda o encarando, Margaret se acomodou numa cadeira dobrável ao lado da lareira, desvencilhou os bracinhos finos das mangas e, com um delicado sacolejar dos ombros, deixou cair o casaco de gomos sobre o espaldar. Com a destreza física de um moleque, atirou uma das pernas sobre o braço da cadeira, como se fosse montar nela, mas em vez disso permaneceu onde estava, escancarando as pernas para revelar os jeans desbotados. Enrique não conseguiu fazer uma demorada investigação da paisagem recém-revelada: contra sua própria vontade, baixou os olhos para os pés dela que chutavam o ar pendularmente à sua frente. Não sabia que as dimensões miúdas da garota representavam um problema para alguém que adorava sapatos, tampouco fazia ideia da angústia provocada por aquelas botas de camurça preta em razão de seu preço — uma fortuna. A seus olhos masculinos, e de apenas 21 anos, aquele delicado pezinho dentro da camurça representava tão somente uma provocação, nem tanto pela miudeza mas sobretudo pelos chutes insistentes que pareciam bradar: "Vamos! Vamos! Faça alguma coisa!" Alguma coisa que a impressionasse, claro.

Enrique não tinha como reclamar daquela presença tão exigente: afinal, ele próprio a havia encomendado, assim como encomendara a comida chinesa cujos restos agora jaziam na lata de lixo vermelha da cozinha pouquíssimo frequentada, embora apenas um degrau a separasse de todo o resto do loft. Ainda que o aluguel lhe custasse os olhos da cara, aquele era o primeiro endereço, desde que deixara a casa dos pais, que era inteiramente dele. Nos outros dois ele havia dividido o espaço com outra pessoa: no primeiro, dividira inclusive a cama. Desviando os olhos das botas, ele se virou para o carrancudo Bernard em busca de alguma explicação; tudo bem, ele havia escolhido Margaret do cardápio do amigo, mas não esperava tanta pimenta em seu macarrão.

Bernard havia decantado as extraordinárias qualidades da moça, mas daquele seu jeito de sempre, irritantemente vago. Nas elaboradas descrições que fizera de Margaret, não mencionara os olhos azuis, grandes e vívidos — que rivalizavam os de Elizabeth Taylor —, bem como a brancura e suavidade da pele sardenta. Poxa, Bernard era heterossexual, podia muito bem ter mencionado que ela tinha pernas perfeitamente proporcionais, era magra mas não de todo desprovida de bunda e peitos; além disso, tal como Enrique pudera furtivamente notar, aquelas coxas esguias porém bem-desenhadas eram um convite à contemplação irresistível, a ponto de fazer perder o juízo — portanto, mereciam, ah se mereciam, algum tipo de advertência.

Durante um daqueles cafés da manhã que eles costumavam tomar à tarde no Homer Coffee Shop, ouvindo Bernard tagarelar pela enésima vez sobre a deslumbrante Margaret Cohen que ele havia conhecido em Cornell, mas que nunca se dispunha a apresentar, Enrique havia desafiado o amigo a materializá-la de uma vez por todas, provando assim que não se tratava de uma invenção. (Margaret Cohen, reclamara Enrique, que espécie de família judia daria o nome Margaret a uma filha? Uma reclamação estranha para alguém que se chamava Enrique Sabas e também era judeu, graças à mãe ashkenazi.) Bernard explicou que tinha pavor de misturar amigos de guetos diferentes de sua vida.

— Por quê? — perguntou Enrique.

Bernard se esquivou com a mais lacônica das respostas:

— Sou neurótico.

— Neurótico porra nenhuma — devolveu Enrique. — O problema é que você não quer gastar num único jantar todo o seu repertório de ideias brilhantes e cuidadosamente elaboradas.

— Jantar?

— Tudo bem, prato de chili. Seja como for, se encontrar os amigos separadamente, você pode repetir sete vezes uma dessas suas ideias.

Bernard reagiu com um sorriso chocho.

— Não é isso — disse. — Meu medo é que, caso eles se encontrem, acabem gostando mais uns dos outros e me deixando de lado.

— Tem medo de ir pro banco de reservas, é isso?

— Tenho medo de nem ser mais convidado pro jogo.

Enrique até podia entender os receios do amigo, mas, vitimado pela própria autoestima, achava que a paranoia de Bernard se aplicava tão somente a ele, Enrique, o verdadeiro romancista da dupla que aos 21 anos já podia se gabar de dois livros publicados e um terceiro no forno, ao passo que Bernard, aos 25, possuía apenas um manuscrito, incessantemente refeito, para justificar a mania de também usar os black jeans e a camisa social amarrotada que constituíam o uniforme dos escritores. Para o vaidoso Enrique, Bernard evitava apresentá-lo aos outros amigos, sobretudo às amigas, porque na hipótese de que os dois romancistas fossem vistos juntos, o farsante logo seria desmascarado pelo legítimo príncipe herdeiro das belas letras.

Ainda se recusando a providenciar uma apresentação, Bernard continuou a tecer suas genéricas loas à gloriosa Margaret:

— Ela é mesmo uma coisa. Não dá para explicar com palavras mundanas, mas ela é forte e ao mesmo tempo feminina, inteligente sem ser pretensiosa. Em muitos aspectos lembra as heroínas daqueles filmes da década de 1930, sobretudo os *noir*, mas também lembra as comédias de Sturges...

E assim ele prosseguiu, desfiando um rosário que englobava todas as qualidades possíveis sem contudo ressaltar nenhuma delas em particular. Para Enrique, as descrições confusas de Bernard explicavam por que ele era um escritor ruim. Nenhuma de suas histórias sobre Margaret chegava a um clímax (sexual ou não), tampouco delineava com clareza a personalidade supostamente extraordinária da moça. Portanto, naquela segunda-feira da semana de Ação de Graças de

1975 — depois de cinco canecas do café amargo do Homer's e quase um ano de um celibato igualmente amargo —, Enrique partiu para a estratégia de insistir que a tal Margaret simplesmente não existia, que não passava de uma construção mental ou de uma fantasia que Bernard havia criado com o propósito de atormentar seu amigo há muito na seca.

Bernard ficou lívido — uma verdadeira façanha para aquele rosto desprovido de sangue e geralmente inerte. Ele tinha pouco mais de 1,70m de altura, e um porte franzino, mas a cabeça grande e a insólita grenha preta dos cabelos lhe conferiam um aspecto bem mais volumoso, sobretudo no espaço exíguo de um *coffee shop*. Inclinando a cabeçorra por um breve instante, asseverou que jamais espezinharia assim um camarada (leia-se: companheiro de solteirice) e depois emendou:

— Estou apenas te poupando.

— Poupando do quê?

— Margaret não ia querer nada com você.

Tomando isso como a confissão que já vinha esperando, Enrique ergueu as mãos à maneira de um Perry Mason diante de um júri invisível. O gesto chamou a atenção do garçom, que ergueu as hirsutas sobrancelhas gregas e perguntou:

— A conta?

Enrique fez que não com a cabeça e voltou a atenção para seu irritante amigo:

— Você fica falando dessa linda...

— Eu nunca disse que ela era linda — Bernard rapidamente objetou.

— Então é feia?

— Não!

— Sem sal?

— Não é possível descrever Margaret com esses clichês.

— Mas Bernard, minha cabeça só funciona com clichês, então colabore, vai. Ela é alta? É gorda? E os peitos, como são? Se essa mulher existe mesmo, você bem que podia me dar essas informações.

Bernard contemplou Enrique com desdém.

— Não seja idiota. Se Margaret fosse produto da minha imaginação, eu poderia facilmente inventar esses detalhes.

— Poderia? — devolveu Enrique com um sarcasmo antipático. — Duvido muito. Você não é criativo o bastante para imaginar o tamanho de um par de seios.

— Ah, vá se foder — disse Bernard, sério. Do ponto de vista de Bernard, as farpas que ele dirigia ao talento de Enrique não passavam de brincadeiras veniais, uma vez que Enrique já havia sido publicado, mas as farpas recebidas de volta eram mortalmente cruéis.

— Vá se foder você, por dizer que ela não vai querer nada comigo! — retrucou Enrique com igual seriedade, pois no íntimo receava que nenhuma garota minimamente desejável jamais lhe desse confiança. Esse receio era exacerbado por uma inusitada combinação tanto de sua experiência quanto de sua inexperiência sexual. Ele já havia vivido com uma mulher por três anos e meio, tendo obtido um contrato de publicação e uma namorada já na tenra idade de 16 anos. Antes de seu relacionamento com Sylvie, havia trepado uma única vez (aquela clássica trepada inaugural dos virgens, tão rápida e solene quanto uma reverência), e desde o término do namoro, 18 meses antes, Enrique se vira nu com apenas uma mulher, sem contudo conseguir levar o ato a bom termo. Embora tivesse trepado diversas vezes, tivera apenas duas parceiras, o mesmo número de livros até então publicados.

Tanta frustração sexual se devia ao fato de Sylvie tê-lo traído com outro homem, dando fim ao relacionamento entre eles. Ela dissera que sairia do apartamento durante algumas semanas para que eles pudessem "dar um tempo na convivência diária". Enrique havia reagido com virulência, acusando-a de "estar dando para outro cara". Para espanto dele, Sylvie confessou o crime, mas alegou que ainda o amava tanto quanto amava o outro, acrescentando que precisava de tempo para decidir qual dos dois amava mais. Enrique era latino demais para aceitar aquele tipo de competição, e judeu demais para acreditar na ambivalência dos sentimentos de Sylvie. Para Enrique,

Sylvie simplesmente não queria ser o carrasco da relação, preferia deixar que ele sujasse as próprias mãos, o que ele fizera de pronto, bradando ultimatos ("Ou ele ou eu!") antes de deixar o apartamento para chorar sozinho nas ruas de Little Italy.

Não lhe ocorrera que Sylvie talvez não se sentisse amada por ele. Perdera as estribeiras ao ouvi-la perguntar, 15 minutos depois de confessar o chifre, aos prantos, se ele também a amava. Cegado pela revolta, Enrique não dera nenhum crédito aos sentimentos de rejeição que ela sentia, pois a notícia de que ela havia traído o machucava, tampouco se incomodara em responder que a amava, sim, pois a dor que demonstrava era prova mais que suficiente do amor que ele havia sentido desde o início. Ele era a vítima, e Sylvie, o algoz — distinção à qual somente a pouca idade de Enrique poderia conferir significância moral. Os dois haviam morado juntos por três anos e meio, praticamente toda a vida adulta dele (se é que podemos chamar de "vida adulta" o intervalo que vai dos 16 aos 20 anos), tempo suficiente para que Sylvie o conhecesse por dentro e por fora, e agora ela o jogava no lixo como se ele fosse um matusalênico televisor em preto e branco, inferior e inútil. Trocando em miúdos, Enrique levara um pé na bunda. Dizia aos outros que a separação se devia a uma incompatibilidade intelectual e emocional, porém nos cantos mais recônditos de sua alma, ele acreditava que Sylvie havia preferido o pau do concorrente. Do mesmo modo que seu segundo romance havia despertado um interesse bem menor que o primeiro, e vendido bem menos também, sua vida amorosa sofrera uma acentuada queda que parecia indicar um futuro nada promissor.

— Essa garota não existe, Bernard, por isso você não é capaz de descrevê-la — disparou o injuriado Enrique, por pouco não caindo do sofazinho de vinil vermelho do *coffee shop*. — Você é tão incapaz de fabricar personagens que nem consegue inventar uma mulher ideal.

Sem nenhuma expressão no rosto comprido e pastosamente branco, Bernard olhava para o nada. Geralmente era isso que fazia enquanto falava ou ouvia, a não ser por um discreto arquear do lábio superior quando ele decretava a falência das formas tradicionais do romance, como o realismo, a estrutura cronológica, a narrativa em terceira pessoa.

— Mulher ideal... — ele resmungou com enfado. — Isso é um absurdo. Não existe mulher ideal.

Já com cinco canecas de café nas veias, Enrique esmurrou a mesa de fórmica, fazendo tremer a sexta.

— Não é absurdo nenhum! — berrou. — Quer dizer... ideal para mim! Relativamente ideal!

— Relativamente ideal? — repetiu Bernard, salivando sarcasmo. — Isso é hilário.

Enrique era inteligente o bastante, pelo menos quando estava com a cabeça fria, para saber que não devia se deixar irritar tão facilmente pelos comentários de Bernard. Sabia também que Bernard era um ser aparvalhado, qualquer pessoa de bom-senso haveria de concordar. Portanto lhe parecia injusto que, naquele momento, ele tivesse de admitir que havia conseguido superar Bernard na parvoíce.

Bernard, por sua vez, satisfeito com a vitória, retirou do bolso da camisa social amarrotada um maço fechado de Camels sem filtro e deu início a um elaborado ritual. Bateu o maço sobre o tampo da mesa, nem uma, nem duas, mas pelo menos uma dúzia de vezes, dando tempo para que Enrique sacasse seu próprio maço de Camels sem filtro e o batesse na mesa também. (Ambos seguiam no mesmo trem para o câncer de pulmão.) Sobreveio então um lento balé no qual os dedos de Bernard, amarelados pela nicotina, tentavam rasgar o celofane da embalagem. Não satisfeito em remover o lacre marcado com uma seta vermelha pela Philip Morris para facilitar a exposição da parte superior, ele desnudou o maço por inteiro, agastando Enrique de tal modo que ele perguntou:

— Por que você sempre tira o papel todo?!

Num tom de voz condescendente, exagerando na afetação de paciência, Bernard respondeu:

— Para diferenciar o *meu* maço do seu. Nós dois fumamos o dromedário. — Apontou o queixo para o maço de Camels de Enrique, devidamente embalado com o celofane.

— Só me faltava essa! — exclamou Enrique, e de novo esmurrou a mesa. — Não tenho o hábito de filar cigarro de ninguém! Quer saber? Você inventou essa Margaret! Por isso não o vi com ela no Riviera Café! Não porque vocês estavam do outro lado do salão, mas porque você nunca esteve lá com essa porra de Margaret que simplesmente não existe!

Bernard alojou um cigarro entre os lábios espessos e secos, e o deixou ali.

— Você está sendo infantil — resmungou, sacolejando o Camel apagado no ar.

Agitado por causa da cafeína, e com raiva de si mesmo e de Bernard, Enrique levou a mão ao bolso traseiro dos black jeans e de lá tirou todo o dinheiro que trazia consigo, uma nota de 10 dólares — quantia bem superior à fração que lhe cabia na conta, gorjeta incluída. Deixando o orgulho latino falar mais alto que a sovinice, ou talvez a retidão judaica triunfar sobre o socialismo, ou mais provavelmente o gosto pelo drama sobrepujar o tédio da matemática, Enrique se levantou com um desajeitado baque do joelho contra a mesa, pescou seu casaco militar do espaldar da cadeira (nesse movimento, uma das mangas derrubou as guimbas do cinzeiro), arremessou a nota de 10 dólares contra Bernard, enfiou o braço direito no buraco da manga esquerda e por fim anunciou:

— A conta hoje é minha, seu mentiroso filho da puta.

Apesar de obrigado a sair com o sobretudo vestido apenas pela metade, e de trás para a frente, Enrique julgou que havia sido razoavelmente bem-sucedido em sua retirada. E logo no dia seguinte constatou que estava correto quando, ao cabo de um telefonema para confirmar a presença de Bernard no joguinho de pôquer daquela semana, Bernard disse:

— Você vai estar em casa neste sábado?

— Humm, vou — respondeu Enrique com cautela.

— Margaret e eu vamos jantar juntos. Depois podemos dar uma passada na sua casa. Por volta das 23 horas, pode ser?

— Estarei esperando — disse Enrique, e represou a risada até desligar.

A acusação de que Margaret era uma personagem de ficção revelara-se enfim uma isca perfeita. Ela era, sem dúvida, real, tão assustadoramente real que Enrique, apesar de ter os olhos agora voltados para Bernard, percebia em sua visão periférica o pezinho que ela balançava calçado com a bota de camurça. Seu irritante amigo havia se acomodado na pequena mesa de açougueiro redonda à direita da lareira; do bolso interno da jaqueta de couro preta, leve demais para o frio que fazia, ele tirou um maço fechado de Camels e deu início ao seu enervante ritual, usando a madeira clara da mesinha como tambor para executar seu concerto de Bartók para Camel sem filtro e celofane.

Com os convidados devidamente sentados, Enrique se acomodou no sofá-cama, travestido de sofá graças a duas almofadas de espuma compridas, encapadas com veludo cotelê azul. Ele logo percebeu que se tratava de uma posição desfavorável, pois ali teria de escolher entre olhar diretamente para Margaret, escanchada na cadeira dobrável à sua frente, e virar o pescoço para a direita, na direção de Bernard, o gênio da música tabagista. Não havia ângulo que lhe permitisse abarcar a ambos com seu campo de visão e disfarçar seu real interesse.

Portanto, com o único intuito de se reposicionar, Enrique disse:

— Vou buscar um cinzeiro.

Então se levantou, passou por trás de Bernard e se apressou rumo à cozinha, onde procurou pelo cinzeiro de cristal que havia comprado na Lamstons da Sixth Avenue. Enrique tinha verdadeira adoração por tudo que era novo no novo apartamento: apreciava muito a mesa de açougueiro da cozinha, bem como a mesa de trabalho (grande o bastante para acomodar oito jogadores de pôquer) posicionada junto das duas janelas que davam para a barulhenta Eighth Street; adorava a TV

Trinitron, pendurada entre a mesa e a lareira; adorava panelas, talheres, pratos e utensílios de cozinha, objetos até então praticamente intocados.

Já estava do outro lado da mureta que escondia o fogão quando enfim se deu conta de que era o dono da casa.

— Querem beber alguma coisa? — ofereceu. — Vinho? Coca? Café? — E olhando para a lata de lixo, cogitando o que poderia ser recuperado dos restos de comida chinesa e seus complementos, acrescentou: — Chá?

— Cerveja — disse Bernard.

— Cerveja — repetiu Enrique, e abriu a geladeira, mesmo sabendo de antemão o que encontraria nela, ou não encontraria. — Cerveja não tem. Vinho? — ofereceu novamente, já que possuía uma garrafa do baratinho Mateus Rosé, muito apreciado por seus pares em razão da garrafa abaulada que podia fazer as vezes de castiçal, as lágrimas das velas formando um monstruoso xale sobre os ombros derreados do vidro.

— Uísque — disse Bernard, como se isso encerrasse o assunto.

— Uísque também não tem, Bernard. Que tal um Mateus de boa safra?

— Mateus? — exclamou Margaret sem deixar claro se se expressara com perplexidade ou desdém.

Ainda diante da geladeira, Enrique virou-se para perguntar a Margaret se podia lhe servir uma taça. Mas ficou desconcertado ao ver que a belezoca de olhos azuis havia mudado de posição. Sua perna direita já não estava empoleirada no braço da cadeira, e ela se virara noventa graus para a esquerda a fim de observar os movimentos dele na cozinha, transformando a cadeira dobrável numa espécie de berço visivelmente desconfortável. As costas não mais se apoiavam no espaldar de lona, mas no braço direito da cadeira, um braço de pinho duro, ainda que coberto pelo casaco da garota. As pernas se dobravam sobre o braço esquerdo; a bundinha linda, as coxas macias e os quadris estreitos apontavam para ele. Na sua imaginação febril, Enrique supôs que a jovem estivesse se oferecendo para ele, mas Bernard se encontrava no meio do caminho e poderia alegar que a oferta tinha outro destinatário. Margaret displicentemente ergueu o braço para aninhar um belo caracol dos cabelos negros atrás da orelha perfeitamente desenhada. Os cabelos eram lisos em toda parte exceto na altura das têmporas, o que causou estranhamento a Enrique, desinformado demais das práticas femininas para saber o que era natural ou não. Admirando a garota esparramada naquela posição que desafiava o design original da cadeira, ele acabou se esquecendo do que pretendia perguntar.

Foi então que Margaret abriu um sorriso largo e pela primeira vez mostrou os dentes, revelando uma falha em sua beleza: eles eram pequenos demais para as generosas dimensões de sua boca, e afastados uns dos outros, como os de uma criança.

— Você tem mesmo uma garrafa de Mateus Rosé? — disse ela, as bochechas sardentas espremidas pelo sorriso.

— Eu sei, eu sei — admitiu Enrique, humilhado. — É um trabalho sujo, mas alguém tem de comprá-lo.

— Nenhum uísque? Nem um Jack Daniel's?

— Nada de bebidas pesadas nesta casa — disse Enrique, e baixou a cabeça como se estivesse envergonhado. — Apenas vinho barato.

— Eu falei para você, não falei? — disse Bernard a Margaret.

Enrique fechou a porta da geladeira talvez com mais força do que o necessário.

— Falou o quê? — ele quis saber.

— Você não bebe — disse Bernard, o cigarro apagado cabriolando nos lábios como a batuta de um maestro. Ele posicionou a ponta colorida de um fósforo contra a superfície áspera do riscador e dobrou a parte de cima da caixinha sobre ele. Enrique observou-o puxar o palito de seu esconderijo com um gesto lento e gracioso, a chama espocando no ar em segurança. Meses antes, durante um dos cafés da manhã vespertinos que eles costumavam tomar, Enrique havia tentado emular o invejável método do amigo. Acendera o fósforo com sucesso, mas não sem incendiar a caixinha inteira, reduzindo-a a uma grande labareda. Assustado, Enrique lançou-a ao ar aterrorizando os dois velhinhos da mesa ao lado. Bernard dirigiu-lhe um sorriso sarcástico. O garçom, furioso, correu para apagar o fogo, e cortou para apenas duas as canecas de café gratuitas do dia. Tentativas posteriores, longe dos olhos de Bernard, haviam fracassado da mesma forma.

— Como assim, você não bebe? — perguntou a bela de cintilantes olhos azuis.

— Eu bebo, sim — insistiu Enrique, trazendo o cinzeiro para os inquisidores.

— Não bebe porque não frequentou uma universidade — disse Bernard, segurando seu fósforo riscado à maneira de uma sorumbática Estátua da Liberdade que não havia logrado iluminar o caminho do amigo até o porto seguro da Academia.

— Ah, sim! — disse Margaret, levando a mão até um dos bolsos do casaco para retirar um maço de Camel Lights. — Bernard já tinha dito que você deixou a universidade para escrever.

— Deixei o *colégio* — ele corrigiu, mais uma vez tirando da manga seu valioso coringa — para escrever meu primeiro romance. — À cartada de mestre ele juntou outra ao deslizar as meias brancas sobre o assoalho encerado, os braços estendidos à sua frente para entregar a Margaret o cinzeiro de cristal, as calças jeans pretas de um cortesão cabeludo e magrinho perguntando às botas de camurça da princesa: "E aí, está bom para você ou quer mais?"

— Você não terminou o segundo grau? — perguntou ela.

— Saí no meio do primeiro ano — Enrique respondeu, agora bem menos jactante, sem saber ao certo se conseguira impressioná-la com sua façanha às avessas.

— Bem, pelo menos você estudou o suficiente para aprender a fumar — observou Margaret de modo seco, plantando as botas no chão para receber sua oferenda de cristal.

Foi o que bastou. Agora os faróis azuis se encontravam a uns 40 centímetros de distância, talvez menos, e algo se produziu dentro de Enrique, algo parecido com o súbito tanger de uma corda de violão: um choque seguido de uma vibração nos confins do peito, uma palpável rachadura nas paredes do coração. Ele havia abandonado a escola, jamais tivera uma aula de anatomia, mas sabia que o sistema cardiovascular não era capaz de reagir como se fosse o centro e a fonte dos sentimentos. Apesar disso, poderia jurar a quem quer que fosse (não que se dispusesse a admiti-lo) que Margaret, ou pelo menos aquele reluzente par de olhos azuis, acabara de partir em dois seu vulnerável coração.

Capítulo 2

A visão fatal

Enrique a contemplava durante o sono, a profunda inconsciência do Ativan na qual ela buscava proteção contra o horror de tudo aquilo que precisava enfrentar sozinha. Realmente sozinha, Enrique havia de admitir, embora ele viesse tentando (e conseguindo mediante uma ensandecida rotina) acompanhá-la em cada tomografia, cada ressonância magnética e cada sessão de quimioterapia, os dedos entrelaçados até se ver obrigado a abandoná-la diante das portas abanantes da sala de cirurgia nas três vezes que ela tivera de ser operada. Mesmo durante essas separações compulsórias, ele não se separava: perambulava de modo ostensivo na área de espera, receando se afastar até mesmo para ir ao banheiro. Queria ser o primeiro rosto que ela visse tão logo despertasse da anestesia, ainda que meio zonza e trêmula, à espera de que o véu da morfina viesse apartá-la das agressões recém-sofridas. Uma grande ironia, Enrique dizia a si mesmo: as drogas que aliviavam a dor de Margaret eram as mesmas que varriam de sua memória todos os beijos e palavras de consolo que ele lhe dispensava, muito embora ela aparentasse saber, sempre, que ele não se afastara dela nem por um minuto.

Enrique era de tal modo prestativo que teria suspeitado de sua própria sinceridade não fosse pela única vez em que pisara na bola. Feio. Cerca de três anos antes, deixara que Lily, a adorada amiga de sua mulher, a acompanhasse pelo circo de horrores do corredor do hospital após o urologista revelar a Margaret o diagnóstico de câncer na bexiga do qual ele, Enrique, já havia sido informado dois dias antes. Tudo bem, havia a desculpa de que o caçula deles, Max, de 16 anos, estava sozinho em casa, ainda sem saber por que a mãe deveria passar uma terceira noite no hospital após um procedimento que de hábito levava apenas uma hora. Por outro lado, Enrique poderia ter providenciado outro arranjo qualquer, como viria a fazer tantas vezes no futuro. Poderia ter pedido a Rebecca, sua meia-irmã, ou mesmo a Lily, que ficasse com o menino para que ele pudesse cuidar do mais importante: apoiar Margaret naquele momento difícil, encorajá-la e consolá-la, dar a ela todo o seu carinho apesar do medo que ele próprio sentia, do pavor que lhe corroía os ossos.

Mas todo esse desespero se dera muito tempo antes. Dois anos e oito meses já haviam se passado desde então, 147 dias e noites no hospital, três grandes cirurgias, uma meia dúzia de intervenções menores, 14 meses de quimioterapia, duas remissões e duas recorrências. Agora, olhando em retrospecto pelo prisma derrotista do cansaço, parecia inevitável que as coisas terminassem exatamente assim, nesta morte em conta-gotas, nesta reta final em que a esperança já se confundia com o sorriso escancarado de um esqueleto.

Margaret dava a impressão de que nem sequer respirava ou sonhava, o corpinho miúdo encolhido ainda mais pela posição fetal, mas apesar disso. Enrique duvidava de que ela estivesse dormindo em paz, talvez aquilo nem fosse um sono de verdade. As drogas diminuíam o nível de consciência, mas não tinham o poder de fazê-la esquecer as perdas que vinha sofrendo cumulativamente, tampouco a morte que já acenava mais adiante.

Enrique olhou para a janela, deparando-se com as nuvens carregadas que baixavam sobre o East River, e deu um gole no café que estava tomando. Qualquer bebida que encerrasse alguma promessa de energia, ainda que fugaz, era bem-vinda naquela permanente luta contra a fadiga. No entanto, apesar dos dois copos já tomados, ele sentia a testa, as pálpebras e as bochechas cederem ao próprio peso como se estivessem baixando ao queixo após um escalpelamento. Quando fechava os olhos um pouco para descansá-los do ar-condicionado forte do Sloan-Kettering, logo tinha a sensação de que o carpete do quarto particular sumia sob seus pés e ele começava a flutuar — até que um ruído qualquer, a voz de alguém ou a vibração do celular, o assustava trazendo-o de volta à exaustiva vigília. Os amigos andavam insistindo para que ele aumentasse as horas de sono, mas logo se rendiam à inutilidade de seus esforços. Certa vez, no entanto, para silenciar o falatório do obstinado meio-irmão (que, em vez de visitar Margaret no hospital, volta e meia convidava Enrique para jantar em casa), ele se vira obrigado a desfiar toda a lógica de sua rotina diária:

— Gosto de estar no hospital à noite, quando ela fica mais sozinha, mas também não vou abandonar o Max, o que significa que tenho de dormir no Sloan, levantar de madrugada (o que é mole de fazer num hospital, pode acreditar) para chegar em casa a tempo de acordar o Maxy, convencê-lo a comer alguma coisa e ir a pé com ele até o metrô, depois tomar um banho, trocar de roupa e voltar pro Sloan a tempo de encontrar os médicos que fazem a ronda da manhã, o que nunca acontece porque eles passam no quarto cedo demais, mas tudo bem, porque posso falar com eles depois, no finalzinho da tarde, antes de voltar para casa e jantar com o Max.

Enrique vinha falando assim desde o início do calvário da doença de Margareth, em jorros narrativos que careciam urgentemente de pontuação e edição, sem começo, meio ou fim. Tratava-se de um sintoma do cansaço, e era um meio de lidar com a reação da maioria das pessoas diante da doença assustadora de sua mulher: elas o interrogavam de um modo invasivo sobre a logística da batalha de Margaret, cautelosamente evitando qualquer menção ao inevitável desfecho. Enrique havia envelhecido (três semanas antes completara 50 anos), mas não perdera o prazer juvenil de adulterar uma famosa citação do Bhagavad Gita para hiperbolicamente descrever aquilo que havia se tornado uma rotina diária. Sempre que aventava as possibilidades de vitória ou derrota para Margaret, e os amigos rapidamente mudavam de assunto, ele sussurrava para si mesmo: "Torno-me a morte, a destruidora de conversas fiadas."

Margaret abriu os olhos no mesmo instante que ele resolvera deixar a cadeira ao lado da cama para tirar um pequeno cochilo no sofá do quarto, mesmo sabendo de antemão que os cochilos diurnos não faziam mais que transformar o mau humor e o cansaço num exasperante torpor mental. Por outro lado, era difícil resistir ao apelo do desconfortável sofá-cama, que um enfermeiro travestira em sofá enquanto Enrique dava uma escapulida até o centro da cidade. Enrique havia insistido em gastar uma quantia exorbitante (depois da terceira hospitalização de Margaret, os generosos pais dela passaram a arcar com as despesas) de um quarto no 19º andar do Sloan-Kettering, pois lá havia uma cama onde ele podia passar as noites melancólicas e apavorantes ao lado da mulher. Naquele andar VIP, por assim dizer, os quartos eram decorados como se fossem suítes de um hotel de luxo, contando com uma pequena escrivaninha, uma confortável poltrona, uma mesa de centro e um sofá-cama como aquele que acabara de seduzi-lo quando Margaret enfim abriu seus olhos lindos e tristes.

Ela não disse nada. Não quis saber se Max já havia tirado a foto para o anuário de formatura da escola, tampouco informou se os médicos tinham passado pelo quarto durante a hora e meia em que Enrique havia se ausentado. Apenas olhou para ele como se estivesse em meio a um longo papo conjugal, refletindo calmamente sobre o último comentário do marido. Parecia sugá-lo com os olhos cintilantes, tão azuis quanto no dia em que os dois se conheceram, porém maiores do que nunca em razão do rosto emaciado pela inanição.

Ela e Enrique eram nova-iorquinos de classe média alta, ricos em qualquer medida, cidadãos da metrópole mais afluente do país mais rico do mundo, e no entanto Margaret passara fome durante um ano e meio. Não era capaz de digerir alimentos sólidos nem beber líquidos desde janeiro, pois o estômago não despejava mais seu conteúdo nos intestinos. De início essa falha, elegantemente chamada de gastroparesia pela ciência, havia sido auspiciosamente diagnosticada como um efeito colateral do acúmulo de toxinas da quimioterapia (teoricamente reversível), até que, com o tempo, diversos especialistas disseram que a causa mais provável era a metástase do câncer na bexiga, àquela altura já espalhado para a parede externa dos intestinos. Lesões cancerosas, pequenas demais para serem detectadas nas tomografias, vinham enrijecendo os intestinos, dificultando os movimentos peristálticos e impedindo a digestão de tudo que Margaret ingeria por via oral; sólidos e líquidos permaneciam no estômago até enchê-lo e provocar o vômito.

Em fevereiro, um dos inúmeros médicos de Margaret, um iraquiano judeu, baixinho e autoritário, havia inserido uma cânula de plástico flexível — processo conhecido como GEP (Gastrostomia Endoscópica Percutânea) — através da pele até o estômago de modo que ela pudesse evacuar num saquinho externo tudo o que ingeria. O dreno seria necessário mesmo que ela não ingerisse nada por via oral. A essa altura Enrique já havia aprendido que, quando os intestinos e o estômago deixam de cumprir sua função, uma bile escura (uma espécie de suco digestivo produzido pelo fígado e enviado para a vesícula biliar), ao se ver num beco sem saída, volta para o estômago e o preenche num prazo de até quatro horas.

Uns três dedos desse líquido repulsivo haviam se acumulado no saquinho que jazia ao lado da cama de Margaret, a poucos centímetros do pé de Enrique, que vinha chutando o ar com a insistência de um metrônomo para se manter acordado. Próximo ao outro pé, o suporte do soro desconectado na véspera agora sustentava uma bomba cuja função era tomar o lugar do estômago inútil e empurrar uma substância nutritiva de fácil digestão (uma papa clara e fina, não muito diferente das papinhas infantis) no interior do intestino por meio de uma segunda cânula inserida cirurgicamente dez dias antes por outro médico, um cirurgião de bochechas rosadas e modos excessivamente gentis. Essa nova cânula era chamada de GJEP (Gastrojejunostomia Endoscópica Percutânea), e a semelhança dos acrônimos resultava apenas em mais confusão. Sua função não era drenar o estômago, mas injetar nutrientes diretamente no intestino de Margaret.

Os médicos e as enfermeiras vinham tentando alimentá-la via GJEP ao longo das três últimas noites, tendo como meta manter a bomba ligada desde a meia-noite até as 6 da manhã. Mas não haviam alcançado o sucesso pretendido. Na primeira tentativa, a alimentação entérica funcionara apenas até as 5 horas; na segunda, até as 3h30; e na noite anterior, fracassara quase imediatamente. Pouco depois de 1 da manhã, Enrique havia sido despertado por Margaret, que chamava por ele, exausta e aflita, pedindo-lhe que chamasse a enfermeira para desligar a bomba, pois a papa havia subido para a garganta, provocando a terrível sensação de que ela se afogava numa refeição que nem sequer havia engolido.

Margaret não havia morrido de inanição em janeiro (já era junho) graças a um sistema chamado NTP (Nutrição Parenteral Total), mediante o qual todos os nutrientes eram injetados diretamente nas veias, evitando por completo a participação do sistema digestivo. Em estado líquido, as gorduras, proteínas e vitaminas necessárias eram fornecidas por meio de um acesso no peito e absorvidas pelo sangue. A equipe do hospital havia ensinado Enrique a limpar esse acesso, preparar a NTP e conectar a bomba. Com esse novo treinamento, ele poderia cuidar de Margaret em casa.

Fazia frio, nevava amiúde, e Margaret pesava 52 quilos quando eles começaram. A NTP ajudara-a a atravessar os meses até o calor de junho, mas não contribuíra com muito mais. Não lhe dera energia, tampouco a liberdade necessária para gastá-la. O líquido injetado, de cheiro azedo e aspecto leitoso, demandava 12 horas diárias para fluir completamente. Ainda que eles começassem o processo às 22 horas, ficariam presos em casa até a metade da manhã seguinte. Além disso, o novo sistema de nutrição nem mesmo cumpriu seu principal objetivo, visto que o peso de Margaret havia caído para menos de 47 quilos.

Essa evasão de forças vitais era diariamente apontada a Enrique pelo filho Max, que em setembro do ano anterior havia sido informado de que a doença da mãe não tinha cura, de que ela poderia sobreviver mais uns nove meses caso reagisse positivamente a certas drogas experimentais, ainda sem nenhuma prova concreta de bons resultados. Max, assim como seu irmão mais velho, Gregory, tinha o mesmo apreço de Margaret pelos fatos, um dos quais não saía de sua cabeça desde o mês de abril. Margaret havia sido hospitalizada para se tratar de uma infecção. Depois da escola, ele passara no Sloan-Kettering para uma rápida visita durante a qual ficara lá, quietinho ao lado da mãe por quase uma hora; mas ao sair do quarto, seguindo com Enrique para o elevador, perguntara:

— Eles vão fazer alguma coisa com relação ao peso da mamãe?

Enrique explicou, com a doçura e o otimismo que sempre procurava manter — embora muitas vezes não houvesse nenhuma doçura ou otimismo no que ele tinha para dizer — que dali em diante eles iriam aumentar o nível calórico das doses de NPT. Max interrompeu-o e, arregalando os olhos azuis, disse:

— Ótimo. Porque as almofadinhas dela já sumiram.

Enrique não fazia a menor ideia do que o filho estava falando. Mas desde muito já havia aprendido com a doença de Margaret que deduções quase sempre levavam ao erro. Portanto, achou prudente perguntar que almofadinhas eram aquelas.

— As almofadinhas, pai, como esta aqui — disse Max, e pinçou um naco de gordura na cintura de Enrique, da qual ele nem sequer tinha consciência. — As da mamãe já foram embora — acrescentou, preocupado.

— Bem, sua mãe sempre foi magrinha e...

Max fez que não com a cabeça.

— Não, pai. Você também é magro, mas tem as suas almofadinhas. — Novamente ele pinçou a cintura do pai, agora exagerando um pouco na força e fazendo com que Enrique pulasse de dor. — Foi mal — desculpou-se. — As almofadinhas são para armazenar gordura, que é usada só quando a pessoa está passando muita fome. As da mamãe já sumiram todas.

Depois dessa conversa, Enrique parou de se perguntar por que as saídas de Margaret jamais iam além de uma lenta caminhada em torno do quarteirão. Para alguém que tanto adorava as maratonas de passadas largas, que passava horas jogando tênis, pintando no ateliê, visitando o Metropolitan em busca de inspiração, procurando produtos no supermercado, fofocando ou organizando eventos com as outras mães nas escolas dos filhos — para essa Margaret tão ativa, que não pensava duas vezes antes de aceitar qualquer convite para um programa legal — uma caminhada trôpega e ofegante em volta do quarteirão não chegava a constituir um exercício físico.

Para Enrique, no entanto, a NTP era quase uma ocupação em tempo integral. O material era entregue em domicílio duas vezes por semana, sempre pontualmente, embora Enrique esperasse pelas caixas com ansiedade, visível no furor com que ele imediatamente as abria para conferir se não faltava nada. Na suíte do casal, a tralha subia até a metade de uma parede de quase 2 metros de altura. Na Staples da Union Square, Enrique havia comprado uma meia-dúzia de caixas de plástico empilháveis para armazenagem de pastas e arquivos; em seguida, retirara os compartimentos internos e usara as caixas para guardar e organizar as bolsas de solução salina para hidratação, os pacotes de cânulas, luvas e seringas, as tampinhas do acesso intravenoso de Margaret, as varetas para esterilizar as bandagens adesivas do acesso e outros tantos itens cujas embalagens produziam os dois sacos de lixo que diariamente ele despejava no poço do corredor do prédio. Três das tais caixas destinavam-se às cânulas de NTP e aos inúmeros frascos de antiácido e vitaminas que Enrique devia injetar nas bolsas de nutrientes, transparentes e grandes. Ele as guardava numa pequena geladeira que havia comprado na P.C. Richard da Fourteenth Street, sorrindo laconicamente quando o vendedor supôs tratar-se de um presente para o dormitório do filho dele, Enrique, na NYU. A essa altura, a suíte do casal, com o suporte do soro e as dezenas de pacotinhos esterilizados, lembrava o cômodo de um apartamento tanto quanto o quarto do Sloan-Kettering lembrava a suíte de um hotel de luxo.

Para Enrique, a função de auxiliar de NTP era ao mesmo tempo enfadonha e assustadora: os permanentes cuidados com a higienização das mãos; a sensação estranha das luvas quentes e grudentas; a atenção para não furar as bolsas ou a si mesmo ao injetar os nutrientes e inserir as cânulas; o perigo de contaminar algo nos inúmeros passos que demandavam esterilização, já que Margaret podia terminar com uma febre de mais de 40 graus. Ele era meticuloso, embora não mais receasse que outra crise de infecção fosse dar cabo dela, como havia receado nos primeiros meses da peleja, quando a cura ainda era uma possibilidade real. O fim agora era inevitável, e já estava próximo. Margaret acabaria morrendo de algo, já que o câncer nunca vem sozinho. Ora, se o câncer precisa de cúmplices, por que não uma contaminação séptica? O único motivo pelo qual ele ainda temia o poder assassino das infecções era o fato de que não suportaria ver Margaret mais uma vez com aquele olhar mortiço, aquela testa suarenta, tremendo e assando de febre, sussurrando por socorro enquanto a cabeça se derretia em delírios.

Para Enrique, essa era a morte a ser evitada, muito embora ele não imaginasse, e nem sequer pudesse imaginar, que tipo de morte seria mais desejável. Em seus 50 anos de vida não havia conhecido assunto tão intocável quanto esse. Jamais pensava em Margaret morta; não considerava um futuro sem ela. Sabia que ela iria morrer, e logo, mas ao mesmo tempo não se via capaz de acreditar plenamente que aquilo estava para acontecer. Durante um ano acompanhara o suplício do pai com um câncer terminal e, diante da surpresa ao vê-lo morto, constatara que não havia preparo possível para que a natureza primitiva do cérebro humano compreendesse a finalidade da morte.

Depois de cinco meses de NPT, Margaret consumia seus dias no sofá da sala, assistindo a episódios antigos de *Law & Order*, afastando-se somente para ir ao banheiro, empurrando o suporte de alumínio com a bolsa de hidratação como se precisasse dele para ficar em pé. Às noites, bombeava nas veias o fluido leitoso da NTP. No dia 10 de maio, Enrique comprou pacotes de frutas congeladas para que Margaret tivesse o prazer de saborear algo doce que não entupisse a passagem estreita da GEP. Chegando em casa, abriu as embalagens, e já ia perguntando se ela preferia laranja ou morango quando viu que sua mulher estava aos prantos. Apesar das lágrimas, ela disse com firmeza:

— Não consigo mais. Não posso mais viver assim, metade do dia amarrada nessa bolsa. É insuportável não poder fazer as refeições com você e os meninos, não poder receber os amigos para jantar. Sei que parece besteira, tolice, mas não é. Não consigo mais viver sem essas coisas.

As frutas já começavam a pingar. Enrique queria guardá-las no congelador, pois não sabia se teria forças para voltar ao supermercado caso elas descongelassem em vão. No entanto, não podia dar as costas para a mulher depois do que acabara de ouvir. Fazia um ano, desde a primeira recorrência do câncer de Margaret em março, que ele sabia que a morte dela seria quase inevitável. Em setembro, ao ser informada da segunda recorrência e da inexistência de qualquer terapia que pudesse ajudar, Margaret havia decidido abandonar todos os tratamentos experimentais a fim de gozar um mínimo de paz durante o tempo de vida que ainda lhe restava, fosse ele qual fosse. Enrique concordara com a decisão, sentindo-se ao mesmo tempo culpado e aliviado em razão dos horrores hospitalares que a partir de então seriam evitados. Haveria tempo, talvez alguns meses, para que pudessem aproveitar a companhia dos filhos, passar alguns dias na casa de verão na costa do Maine, rever os amigos em outro lugar que não fosse a sala de espera de um hospital. Eles já haviam aventado tudo o que queriam fazer quando, seis dias depois, Margaret mudou de ideia. Não queria mais jogar a toalha; vida sem esperança não era vida que se prezasse. "Não quero fazer uma turnê de despedida", ela dissera.

Enrique endossou a mudança de planos sem hesitar, agora aliviado por não ter de abrir mão de um milagre qualquer. Na verdade, naquelas circunstâncias não havia nada semelhante a uma zona de conforto moral: ele se sentiria culpado de um modo ou de outro, a despeito do que pensasse ou fizesse. Margaret iria morrer, e ele não, e na guerra velada de um casamento, isso constituía uma terrível vitória.

Desde setembro Enrique vinha alimentando uma modesta ambição: mitigar em Margaret a consciência de que ela devia se desapegar de todas as coisas e pessoas que amava. Nada tão grandioso, ou absurdo, quanto os desfechos sentimentaloides do cinema. Sua meta era subtrair um único grãozinho de tristeza na tonelada que pesava sobre os ombros dela ao se ver obrigada a dizer adeus à vida. No entanto, ao ouvir aquele desabafo enquanto as frutas congeladas pingavam em suas calças, ele constatou que não teria sucesso.

Margaret pediu então que ele telefonasse para os diversos médicos a fim de convencê-los a tentar algo, por mais arriscado que fosse, que lhe devolvesse a capacidade de comer normalmente.

Enrique pendurou-se ao telefone. O urologista, em geral cordato, esquivou-se com o razoável pretexto de que sua especialidade não era aquela. O gastroenterologista iraquiano recusou-se a recomendar alguém de seu departamento, alegando que nada poderia ou deveria ser feito; reiterou que Margaret poderia continuar vivendo indefinidamente com a NPT enquanto eles tentavam descobrir uma nova droga capaz de curá-la. O oncologista chegou a consultar outro especialista mais indicado para o caso, mas ligou de volta para dizer que o único procedimento possível dificilmente aliviaria a gastroparesia. A anastomose aludida por ele de fato parecia uma improvisação engendrada pelo desespero: conectar diretamente ao estômago uma ponta desobstruída do intestino, circundando o bloqueio do trato digestivo. Além disso, tal como ficava implícito sempre que um deles dizia "Isso seria apenas um paliativo", que sentido faria submeter-se ao risco de uma nova cirurgia para ressuscitar a digestão quando Margaret iria morrer de qualquer modo em razão do câncer?

No entanto, ela os venceria pelo cansaço. E Enrique teria um lúgubre prazer ao vê-la assestar seu extraordinário poder de coerção contra outros homens que não fossem ele próprio e os filhos, especialmente contra aqueles medalhões de jaleco que, embora acostumados à passividade dos pacientes, acabariam cedendo aos argumentos dela quanto ao valor da nova cirurgia:

— Mesmo que depois eu possa ter apenas um jantar com meu marido... — disse ela alguns dias mais tarde, esparramada num dos leitos do Sloan-Kettering.

Dirigia-se ao chefe da oncologia, um especialista em leucemia que já havia tratado de uma celebridade amiga de Enrique e que havia simpatizado com Margaret logo nas primeiras semanas do tratamento, uns dois anos antes, encantado com o aparente paradoxo do comportamento dela, ora cínico em relação à competência dos diversos médicos, ora otimista em relação ao sucesso das prescrições. Era um administrador poderoso o bastante para induzir um cirurgião do Sloan-Kettering a fazer praticamente qualquer coisa. Ele ouviu a súplica de Margaret, depois se virou para aquilatar Enrique, apertando bem as pálpebras, dando a impressão de que olhava através de um microscópio para descobrir por que diabos Margaret se dispunha a enfrentar uma cirurgia, que não sabia que seria bem-sucedida apenas para jantar com aquele escritor coroa e careca.

— Suponho que jantar comigo não seja o fator principal — explicou Enrique. — O que ela quer mesmo é só jantar, não importa com quem.

Apesar das lágrimas que caíam sobre o rosto, Margaret riu e disse:

— É isso mesmo. Não quero nem saber quem vai estar comigo, só me interessa o jantar.

O oncologista disse então que ele e o iraquiano judeu providenciariam um cirurgião para o caso dela, mas que antes disso, apenas para se resguardar, também pediriam o parecer de um psiquiatra.

Enrique ficou ouvindo enquanto Margaret explicava a lógica de seu desespero ao atento psiquiatra, uma versão grisalha do palhaço Bozo. Compreensivo, ele assentia com a cabeça enquanto ela dizia:

— Eu tinha uma vida. Tinha um marido, filhos e amigos. Agora passo o dia inteiro na cama, com a cabeça embotada. Nem um livro de detetive eu consigo ler. Fico lá, vendo aquela bobajada do *Law & Order*, esse maldito seriado.

— É, não tem nada que presta na televisão — disse o taciturno Bozo. Dali a pouco, enquanto Margaret secava as lágrimas e assoava o nariz, ele acrescentou: — Mas as pessoas gostam desse seriado, eu acho.

— Porque ele trata da morte sem nenhuma emoção — resmungou Enrique.

Acostumada à rabugice das observações intelectuais do marido, Margaret ignorou-o e insistiu:

— Não faz sentido. Essa vida que tenho levado é uma estupidez. Nem pode ser chamada de vida. Quero a vida que eu tinha antes de volta — ela exclamou, e novamente ameaçou chorar. — Nem que seja por um único dia, quero minha vida de volta.

O psiquiatra receitou uma dosagem de Zoloft e sentenciou que ela estava lúcida o bastante para tomar uma decisão consciente. O oncologista e o iraquiano judeu convenceram seu colega de bochechas rosadas a realizar a cirurgia, mas, em contrapartida, exigiram que Margaret concordasse em se submeter à GJEP, inserindo uma cânula no intestino delgado, de modo que eles pudessem aprimorar a alimentação entérica caso a ponte para o estômago não fosse bem-sucedida. Enrique, por sua vez, cogitou se Dick Wolf, produtor-executivo do *Law & Order*, ficaria muito aborrecido ao saber que uma equipe de médicos havia endossado o argumento de que o seriado dele não preenchia a vida de ninguém.

E foi por isso que eles retornaram ao Sloan no fim de maio: a anastomose não havia funcionado, tampouco a alimentação via GJEP. Voltar à NPT era a única opção. Margaret havia passado os últimos três dias com os olhos vidrados de Ativan, as pupilas dilatadas, fitando o nada com um desconsolo que Enrique jamais tinha visto nela. Nem quando, dois anos e nove meses antes, mirando a fumaceira no World Trade Center do alto do prédio em que moravam, ela se virara para lhe dizer: "Estamos testemunhando a morte de milhares de pessoas." Nem diante da notícia de que ela estava com câncer, e de que a doença havia reincidido, e de que reincidira uma segunda vez, e de que nada mais podia ser feito. Nessas ocasiões ela havia demonstrado uma ponta de raiva, uma disposição estoica para enfrentar o futuro. Mas naquela manhã, naquela sombria manhã em que soube que seu estômago jamais voltaria a funcionar e que só lhe restava esperar pela morte, ela apontou para Enrique seus olhos azuis e enormes, cravados no rosto chupado, e deixou vazar da alma a mais profunda dor, muito mais nua do que qualquer outro tipo de nudez. Depois, sem nenhum sinal nem preâmbulo, sussurrou:

— Preciso dar um fim nisto. Não aguento mais. Sinto muito, Puff. — Esse era o apelido que ela inventara no primeiro ano de sua história com Enrique. — Não aguento mais.

Ele sabia o que Margaret tinha em mente, mas se fez de bobo.

— Tudo bem — disse, e acionou a bomba, fazendo com que o tubo fino se preenchesse com a papa rejeitada na véspera. — Acabou. Vamos voltar para NPT.

Balançando a cabeça, ela insistiu:

— Você precisa me ajudar. Por favor. — As lágrimas corriam sem nenhum esforço ou interrupção, tal como já vinha acontecendo nos últimos dias, água caindo de uma torneira. — Quero morrer. Você precisa me ajudar a morrer.

Enrique não sabia o que dizer. E durante o silêncio que se seguiu — apesar de todas as horas consumidas nas pesquisas sobre a natureza da metástase e as estatísticas de sobrevivência, apesar da experiência de ter visto o pai morrer aos poucos de um câncer de próstata — ele percebeu que em seu cérebro havia algo que ele não sabia que perderia: algo que ali se instalara 29 anos antes, assim que ele abriu a porta para Bernard Weinstein. Contemplando aquelas lágrimas silenciosas, viu que se tratava de algo essencial que muito em breve não estaria mais lá, algo que ia muito além da mera expectativa de que Margaret sobrevivesse. Não havia palavra que o descrevesse. Uma nota musical, talvez seu nome sendo chamado, algo que nem sempre lhe dera prazer, algo que muitas vezes lhe servira de tábua de salvação, algo que ele havia possuído com alegria, algo que ele havia descartado com raiva. No silêncio acarpetado daquele luxuoso antro de doença, por um instante ele sentiu esse algo lhe escapar, um prenúncio do futuro do qual ele seria roubado, e percebeu que aquilo era real como nada deveria ser real, e que o casamento deles era um mistério que jamais seria deslindado, apesar dos 27 anos vividos dentro dele.

Capítulo 3

Escola pública

Por volta das 5 da madrugada, ocorreu a Enrique que, embora o belo pacote tivesse sido entregue em perfeito estado, Bernard havia se revelado um péssimo entregador. Sobretudo em um aspecto essencial: ele ainda não tinha ido embora. Estava claro, pelo menos para Enrique, que havia uma corrente de excitação quase palpável entre ele e Margaret, que algo a mantivera falando até bem depois do *Saturday Night Live*. Se isso não bastasse como deixa, outra melhor viria às 4h47, quando, já sem cigarros e vinho, Enrique sugeriu que fossem tomar o café da manhã no Sandolino's da Sheridan Square e Margaret acatou a sugestão com um enfático "Ótima ideia! Adoro boemia e rabanada feita com *challah*!" Caso tivesse alguma sensibilidade literária que lhe permitisse entender as sutilezas de um personagem, Bernard já teria percebido que aquela mulher, com quem ele havia jantado uma meia dúzia de vezes desde a formatura de ambos três anos antes (invariavelmente voltando para casa bem antes da meia-noite), havia sido atraída não só pelas rabanadas, por mais divinamente judeu que fosse o pão, mas sobretudo por Enrique. Se tivesse um mínimo de traquejo, teria inventado uma desculpa qualquer para ir embora e deixado que apenas Enrique saísse com Margaret naquela madrugada cujos tentáculos róseos contribuíam ainda mais, assim ele esperava, para o clima de romantismo.

Mas Bernard exultou com o prospecto daquele precoce café da manhã, e com isso foram três pessoas a chegar no Sandolino's. Apesar da hora, 5h15 da madrugada, eles não precisaram esperar por uma das arranhadas mesas de pinho do lugar: havia apenas mais seis fregueses, embora aquele oásis de *comfort food*, aberto 24 horas por dia, fosse conveniente tanto para os bares gays a oeste da praça quanto para os alunos da NYU a leste, os artistas ao sul, os turistas ao norte, e os escritores deprimidos de toda parte.

Embora irritado por não ter conseguido se livrar de Bernard, Enrique não perdeu as esperanças. Ainda depositava algumas fichas no seu fôlego para a boa conversa, mas sobretudo no itinerário que tomariam uma vez terminado o café: em primeiro lugar viria o apartamento de Bernard, Eighth Street próximo à Sixth Avenue; em seguida o dele, Enrique, também na Eighth Street mas na altura da MacDougal; e por fim o de Margaret, na Ninth Street a leste da University Place. Eles se despediriam de Bernard e, ato contínuo, o cavalheiro Enrique se ofereceria para acompanhar a indefesa donzela até em casa, deixando claro que seu interesse já havia ido muito além de provar a mera existência de Margaret Cohen.

Enrique e Margaret conversavam animados enquanto Bernard pouco dizia. Margaret já havia devorado três quartos de sua rabanada quando afastou o prato e se debruçou na mesa para retomar o interrogatório sobre o grau de instrução de Enrique, abandonado cinco horas antes. Perguntou se ele havia completado o primeiro grau, e Enrique, todo orgulhoso, respondeu que havia se formado na P.S. 173.

— Mentiraaaaa! — exclamou Margaret, prolongando a vogal para denotar surpresa. Ao mesmo tempo, pousou a mão no antebraço de Enrique, as pontas delicadas inicialmente roçando os pelos escuros e depois pairando logo acima deles. Enrique teve a impressão de que os fios haviam se eriçado, vergonhosamente suplicando por um contato mais firme. Chegou ao ponto de baixar os olhos para ver o que estava acontecendo, e com isso deixou Margaret constrangida. Ela buscou os olhos dele, e pela segunda vez Enrique sentiu um choque que ia além da excitação sexual. Decerto ela interpretou mal sua expressão, pois imediatamente recuou como se tivesse acabado de levar um pito. — Não é possível! — disse ainda.

— O quê? Eu ter me formado na P.S. 173? — perguntou-se Enrique em voz alta. — Que nada. Foi até muito fácil. Eu morava do outro lado da rua.

— Mas eu também estudei lá! — declarou Margaret, o contorno oval do rosto emoldurando o oval ainda mais perfeito dos olhos pasmos. Esse era um esgar que ele tornaria a ver inúmeras vezes, Margaret arregalando os olhos diante de algo que a deixava confusa ou perplexa.

Enrique ficou calado por um tempo. Margaret havia sido colega de classe de Bernard em Cornell, portanto era três ou quatro anos mais velha que o precoce Enrique, que havia saído de casa aos 16. Além disso ele havia feito amigos bem mais velhos (um deles já beirava os 25), pois não lhe restava outra opção: os garotos de sua idade ainda tinham pela frente mais dois anos de colegial e outros quatro de faculdade. Com tanta experiência de uma "vida adulta", por assim dizer, o mais lógico seria que ele fosse mais seguro de si mesmo, mas Enrique ainda tinha todas as incertezas e inseguranças de um adolescente. Ainda estranhava as mulheres, embora já tivesse vivido três anos com uma. Havia lido todos os romances de Balzac, portanto sabia que, por mais jovem que fosse a mulher, nunca era recomendável lembrá-la de que você era ainda mais jovem.

— Humm... Quer dizer então que você frequentou a 173 na mesma época que eu?

— Não! — Exasperada por não ter sido compreendida, Margaret balançou a cabeça com veemência, à maneira de um cavalo incomodado com as moscas. Mais um gesto que Enrique tornaria a ver muitas vezes. — No Queens. Cresci no Queens. Estudei na P.S. 173, mas foi no Queens.

— Sei — disse Enrique, confuso com a reação dela. — Bem, acho que o destino quis que a gente se conhecesse — acrescentou, tirando partido de uma coincidência boba para tentar favorecer o romance.

— Não pode ter duas P.S. 173 — devolveu Margaret, e olhou para Bernard em busca de confirmação.

Depois de horas no banco de reservas, vendo cada novo assunto estimular a afinidade entre Enrique e Margaret, deixando-o ainda mais pálido e sorumbático que de costume, Bernard enfim deu sinal de vida: subitamente ergueu os ombros finos e caídos e adotou uma postura artificialmente rígida, fazendo balançar os caracóis da basta cabeleira e dando a impressão de que um invisível titereiro acabara de alertar a plateia para as falas que o boneco Bernard estava prestes a dar:

— É, não pode. Dificilmente haveria duas 173 na mesma cidade. — Os olhinhos miúdos, a essa altura injetados, viraram-se desdenhosamente para Enrique quando, seguro de si, ele emendou: — Você deve ter confundido os números.

Enrique então revelou a Margaret algo que preferiria não ter revelado: o pavio curto.

— Não confundi porra nenhuma! — rosnou, e se inclinou na cadeira de tal modo que precisou agarrar a mesa para não se esborrachar no chão, arrastando-a e fazendo com que o café transbordasse das xícaras. Lembrou-se de seu pai Guillermo (um homem grande demais em volume para preencher muitas salas, e grande demais em espírito para preencher todas elas) quando, de rabo de olho, viu Margaret segurar sua xícara para que ela não tombasse e buscar na mesa vizinha um guardanapo para secar o café derramado. Tratava-se de um evidente aviso: ele havia ficado rabugento demais para continuar atraindo o interesse de qualquer mulher, sobretudo uma assim como ela, tão radiante. Margaret tinha um notável bom humor. Fazia umas oito horas que eles conversavam, e ela ainda não havia sequer franzido o cenho, um extraordinário contínuo de afabilidade levando-se em conta que ela não era nenhuma idiota. Mas o medo de decepcioná-la não impediu que Enrique prosseguisse na arenga:

— Porra, Bernard, eu morava bem em frente da 173! Estudei lá até o sexto ano. Inclusive fui o primeiro presidente do grêmio estudantil! Não confundi número nenhum!

Ele tinha uma voz grave e retumbante, uma sorte, porque embora fosse alto (tinha mais de 1,90m), era um caniço *à la* Buchenwald (pesava míseros 60 quilos), e parecia ainda mais magro em razão dos cabelos lisos e muito pretos que frequentemente escondiam seu rosto como se fossem uma cortina, estreitando a fisionomia. Era difícil enxergar além da magreza, dos cabelos e do enorme aro de tartaruga dos óculos para notar a doçura dos olhos castanhos, as faces salientes, os lábios carnudos e o queixo de personalidade forte. A voz era seu único atrativo suficientemente viril para seduzir as mulheres. Mas quando ele se exaltava, a truculência da dicção tornava-o intimidante e ligeiramente emproado. Essa era a característica que figurava em primeiro lugar na lista elaborada por Sylvie das coisas que mais a incomodavam na convivência diária. Enrique sempre pedia desculpas de modo efusivo, jurava que ia aprender a se controlar, mas, na verdade, nem ao menos tinha noção do pavor que era capaz de infundir.

Espantava-o que suas farpas tirassem sangue. Para ele, os ataques eram raros e sempre empreendidos em autodefesa. Se as vítimas fossem avisadas de que o charmoso e simpático Enrique também podia ser perigoso, talvez elas se machucassem menos. Mas os avisos eram difíceis de vir à tona quando o atacante tanto se esforçava para ocultar suas mágoas.

Enrique respirou fundo para se acalmar, depois olhou aflito para Margaret a fim de conferir se aquele último rompante havia denunciado que ele era o tipo de homem virulento o bastante para empurrar uma ex-namorada para os braços de outro. Ao mesmo tempo acreditava que, se munida dos subsídios corretos, ela seguramente não faria caso das invectivas de Sylvie, para quem ele era dado a "chiliques de adolescente". Disse a si mesmo que, se estivesse lá quando Sylvie o acusou de ser demasiadamente agarrado aos pais, Margaret concluiria, tal como ele próprio havia concluído, que sua ex-namorada não fizera mais que repetir o blá-blá-blá enlatado de um psicanalistazinho burguês. Para ele, quem precisava de analista era a própria Sylvie, que testemunhara o divórcio dos pais aos 6 anos e agora sofria de bloqueios como pintora, incapaz de produzir um quadro meses a fio, prova suficiente para o prolífico Enrique de que o juízo dela a seu respeito era um tanto equivocado. Sim, seu diagnóstico meticulosamente elaborado era o de que Sylvie e seus amigos mereciam cada uma das farpas recebidas, e que apesar de todo destempero, ele estava coberto de razão.

Percebendo o estado inflamável do amigo, Bernard achou por bem acender um fósforo. Inclinou-se para trás na desconfortável cadeira do Sandino's até que, batendo contra a parede e olhando nariz abaixo, fitou Enrique do mesmo modo que fazia quando jogava pôquer e estava prestes a revelar uma mão imbatível: abriu o sorriso de um Elvis Presley judeu, apenas um sarcástico curvar da ponta direita dos lábios, e sentenciou:

— Claro que você não se enganou, Ricky. — A anglicização do nome era um claro sinal de sua certeza de vitória. — Afinal, você nunca se engana sobre nada. — E olhando para Margaret como se fosse confidenciar algo, disse: — Você ainda não sabe disso, mas Ricky nunca se engana sobre nada. Jamais.

— *Mas que porra é essa agora?* — berrou Enrique, antes que pudesse se conter. Tentou convencer a si mesmo de que não fizera mais que tirar partido dos próprios recursos vocais, projetando a voz como faria qualquer bom ator de teatro, e que só por isso as seis cabeças vizinhas haviam se virado para olhar.

Mas quando olhou para Margaret, murchou ao ver que os cintilantes olhos azuis da moça agora o bebiam com uma evidente expressão de susto, ao mesmo tempo que refletiam sobre algo. E os pensamentos dele logo se afundaram num buraco negro de autocensura: "Ela sabe que sou um barril de pólvora, sempre prestes a explodir". Uma avaliação que, vinda de outra pessoa, logo seria descartada como caluniosa.

Após alguns momentos de terrível suspense, durante os quais ele se endireitou na cadeira e nem sequer respirou, Margaret disse com absoluta tranquilidade:

— Mas nesse caso você só pode estar enganado.

No calor dos acontecimentos, Enrique nem sequer lembrava mais qual era o "caso" em questão. Seria a decadência do imperialismo? A ferida aberta das questões raciais? As chances de vitória dos Knicks sem um bom armador? A impermeabilidade de Faulkner? Mas naquele momento nada disso tinha importância. Que os vietnamitas morressem todos fritos, que os negros seguissem como escravos da economia, que os Celtics ganhassem mais 18 campeonatos, que os pretensiosos continuassem a tomar o ilegível por genial. Que viesse o dilúvio, desde que aquela adorável criatura não o mandasse pastar. Ao admitir isso para si mesmo, que estar com a razão não significava nada diante de uma possível trepada, Enrique enfim conseguiu se acalmar. Não havia a menor chance de equívoco. Ele havia frequentado a P.S. 173 por seis longos anos. Escrevera "173" em cada dever de casa, cada prova, cada projeto de ciências; como presidente do grêmio estudantil, ele havia colocado "173" no telegrama enviado ao senador Robert Kennedy, convidando-o a dar uma palestra na cerimônia de formatura de sua turma; e o mesmo número havia sido incluído logo abaixo do nome de Enrique Sabas no telegrama enviado como resposta pelo político gente boa e de futuro tão trágico, a delicadeza das palavras tornando a recusa ainda mais simpática. P.S. 173, P.S. 173, P.S. 173 — praticamente um mantra se repetido em voz baixa. Era mais provável que ele não tivesse escrito romance nenhum do que tivesse se enganado sobre o elegante nome de sua escola fundamental. Apesar disso, para cair nas graças daquela belezura tão vivaz e bem-humorada, ele apenas assentiu com a cabeça quando Margaret disse:

— Nova York não pode ter duas escolas com o mesmo nome, seria uma baita confusão. — Embora ela olhasse diretamente para Enrique, pelo tom de voz deu a impressão de que se dirigia a alguma autoridade maior, sempre de sentinela para conferir se ela raciocinava ou encadeava as ideias de modo ordenado.

— Que tipo de confusão? — perguntou Enrique.

— Tipo... Tipo...

Sem encontrar o que dizer, ela se virou para Bernard em busca de ajuda. Que, para grande irritação de Enrique, disse:

— Na hora de enviar os materiais, por exemplo.

— Exatamente! — exclamou Margaret, feliz da vida — Uma das P.S. 173 receberia todos os lápis número 2, e as criancinhas da outra, coitadas, ficariam sem nada para escrever!

O comentário jocoso serviu para baixar ainda mais a fervura de Enrique, que recebeu com deleite a possibilidade de se juntar a Margaret naquele joguinho de sofismas.

— Tem certeza que os números valem para a cidade inteira, e não para cada um dos cinco distritos? Eles tinham o maior orgulho de dizer que a escola ficava em Manhattan. Escreviam P.S. 173 Manhattan em todo lugar. Aliás, era isso que a gente tinha de escrever nos deveres de casa. P.S. 173 Manhattan. Assim, com todas as letras.

O argumento não poderia ser mais bobo, claro, mas Enrique havia intuído corretamente o que dizer para dobrar Margaret, que franziu a testa e desviou o olhar. Bernard, por sua vez, endireitou-se à mesa, produzindo um baque quando voltou a cadeira para sua posição normal.

— Você está inventando isso — protestou. — Eu não tinha de escrever "Queens" sob o nome da minha escola.

— Talvez porque ela ficasse em Forest Hills, um lugar só de bacanas — devolveu Enrique, lembrando-se de um comentário que Margaret fizera antes. Ela havia observado que Bernard fora criado numa parte "besta" do Queens, bem diferente da dela, "pequenininha e ridícula", uma importante diferença na ideologia antibélica e antimaterialista da época, no esnobismo às avessas dos jovens de então.

Bernard tentou se desvencilhar da pecha, dizendo que Forest Hills nem era tão elitista assim.

— Ah, era sim! — insistiu Margaret, deixando-o desconcertado com um sorriso de escárnio. — A vizinhança em que eu morava é tão horrível, mas tão horrível, que nem um nome ela tem. As pessoas precisam dizer "fica perto de..." — Mais uma vez ela deslumbrou Enrique com um de seus comentários displicentes e espirituosos, desses que só os escritores costumam fazer. — Espera lá — ela disse de repente, erguendo a mão como se fosse um guarda de trânsito a impedi-los de atravessar a rua no sinal vermelho. — Eu escrevia meu nome na linha de cima, depois o número da turma, e embaixo... "P.S. 173 Queens"! Eu escrevia "Queens"! Mas achava que... — Então ela se calou e ficou ali, olhando para o nada, como que congelada.

Atento, Enrique mergulhou nos pensamentos dela e completou:

— Achava que era só uma questão de bairrismo, não uma informação importante. P.S. 173 Queens, P.S. 173 Manhattan: por isso eu e você pudemos estudar sem que jamais nos faltasse um lápis número dois.

Margaret plantou seus olhos nos de Enrique e abriu um sorriso, deixando à mostra os dentes miúdos e apartados que lhe conferiam uma beleza mais humana, que permitiam a Enrique olhar para a garota sem correr o risco de perder a fala.

— De qualquer modo — ajuntou ela —, tínhamos de comprar nossos próprios lápis.

Bernard não estava disposto a largar o osso:

— Duvido muito — disse. — A prefeitura não seria capaz de uma coisa dessas. Você se enganou — ele resmungou para Enrique, e pegou o maço de cigarros já aliviado do celofane para dar início a sua récita percussiva.

— Com o nome da escola que frequentei por seis anos? — devolveu Enrique, e olhou de través para Margaret, arqueando as sobrancelhas para indicar que também percebia a idiotice da lógica de Bernard. — Então vou lhe propor uma coisa: a gente pega o metrô aqui na Sheridan, salta na 168 com Broadway e anda seis quarteirões até a P.S. 173. Aí sim, você poderá mostrar o quanto eu estava errado sobre esse fato tão *irrelevante* da minha infância. — No sarcasmo dessa última frase, talvez ele tivesse exagerado um pouco na ferocidade que deixou transparecer na voz. Aprendera esse tipo de bravata com o pai, que sabia fazer troça de sua própria grandiosidade ao mesmo tempo que deixava bem claro que corria perigo quem ousasse enfrentá-la.

Mas Margaret já estava farta daquilo. Depois de um bocejo, ela disse:

— Estou fora. Não quero saber de metrô a essa hora. — Lágrimas pequeninas escapavam do canto de seus olhos, e ela secou uma delas com a ponta do indicador. — Preciso dormir. Estou velha demais para esse tipo de noitada. Quero cama.

Enrique gostou do que ouviu, pois agora poderia colocar em prática o estratagema que havia concebido para o itinerário da volta. Com o espírito renovado, emulou a expansividade do pai de um modo que nada tinha a ver com a irascibilidade, mas que ao mesmo tempo traía o orgulho dos Sabas: insistiu em pagar a conta, paralisando Bernard e aparentemente assustando Margaret.

Ao abrir para os amigos a porta descomunal do restaurante (resquício da garagem de carruagens domésticas que fora no passado), Enrique estremeceu com o frio luminoso daquela manhã de dezembro. Aqueceu-se, no entanto, ao pensar que dali a pouco, durante as despedidas, ele teria a oportunidade de obter o telefone de Margaret. Talvez não ousasse roubar um beijo, não tivera ocasião de preparar o terreno em razão do irritante ménage à trois. Mas os cinco minutos de caminhada desde a esquina da Eighth Street com a MacDougal até a Ninth Street seriam suficientes para que ele demonstrasse suas intenções mediante um olhar mais demorado ou um tom de voz mais meloso, coisas que não pudera fazer diante de Bernard.

O cansaço da noite em claro já pesava nos ossos da trinca, que seguiu caminhando em silêncio. Era domingo, e a cidade despertava aos poucos: as ruas estariam completamente vazias não fossem os gatos-pingados que passeavam seus cachorros, o dono de uma delicatéssen que abria um fardo de jornais para o filho recolher e um velhinho de preto que seguia para a igreja.

— Eu deveria comprar um *Times* — disse Bernard.

— Eu assino — disse Margaret, e acrescentou: — Via Alpert's — como se houvesse algo mágico no nome do serviço de entregas.

Bernard assobiou com sarcasmo, mas Enrique, que permaneceu mudo, ficou genuinamente impressionado. Para ele, a informação serviu para delinear algo que até então não passava de um sentimento vago: Margaret tinha um sólido lado burguês e era mais adulta do que sugeria aquela jovialidade ao mesmo tempo encantadora e intimidante.

Mas não havia tempo para refletir sobre a classe social da moça, pois enfim chegara o momento de se livrar de Bernard. Margaret parecia pronta para lhe dar as costas. Chegando aos cinco degraus pintados de preto que levavam à porta do prédio dele, de fachada de arenito, ela imediatamente projetou os lábios para despachá-lo com um beijinho no rosto. Enrique estava de tal modo animado com a possibilidade de tê-la só para si que nem sequer ficou enciumado quando, em vez de saborear o calor daqueles lábios na face congelada, Bernard, o mais preguiçoso dos homens, disse que não estava cansado e se ofereceu para acompanhar Margaret até em casa.

Enrique não se conteve e falou sem pensar, numa reação imediata:

— Não se preocupe. Deixo-a em casa. Fica no meu caminho.

— Você mora a dez passos daqui — disse Bernard, quase derrubando o amigo ao passar por ele. O contato físico, coisa rara em se tratando de Bernard Weinstein, irritou Enrique de tal modo que por pouco não acarretou uma reação violenta.

Margaret irrompeu numa risada, mas logo tratou de abortá-la, engolindo-a na esperança de que ninguém notasse. Enrique estranhou que ela tivesse cedido à autocensura. Aquilo não batia com a petulância do olhar, a assertividade da linguagem corporal, a jocosidade dos modos. Era como se um supervisor imaginário, escondido nas coxias, a tivesse alertado para não ser vulgar ou indiscreta. Ela disse:

— Vocês dois são muito gentis, mas não preciso que ninguém me acompanhe. Desde o primário que volto sozinha para casa.

Todavia, ambos insistiram. Nem tanto porque receavam deixá-la sozinha, mas sobretudo porque receavam deixá-la sozinha com o outro. Assim sendo, Enrique fracassou na sua primeira tentativa de ter Margaret só para si. Mas nem por isso recebeu como recompensa um beijinho no rosto como aquele que Bernard não soubera aproveitar.

Quando dobraram a esquina da Ninth Street, eles se depararam com uma lufada de vento frio, expostos ainda mais por um inusitado aspecto da arquitetura do pós-guerra: os prédios tinham um recuo de aproximadamente 6 metros, ocupados com um paisagismo raro na cidade e sobretudo no Village. Toda essa elegância, a apenas uma quadra da combalida Eighth Street (barulhenta e infestada de lojas chinfrins) em que morava Enrique, confirmava a aura de confortos e privilégios burgueses que cercava aquela mulher que ainda por cima recebia o *Times* em casa. Em dezembro, contudo, tanta elegância só fazia piorar o frio. Trincando os dentes, Margaret disse:

— Obrigada. Boa-noite, meninos. Ou melhor: bom-dia! — E já ia subindo as escadas quando se virou para dizer: — Estou gelada!

Enrique não disse nada a Bernard durante o caminho de volta. Resmungou um boa-noite à porta dele, escalou os cinco andares até sua cama e se entregou ao sono sem nenhuma vontade ou energia para se masturbar. Quatro horas depois, levantou-se tropegamente da cama de casal, que desde muito não via nenhum casal, e ainda meio grogue decidiu que venceria o segundo round. Precisava fazer algo para aplacar aquela vontade de estar ao lado de Margaret. Embora não se lembrasse de nada, tinha a impressão de que sonhara a noite inteira com ela. Antes de qualquer coisa, no entanto, foi até a cozinha, preparou um café na sua nova cafeteira Chemex e devorou o conteúdo de uma xícara. Só então telefonou para Bernard, e diante do alô morno que ouviu do outro lado da linha, perguntou:

— Está dormindo?

— Que nada. Acordei cedo. Não consegui dormir direito — respondeu Bernard, solene, como se a informação fosse de suma importância.

— Nem eu. Estou um lixo. Meio de ressaca.

— Ressaca porra nenhuma — resmungou Bernard. — Você quase não bebeu.

— Não, quer dizer... Deixa pra lá. Liguei para saber o telefone da Margaret. Diz aí.

Seguiu-se um silêncio. Enrique já esperava com um lápis número dois à mão (encantado com a ironia) e seu bloco predileto, o da marca

National, com folhas pautadas verde-claras. Olhava para a ponta de grafite e ouvia ao silêncio na linha como se aquilo fosse um código.

— Bernard?

— Por que você quer o telefone dela?

Enrique não se deu ao trabalho de cogitar o motivo de pergunta tão idiota.

— Vou chamá-la para sair.

Mais silêncio.

— Bernard?

— Hmm... eu... — Mesmo para o lacônico Bernard, as pausas foram extraordinariamente longas. Por fim ele despejou: — Não vou lhe dar o telefone dela.

— O quê? — Nenhuma resposta. — Por que não vai me dar o telefone dela?

— Não acho que você deva sair com ela.

Bernard disse isso com tamanha falta de cerimônia que Enrique hesitou em retrucar. Preferiu rir, pois julgou bastante possível que se tratasse de uma brincadeira.

— Bernard... — ele cantarolou, procurando levar a coisa na esportiva. — Você está brincando, não está? Vai, diz aí. Qual é o número dela?

— Não estou brincando.

— Quer dizer que... Você não vai mesmo me dar o número dela?

— Não — respondeu ele sem nenhuma emoção, apenas informando a verdade dos fatos.

— Por que não? — chiou Enrique, desconcertado pela segurança daquele "não". — Está interessado nela?

— Você sabe que não. Somos apenas amigos, como já lhe disse antes.

— Então... que diferença faz para você se a gente vai sair ou não?

— Você não deve sair com ela. Margaret não é pro seu bico.

Enrique repetiu cada palavra como se estivesse aprendendo uma nova língua:

— Não... é... pro... meu... bico?

— Não. Agora preciso desligar, Enrique. Estou escrevendo. A gente se vê logo mais no pôquer. Às 19 horas?

— Você sonega o telefone da Margaret e ainda acha que vai jogar pôquer na minha casa?

— É. Até mais tarde. — E desligou.

Por um instante Enrique manteve o telefone grudado à orelha, como se esperando que Bernard voltasse à linha para dizer que estava brincando, depois bateu-o com tanta força que o aparelho ricocheteou da base, deslizou pela mesa e despencou no chão, deixando uma marca preta no sinteco recém-aplicado do assoalho.

— Caralho! — ele exclamou para quem quisesse ouvir, mal acreditando no que havia acontecido. Quatro anos antes ele havia sido entrevistado pela revista *Time*, e o *New York Review of Books* havia considerado seu primeiro romance como um dos melhores sobre a adolescência em toda a história da literatura. Por que diabos uma garota do Queens que trabalhava como freelancer de design gráfico não seria para o seu bico? E até que ponto um desbotado pacote de ossos que nunca havia publicado um livro na vida estava abalizado para fazer um juízo desses? E desde quando homens e mulheres não eram para o bico um do outro? Será que estamos na Inglaterra vitoriana? Seríamos nós, eu e Margaret, uma versão moderna de Pip e Estella? Segundo as conversas da noite anterior, tanto Bernard quanto Margaret haviam sido membros da Sociedade Democrática na faculdade. Margaret disse que havia apoiado os Black Panthers na invasão do Willard Straight Hall de Cornell, mais os fins do que os meios, embora nem sequer tivesse triscado ao se ver com uma arma diante do nariz. Disse que eles "davam medo, mas eram lindos". Para ela, o único problema era que os Panthers aceitavam apenas correligionários negros, rechaçando todos os brancos da Sociedade Democrática. Como poderia essa mulher que endossava tão radicalmente os princípios da integração e da igualdade, que queria dar um fim ao racismo e ao imperialismo norte-americanos, torcer o nariz para o semijudeu e publicadíssimo Enrique? E Bernard, o socialista? O antimaterialista que defendia os direitos civis e a independência ideológica dos vietnamitas? Por que diabos ele achava que Enrique Sabas não devia sair com Margaret Cohen?

Enrique poderia ter dado uma boa risada diante de tamanha hipocrisia, telefonado para todos os amigos que tinham em comum para contar o absurdo do episódio, não fosse pelo fato de que, em algum lugar de sua alma, não muito profundo, ele concordava com Bernard. Margaret não era mesmo para o seu bico. Ela era linda; e ele, esquisito. Ela era alegre, jovial; e ele tinha o pavio curto. Ela claramente não tinha nenhum problema com o sexo; e ele, no fundo, tinha pavor. Ela era despachada, confiante, estudada, e decerto tinha pais normais. Era graciosa ao defender seus argumentos num debate, embora não fosse capaz de contar uma história tão bem quanto ele, mas e daí? Era nisso que ele trabalhava noite e dia. Se não fosse capaz de superá-la nas histórias, melhor seria meter uma bala na própria testa.

Tudo bem, Margaret não era para o seu bico, Bernard tinha toda razão. Mas nem por isso Enrique acreditava que fosse esse o real motivo para que o pseudoescritor tivesse sonegado o número dela. Bernard queria Margaret para si, e sabendo que jamais a teria, faria o possível para que Enrique também não a tivesse.

Apesar de toda a timidez que o acometera após o recente pé na bunda desferido por Sylvie, e do fracasso obtido na primeira tentativa de paquera depois disso, os brios políticos e o gosto pela competição de Enrique suplantavam largamente a modéstia e o medo de rejeição. Ele sabia que Margaret morava na Ninth Street. Não havia memorizado o número, mas poderia voltar lá para descobrir. Em último caso, poderia ficar de plantão no lobby do prédio e esperar até que ela aparecesse, mesmo duvidando que tivesse coragem suficiente para uma vigília romântica. Da mais baixa de suas novas prateleiras, retirou o novo catálogo telefônico, fornecido quando a NYNEX viera instalar o novo aparelho com o novo número, e abriu na página dos Cohen. Sabia que as mulheres solteiras de Nova York, para se livrar dos trotes obscenos, ou pagavam uma taxa para que seu número não fosse listado, ou usavam as iniciais dos primeiros nomes — embora essa última medida tivesse efeito apenas sobre os mais panacas dos pervertidos. Para Enrique, o fato de que Margaret recebia seu jornal em casa sugeria que ela tinha meios para arcar com a sobretaxa dos números não listados; portanto, foi com certa angústia que ele correu o indicador pela ampla lista de Cohens em Manhattan, até que encontrou os MM e... caramba! Que sorte! Havia apenas cinco M. Cohens, dois no Upper West Side, dois no Upper East Side, e um solitário e adorável M na Ninth Street. Lá estava ela: M. Cohen, rua 9 Leste, 55.

Enrique sentiu o estômago despencar até os pés quando alcançou o telefone. Engoliu a seco, mas não conseguiu aplacar a náusea. Rapidamente discou o número de M. Cohen. Sabia que, se parasse um único instante para refletir, acabaria amarelando.

Ela atendeu no terceiro toque, justo quando ele ameaçava desligar. A voz estava rouca, decerto em razão da maratona de Camels e conversa fiada; apesar disso, parecia desperta, ansiosa para falar.

— Margaret, aqui é Enrique Sabas. Faz tempo que a gente não se fala, então resolvi ligar. — Nervoso, ele praticamente berrou as palavras desse gracejo tão pouco original, o melhor que lhe ocorrera diante da perturbação mental provocada por Bernard.

— Aquilo foi muito doido — disse ela animada, como se "doido" fosse sinônimo de "divertido". — Desde os tempos de faculdade que não viro a noite tagarelando assim. E o pior é que daqui a pouco vou para um brunch na casa de uma amiga, para tagarelar ainda mais. Posso ligar mais tarde? Qual é seu número?

— Ah, claro... É que... sei lá, achei que a gente podia pegar um cineminha ou...

— Que bom que você ligou — interrompeu ela. — Eu ia mesmo pegar seu número com o Bernard. — Ouvindo isso, o coração de Enrique, aquele musculozinho tão acuado no peito magricela, saltou de alegria, mas voltou a murchar tão logo ela acrescentou: — Estou pensando em organizar uma Ceia dos Desgarrados neste Natal, uma reunião para todo mundo que não pode estar com a família. Foi você que me inspirou, quando reclamou que tinha sido abandonado pelo pai, o irmão e a irmã.

— Foi só uma brincadeira — disse Enrique. Procurando despertar o interesse dela nos primeiros momentos da conversa da véspera, ele havia carregado um pouco nas tintas ao transformar uma ligeira decepção num verdadeiro drama por não poder comemorar, pela primeira vez, o Dia de Ação de Graças e o Natal judeu com sua família de meios-irmãos e meios-parentes.

— Sei que você não estava falando sério. Mas... você disse que seus pais vão passar o Natal em Londres, e a família do meu amigo Phil Zucker também vai estar fora, num cruzeiro, e pelo menos outros dois já disseram que vão estar sozinhos também, então pensei em juntar os desgarrados num jantarzinho de confraternização. — Mais uma vez ela deixou escapar aquela risada subitamente interrompida, dizendo em seguida: — Acha que fiquei maluca?

— A ideia é ótima — mentiu Enrique. E para ser convincente, emendou: — Pode contar com a minha presença. — Naturalmente, a última coisa que ele queria era jantar com Margaret na companhia de mais dois ou três marmanjos.

— Puxa vida, estou atrasada. Agora preciso ir. Fala aí o seu número.

Murcho, Enrique passou-lhe o número, e logo em seguida veio o desastre:

— Ligo quando tudo estiver organizado. *Bye!*

Assim, novamente Enrique se viu acompanhado apenas de seu telefone preto, ilhado no espaço exíguo daquele loft, assombrado pelo espaço exíguo daquela cama, à espera de um telefonema que seguramente jamais seria dado.

Capítulo 4

Anedonia

Pela última vez ele a tirou do Sloan-Kettering para levá-la de volta para casa. A fanfarra foi modesta para viagem tão importante. Após quase três anos de tratamento, era como se eles tivessem adquirido novos familiares, incluindo aquele inevitável parente com quem já não falavam mais. Dos médicos com os quais eles ainda tinham alguma relação amigável, três passaram para se despedir, e outro para fazer uma súplica.

O autoritário iraquiano judeu foi o primeiro a aparecer, menos de uma hora depois de saber por seus auxiliares que Margaret queria encerrar todos os tratamentos, passar para o programa de assistência domiciliar e morrer em casa. O baixote arrogante entrou sozinho no quarto, sem nenhum aviso prévio. Um acontecimento sem precedentes. Suas visitas sempre eram anunciadas pelos subordinados, e quando enfim ele dava as caras, chegava acompanhado de um séquito de residentes e enfermeiras, além de dois alunos que não pareciam muito mais velhos que Gregory, o primogênito de Enrique e Margaret, na época com 23 anos. Essa visita solo constituía um novo capítulo, infelizmente único, na relação deles.

Com um ar sério, ele parou ao pé da cama de Margaret e apoiou as mãos manicuradas na cintura, fazendo com que Margaret erguesse os olhos com a apreensão de um animalzinho acuado. Para Enrique, ele lembrava um maestro encarapitado no pódio do Carnegie Hall, tentando controlar sua ampla orquestra apenas com a força da personalidade. O iraquiano começou com uma transigência, torcendo o nariz para a máquina de nutrição parenteral, prova material do fracasso da noite anterior.

— Vamos aposentar isto aí — disse.

Em seguida insistiu que Margaret voltasse para a alimentação intravenosa, mas já fazia um mês que ela havia convencido tanto o oncologista quanto o psiquiatra do hospital de que uma vida com a NPT não merecia ser vivida. Não havia motivo para que ela mudasse de opinião. Mesmo assim o médico deu sua inútil cartada e, para surpresa de Enrique, revelou que além de baixinho, boa-pinta e despótico, ele também era mole do coração. Deixando de lado a arrogância de praxe, não teve pejo de suplicar:

— Drogas novas aparecem todo dia. Você não sabe quanto tempo viverá com a NPT. Tenho pacientes que viveram anos com tumores que sofreram metástase bem piores que os seus. As tomografias mostram que seus tumores não estão crescendo. Talvez possamos encontrar alguma droga que...

Enrique sabia que os argumentos do iraquiano não passavam de balelas. Margaret não tinha tumor nenhum. Sua bexiga tumorosa havia sido retirada dois anos antes. A metástase, acidentalmente descoberta numa cirurgia para eliminar uma obstrução intestinal um ano antes, vinha se manifestando como pequenas lesões na parte externa do trato digestivo, ínfimas demais para serem detectadas nas tomografias. O que de fato podia ser observado era um acúmulo de líquido ascítico na cavidade abdominal, sintoma do poder mortífero do câncer que a consumia. Margaret vinha comendo e bebendo normalmente até janeiro, quando então parou de comer, depois de beber, prova de que o câncer avançava com rapidez. Passava os dias na cama, diariamente recebendo 2.400 calorias via NPT, mas continuava a perder peso e não tinha nenhuma energia. Ao longo dos últimos dois meses ela havia tido três infecções graves, e duas semanas antes ficara ictérica. Tal como ela observara no grupo de apoio para pacientes com câncer em estágio avançado, onde fizera e perdera tantos amigos, parecia haver um ponto limítrofe na trajetória do câncer metastasiado. Tudo indicava que ela já havia ultrapassado esse ponto e agora estava em queda livre. Apesar disso, Enrique ouviu com atenção quando o especialista iraquiano irracionalmente tentou ressuscitar aquilo que certamente já havia morrido em Margaret, isto é, a crença de que valia a pena continuar lutando. Ficou calado, mas as palavras do médico o cobriram de culpa e dúvidas.

Em setembro, ele havia apoiado a busca de uma cura miraculosa para Margaret, que à época, embora se sentisse cansada e estivesse sujeita a infecções e obstruções intestinais, ainda tinha energia suficiente para encontrar os amigos, viajar e rir. A adoção de medidas desesperadas também havia apaziguado todos que a conheciam, sobretudo os filhos, pais e irmãos, assegurando-lhes que tudo estava sendo feito para salvá-la.

Para Enrique, no entanto, essas medidas lhes haviam custado o tempo que teriam para usufruir juntos numa despedida. Enquanto Margaret ainda tinha forças para lutar, ele jamais falava em morte, jamais perguntava o que ela esperava dele e dos filhos no futuro que lhe seria roubado. Embora Margaret insistisse para que ele ficasse sempre a seu lado quando estava acordada, e ficasse por perto quando dormia, a conversa entre eles invariavelmente se limitava às coisas práticas do aqui e agora. Nenhum dos dois falava do fim.

A luta de ambos se tornara difícil e feia a partir de setembro. Eles haviam batido de frente com o uro-oncologista (o parente com quem não falavam mais) quando Margaret recusou submeter-se à droga experimental que ele havia sugerido. A título de retaliação, ele foi irredutível quando o chefe da oncologia, amigo deles, tentou induzi-lo a adotar drogas não protocolares. Diante disso, Margaret e Enrique se viram obrigados a procurar fora do Sloan-Kettering outro especialista que estivesse disposto a tentar as tais drogas não protocolares. Margaret enfrentou duas longas quimioterapias experimentais que não tiveram nenhum efeito senão piorar seu estado. Dessa vez, portanto, jogar a toalha não seria uma rendição: seria apenas uma aceitação dos fatos. Mas ao ouvir aqueles clichês irracionais de esperança, proferidos por um cientista da medicina, Enrique se viu disposto a acreditar.

Margaret reagiu às súplicas do médico com total desespero. Dobrada em posição fetal, o rosto estriado pelas lágrimas, ela estremecia a cada palavra de otimismo como se estivesse sendo fustigada com um chicote. A certa altura protestou:

— Eu não aguento mais. Chega. Não posso mais voltar para NPT. Não suporto nem o cheiro. Fico fedendo a leite azedo o tempo todo! Não suporto mais ficar deitada aqui, recebendo essas gotas o dia inteiro, esperando a hora de morrer. Por favor, eu suplico: me deixem ir embora...

Então ela sucumbiu a uma crise de choro, sacudindo o corpo em razão dos soluços, e Enrique precisou abrir caminho entre as grades da cama e as cânulas intravenosas para cerrá-la num abraço. Ainda com os lábios plantados na face oca e quase transparente da mulher, ele viu o iraquiano oscilar em seu pódio de maestro, sem saber ao certo o que fazer. Lembrou-se então da outra ocasião em que o pequeno déspota havia sido derrubado de seu poleiro por Margaret.

Eles o haviam conhecido apenas quatro meses antes, quando Margaret precisou superar o constrangimento para retomar os tratamentos no Sloan, agora sob a batuta do iraquiano. Tomaram conhecimento de que ele era o melhor especialista em Nova York para cuidar da gastroparesia dela, o mais capaz de deixá-la suficientemente nutrida enquanto tentavam encontrar uma terceira ou quarta ou quinta droga experimental.

Enfunando o jaleco branco em torno do corpo miúdo, ele havia irrompido no quarto com um séquito de quatro pessoas para anunciar que atrasara uma cirurgia apenas para atender a um pedido de seu velho amigo, o chefe da oncologia, e dar uma olhada em Margaret. Dispensando a amenidade de um reles "bom-dia", logo perguntou por que ela havia recusado submeter-se à Fase 1 dos experimentos sugeridos pelo intratável uro-oncologista.

Margaret havia se aprontado especialmente para essa consulta. Ajeitara a peruca meticulosamente, de modo que ela reproduzisse com o máximo de fidelidade o corte curto dos cabelos perdidos. Vestira uma bonita saia de motivos florais verdes e uma camiseta de seda branca que, colada ao torso, deixava à mostra o relevo dos três acessos de cateter instalados sobre o peito direito para as sessões de NPT e outros medicamentos intravenosos. Os dentes brancos, reparados vinte anos antes até ficarem perfeitamente assentados, reluziram através do sorriso provocador que ela abriu para o austero iraquiano antes de responder:

— Porque eu só estava sendo usada como cobaia.

— E daí? — disse ele bravo. — Você tem um câncer metastático. Não há cura para o seu caso. Sua única chance de sobreviver é sendo mesmo uma cobaia.

— Não me importa ser cobaia — devolveu ela sem hesitar, encarapitada numa mesa de exames, balançando as pernas magras e bonitas feito uma menina no balanço a provocar os meninos. — Mas não de um experimento malogrado.

— Como assim... um "experimento malogrado"? — disse ele, fazendo pouco caso das palavras, dando a impressão de que elas pertenciam a outra língua qualquer. — *Como* você poderia saber que...?

— Era óbvio — interrompeu ela. — A tal droga era mesmo uma droga. Eles já sabiam que ela não funcionava, e eu teria sido a última paciente a participar dos testes. Só porque precisavam de mais uma cobaia para completar o grupo e botar a mão no resto da verba. A droga só havia ajudado uma única paciente em seis meses, e o câncer dela nem era igual ao meu: era no ovário. Todos pularam fora antes de completar os três ciclos porque sentiam que a tal droga acabava com a hedonê.

— *Hedonê?* — repetiu ele, agora certo de que tinha ouvido uma palavra estrangeira.

— A alegria de vida — Enrique explicou baixinho. Ouvira dizer que, se havia alguém capaz de acabar com o pesadelo de Margaret, com aqueles vômitos que a acometiam a cada quatro horas com a precisão de um relógio atômico, e mantê-la viva enquanto ela voltava para a mais recente droga disponível, o Avastin, que até então não tivera nenhum efeito sobre o câncer de bexiga, mas que talvez tivesse no futuro (por que não? por que descartar o inesperado?), esse alguém era o iraquiano. Enrique sabia que esse incensamento do médico fazia parte dos exageros de praxe, originados pelo desespero dos pacientes terminais e intensificados pela cultura nova-iorquina que, obcecada pelas celebridades, tinha o hábito de lhes atribuir poderes quase sobrenaturais. Embora fizesse troça de si mesma por dar crédito a essas lendas, Margaret era fiel às suas raízes: fora criada como uma comportada mocinha judia do Queens, e naquela tribo, ter o melhor dos médicos era considerado uma necessidade básica. Fora instruída pelo chefe da oncologia a acreditar naquele homem e advertida de que ele não se submetia a nenhum tipo de pressão. Assim sendo, tanto no modo de falar quanto em suas maneiras, Enrique vinha fazendo o possível para aparentar um mínimo de submissão: sabia que, embora respeitasse a autoridade, Margaret também era estourada e exigente, por vezes agressiva demais na presença de homens assim, homens que gostavam de cavalgar o mundo, sobretudo o das mulheres.

— Metade dos participantes do estudo pararam de tomar essa droga antes de completar a dosagem — continuou Enrique. — Epotholide. Era esse o nome da droga. Eles interromperam o tratamento não só porque o Epotholide não vinha surtindo efeito algum, mas também porque matava toda e qualquer sensação de prazer. "Anedonia", acho que é essa a palavra. Significa uma total incapacidade de sentir prazer.

— Anedonia... — repetiu o residente do medalhão, e anotou em seu bloco.

— Isso — confirmou Enrique. Apenas a título de conversa fiada, acrescentou: — Não sei se você sabe, mas era esse o título original do *Noivo neurótico, noiva nervosa*. Woody Allen queria que o filme se chamasse *Anedonia*. Mas os produtores acharam que... Bem, acharam que um nome desses não venderia ingresso nenhum.

Margaret recebeu a bola lançada por ele e, desculpando-se com um sorriso, disse ao iraquiano:

— Meu marido trabalha com cinema.

Como era de se esperar, os asseclas ficaram logo interessados.

— É mesmo? Faz o que exatamente? — perguntou o residente, e os dois universitários se viraram para Enrique como se ele tivesse todas as respostas para a prova da semana seguinte.

— Sou roteirista. — Enrique ergueu os ombros como se estivesse envergonhado.

— Um dos roteiros dele está sendo filmado neste exato momento — disse Margaret. — A equipe está em Toronto, mas daqui a pouco vem para Nova York, não vem?

— Vem — sussurrou Enrique, os olhos voltados para o chão. — Daqui a três semanas. Vão filmar pertinho daqui.

Margaret ainda teve a oportunidade de impressioná-los com os nomes do elenco estelar, mas foi interrompida pelo iraquiano.

— Chega de papo — disse ele aos asseclas, e para Margaret perguntou: — Como você sabe que seria a última integrante do grupo de pesquisa?

— Porque perguntei — disse Margaret, e deu mais uma de suas risadas abortadas. — Quando a gente pergunta, eles são obrigados a responder.

Ainda perplexo, o médico se virou para Enrique.

— Foi você que a instruiu para perguntar? — disse.

— Não. Margaret leu as cláusulas do contrato que assinou e viu que podia perguntar.

Rápido como um raio, o iraquiano se virou para Margaret e disse:

— Você perguntou. — Em seguida, com um inesperado sorriso no rosto e uma ponta de admiração no negrume dos olhos, encarou-a por um tempo longo o bastante para que Margaret cuspisse uma segunda risada em *staccato*. Só então declarou: — É uma mulher esperta.

Margaret ficou radiante.

— Sou uma paciente que gosta de colaborar. Juro. E prometo que serei muito obediente. Vou fazer tudo que o senhor mandar.

— Ótimo — disse ele satisfeito, e meneou a cabeça de um jeito cômico, afetado, virando-se em seguida para dizer aos asseclas: — É isto que gosto de ouvir.

— Vou ser obediente — emendou Margaret —, mas apenas se achar que suas ordens vão me ajudar de verdade.

Um sorriso amplo cortou o rosto magro do iraquiano, que disse:

— Vai me obedecer se concordar comigo, é isso?

— Exatamente — disse Margaret, e todos riram, talvez aliviados por verem o sofrimento e a morte serem tratados daquela forma, com humor e leveza.

Essa foi a última vitória que Margaret e Enrique tiveram sobre uma longa sucessão de especialistas, devidamente seduzidos pela dupla. Depois de enfeitiçar seu novo médico, Margaret subitamente pediu licença para ir ao banheiro. Vomitou a bile acumulada até então e a água bebida nas últimas três horas, fazendo-se ouvir claramente através da porta fina. O médico e sua equipe interromperam a conversa que estavam tendo, sobre como proceder no caso dela, para prestar atenção naquela estranha facilidade para vomitar; após dois meses de observação, Enrique sabia que Margaret estava curvada sobre o vaso de boca aberta, deitando sua torrente como uma fonte, muitos litros ao que parecia.

— Com que frequência ela faz isso? — perguntou o iraquiano.

— A cada quatro horas — respondeu Enrique. — O estômago já não tem nenhuma vazão. Veja isto aqui. — Ele passou ao médico os resultados de um exame desumano que certo gastroenterologista a obrigara a fazer com o objetivo de provar que os vômitos frequentes não eram efeito colateral da quimioterapia: Margaret havia comido ovos mexidos expostos a radiação (para que ficassem visíveis na tomografia) e depois, de hora em hora, passara pelo scanner de modo que o técnico pudesse ver a quantidade de comida eliminada pelo estômago. Ao cabo de quatro horas e meia, enquanto Margaret gemia e se contorcia em razão do esforço para não vomitar seu lanchinho nuclear, o técnico constatara que nada havia passado ao intestino e só então permitira que ela fosse para o banheiro. Isso dera um ponto final a dois meses de ceticismo médico.

O iraquiano baixou a cabeça para ler o relatório, depois sentenciou:

— Amanhã bem cedo temos de colocá-la na GEP. Ela não pode continuar assim. É perigoso.

Quatro longos meses haviam transcorrido desde esse abençoado dia de alívio, meses de tal modo sombrios que todos os anos de tratamento até então pareciam anos de felicidade. Não sobrara nenhum resquício do charme bem-humorado com o qual ela havia seduzido o medalhão iraquiano. Margaret se escondia nos braços do marido, aninhada em seu leito sem nenhuma maquiagem no rosto, sem peruca, a pele translúcida de inanição, os olhos vidrados em razão das drogas e do desespero, a camisola hospitalar manchada aqui e ali com gotas de antisséptico e sangue. Essa anedônica Margaret agora dizia a seu médico que, apesar do sangue-frio, da garra, da obediência e da bajulação até então dispensadas, ela já não via nenhuma luz no fim do túnel. Essa Margaret disposta a aceitar a morte era mesmo bem diferente da outra.

— Tudo bem, vou deixá-la sozinha por enquanto — disse ele, recusando-se a admitir sua derrota. — Você ainda vai passar esta noite aqui. Portanto, volto amanhã para...

— Não! — exclamou Margaret. — Por favor. Não consigo mais falar sobre isso. — Ela enterrou o rosto nos braços de Enrique e, aos prantos, numa crise histérica de tristeza, sussurrou: — Chega, chega, chega...

Só então o iraquiano apeou de seu pódio de maestro e lentamente foi andando rumo à porta. Antes de sair, buscou os olhos de Enrique e, numa voz baixa porém firme, disse:

— Depois nos falamos.

Enrique ficara mudo durante todo esse tempo porque concordava com Margaret: não encontrava fatos que pudessem sustentar a tese do médico. Mas tão logo viu que a mulher já havia parado de chorar, e entregou a ela novos lenços para substituir os encharcados, não se conteve e disse:

— Mugs, talvez ele tenha razão. Quem sabe você não encara mais um mês de NPT, depois tenta mais uma dose de...?

Margaret imediatamente se desvencilhou dele com um gesto de repulsa, dando a entender que jamais ouvira do marido palavras tão apavorantes.

— Puff! — ela exclamou num grito sussurrado. — Puff! Puff! — repetiu, valendo-se do apelido mais íntimo e carinhoso de todos que costumava usar. — Você precisa me ajudar! — E parou um instante para respirar, como se os sentimentos a estivessem sufocando. — Sem você não vou conseguir! Sozinha não vai dar! Você tem de enfrentá-los por mim! Tem de me ajudar a morrer! Desculpa, desculpa, desculpa... Sei que não é justo... Sei que estou colocando você numa situação difícil, mas...

E isso foi tudo que Enrique a deixou dizer, envergonhado por ter sido capaz de tamanha covardia, fazer com que uma mulher acuada pela morte tivesse de se desculpar pela injustiça de um pedido. Então trouxe a cabeça dela para junto do peito, aquela cabeça tão frágil com seus fiapos de cabelo, e suplicou:

— Sou eu que tenho de me desculpar! Eu não devia ter dito aquilo! Me perdoa, me perdoa! — Em seguida repetiu "Eu te amo" um sem-número de vezes, ao mesmo tempo que Margaret dizia:

— Eu te amo *tanto*! Eu te amo *tanto*! — Ela enfatizava o "tanto" como se fosse um grande acontecimento, como se apenas recentemente tivesse descoberto uma nova medida para seu amor.

Aos poucos o choro foi substituído por pequenas fungadas, que por sua vez deram lugar a mais um cochilo inerte, induzido pelo Ativan. Enrique se deitou ao lado da mulher, e vez ou outra beijava-lhe a testa, tão macia e úmida quanto a de um bebê. Esperava que, assim que ela acordasse, pudessem conversar sobre o casamento deles, mas de um modo que jamais tinham conversado antes.

"E como *você* está?", era o que ele ouvia ao término de cada conversa com um amigo, parente ou médico, como se todos tivessem lido o mesmo manual. Alguns também informavam, na hipótese de que ele não fosse inteligente o bastante para notar, que o câncer podia ser igualmente cruel com o cônjuge da pessoa doente. Mas em nenhum momento conseguiam fazer com que ele se condoesse de si mesmo: em vez disso, obrigavam-no a dizer que não estava morrendo e, portanto, nem de longe sua situação era tão grave quanto a de Margaret, e que diante do sofrimento de outras famílias vitimadas pelo câncer, eles até que podiam se considerar afortunados. As despesas hospitalares seriam cobertas pelo excelente plano de saúde a que ele tinha direito por pertencer ao Writers Guild of America, o sindicato dos escritores. Outros luxos, como a falsa suíte de hotel do Sloan-Kettering, eram disponibilizados graças à generosidade de Dorothy e Leonard, os pais de Margaret. Na qualidade de escritor, ele podia trabalhar nos intervalos entre uma coisa e outra, ou parar de trabalhar completamente, a fim de passar mais tempo ao lado de Margaret, Max e Gregory. Eles tinham um bom número de amigos que os ajudavam das mais diversas maneiras. Eram inteligentes o bastante para superar os óbices da hierarquia hospitalar e tinham um número suficiente de contatos entre os poderosos de Nova York para conseguir marcar as consultas necessárias. Enrique repetia tudo isso com tanta frequência que por vezes duvidava da própria sinceridade, sentindo-se na pele de um político a desfiar sua ladainha de campanha. "Margaret está passando por maus bocados, mas em comparação com outras famílias temos sorte, não podemos reclamar", ele dizia, mas de fato acreditava em cada uma dessas palavras. Aos 50 anos, tinha a impressão de que desperdiçara boa parte da vida com crises inúteis de autopiedade diante dos inúmeros equívocos e frustrações, todos muito bobos, de sua trajetória profissional. Após a doença de Margaret, um problema de verdade, ficara surpreso ao se ver muito mais grato aos aliados e recursos que tinha a seu dispor do que abalado por um ou outro oponente que nem sequer sabia de sua existência.

Jamais recorria a Margaret ou aos filhos em busca de consolo. Seu pai já havia morrido. Sua mãe, já velha, estava consumida demais com os próprios problemas para oferecer qualquer ajuda. Os cunhados tinham o próprio medo e a própria tristeza para enfrentar. Leo, o meio-irmão, era demasiado aflito e egoísta. Seus amigos, muito distantes da realidade que ele vivia, não a compreendiam. Lily, a melhor amiga de Margaret, tinha Margaret e a si mesma para consolar. Rebecca, a presente e prestativa meia-irmã, tinha sempre um ombro a oferecer, mas não era capaz de devolver — aliás ninguém era — aquilo que o câncer lhe havia subtraído nos últimos três anos e que logo roubaria para sempre: a atenção de Margaret.

Enquanto era preparada a extensa papelada de alta, Enrique acalentava a esperança de que dali a pouco, após levar a mulher para casa pela última vez, ele enfim pudesse ter sua derradeira conversa com ela, a grande despedida. A luta pela sobrevivência não seria mais o eixo de suas vidas. Mais uma grande sorte, ele pensou. Margaret não havia sido incinerada pelo avião de um terrorista, tampouco atropelada por um taxista maluco. Mesmo na morte ela tinha algo precioso a lhe oferecer: a oportunidade de um último adeus.

Mas o que ele ainda não sabia era que a opção de Margaret pela morte atrairia para a casa deles uma grande multidão.

Capítulo 5

A ceia dos desgarrados

Enrique decidiu que iria se atrasar. Não muito, apenas os dez ou 15 minutos necessários para que não fosse o primeiro a chegar. O que era estranho, já que tanto queria ficar sozinho com ela.

Aprontou-se com uma hora e meia de antecedência, vestindo os jeans e a única camisa social branca que possuía, a da Brooks Brothers, passada e repassada sobre uma toalha na mesa de açougueiro do loft. Passou-a uma segunda vez porque na primeira havia deixado no colarinho um vinco que poderia simbolizar algo negativo sobre sua pessoa, ele não sabia exatamente o quê. Em seguida, já livre de todos os vincos, escondeu a camisa de ponta a ponta sob um felpudo suéter de lã, feito à mão e igualmente branco. Diante do efeito final daquele figurino, poucos fariam ideia do cálculo investido nele. O resultado não era lá dos melhores. O suéter felpudo havia sido presente de Natal da mãe judia e do pai ateu, comprado de uma vizinha tricoteira no Maine. Cairia bem melhor no corpanzil de um cervejeiro qualquer, escondendo-lhe a pança e dando uma ilusória proporção às coxas roliças. Mas ao magricela Enrique, a maçaroca branca dava o aspecto de uma grávida anoréxica, ou talvez de uma enorme bolota de algodão espetada por dois palitos.

Suspeitando que parecia meio bobo naquelas roupas, ele se olhou inúmeras vezes no espelho grande da porta do banheiro, comprado na Lamstons por insistência de Sal Mingoti, o amigo com quem ele já havia morado antes e que agora, para sua grande consternação, dividia um apartamento com uma das amigas de Sylvie. "As mulheres precisam disto", dissera-lhe Sal enquanto eles escalavam os cinco andares de escada com o espelho de quase 2 metros nas costas. Ele também o havia ajudado com a instalação, impossível para o letrado Enrique mas ridiculamente fácil para o próprio Sal, um dos primeiros a se mudar para o bairro de fábricas moribundas que logo ficaria conhecido como SoHo. Escultor em início de carreira, o depauperado Sal também havia se tornado pedreiro, bombeiro, carpinteiro e eletricista enquanto fazia as reformas necessárias para o tão sonhado prêmio de quem almejava morar num loft: a aprovação do lugar pela prefeitura.

Após o término com Sylvie, por cerca de um ano Enrique havia dividido o espaço amplo e ilegal de seu amigo, ou melhor dizendo, passara as noites ali, vez ou outra servindo de bancada enquanto Sal furava, colava ou pregava alguma coisa. Sal havia se mostrado uma alma generosa ao recebê-lo naquele momento difícil. Recusara todas as ofertas dele no sentido de contribuir com o aluguel, mas também, sem forçar nenhuma barra, incentivava-o a buscar um lugar só para si. Em troca, Enrique inadvertidamente o havia presenteado com uma nova namorada. A amizade entre eles era forte e sincera, muito embora, ao contrário de Bernard Weinstein, Sal não fosse nem um pouco afeito às letras e não tivesse lido nenhum dos romances de Enrique. Na verdade, nunca lia nada, alegando que era disléxico. Também ao contrário de Bernard, torcia para o sucesso de Enrique com Margaret (ou qualquer outra mulher), chegando ao ponto de ligar uma hora antes da tal ceia para perguntar:

— E aí? Nervoso?

— Não — respondeu Enrique, mentindo tanto para o amigo quanto para si. — Só que... Bem, você sabe. Não gosto muito de jantares. O que é que a gente faz num jantar afinal? Fica lá, comendo e falando, só isso.

— Ah é, Mr. E? — Era assim que ele gostava de chamar Enrique. — Você preferia o quê? Uma festinha com dança?

— Dança não, pelo amor de Deus!

— Tem razão. Dançar é o fim da picada. Dá todo o trabalho do sexo, mas nenhuma recompensa.

— Todo o potencial para o ridículo, mas nenhuma recompensa — corrigiu Enrique.

Sal riu com a tranquilidade de alguém que sabia quando e com quem daria sua próxima trepada.

— Não precisa ficar nervoso, Mr. Ricky. Ela gosta de você. É óbvio. Teria rasgado as suas roupas se aquele bocó do Bernard não estivesse por perto. As mulheres não passam uma noite inteira conversando só porque querem ouvir o que os homens têm a dizer.

— Então por que organizar um jantar com tanta gente junto?

— Uma questão de segurança, só isso. Ela tem um pouquinho de medo de você. O que é muito bom. Isso é tudo que você poderia querer.

Enrique adorava Sal. Sentia-se à vontade com ele, talvez porque Sal, justamente por não escrever nem gostar de ler, não se ressentisse da precocidade do amigo. Além disso, Enrique raramente concordava com as opiniões e pontos de vista de Sal a respeito do mundo (como se isso não bastasse, achava que as esculturas abstratas que ele produzia não se qualificavam nem como objetos de decoração e muito menos como objetos de arte), o que o fazia se sentir menos ameaçado. Sabia que, caso viesse a fracassar com Margaret, não teria de se preocupar com o juízo dele, ao passo que, diante dos Bernard Weinsteins da vida, sentia-se eternamente *sub judice*, a um passo do irrevogável desdém.

Sal, o xamã da sedução, ainda tinha um último conselho a dar:

— Você vai me prometer uma coisa: vai beijar a garota antes de ir embora.

— O quê?

— E na boca, Mr. E.

— Na frente de todo mundo? — chiou Enrique, perplexo e aterrorizado.

— Isso mesmo.

— Não!

— Quer dizer, nada de língua. Não vá fazer a besteira de querer desentupir a garganta da moça, tenha dó. Você sabe como é: você chega junto, espera um segundo, depois dá uma bicotinha nos lábios dela, assim, de leve. Ela vai gostar, pode acreditar. As mulheres gostam que os homens tomem a iniciativa, sabe? Margaret convidou você para jantar com os amigos, então você precisa deixar bem claro que não é apenas mais um deles.

Enrique ficou assombrado com o beijo exigido por Sal. Sabia que não era capaz de cometer em público tamanha ousadia. Mesmo sem uma plateia, era bem possível que não tivesse coragem suficiente para beijar Margaret. Atordoado com a ideia, esquecera-se de perguntar ao amigo se devia ou não usar seu enorme e quente suéter, e sentiu ainda mais a lã espessa contra o corpo esquelético quando vestiu o sobretudo militar, desceu os cinco andares do prédio, empurrou a pesada porta de metal e irrompeu na gélida sujeira da Eighth Street. Achava que naquele tempo, tão frio que os olhos ardiam e a ponta do nariz formigava, ele não deveria estar transpirando, e no entanto já sentia a gota de suor especialmente grande e quente que escorria pelo tanquinho das costelas até o quadril descarnado. Parou um instante para decidir se tinha tempo para voltar ao apartamento, tomar outro banho e sair novamente sem o maldito suéter.

Passeando os olhos durante esse debate interior, ele se deparou com os cinco degraus pretos do prédio de Bernard Weinstein e se perguntou, talvez pela milionésima vez, se o pilantra era um dos convidados de Margaret. Uma coisa era certa: Bernard era um desgarrado. Muito mais do que ele, Enrique. Os pais haviam se divorciado quando ele ainda era pequeno, a mãe morrera quando ele estava na faculdade, e desde muito o pai havia se casado com outra mulher que, a se acreditar nas palavras do próprio Bernard, odiava o enteado. Eu devia ter pena do infeliz, pensou Enrique. Fosse como fosse, o mais provável era que Margaret, ela sim, sentisse pena dele e o tivesse convidado para a Ceia dos Desgarrados. Enrique já havia cantado essa bola, a de que teria de lidar com as farpas de Bernard Weinstein, desde o dia em que recebera o telefonema de Margaret, convidando-o a se juntar a "um bando de malucos. Nem sei direito quem vai aparecer. Convidei todo mundo que estaria encalhado em Nova York, longe da família. Também nem sei o que vou servir. Talvez a gente passe fome".

Enrique tivera ali sua chance de perguntar se Bernard faria parte do grupo, mas ficara de tal modo paralisado de alegria e surpresa que não encontrara nada para dizer além de "Quer que eu leve alguma coisa?", uma mera cópia daquilo que os pais sempre diziam. Claro, o que sua mãe costumava levar era uma deliciosa salada com legumes e folhas colhidos diretamente de sua horta no Maine, e seu pai, a torta de mirtilos que sabia fazer tão bem, de massa fina, crocante e amanteigada. Mas e ele, Enrique, levaria o quê? Uma lata de sopa Campbell's?

— Que tal uma garrafa de Mateus? — disse Margaret, e deixou escapar uma de suas risadas abortadas.

— Mateus será. Uma caixa inteira — respondeu Enrique, levando a coisa na esportiva. Em seguida perguntou a que horas deveria chegar.

— Por volta das 19 horas.

Enrique desligou e se sentiu humilhado, embora não soubesse exatamente por quê. Mentalmente repassando a brincadeira com o vinho, cogitou se Margaret vinha fazendo pouco caso dele desde aquela noite em que o cobrira de perguntas sobre sua escolaridade. Chegou ao ponto de interpretar o hábito que ela tinha de abortar as risadas, não como um reflexo de modéstia, mas como um freio autoimposto na vontade de zombar. Diante disso, começou a suspeitar que durante todo esse tempo ele vinha se comportando como um patético personagem de Dostoievski: o mancebo solitário e infeliz que humilha a si mesmo ao cortejar a moça bonita e socialmente muito superior; não demoraria muito para que ele partisse o crânio de Bernard Weinstein com um machado, e o manuscrito não publicado do canalha fosse aclamado postumamente como uma grande obra-prima, fazendo com que ele, Enrique, entrasse para a história da literatura apenas como o monstro invejoso que havia roubado o mundo de um gênio sem precedentes.

Foi nesse clima de desesperança que ele desistiu de voltar ao apartamento para se aliviar daquela sauna de suéter. Estava convencido de que iria fracassar de qualquer modo, a despeito do que estivesse usando, e portanto, transpirando no frio, seguiu nervoso para a ceia de Margaret.

Tendo saído de casa às 18h30, chegou às 18h40 a seu destino final, a apenas três quadras de distância. E sabendo que chegar cedo era de gosto duvidoso, apertou a marcha e passou direto pelo número 55 da East Ninth Street, sobretudo porque teve medo do porteiro que o encarava através das portas de vidro como se ali estivesse seu pior inimigo.

Enrique, que havia passado em Manhattan não mais que dois anos dos 21 que tinha, possuía pouca experiência com os porteiros. Nos confins proletários de Washington Heights, eles simplesmente não existiam, muito menos nos moldes do porteiro daquela rua, que se embrulhava num uniforme cinza perfeitamente engomado e se protegia do outro lado de um balcão, à maneira de um burocrata stalinista com plenos poderes para mandar quem quer que fosse para o gulag. Enrique raramente se aventurava pelo Upper East Side justamente porque aquela parte da cidade abundava em porteiros assim. Ao contrário do centro — pelo menos à época. O Greenwich Village de 1975 tinha um dos pés ainda fincado na boemia dos anos 1950 e outro enterrado no lixo e na violência dos anos 1970.

A Eighth Street de Enrique era um perfeito exemplo desse amálgama. A fachada vermelha e desbotada da New York Studio School, que parecia abandonada do outro lado das janelas sujas, destacava-se em meio à profusão de vitrines comerciais, sobretudo as das tabacarias e sapatarias. Berço de toda uma geração de expressionistas abstratos, a escola dia e noite recebia através de suas portas de metal arranhado os rapazes e moças de boa aparência e humor sombrio que ali estudavam, assim como os coroas feiosos que lhes davam as aulas, carecas de boina em sua grande maioria. Os artistas passavam alheios ao olhar predatório dos traficantes, virando o rosto para os drogados que se esparramavam nas poças de sua própria urina. Deixar para trás esse antro de arte e degradação, e atravessar não mais que três quarteirões para o norte, era o mesmo que avançar no tempo, rumo ao Village acintosamente burguês do segundo milênio.

Quando ele e Bernard acompanharam Margaret até em casa, Enrique havia notado a singular elegância da rua dela, começando por um imponente edifício na esquina da Ninth Street com a University Place, com arquitetura do início do século: as janelas gigantescas deixavam entrever cômodos que pareciam europeus, como se os móveis tivessem sido trazidos diretamente de Paris. Os demais prédios tinham a arquitetura bem menos rebuscada do pós-guerra, e o de Margaret era especialmente sóbrio, com sua fachada de janelas retas e idênticas, não muito diferente da de um prédio de escritórios. Enrique também havia notado que o apartamento dela dava para um vasto complexo de tijolos claros que resvalaria para o monótono não fosse pelo recuo de 20 metros que abrigava um jardim raro na região; mesmo em dezembro, uma meia dúzia de pinheiros devidamente decorados com luzinhas de Natal verdejava sobre os blocos de neve suja.

Não havia um único prédio comercial, um único prédio de apartamentos para aluguel ou um único *brownstone* decrépito naquele trecho da Ninth Street que ia da Fifth Avenue até a Broadway, muito embora existissem muitos na vizinhança — um verdadeiro oásis com duas quadras de extensão. A Broadway constituía uma fronteira informal entre esse oásis e a perigosa decadência do East Village; quem quisesse atravessá-la, digamos, para saborear os deliciosos salames e *knishes* da Second Avenue Deli, era obrigado a se desviar das latas de lixo reviradas nas calçadas, dos jovens drogados caídos nas sarjetas, dos mendigos sem teto nem rumo, dos aspirantes a artista já totalmente desiludidos com o próprio destino e dos cartazes com as palavras de ordem dos pseudointelectuais. Muito em breve o lugar receberia a aura romântica de uma moderna *La Bohème*, e dali a meia década, a glória da renovação burguesa, mas para o Enrique de 1975, tudo aquilo significava que ele não devia se aventurar a leste da Broadway a menos que quisesse muito ser assaltado.

Aos olhos dele, a Ninth Street de Margaret era a única sobrevivente de outros tempos, uma espécie de memorial às classes dominantes de Henry James ou à progressista Eleanor Roosevelt. Enrique via ali o último suspiro de uma cidade moribunda, nem sequer suspeitava tratar-se de um protótipo daquela Manhattan que nos anos 2000 verteria milionários e condomínios de luxo nas águas de ambos os rios. Achava que estava caminhando para o passado, quando na verdade estava antevendo o futuro.

Chegando à Broadway, ele dobrou para o norte e se deparou com as delicadas torres góticas da Grace Church, antigo reduto da poderosa elite do protestantismo episcopal. Desde a Tenth Street até a Seventy-seventh, a Broadway desafiava o paralelismo das outras ruas ao cortar o coração de Manhattan numa longa diagonal. Enrique parou admirado e correu os olhos pela paisagem urbana, sentindo o suor que aos poucos se congelava sob o casaco militar e o suéter de lã, tremendo e transpirando a um só tempo numa notável façanha de desconforto. Espantou-se ao constatar que o ângulo da avenida na altura da Eleventh Street permitia uma vista insólita de um dos grandes marcos da cidade: a uns dez quarteirões dali se via o Empire State Building, não de perfil, mas quase de frente, como se o prédio se contorcesse para exibir os detalhes de sua bela fachada. Diante da igreja oitocentista logo ali na esquina, e do arranha-céu iluminado mais adiante contra o breu metálico do céu, Enrique se sentiu pequeno e desimportante. De fato era um Raskolnikov americano, inteligente demais para aceitar a própria insignificância, impotente demais para escapar dela. Embora estivesse na cidade de seu nascimento, na cidade de sua infância, na cidade de sua adolescência, na cidade de suas ambições, ele ainda assim se sentia perdido.

Perdido e estúpido. Os vinte minutos que ele precisava consumir, se passados na rua, resultariam apenas em tédio e mais aflição. Então ele caminhou até o Strand, um sebo na esquina da Broadway com a Twelfth, e, como sempre, gostou de reencontrar ali os clássicos literários editados pela Modern Library. Parou um instante à mesa cada vez mais apetitosa sobre a qual se empilhavam importantes obras de não ficção, desde *A história do declínio e queda do Império Romano* de Gibbon até *A vida de Johnson* de Boswell, e, com a consciência pesada, prosseguiu furtivamente para a seção de ficção moderna, parou na estante dos SS e ali encontrou, tal como encontrava toda semana, a mesma cópia surrada de seu primeiro romance (já quase desprovida de lombada), duas cópias do segundo (um deles sem a sobrecapa) e seis cópias do primeiro romance de sua mãe. Dos oito livros escritos pelo pai, apenas dois estavam presentes. A caminho da saída, ele ainda parou diante dos romances mais recentes, comprados das dezenas de críticos literários que habitavam a vizinhança e fortaleciam sua renda mediante a venda ilegal das cópias de cortesia fornecidas pelas editoras. Alguns desses livros eram o que o setor livreiro chamava de "provas não definitivas": traziam informações adicionais que incluíam o orçamento previsto para a publicidade e coisas do gênero. Enrique chegou a sentir calafrios de inveja, e precisou lembrar a si mesmo de que não participava de uma competição, de que os leitores não ignoravam determinado escritor só porque gostavam mais de outro. No entanto, bastaram 15 segundos para que ele mais uma vez constatasse sua falta de inclinação para a generosidade e abrisse mão daquela tentativa de conviver pacificamente com os demais romancistas do mundo.

A visita ao sebo e o turbilhão de sentimentos provocado por ela (a saudade dos livros que ele costumava ver nas prateleiras dos pais, as dúvidas quanto ao próprio talento, o misto de orgulho e tristeza diante da sucessão de fracassos literários de sua família, a inveja dos escritores mais renomados) haviam dado cabo de apenas dez minutos, e ele ainda precisava consumir outros dez. Tempo suficiente para que ele tivesse voltado para casa, tomado outro banho e descartado dois ou três suéteres. A cada minuto que passava ele se sentia ainda mais estúpido.

Mas já estava a meio-quarteirão da Ninth Street, andando o mais lentamente que podia, quando olhou para o relógio Timex, viu que faltavam apenas cinco minutos para as 19 horas e apertou o passo como se fosse possível atrasar-se no pequeno trajeto que ainda o separava do apartamento de Margaret.

Quando enfim se viu frente a frente com o porteiro de cara amarrada, eram 18h58. Precisou dizer seu nome duas vezes.

— Henry... o quê? — perguntou o porteiro na primeira vez, retraindo a cabeça como se tivesse acabado de levar um tapa.

— En-ri-que Sa-bas — escandiu ele. Em razão da vergonha e do suéter de lã, começou a transpirar novamente e, sentindo-se a mais ínfima das criaturas, cogitou sair correndo dali.

Enrique já tinha certa prática com as fugas. Não só havia fugido da escola como também fabricado gripes de última hora para evitar algum evento social, um deles na casa de seu editor, um jantar ao qual ele absolutamente deveria ter comparecido caso tivesse algum apreço pela própria carreira — e tinha, claro. Mas na ocasião sucumbira a um pânico quase tão severo quanto esse no lobby de Margaret, ligando de um telefone público a três quadras de distância para avisar que estava gripado e tossindo com a mesma falta de talento de uma atriz iniciante no papel de Camille. "Tem certeza que não pode vir?", perguntara o editor, sério como um professor que dá ao aluno uma última chance para escapar do zero. "Todos querem te conhecer. E tem muitas pessoas importantes aqui." Diante disso, Enrique caprichara na fraqueza da voz para acrescentar uma febre à sua lista de sintomas, convencido de que alguém naquele jantar o deixaria mesmo doente.

O porteiro levou ao ouvido o interfone enorme e pesado (semelhante a algo que um agente da Gestapo usaria em *Casablanca*) e apertou um dos botões da caixa embutida em sua estante. Enrique pôde ouvir o empolgado "Sim?" de Margaret ao atender.

— Um certo Mr. Ricky Saybus está aqui para vê-la — disse o porteiro, enfatizando o "certo" como se houvesse algo de estranho no nome que estava por vir.

— Ricky *o quê*? — devolveu Margaret, naturalmente confusa.

Com um sorrisinho de satisfação entre os lábios, o porteiro olhou para Enrique, que, banhado em suor, desespero e raiva, invocou a voz tonitruante e ameaçadora do pai para gritar:

— Enrique! Não é Ricky, é Enrique! *Sabassss!*

A profusão de esses soou como o sibilar de uma serpente furiosa, e a despeito de todas as críticas de Sylvie, dessa vez o pavio curto de seu ex-namorado veio a bom termo. Deixando de lado a empáfia, o porteiro repetiu o nome correto pela primeira vez, e do outro lado do descomunal interfone, Margaret disse:

— Ah, claro! É o Enrique, meu amigo. Pode mandar subir.

O elevador foi rápido demais para permitir que Enrique insistisse na sua fantasia de fuga. Ao sair no quarto andar, ele se deparou com a porta entreaberta do apartamento D, onde Margaret, virada de perfil, dizia a alguém no interior:

— Acho que duas caixas e meia são mais que bastantes! — Só então ela se virou para ele, o rosto sempre sorridente agora um tanto avermelhado em razão do calor da cozinha. — Você foi absurdamente pontual! — disse. — Mais pontual, impossível! A casa ainda está uma bagunça! — E a isso se seguiu, sim, mais uma vez, a habitual risada truncada, agora dirigida a si mesma, sinal de que ela tanto aprovava quanto reprovava o próprio comportamento.

Tudo aconteceu muito rápido, e Enrique, que havia se preparado para um longo corredor, viu-se falando sem pensar, sem o compadre Raskolnikov para criticar cada uma de suas palavras.

— Eu sei — ele confessou sem nenhum pudor. — Não bato muito bem da cabeça. Sempre chego cedo nos lugares. É uma vergonha.

Assim que Margaret escancarou a porta para deixá-lo entrar, Enrique pensou ter visto na sala um duende de avental vermelho, encarando-o com uma expressão de deleite. Tratava-se contudo de uma moça tão baixinha (devia ter pouco mais de 1,50m) que fazia a pequena Margaret, de 1,65m, parecer alta. Tinha uma espessa cabeleira de caracóis escuros, um simpático par de olhos castanhos e um acolhedor sorriso de dentes perfeitos. O resto do conjunto estava de tal modo abaixo da linha de visão de Enrique que ele nem sequer podia avaliá-lo com precisão, e nem teria tempo para fazê-lo, pois a moça foi logo dizendo:

— Você chegou na hora! Isso não é nenhuma vergonha! É assim que deve ser! — Então ela abriu os braços e olhou para o alto como se buscasse ali o apoio de uma imaginária plateia, num imaginário balcão. — Todo mundo está atrasado! São eles que deviam sentir vergonha! — E assim ela ficou, braços estirados para cima, certa de que havia dobrado sua assistência.

Enquanto isso Margaret insistia para que ele entrasse, acenando com uma colher de cozinha. Ela também estava de avental, mas no seu havia um desenho em preto e branco, uma piadinha típica das famílias do subúrbio nova-iorquino: o pai-cozinheiro, pilotando sua churrasqueira, tentava acalmar a mulher que arrancava os cabelos ao ver que ele, mesmo diante de uma grelha que não esquentava nunca, nem sequer percebia que por algum motivo o prato de hambúrgueres na mesa ao lado se encontrava em chamas, ameaçando esturricá-lo. "Não se preocupe, querida; em dez minutos o carvão vai estar pronto!", dizia o balão.

Obedecendo à colher, Enrique entrou no apartamento, um estúdio em forma de L com piso de tacos.

— Isso mesmo — disse Margaret, endossando a amiga. — Você é o convidado perfeito. Os outros é que são um bando de patetas. — E sem mais nem menos perguntou: — Ué, cadê?

De uma só mirada Enrique constatou que a minúscula cozinha, do tamanho de um closet, ficava à esquerda da porta de entrada; que dois passos haviam bastado para que ele chegasse ao centro da sala; que uma mesa de vidro comprida, junto das janelas ao fundo do cubículo, estava posta para acomodar um contingente bem maior do que ele havia previsto; e que a parede que ia da parte dianteira até as janelas abrigava um sistema de estantes idêntico ao de seu quarto de adolescente na casa dos pais: uma grade de metal chumbada à parede permitia que as prateleiras de madeira fossem ajustadas ao gosto do usuário e acomodassem livros de diferentes tamanhos, desde os volumosos livros de arte até as franzinas edições de bolso. Em determinado ponto dessa grade, Margaret havia criado um espaço vertical grande o bastante para acomodar um toca-discos, duas caixas de som e alguns discos, não mais que vinte. O *Revolver* dos Beatles encabeçava a fila.

Enrique ainda tentava decifrar o enigmático "Ué, cadê?" de Margaret quando a duende de avental vermelho estendeu uma mão surpreendentemente grande para o corpo miúdo e disse:

— Eu sou a Lily. Desculpa, minha mão está molhada.

— Enrique.

— *Isso* eu já sei! — exclamou ela como se o acusasse de uma imperdoável burrice.

— Puxa, onde é que eu estava com a cabeça? — interveio Margaret, e só então fez as devidas apresentações: — Enrique Sabas, Lily Friedman. — Depois acrescentou com malícia: — E a caixa, cadê?

Enrique perdeu o chão quando enfim percebeu do que se tratava.

— A caixa de Mateus.

Lily riu um trinado, depois disse:

— A gente estava esperando que você trouxesse uma safra diferente, mas...

Margaret terminou:

— Não uma caixa inteira, o que seria hilário... Mas é que temos pouco vinho! — ela exclamou, apontando para os dez lugares postos à mesa. — Só tenho duas garrafas. Precisamos de pelo menos mais duas.

— Não que sejamos alcoólatras, nada disso — acrescentou Lily, e balançou a cabeça, fazendo sacudir os caracóis escuros dos cabelos.

— Tchau — disse Enrique, e deu meia-volta para sair.

— Não! — disse Margaret. — Deixa de bobagem!

— Não tem problema — reforçou Lily, depois: — Preciso enxugar as mãos. — E entrou na cozinha, a um passo dali, para buscar uma toalha de papel.

— Tinto ou branco? — perguntou Enrique, uma das mãos à maçaneta da porta. Não fazia ideia de como aquele homem tão seguro havia se apoderado dele, mas o general agora no comando parecia totalmente indiferente ao fato de que seu recruta fosse um bobalhão à beira de uma crise nervosa. Além disso, estava certo ao imaginar que Margaret dificilmente largaria aquele osso.

— Tinto? — ela consultou Lily, que já havia voltado com as mãos secas.

— Deixa isso para lá — disse Lily. — Alguém há de trazer um vinho. Alguém sempre traz.

— A massa que estamos fazendo tem camarão, mas o molho é de tomate, então acho que é tinto, não é? — Margaret perguntou a ele.

— Mary McCarthy certa vez disse a meu pai — respondeu Enrique, ostensivamente citando um nome que decerto impressionaria as moças em razão do livro *O grupo*, que ele jamais havia lido e jamais contava ler — que se o vinho é muito bom, não importa a uva: vai bem com qualquer prato.

— Adorei! — disse Lily, mais um sorriso perfeito irradiando do corpinho diminuto.

Margaret, por sua vez, contemplou Enrique como se ele tivesse falado numa língua estrangeira. Talvez não tivesse gostado da citação.

Enrique afastou os olhos daquele incômodo exame e, buscando apoio nos de Lily, prosseguiu:

— Minha tese é a seguinte: papai apareceu com o vinho errado, e Mary McCarthy disse aquilo só porque era *muito* gentil. — Ele abriu a porta e, enquanto saía, disse: — Errar no vinho. Uma tradição familiar. Volto daqui a pouco com duas garrafas de vinho tinto!

Antes de entrar no elevador, ouviu-as rindo no interior do apartamento e sentiu um orgulho que até então só havia sentido uma única vez ao ler as críticas do *New York Review*. Mas sabia que ainda não estava livre do perigo, pois já antevia o desastre que sobreviria quando ele tirasse o sobretudo militar: pelo cheiro de lã molhada que emanava do pescoço, o suor seguramente já havia atravessado o suéter para encharcar a camisa também. Ele não tinha a menor ideia de onde comprar o vinho, não sabia que vinho comprar, e talvez não tivesse dinheiro bastante para duas boas garrafas. Mas uma coisa era certa: nada o demoveria de voltar à Ceia dos Desgarrados. Nem que ele tivesse de voltar com o mais vagabundo dos vinhos, nem que rissem da cara dele. Se os risos viessem daquelas moças tão adoráveis, Enrique sabia que não tinha nada a temer.

Capítulo 6

O agendamento final

Ele tocou o ícone do calendário de seu Palm Treo (que milagre da tecnologia! que bênção da portabilidade!) enquanto falava ao minúsculo microfone que pairava diante de sua boca, anexado por um fio à base da orelha esquerda. A engenhoca permitia que ele navegasse por sua agenda eletrônica ao mesmo tempo que aventava com Gertie, mulher de Bernard Weinstein, o melhor horário para a despedida que o casal pretendia fazer a Margaret. Eles haviam passado pela peneira e portanto poderiam se despedir pessoalmente, muito embora estivessem na lista B, o que implicava uma audiência de 15 minutos no período da tarde. Os mais chegados teriam direito a um último jantar.

O seletivo processo de agendamento para as duas últimas semanas de Margaret havia sido menos problemático do que previra Enrique. Nem todos estavam dispostos a se ver frente a frente com a morte. Ele podia imaginar muito bem a lógica daqueles que residiam nos subúrbios das relações afetivas de Margaret: "Somos amigos, mas... nossos filhos é que são mais próximos", eles diriam a si mesmos. "Não sei se teríamos nos aproximado se..." Esses haviam sido automaticamente eliminados.

De qualquer modo, Margaret já havia encurtado razoavelmente a lista de possíveis visitantes, ceifando conhecidos e algumas boas amigas de suas diversas encarnações: as molecas dos acampamentos de verão em Kittatinny; as boas moças judias da Francis Lewis High School; as marxistas e feministas dos tempos de militância em Cornell; as artistas frustradas; as mães trabalhadoras e culpadas com quem ela costumava dividir táxis; o trio de tagarelas com quem jogava tênis nas manhãs de segundas; e a mais curta de todas as listas, as colegas do grupo de apoio para cancerosos em estágio avançado. O fato de Margaret ter descartado grande parte de suas correligionárias tomou Enrique de surpresa, pois ela sempre gostava de reunir o maior número possível de pessoas nas reuniões que organizava; por outro lado, a decisão não deixava de ser compatível com a dualidade de sua natureza e a vulnerabilidade imposta pelas circunstâncias.

Apesar do traquejo e da disposição para se apresentar e puxar conversa com estranhos nas situações mais bizarras, de modo geral Margaret preferia ficar em casa e jantar com os filhos. Após a refeição, gostava de se esparramar no sofá e ler alguma historieta de detetives (dessas em que algum aristocrata é assassinado num remoto vilarejo inglês), vez ou outra erguendo os olhos para os ruidosos programas que Enrique via na TV, e meneando a cabeça, ora com carinho, ora com enfado, a cada farpa que ele desferia contra os tropeços da cultura, da política ou do beisebol. Ela ficava ali, serena, esperando que um dos filhos aparecesse a qualquer momento para pedir um lanchinho ou descansar um pouco dos estudos, crivando a ambos de perguntas ou afagos.

Margaret era capaz de hibernar durante semanas naquela caverna de machos, feliz da vida, mas quando se dispunha a receber, preferia reuniões ao mesmo tempo grandes e informais. Havia convidado bem mais de cem pessoas para sua festa de 50 anos, realizada seis meses antes do diagnóstico; boa parte dos convidados não passava de meros conhecidos, com alguns dos quais ela havia falado uma única vez. Insistira que ela, Enrique, Max e Gregory cuidassem sozinhos de toda a comida e dos demais preparativos, e Enrique tivera de fincar o pé durante uma semana para que ela aceitasse pelo menos a contratação de um *bartender*. A mesma coisa havia se repetido na festa de inauguração da casa nova do Maine. Alguns dos convivas eram pessoas que eles conheciam apenas de vista, e Margaret virara a noite anterior aprendendo a fazer o sushi de caranguejo que tanto queria apresentar à população de Blue Hill Bay.

Margaret era um misto de eremita e locomotiva social; se antes do advento da doença perguntassem a Enrique como ele imaginava que a mulher gostaria de se despedir do mundo, ele decerto teria dito que Margareth gostaria de rever o maior número possível de integrantes das diversas tribos. No entanto não se surpreendeu quando ela restringiu o número final de visitantes do mesmo modo que havia feito logo após o diagnóstico, afastando-se e apenas voltando a nadar na piscina olímpica de suas relações sociais durante o ano de remissão. Mais tarde, ao saber da metástase, Margaret passara a falar apenas com os mais íntimos.

A insólita escolha de Bernard como exceção a essa regra era mais típica dos seus tempos de saúde. Eles nunca tinham sido muito próximos. Nas duas últimas décadas, haviam se falado não mais que cinco ou seis vezes, e durante o tempo que ela padeceu da doença, Bernard se manifestara com um único telefonema. O que não era de todo incompreensível, já que não eram amigos. E ainda que fossem, Margaret nunca havia levado Bernard muito a sério: certa vez chegara a se referir a ele como "um mala", e não mudara de opinião depois que o mundo passou a vê-lo como um carrasco.

Bernard não realizara o sonho de se tornar romancista, mas havia se tornado um dos principais críticos culturais do país, senão o mais visível. Por dez anos assinara a crítica literária do *New York Times*, por seis fora crítico de cinema da revista *The New Yorker*, e agora era colunista da revista *Time*, além de autor de dois best-sellers de comentários gerais sobre a cultura. Nos últimos dez anos aparecera diversas vezes no *Oprah Show* como uma espécie de educador literário, prenúncio de sua ocupação mais recente como âncora de um programa de TV medianamente respeitado no qual entrevistava ícones culturais — muito embora, para Enrique, ele não fizesse mais que bajulá-los.

— Está brincando! — disse Margaret ao saber que ele havia mandado um e-mail dizendo que tinha sido informado dos últimos acontecimentos e gostaria muito de fazer uma visita.

Enrique nem se deu ao trabalho de responder, e dali a um dia, um dos assistentes de Bernard deixou um monocórdio recado na secretária eletrônica dizendo que o Sr. Weinstein ficaria muito honrado caso Margaret se dispusesse a recebê-lo.

— Honrado? — repetiu Margaret na sua voz fraquinha e rouca, um sorriso irônico estampado nos lábios. Estava indo da cama para o closet, empurrando o suporte do soro com visível cansaço. Sem peruca nem maquiagem, trocando passinhos miúdos com o tronco derreado, ela mais parecia uma velhinha senil. Ainda tinha dificuldade para aceitar que alguém a visse naquele estado. "Estou parecendo uma bruxa velha", dissera a Enrique dois meses antes, enquanto ele a vestia para dormir. Embora tivesse recebido um beijo de agradecimento ao dizer que ela ainda era uma linda mulher, Enrique sabia que Margaret não havia acreditado nem um pouco nas palavras dele. Ou melhor, sabia que aquilo não bastava como consolo. O espelho no qual ela se olhava era o juiz que realmente importava.

Seis meses antes Margaret teria passado horas diante desse mesmo espelho para que ninguém, nem mesmo o marido, a visse com aspecto tão lamentável. Mas no primeiro dia de sua morte pública, ela não encontrara forças para tais amenidades. Todas as reservas já haviam chegado ao fim. Tinha-se a impressão de que uma brisa era capaz de matá-la. Ela mal conseguia empurrar o suporte do soro, mesmo com o alívio de uma nova bolsa de hidratação e uma dose menor de esteroides líquidos. Esses novos paliativos haviam sido receitados por Natalie Ko, a médica que supervisionava o atendimento domiciliar, de modo que Margaret tivesse energia suficiente para enfrentar uma semana inteira de despedidas. Mas eles ainda não haviam surtido nenhum efeito. Margaret caminhava como se cada passo lhe custasse uma última e preciosa gota de vitalidade. A cada dois minutos, parava para secar os olhos e o nariz com um lenço de papel amassado em bolota. Desde o verão anterior, quando começara a tomar Taxotere, vinha sofrendo com o nariz que escorria e os olhos que lacrimejavam sem parar. Por um tempo os médicos haviam receitado diversos tipos de anti-histamina, dando a entender que o efeito colateral era uma alergia. No entanto, ao reclamar que já não aguentava mais a ineficácia dos medicamentos, Margaret enfim soube por um dos residentes do Sloan que as lágrimas nada mais eram que seu corpo expelindo as toxinas residuais do Taxotere. Ele dissera que a situação se normalizaria três meses depois que ela parasse de tomar a droga. A última dose havia sido dois meses antes. Aquelas lágrimas teriam vida mais longa que os olhos por onde escorriam.

— Vou dizer a Bernard que não temos tempo — disse Enrique, exaurido demais para fazer troça do pomposo recado.

— Não, não, diga que ele pode vir — disse Margaret. — Apenas por 15 minutos. Vai ser divertido.

— Por quê? Só porque ele é famoso? — Assim como a maioria das anfitriãs nova-iorquinas, Margaret gostava de incluir alguma celebridade entre os convidados de suas festinhas, e ao longo dos anos Enrique havia se encarregado de supri-la com este ou aquele ator de cinema, ou com algum diretor. Naturalmente, depois de tantos anos puxando os holofotes para si, o próprio Bernard agora era visto como um holofote capaz de iluminar um ambiente.

Margaret não se sentiu ofendida. Sabia que o grande sucesso de Bernard irritava o marido, um homem desapontado com a própria carreira. Isso fazia com que a celebridade de Bernard parecesse uma brincadeira do destino, como se Deus tivesse esticado uma das pernas diante de Enrique e agora gargalhasse ao vê-lo estatelado no chão.

— Foi Bernard quem nos apresentou — disse ela, e assoou o nariz delicadamente. — Sei lá... Acho que... acho que faz um certo sentido, você não acha? — argumentou, o queixo trêmulo com a emoção da lembrança. — Foi ele quem me levou até você.

Havia momentos, e esse era um deles, em que Enrique nem sequer falava ou respirava por medo de se desmanchar nas lágrimas que às vezes, quando sozinho, cedia. Subitamente uma tristeza incontrolável desabou sobre ele, um vagalhão que o submergiu com estrépito e logo se dissipou sem deixar traços na areia. Com uma voz que vinha das profundezas desse mar turbulento, ele disse:

— Fui *eu* quem pediu que ele trouxesse você. Se dependesse de Bernard, eu jamais teria voltado a vê-la.

— Eu sei, *baby* — disse ela, e tentou consolá-lo com um sorriso que saiu enviesado. — Mas se tivermos tempo, deixe que ele e Gertie venham me ver. Só por 15 minutos, está bem?

E foi assim que Bernard conquistou para si aqueles preciosos 15 minutos que teriam de ser debitados do tempo já tão curto reservado a Enrique. A agenda havia sido fechada na véspera, quando a Dra. Ko apresentou alternativas para o método e o timing da morte de Margaret.

— Vou manter a hidratação e os esteroides, você sabe, o potássio e todos os nutrientes básicos, pelo tempo que você julgar necessário para fazer as despedidas — ela havia explicado.

Natalie Ko era uma boa moça do Queens assim como Margaret, com a diferença de que era neta de imigrantes chineses muito bem-sucedidos. Felizmente, ambas haviam conseguido escapar daqueles cafundós. Natalie agora vivia em Brooklyn Heights. Chegara ao apartamento deles ao fim de um longo dia, com um terninho marrom sobre a camisa branca. Era da mesma idade de Margaret e, como Margaret, tinha um filho já no último ano do colegial. Elas tinham diversos amigos em comum e já haviam se encontrado uma ou duas vezes no passado mais saudável de Margaret. Enrique notou quando ela correu os olhos pelos livros de arte na prateleira acima da escrivaninha, depois para as fotos dos meninos. Vez ou outra, enquanto examinava sua paciente, ela erguia os olhos para o quadro acima da cama, um retrato de Gregory e Max que Margaret havia pintado: um garoto de 7 anos abraçando o irmãozinho de 3, ambos com pijamas de Super-Homem. Ao terminar o exame, ela enroscou o estetoscópio em torno do pescoço, ajustou o colarinho de modo que ele cobrisse a borracha preta, e se sentou à beira da cama, delicadamente pousando uma das mãos sobre a perna de Margaret, passando-a por baixo do cobertor fino que eles usavam durante o verão. Não fosse pelo colar de estetoscópio, passaria muito bem por uma ex-colega de faculdade prestes a se despedir.

— Uma semana — disse Margaret, olhando para Enrique. — Uma semana é suficiente — ela repetiu, mas agora a entonação tangenciava uma pergunta.

— Duas semanas? — sugeriu Enrique. — Tem muita gente querendo se despedir. — Ele desviou o olhar da médica. Nos últimos dois anos e oito meses, haviam discutido tudo sobre o corpo de Margaret com as equipes médicas, inclusive a possibilidade de uma reconstrução vaginal. O tumor havia crescido a ponto de roçar a vagina dela, e por mera precaução contra a metástase, o canal teria de ser reduzido à metade. Sabendo que a resseção impossibilitaria a penetração ou a deixaria muito dolorosa, Margaret surpreendera o marido ao exigir que uma alternativa fosse encontrada. Durante essas conversas, Enrique não sentira nenhum constrangimento, nem sequer havia corado, mas ao sugerir que a mulher prolongasse a vida por outra semana, ficara, sim, com as bochechas vermelhas e baixara os olhos para o chão.

— É possível manter os esteroides por duas semanas? — perguntou Margaret.

— Pelo tempo que seu corpo aguentar — respondeu a médica.

— Mas não vou ter uma infecção?

— Provavelmente. Aliás, essa é uma das opções de desfecho. Se você tiver uma infecção, podemos deixá-la sem tratamento...

Com um espasmo de horror, Margaret disse:

— Não quero morrer de infecção! — Por três vezes ela havia sofrido os calafrios e tremores de uma febre de mais de 40 graus. Embora os médicos tivessem afirmado que ela mal recordaria essas noites de delírio, alguma parte de seu cérebro ainda se lembrava delas com razoável clareza.

— Nesse caso, uma semana de esteroides talvez seja o máximo recomendável. Mas você ainda terá energia suficiente para outra semana, porque vou reduzir a dosagem aos poucos.

Margaret balançou a cabeça.

— Isso é mesmo necessário?

— Não. É você quem manda. Nada será feito contra sua vontade. — Os olhos da médica novamente vagaram para a foto de Margaret cercada de seus homens, os faróis azuis cintilando apesar das circunstâncias. O porteiro a tirara nove meses antes, a pedido de Margaret, no dia em que ela contou aos filhos que não havia mais esperanças para seu caso. Os garotos fitavam a câmera sem nenhuma expressão de tristeza ou raiva; pareciam prontos para o que desse ou viesse. De braços dados com a mulher, Enrique forçava um sorriso enquanto acarinhava o pulso dela num gesto de proteção. Margaret também sorria, mas sem nenhum esforço: um sorriso bonito, calmo e amoroso, sem o menor traço de encenação. Um olhar mais atento notaria que ela estava de peruca. Não fosse por isso, aquela mulher próspera, esbelta e linda parecia absolutamente feliz com sua vida de meia-idade.

— Depois que todos vierem... — Margaret parou um instante e deu um gole no suco de groselha. Frequentemente ficava com a boca seca, embora tivesse o hábito de beber sucos doces pelo mero prazer de sentir o gostinho deles. O líquido fosforescente ressurgiu dali a pouco na bolsa transparente ligada por uma cânula a seu estômago. Para que os visitantes não tivessem de ver aquela repugnante mistura de sucos vermelhos e bile, Enrique havia decidido acomodar a tal bolsa numa sacola da L'Occitane sobre o chão; de tempos em tempos a esvaziava num jarro de plástico e despejava o conteúdo no vaso do banheiro. Com a boca devidamente umidificada, Margaret prosseguiu: — Depois dessa semana, quero parar com tudo. — Ela apontou para as duas bolsas que pendiam do suporte do intravenoso, uma com soro e outra com o antibiótico receitado para a infecção mais recente.

A médica franziu as sobrancelhas finas e crispou os lábios numa expressão de dúvida.

— Tudo? — disse ela. — De uma vez só?

Margaret fez que sim com a cabeça.

— Tudo — sussurrou com firmeza.

Natalie Ko aparentemente não lhe deu ouvidos, porque disse:

— Quanto à suspensão da hidratação, há outras alternativas. Depois da primeira semana, vou parar com os nutrientes adicionais, claro. Mas quanto ao soro propriamente dito, você já está recebendo três bolsas agora; na semana que vem, pode passar para duas, e na seguinte... — Ela se calou ao ver que Margaret balançava a cabeça de um lado a outro, lentamente, mas com ênfase.

— Não. — Margaret precisou assoar o nariz para limpar um escorrimento. — Depois dessa semana, quero parar com tudo. Não quero prolongar este sofrimento.

Isso não foi nenhuma novidade para Enrique. Tampouco a descrição de como Margaret se deterioraria até que a morte chegasse. Aconselhado por uma assistente social, ele já havia consultado um site de conteúdo idôneo onde se informara de todo o processo. E mentalmente foi relembrando cada detalhe quando a Dra. Ko começou a explicar os estágios da morte por desidratação. Após a suspensão de todos os fluidos intravenosos, Margaret ficaria cada vez mais fraca, dormiria cada vez mais, e entraria em coma depois de quatro ou cinco dias, seis no máximo. Uma vez em coma, começaria a respirar em fungadas rápidas e irregulares, aqui e ali parando de respirar completamente (por intervalos que pareceriam intermináveis), para depois voltar, de um modo assustador, às fungadas rápidas. Também era possível que fizesse aquele ruído ao qual a literatura dera o sofisticado nome de "chocalho da morte", mas que na verdade não passava de um efeito do acúmulo de secreções na garganta e não estava relacionado a nenhum sinal de proximidade da morte. Na ausência da hidratação, o coração pararia de bater no prazo de sete dias, talvez oito. A não ser pelo ressecamento da boca, do nariz e da garganta, o processo não seria doloroso; além disso, esses desconfortos surgiriam apenas quando Margaret já estivesse em coma. Uma vez que todos os líquidos que ela ingeria pela boca eram drenados pela GEP do estômago, ela poderia beber o que quisesse enquanto estivesse consciente e com isso aliviar a secura sem prolongar a vida. Na hipótese de algum desconforto, físico ou psicológico, receberia doses de analgésicos ou Ativan para induzi-la à inconsciência.

— Tudo será muito rápido depois que interrompermos a hidratação — repetiu a médica. — Apenas alguns dias até que você comece a ficar com muito sono. Está bem assim?

Margaret por fim demonstrou alguma impaciência:

— Está! Se estivéssemos no Oregon, você me dava um tiro na testa e pronto!

Natalie levou um susto. Falando baixinho, e olhando discretamente para Enrique, disse:

— Na verdade, alguns estudos mostram que o suicídio, mesmo no caso de pacientes terminais, é muito doloroso — e só então ela olhou para Margaret —, não para os pacientes, mas para os familiares.

Margaret permaneceu imóvel por um tempo, e nem mesmo piscou os olhos vazios, dando a impressão de que não tinha entendido o que acabara de ouvir ou estava de tal modo chocada que precisava de alguns segundos para refletir. Plantava os faróis azuis sobre a médica, que esperava em silêncio por uma reação qualquer de sua paciente. Enrique, no entanto, sabia que sua mulher não levara em consideração o que havia sido dito. Conhecia aquele olhar e sabia muito bem o que ele significava. Era assim que Margaret reagia quando a mãe lhe dava uma bronca ou implicava com alguma bobagem. Era assim que ela o desafiava quando ele perdia a calma, uma resistência ao mesmo tempo passiva e inarredável. Gandhi teria morrido de inveja.

Mas dessa vez, para surpresa dele, foi diferente. Virando-se para Enrique como se ainda não tivesse notado a presença dele no quarto, Margareth disse:

— Sei que é horrível o que estou fazendo. — Não deixou muito claro se falava a ele, à médica ou a Deus. E recorrendo a mais um dos apelidos carinhosos que tinha para o marido, emendou: — Estou colocando tudo nos ombros do Endy, coitadinho. Mas ele é forte. — Nessa altura ficou com os olhos marejados, mas de lágrimas que nada tinham a ver com a quimioterapia. — Vai segurar a onda, não vai, baby? Pode fazer isso por mim, não pode?

Natalie aparentemente não entendeu a natureza da pergunta.

— Não se preocupe — respondeu. — Esse caminho é bastante aceitável para as famílias. É o melhor de todos.

Para Enrique, no entanto, estava claro: Margaret receava que a decisão prática de abreviar sua morte pudesse ser interpretada pelo marido como um ato de suma crueldade. Ele se aproximou e, tomando a mão dela, sussurrou:

— Não se preocupe comigo, meu amor. Vamos ter tempo para nós dois, e você não vai sofrer nada. Está tudo certo. — Mas não conseguiu prosseguir. Via que as lágrimas novamente ameaçavam brotar, e sabia que ambos tinham de manter a calma diante da médica. Margaret havia optado por morrer dignamente em casa, e ele faria o que fosse preciso para satisfazê-la.

Enquanto consultava a agenda do telefone em busca de opções para acomodar o excelso e ocupadíssimo Bernard Weinstein, Enrique nem sequer se deu ao trabalho de calcular o tempo que ainda lhe restava: sete dias de esteroides e hidratação, outros sete até a morte. Quatorze dias de Margaret.

Sete deles seriam destinados à despedida final com outras pessoas. Naturalmente, Lily viria todos os dias por algumas horas até o fim. E os pais de Margaret, agoniados, já tinham avisado que pretendiam ver a filha diariamente nessas duas semanas, vindo de Long Island onde ainda passavam metade do ano (a outra metade era passada no destino compulsório de sua geração de judeus: Boca Raton, Florida). Na véspera eles haviam feito uma visita de oito horas, mas Enrique achava que as próximas seriam bem mais curtas. Ele havia observado os ombros murchos de Leonard, bem como a agitação constante de Dorothy, que a cada cinco minutos abandonava seu posto de sentinela no quarto da filha, ora para conferir algo que vinha esquentando na cozinha, ora para endireitar algum objeto, ora para perguntar a

Max, pela enésima vez, se ele estava com fome. O esforco que ambos vinham fazendo para manter uma fachada de coragem (nenhum deles chorava, gritava ou sequer deixava que as roupas amassassem) era grande demais para que fosse sustentado dias a fio. Nos tempos de saúde, Margaret via os pais apenas esporadicamente: no dia de Ação de Graças, na Páscoa judaica, em eventuais jantares espalhados pelo calendário — ao todo, menos de uma semana por ano. Enrique confiava que teria quase inteiramente para si aqueles dois ou três dias antes que o coma calasse Margaret para sempre. Poderia deitar-se ao lado dela e fazer um pequeno resumo de tudo. Finalmente eles teriam um descanso dos atropelos da doença, da profusão de flores e exames, do ardor das febres e esperanças, da melopeia do jargão médico, do preocupante burburinho da vida. Contemplariam o horizonte pretérito de seu casamento e, de uma única mirada, veriam juntos o que tinham vivido até então.

— Enrique? — berrou Gertie ao telefone, após consultar alguma Suprema Autoridade sobre os compromissos de Bernard Weinstein.

Diante dessa agressão aos ouvidos, Enrique apertou um botão lateral para baixar o volume do Treo, mas em vez disso, já que estava no modo "Agenda", fez com que a tela saltasse da segunda semana de junho para a primeira de julho. Aflito, ele já apertava outros tantos botões para voltar às datas relevantes quando Gertie (a aspereza do Brooklyn acentuada ainda mais pelo volume alto) disse:

— Falei com a Marie e...

— Marie? — interrompeu Enrique.

— A secretária do Bernard. Geralmente é ela quem cuida da agenda dele. Sou péssima nessas coisas. Mas sinto muito: terça não dá. Bernard tem uma estreia, ou qualquer coisa parecida. Mas estaremos em Nova York. Então... que tal a noite de quarta? Talvez possamos tomar uns drinques. *Ha!* — ela gritou, sem nenhuma advertência ou motivo aparente.

Enrique precisou retirar os fones do ouvido. Fez isso com tamanha violência que sua meia-irmã, Rebecca, parou a meio caminho da escada enquanto levava uma barra de morangos congelados para Margaret. O petisco de fácil digestão lembrou-o de outra preocupação. Em tese Margaret poderia comer o que quisesse, já que tudo seria drenado pela cânula do estômago, mas os alimentos mais sólidos poderiam causar, como já haviam causado, obstruções. Não sabia ao certo como ela reagiria ao banquete do dia seguinte, um derradeiro brunch na companhia dos pais, irmãos e cunhadas. A pedido dela, a comida viria da Second Avenue Deli. "Vou mastigar bem direitinho", ela prometera, um sorriso maroto nos lábios. "Quanto ao *knish*, vai virar uma papa depois que eu misturar com o Dr. Brown de cereja."

Perdido em seus pensamentos, Enrique balançou a cabeça para sinalizar à irmã que não havia problema algum e só então acionou o viva-voz do telefone. Uma versão comprimida, mas ainda estridente, da voz de Gertie ressoou pela sala:

— Ha! Olha só a besteira que acabei de dizer! Drinques! Você deve estar pensando que sou doida. É, não deve estar sendo fácil para você — disse ela, com um ligeiro vibrato de emoção. O que tomou Enrique de surpresa, visto que Gertie era praticamente uma desconhecida. Além disso, era uma ferrenha defensora do marido e suspeitava, corretamente, que Enrique não via nenhum mérito no sucesso dele. — Lá pelas 17h30, 18 horas, pode ser?

— Infelizmente não — respondeu Enrique com profunda tristeza. — Toda a quarta-feira está reservada para o Gregory, nosso filho mais velho...

— Claro, claro — disse Gertie, a fim de abortar a impalatável explicação.

Mas Enrique insistiu, contando fazê-la ver que era absurdo adequar a agenda de Margaret à de Bernard ou à de quem quer que fosse:

— Ele está vindo de Washington, onde mora e trabalha, para passar um último dia sozinho com a mãe. E mesmo que eles terminem antes das 17...

— Eu entendo, eu entendo — investiu Gertie novamente.

E novamente Enrique foi implacável:

— Não quero correr o risco de encurtar a conversa deles por conta de uma segunda visita. Portanto, reservei o dia inteiro só para o Greg.

— Claro, claro. — Gertie tentou parecer gentil. Pela primeira vez falou baixo e com delicadeza. Seguiu-se então um silêncio que Enrique só foi entender quando a ouviu represando o choro para dizer: — Não tem problema... Você diz... quando podemos ir e... o Bernie dá um jeito. — Mas para deixar claro que não havia cedido por uma questão de pena, acrescentou: — Menos na terça. Na terça é impossível.

— Que tal na segunda? Por volta das 14 ou das 15 horas.

— Espera só um segundinho, Ricky — disse ela, cometendo o pecado capital de anglicizar o nome dele.

Enrique aproveitou a oportunidade para colocar os fones outra vez.

— Meu nome é Enrique — cantarolou para si mesmo; parecia uma criancinha se apresentando aos colegas no primeiro dia de aula no jardim de infância.

Ao ressuscitar a agenda do Treo, lembrou-se do estranho encontro que tivera com a Dra. Ko. Após a conversa com Margaret, sobre como e quando ela pretendia morrer, ele havia acompanhado a médica até a porta. Natalie parou diante da capa de chuva que deixara no espaldar de uma cadeira (quase todos os dias daquele verão haviam sido nublados) e, visivelmente triste, exalou um suspiro.

— Ela é muito, muito corajosa — disse em seguida.

Enrique concordou. Precisara ver a mulher doente para constatar isso, surpreendendo-se profundamente. Margaret tinha muitos defeitos, entre os quais uma passividade que às vezes beirava a covardia. Tratava-se, no entanto, de uma pista falsa. Diante de um desafio tão mortal como o câncer, ela havia revelado uma impressionante coragem.

— Preciso lhe perguntar uma coisa — prosseguiu Natalie. — Por favor, entenda: o que sua mulher está fazendo é totalmente compreensível. Não tenho nenhum problema com a decisão dela. Margaret não teria mais que um ou dois meses de sobrevida caso decidisse lutar por eles, e além disso passaria por maus bocados. Por outro lado, esse é o caminho escolhido pela maioria das pessoas. Elas preferem ser levadas pela doença. Querem que doença...

— As tome de assalto — terminou Enrique, lembrando-se da morte do próprio pai.

— Exatamente — disse a médica, e olhou para o alto das escadas. — Faz mais de vinte anos que venho tratando de pacientes terminais, e apenas uma vez em todo esse tempo vi alguém lidar com a própria morte assim, de maneira tão direta e racional. — Novamente ela pousou os olhos sóbrios sobre Enrique.

— É mesmo? — disse ele surpreso. Diversos conhecidos seus juravam que não queriam uma morte lenta, que fariam o mesmo que Margaret caso estivessem no lugar dela.

— Sim. É muito raro. Por isso preciso saber. — Pausa de efeito. — Essa decisão é condizente com a personalidade dela?

Enrique também se surpreendeu que uma médica de atendimento domiciliar tivesse de fazer semelhante pergunta. Mas tinha a resposta na ponta da língua, pois havia se perguntado a mesma coisa um milhão de vezes desde que Margaret o incumbira de organizar suas despedidas, seu enterro, sua morte.

— Gostaria de dizer que não, já que não estou exatamente feliz com a escolha de Margaret. Amo muito minha mulher, mas estamos juntos desde os meus 21 anos, são quase trinta anos de convivência, tempo suficiente para saber que ela é obsessiva por controle. Aprendeu isso com a mãe, que apesar de muito generosa também é controladora demais. — Natalie Ko, talvez pensando na exigente mãe chinesa, abriu um sorriso de cumplicidade. — Em certos aspectos, foi ótimo conviver com esse lado de Margaret. Em outros, para ser honesto, não. Foi bom no enfrentamento da doença. Margaret lutou com todas as forças contra...

— Eu sei — interrompeu a médica. — Dei uma olhada no histórico dela. Margaret passou por maus momentos. Tentou de tudo e mais um pouco.

Enrique fez que sim com a cabeça e se calou um instante para digerir o assalto de comiseração por tudo que Margaret havia enfrentado.

— Ela combateu a doença — disse afinal com a voz tonitruante de um locutor de TV, despachando as emoções de volta para o armário escuro de seu coração — com o objetivo de controlá-la. De vencê-la. E agora que sabe que vai perder, que a morte é certa e iminente, ela quer decidir como e quando vai morrer. Foi tudo que sobrou para ser controlado. Sim, a decisão de Margaret é condizente com a personalidade dela.

Emocionada, Natalie meneou a cabeça, engoliu a seco, pigarreou, e só então disse:

— Como falei antes, a decisão dela é totalmente compreensível e racional. Mas eu tinha de perguntar. — Caminhando em direção à porta, explicou sobre a entrega dos medicamentos, sobre as visitas diárias que os assistentes fariam dali em diante, e entregou um cartão com os números de telefone em que poderia ser encontrada na eventualidade de algum problema. Enrique abriu a porta e, porque Natalie havia sido especialmente carinhosa com Margaret, e também porque tinha amigos em comum com ela, inclinou-se para se despedir com um beijo no rosto. Mas Natalie, em vez de oferecer a face, ergueu-se para compensar a diferença de altura e, de olhos fechados, plantou um beijo nos lábios dele. Um beijo bem mais úmido e quente do que permitiria uma simples amizade. Enrique teve a impressão de que, caso ele cedesse, dali a muito pouco os dois estariam trepando.

Assustado mais do que qualquer outra coisa, ele se esquivou de modo abrupto e viu que Natalie parecia confusa, como se outra pessoa tivesse cometido aquele beijo. Ela saiu apressadamente. Os modos formais e circunspectos sumiram de um segundo a outro. Como havia acontecido com Gertie, que subitamente abandonou a aspereza em favor da empatia. Enrique percebeu então que era vítima de mais uma ironia do destino: ele agora era mais atraente para as mulheres do que jamais havia sido ou jamais voltaria a ser. Todavia, nunca se sentira tão distante da libido e tão imune às tentações da carne. Sabia que os supostos sacrifícios que havia feito em nome de Margaret eram uma dádiva tanto para si quanto para ela, mas aos olhos de outras mulheres, eles espelhavam uma visão juvenil e idealizada do amor. Além disso, mesmo para uma médica tão habituada à morte, sua devoção como marido era um quadro bem mais palatável de se admirar do que o sofrimento de Margaret.

— Segunda-feira pode ser! — berrou Gertie em seu ouvido, empolgada. — Vamos chegar às 15h30. E podemos ficar até as 16h30. Depois precisamos ir.

Enrique abriu um sorriso irônico, embora não houvesse ninguém ali para ver.

— Margaret poderá recebê-los por apenas 15 minutos. Uma velha amiga dela, dos tempos de colégio, vem às 17 horas, e será uma despedida difícil. Não quero sobrecarregá-la. Margaret precisa de intervalos entre essas visitas. Elas são... você sabe, meio cansativas.

— Claro — concordou Gertie e no mesmo instante, constrangida. — Claro, eu entendo. Chegaremos às 15h30 e saímos em 15 minutos. Quer que eu leve alguma coisa? Estão precisando de algo?

Enrique sentiu ardor nos olhos, talvez em razão da vontade de pedir que ela trouxesse uma cura. Ou talvez também estivesse expelindo toxinas.

— Não precisa trazer nada, obrigado. Então nos vemos na segunda, às 15h30.

Nesse mesmo dia e na véspera, Enrique tinha dado cerca de vinte telefonemas semelhantes e trocado mais uns trinta e-mails. A maioria das pessoas havia sido bem menos irritante, e poucas haviam despertado nele o pendor para o sadismo e a autopiedade. As que amavam Margaret, e eram mais próximas, facilitavam bastante as coisas. O meio-irmão e a mãe, por outro lado, vinham se revelando bem mais difíceis: Leo, ausente em corpo e alma durante todo o calvário de Margaret, agora demonstrava um inexplicável interesse pelo dramático desfecho da cunhada e se fazia presente tanto quanto possível; a mãe velhinha insistia em aparecer com sua cara de velório e os indefectíveis boletins sobre os próprios achaques, dizendo a todo instante: "Não vou aguentar..."

Mas essas eram cobras velhas, desde muito sugadas de seu veneno por meio da terapia. Enrique estava demasiadamente triste e cansado para reclamar da grandiosidade mórbida de sua família narcisista. Também carecia de forças para denunciar o apoio emocionalmente raso que os pais de Margaret tinham a oferecer. Na verdade, desistira de Dorothy e Leonard assim que vira o terror deles ao visitar a filha no hospital logo após o diagnóstico. Ambos haviam ficado longe da cama, junto da porta, sem ao menos lhe dar um beijo ou um abraço na filha. Enrique aceitava o fato de que era o alicerce emocional da família naquele terrível episódio, aquele a quem todos recorriam em busca de força e paz quando a vida mostrava suas garras, do mesmo modo que aceitava ter contado com os pais de Margaret para cobrir as despesas médicas dela e aprendido com os próprios pais e meios-irmãos a ser mais ambicioso.

Estava com 50 anos, e nenhum de seus conhecidos podia se gabar do heroísmo comum aos protagonistas de tantos filmes e livros contemporâneos — muito menos ele, Enrique. Roteiristas e escritores eram mentirosos, parecia-lhe, na medida em que taxavam de vilões hediondos todos que os desapontavam ou menosprezavam, ao mesmo tempo que reservavam para si mesmos o papel de herói. Enrique tinha consciência da sua vontade de se sentir superior na maneira como cuidava da mulher e dos filhos, na maneira como encarava a morte de Margaret. Queria cobrir a si mesmo de louros e desdenhar o resto do mundo. Afinal, não teria ele direito a essa patética vaidade como prêmio de consolação por tudo o que havia perdido, estava perdendo e perderia para sempre? Naquela noite o meio-irmão treparia com a mulher que amava, ou desamava, como era o caso na maioria das vezes. Os pais de Margaret tinham mais dois filhos e oito netos, cujo nascimento e cujas realizações eles haviam vivido o bastante para testemunhar e celebrar juntos. Meses, talvez anos, após a morte da filha, Dorothy e Leonard teriam um ao outro; aquele casamento de sessenta anos ainda medrava numa rotina de implicâncias, cruzeiros marítimos e codependência. Enrique, por sua vez, estava perdendo a companheira de seu passado, seu presente e seu futuro, justo quando mais desejava a proximidade dela. Quando Gregory e Max se casassem, ele teria de comemorar sozinho ou com uma mulher alheia a tudo aquilo que ele e Margareth haviam criado juntos. Quando nascessem os netos de Margaret ele não teria ninguém ao seu lado para compartilhar o milagre de ver um filho ter seu próprio filho. Sim, revoltava-o que as pessoas o procurassem em busca de consolo por estarem perdendo uma parte do mundo delas, quando ele próprio via, não uma parte, mas o centro de seu mundo derreter na palma das mãos, vazar entre os dedos e cair diante de seus pés. Dali a pouco, muito pouco, só lhe restaria uma poça daquilo que antes fora um coração.

Mas não, ele não tinha nenhuma vontade de reclamar enquanto Margaret estivesse morrendo, como também não alimentava nenhuma esperança de que aqueles que o haviam decepcionado, traído ou julgado agora tivessem uma crise de consciência e viessem se desculpar por terem pedido um Band-aid para seus respectivos arranhões enquanto Enrique vertia sangue pelos poros. Bernard chegaria na segunda-feira, seria recebido de braços abertos e anos depois incluiria a despedida de Margaret na autobiografia best-seller que decerto escreveria, valendo-se de sua prosa vulgar e sentimentaloide para reduzir Enrique e Margaret a dois pombinhos bobocas e com isso aplacar a sede de lágrimas de seus muitos leitores. E daí?, perguntou-se Enrique. Em que medida isso agravava a dor de perder o grande amor de sua vida? “Sou o bobo da Fortuna”, ele citou para seus botões, bem ao estilo grandioso e melodramático de sua família.

Com Bernard e Gertie preenchendo o último espaço livre na agenda do Treo, Enrique deu por terminada sua missão de secretário, comprazendo-se de que pelo menos nisso ele não havia faltado à mulher. Margaret veria todas as pessoas que queria ver, e as demais ele havia bloqueado. Quanto ao venerável Bernard Weinstein, poderia ele se gabar de que havia feito algo assim tão difícil, e com tamanha competência?

Capítulo 7

A competição

Enrique podia se considerar um sujeito de sorte por morar a apenas três quadras de Margaret, sobretudo depois de ter comprado duas garrafas de Margaux pela extraordinária quantia de 27 dólares e 89 centavos. Nunca gastava mais que 5 pratas numa garrafa do que quer que fosse. Agora tinha apenas uma mísera e amarfanhada nota de 1 dólar na carteira, além dos 11 centavos que guardara no bolso das calças. Ao fim da noite, precisaria das próprias pernas para voltar para casa sem nenhum custo adicional.

Mas também tinha seus motivos para apreciar a extravagância. Em primeiro lugar, achava bonitinha a iniciativa aliterante de comprar um Margaux para Margaret. Além disso, o preço alto das garrafas aliviava o medo, herdado do orgulho e das origens proletárias do pai, de ter comprado algo inadequado e inferior. Enrique sabia que preço nada tinha a ver com qualidade (sendo um escritor cujos livros não rendiam muito, era melhor mesmo que acreditasse nisso), mas também sabia que em 1975 um tinto francês caro, a despeito do que dissessem os paladares mais sofisticados, mostraria a Margaret e sua amiga Lily, bem como aos outros misteriosos desgarrados, que embora fosse um ignorante ele não era nenhum sovina.

Enrique não tinha mais que 160 dólares que pudesse chamar de seus, mas em nenhum momento cogitara comprar algo menos caro: contava receber dali a três meses o dinheiro que lhe era devido pela publicação do terceiro romance. A bem da verdade, metade daqueles vultosos 2.500 dólares já estava comprometida, pois seis meses antes ele havia tomado um empréstimo de mil dólares com os pais escritores e igualmente duros, e na segunda-feira seguinte tomaria outros 500 com Sal. Dado que tinha saído de casa aos 16 anos, essa vinha sendo a rotina de suas finanças, tomando empréstimos contra os adiantamentos da editora de tal modo que, quando os cheques chegavam, ele já se encontrava mais uma vez à beira da falência. Aos 17, 18, 19 e 20 anos, não era de todo intolerável essa alternância entre a penúria e os breves períodos de bonança, mas Enrique sabia que, uma vez casado e com filhos, persistir nesse ciclo vicioso (enquanto tentava escrever suas obras-primas) perderia toda a aura romântica para se tornar apenas um martírio. Pior que isso, aos 10, 11, 12, 13, 14 e 15 anos ele havia observado de perto como a incapacidade de pagar o aluguel do mês podia reduzir a silêncio a voz tonitruante do pai latino; sabia que, para o filho orgulhoso de camponeses espanhóis e operários de uma charutaria cubana, a falta de dinheiro era uma humilhação tão intensa quanto a vergonha suicida de um aristocrata falido.

Apesar da extravagância com o vinho, ou talvez por causa dela, Enrique achava que a pobreza era seu futuro mais provável — seguramente mais provável para ele do que para qualquer outro naquela Ceia dos Desgarrados. Decerto os demais convidados de Margaret, apesar de órfãos no Natal, tinham um futuro garantido pela frente, ou porque meteriam as mãos numa polpuda herança, ou porque eram universitários formados e viriam a ser, se já não o fossem, advogados, médicos ou coisas do tipo. Embora tivesse escrito três magros romances, Enrique não tinha nenhuma formação nem experiência em nada que fosse realmente útil para o mundo; portanto, a possibilidade da penúria lhe parecia bastante real e iminente. Achava que esse temor estava enraizado em seu peito: era jovem demais e analisado de menos para recorrer à sabedoria de culpar a mãe por ter medo da pobreza.

Rose volta e meia previa a catástrofe financeira. Batia nessa tecla por mais prósperas que fossem as circunstâncias, talvez porque na infância tivesse sofrido acompanhado as múltiplas falências da mercearia do pai, bem como as sucessivas mudanças entre o Bronx e o Brooklyn enquanto a família fugia dos aluguéis atrasados durante a Grande Depressão. Enrique não tinha consciência de que havia sido influenciado pelo pessimismo da mãe. Embora ela enfim tivesse conseguido comprar com o marido, mediante uma modesta hipoteca, um pequeno sobrado setecentista na costa do Maine, e estivesse trabalhando num romance com um adiantamento de 100 dólares, os pesadelos que ela tinha de um futuro sem teto (uma falência pessoal e isolada que nenhum Roosevelt seria capaz de evitar) estavam sempre presentes, visões angustiadas que ela costumava recontar a Enrique com riqueza de detalhes, graças ao dom que tinha para a criação literária. Rose teria sido uma excelente vendedora — desde que o produto vendido fosse a tristeza, claro. Sem prestar atenção aos termos do contrato, Enrique havia comprado todos os itens daquele catálogo de derrota e seus trágicos acessórios. A ladainha pessimista da mãe e o estado de miséria quase permanente do pai desde que ele abandonara o emprego fixo para se dedicar às letras o haviam transformado numa estranha criatura: um jovem americano de classe média que nunca havia ambicionado muito, mas que vivia numa eterna preocupação quanto à sarjeta que o aguardava no futuro.

Enrique ainda se lembrava de quando estava no ensino fundamental e a mãe o puxara de lado para dizer que ela e o marido custeariam seu primeiro ano de universidade — tal como haviam feito por seu meio-irmão, e teriam feito pela meia-irmã, caso ela tivesse ido além do segundo grau —, mas que os três anos restantes ficariam inteiramente por conta dele. Aos 12 anos Enrique nem sequer sabia que era preciso pagar por uma universidade, tampouco suspeitava que continuaria estudando e ainda por cima pagaria pelos próprios estudos. Assustado, chegara ao ponto de pesquisar quanto custava uma universidade, o que só fez aumentar o susto. Durante um bom tempo (até que chegou aos últimos anos do ensino médio, começou a matar aulas e parou de se importar) só pensava em como pagaria por Harvard, a universidade imposta pelo pai, com os míseros 10 centavos que amealhava toda semana ao entregar o jornal de domingo nos apartamentos vizinhos; não havia conseguido mais que cinco pessoas que lhe pagassem pelo serviço. Costumava fazer a mãe rir ao chegar em casa nas tardes de domingo cantarolando sua versão para o clássico de Richard Rogers que havia aprendido com ela ("Dez centavos por semana, é isso que me pagam... Puxa, como me cansam!"), mas nunca dizia que ali não havia motivo para risos. Entendia plenamente as implicações dos recados que a mãe insistia em lhe dar sobre a universidade, muito diferentes das promessas grandiosas que o pai fazia quanto à fortuna que conquistaria para si e deixaria de herança para o filho. Rose o alertava para a realidade dos fatos, isto é, que levar uma vida de escritor era o mesmo que chapinhar num oceano de dívidas, fome e ameaças de despejo. Deixava bastante claro que ela e Guillermo não poderiam ajudá-lo depois que ele abandonasse o barco, e muito menos caso ele decidisse permanecer naquela escuna cheia de furos.

Quando informou que pretendia abandonar a escola para terminar seu primeiro romance (metade do qual já estava pronta), Enrique esperou que a mãe reagisse com um retumbante "Não!", mas para sua surpresa ela disse:

— Se você quer ser escritor, não sou eu quem vai impedir. Eu jamais tentaria convencer uma alma sobre o que fazer da vida. Minha família fez isso comigo, e foi horrível. Nunca os perdoei por isso. Portanto, se você acha que é escritor, vá em frente e tente. Não vou colocar nenhum obstáculo. Mas terá de segurar as pontas. Isso também é muito importante. Escrever não é hobby. É trabalho.

Apesar das juras de respeito à sua escolha, Enrique suspeitava que a mãe não levava muita fé quanto à sua capacidade de se virar sozinho. Nesse caso, ela estava enganada. O pavor que ele tinha da pobreza era irracional em diversos aspectos, e o mundo, pelo menos de início, parecia concordar: seu primeiro romance havia rendido 11 mil dólares, o suficiente para pagar as contas de três anos muito felizes naquela Nova York falida em que o aluguel de um apartamento na Broome com a Sixty Avenue, onde ficava o apartamento de Sylvie, não passava de 68 dólares mensais.

Para crédito de Rose, ela foi fiel à palavra dada. Satisfeita com o sucesso inicial do filho, em nenhum momento insistiu para que ele se matriculasse nas universidades que já haviam demonstrado interesse em tê-lo como aluno, ainda que em regime de observação por um semestre, já que ele não havia terminado o ginásio. Jamais externou a preocupação de que era um peso muito grande para os ombros de um adolescente viver às próprias custas como escritor, tampouco mencionou os proveitos que um romancista poderia tirar de uma educação universitária. Naquele ano de 1971, a palavra "yuppie" nem sequer havia sido cunhada, e ainda não vigia o princípio de que sucesso monetário e valor eram sinônimos. No entanto, evoluindo naturalmente de seu cinismo de esquerda, Rose por fim chegou a uma medida de sucesso artístico muito semelhante àquela que alguém como Donald Trump poderia defender: ganhar dinheiro era o único critério aceitável para que alguém pudesse se dizer artista. Mas nem por isso ela deixava de torcer o nariz para os charlatões que escreviam qualquer coisa para vender livros: por causa deles, via um mérito ainda maior no dinheiro conquistado pelos escritores que chamava de "sérios".

Até esse recente empréstimo contra o adiantamento que lhe era devido, Enrique não havia recebido nenhuma ajuda financeira por parte dos pais. Mas não se ressentia disso. Teria ficado surpreso se alguém dissesse que certo ressentimento seria mais que razoável. Considerava-se uma pessoa de extrema sorte por ter os pais que tinha. Divertia-se com os acirrados debates que sobrevinham quando eles opinavam sobre isto ou aquilo, quando se perguntavam, por exemplo, se um romancista desprovido de humor (incluindo um que eles equiparavam a Dreiser) podia ser considerado um grande artista; se Jerry Lewis era um gênio da comédia ou um palhaço boboca; ou se um levante armado contra o regime imperialista americano seria uma decisão sábia, apesar de moralmente correta. O mais delicioso de tudo eram os elogios descarados que ambos deitavam sobre a prosa do filho, um tesouro de valor incalculável. Enrique gostava de zombar deles, das opiniões que os pais defendiam com tanto ardor e de modo tão extravagante, mas fazia isso com a adoração de um fanático. Acreditava que o dinheiro era o grande mal do mundo e, por conseguinte, o inimigo natural daquela extraordinária dupla de tanto talento e coragem.

Pois bem. Ele era um instável híbrido de dúvida e arrogância quando, mais uma vez, suando por baixo do suéter, foi examinado de cima a baixo pelo indigesto porteiro. Diante do apartamento 4D, por pouco não teve um ataque de apoplexia quando foi recebido por um marmanjo boa-pinta, de barba, rosto anguloso e modos seguros, que disse:

— Quem é você?

E quando a porta enfim se escancarou, ele pôde ver o segundo marmanjo desconhecido que conversava alto com Margaret e Lily. Dois pavões haviam chegado enquanto ele estava fora comprando vinho. Enrique não reconheceu a plumagem nem de um nem de outro, mas não deixou de notar a predominância do verde-dólar comum aos filhinhos de papai. Apesar disso, os tremores recônditos do artista fracassado e muito em breve sem teto deram lugar a um sorriso seguro e um olhar firme quando ele respondeu:

— Enrique Sabas. — Ainda chegaria o dia em que ele diria seu nome sem a menor necessidade de explicar quem era ou o que fazia da vida.

— Ah, sim, sei quem você é — admitiu o grosseirão ao fechar a porta, sugerindo que esse dia talvez não tardasse a chegar. — É o menino-prodígio que está entalado na garganta do Bernard, não é? Que escreveu um livro quando tinha 12 anos, certo?

Enrique havia sido um menino-prodígio por cinco anos. No início esperava que o mundo o aplaudisse sem reservas, mas essa ilusão passaria rápido. Dali a muito pouco ele começaria a sofrer com as piadas, o ressentimento e a hostilidade que surgiriam em seu caminho. Mas sem grande proveito, levando-se em conta que seu objetivo na vida era ser admirado pelo universo e amado incondicionalmente. Na vã persecução desse objetivo ele havia adquirido o hábito de erguer o escudo, desembainhar a espada sob a capa e ao mesmo tempo fazer o possível para evitar a batalha. Não se tratava de covardia, mas de um gesto humanitário. Enrique sabia que nem mesmo um pavão tão vistoso quanto aquele de barba bem aparada e voz de guerreiro era páreo para um de seus acessos de fúria.

— Hoje sou apenas um aposentado de pijamas — ele devolveu. Em seguida entregou o vinho a Margaret, que no cubículo de sua cozinha remexia o molho quente de uma panela de alumínio, dois círculos vermelhos cobrindo as pintinhas brancas das bochechas.

Ao se virar para receber o embrulho, empunhando sua colher de pau, ela mais uma vez o encantou com seu par de faróis azuis, com aquele sorriso de dentes apartados, o sorriso mais feliz que ele jamais tinha visto nos lábios de uma mulher adulta. Exausto, molhado de suor e sobretudo preocupado, Enrique imediatamente se deixou levar pela energia dela: todos os reveses do mundo, inclusive a presença irritante dos dois adversários, evaporaram no ar, e de um segundo a outro ele encontrou uma segurança que pouco antes teria julgado impossível.

— Não entendo nada de vinho — disse —, mas comprei estes dois em homenagem a seu nome.

O floreio foi executado com facilidade, mas quando Margaret trocou o brilho no olhar por uma testa franzida, Enrique rapidamente baixou o florete.

— Como? — ela perguntou confusa.

Com a mesma sede com que havia bebido da alegria dela, Enrique sentiu na boca aquela súbita perplexidade e não se viu capaz de explicar o romântico trocadilho.

O guerreiro de barba bem aparada interceptou o embrulho e dele puxou uma das garrafas pelo pescoço. Com ares de um investigador de homicídios, leu o rótulo e disse:

— Ah, um Margaux. — Em seguida levantou os olhos para Enrique e comentou: — Muito engraçado. — E para Margaret: — Entendeu? — Com ambas as mãos ocupadas, não pôde estender uma delas para cumprimentar Enrique, mas disse: — Meu nome é Phil. — De repente ergueu os olhos para o teto como se refletisse sobre algo e observou: — Espera lá. Será que "Margaux" realmente significa "Margaret" em francês? — Enrique notou que aquele tigre barbudo, além dos cabelos escuros, do rosto magro e do queixo comprido, também tinha olhos azuis. Nada como os enormes faróis da anfitriã Margaux: os dele eram pálidos, quase sem nenhuma cor, espremidos com uma perene expressão de perplexidade. — Ei, Sam — chamou Phil na direção da mesa de jantar, onde se encontrava o segundo exemplar daquela tribo de machos muito seguros de si. Sam se ocupava em fazer Lily rir, e os trinados da moça provocaram em Enrique uma pontada de ciúme, muito embora não fosse ela o objeto de seus avanços. Murcho, ele viu Phil balançar a garrafa de Margaux como se estivesse num tribunal e apertasse nas mãos a prova material de um crime. Caso tivesse feito alguma besteira na escolha do vinho, ele agora seria exposto. — Você é fluente em francês. "Margaux" quer dizer "Margaret" em inglês? O certo não seria "Marguerite"?

— Sim, o certo seria "Marguerite" — respondeu Sam, arrastando a voz com enfado, dando a entender que a pergunta era rasteira demais para seus conhecimentos. Tinha uma rebelde cabeleira no topo da cabeça, mas nenhum queixo. Era alto, talvez mais alto que Enrique, embora não fosse possível determinar isso, já que ele se reclinava na cadeira dobrável que havia puxado da mesa de vidro e encostado à janela de modo que pudesse ter uma vista completa do apartamento. Espichava as pernas muito compridas diante da minúscula Lily, sentada perpendicularmente ao lado dele numa cadeira posicionada para o jantar que estava por vir. Nesse estranho arranjo, os pés incrivelmente grandes do sujeito, embrulhados num par de botinas tamanho 46 (no mínimo), ficavam diretamente à frente de Lily como se expostos para a admiração dela, ou talvez para o consumo. Mesmo em um corpo tão alto pareciam os pés de um palhaço, e quando somados à cabeleira rebelde, ou à ausência de queixo, conferiam a Sam um aspecto meio apatetado que, como o dos palhaços, era ligeiramente intimidante.

Phil lançou um olhar sinistro para Enrique, devolveu a garrafa com desdém e disse:

— Não significa "Margaret".

— Nesse caso, o que significa "Margaux"? — Lily perguntou a Sam, olhos fixos nas patorras dele. — Se não traduz como "Margaret", traduz como o que então? — E erguendo a taça de vinho: — Seja o que for, abre logo essa garrafa aí, poxa!

— "Margaux" significa... "Margaux" — disse o apatetado Sam com a solenidade de um professor. — Não tem tradução. É a coisa em si — arrematou, e com os dedos magricelas desenhou uma voluta no ar.

— A coisa em si! — repetiu o guerreiro de olhos pálidos. — Sartre — acrescentou, pronunciando com perfeição o nome do filósofo francês, e olhou para Enrique.

Ainda envergando o casaco militar, abraçado à polêmica garrafa, Enrique ardia de vergonha e raiva diante do fracasso imposto pelo bonitão à tentativa de agradar o objeto de seu desejo. Ofereceu o vinho a Margaret, que acompanhara toda a conversa como se tivesse acabado de acordar e não soubesse ao certo quem ele era, ou o quê. Segurando o embrulho com a segunda garrafa de Margaux, ela não mexeu sequer um músculo para pegar a que Enrique estendia à sua frente.

— Sei lá — respondeu ele, mais para ela do que para Phil. — Venho de uma longa linhagem de camponeses. Para mim, o vinho ainda devia vir em odres de couro. E em vez de "Sart", eu pronuncio "Seit-rah".

Margaret disparou uma de suas risadas truncadas, despertando assustada de seu torpor.

— É como "van Gogh" — disse, pronunciando o nome à inglesa, "Van Go". — Não suporto esse pessoal que fala "Fan Rohrrr" — emendou, exagerando na pronúncia correta e gutural do holandês. — Sei que é assim que se fala, mas acho nojento. De qualquer modo, que diferença faz?

— É verdade. Que diferença faz se você é um filisteu? — devolveu Phil.

Enrique ficou sem saber a quem se dirigia a farpa, se a ele ou a Margaret; afinal, ambos haviam defendido a pronúncia popular. Melhor que fosse a Margaret. Além da convicção de que nenhuma mulher gostava de homens sovinas, ele acreditava que uma atitude grosseira e arrogante era igualmente antipática aos olhos femininos — em suma, Enrique era um ingênuo.

— Talvez por isso "Fan Rohrrr" tenha se matado — disse ele, e pela terceira vez tentou entregar a Margaret o debatidíssimo vinho. — Porque não suportava o próprio nome.

Foi Lily quem riu — muito mais desabridamente do que vinha rindo de seu palhaço, notou Enrique com satisfação. E Phil, expoente máximo da petulância, meneou a cabeça para sinalizar que reconhecia o ponto marcado pelo adversário. Margaret se deixara levar por mais um de seus momentos de ausência, como se do outro lado dos olhos azuis ela sopesasse os fatos com absoluto rigor.

— Muito engraçado — disse afinal, mas sem o menor traço, tanto na voz quanto no olhar, de que havia achado graça em alguma coisa. Teria sido um insatisfatório endosso da mordacidade de Enrique caso ela não tivesse, por fim, recebido o presente oferecido por ele. Leu o rótulo e voltou à minúscula cozinha.

Aproveitando a oportunidade, Sam achou por bem informar a fonte correta de sua citação:

— "A coisa em si". É um poema de Wallace Stevens.

— Jura? — exclamou Lily, como se tivesse ouvido algo extraordinário. — Qual poema?

— Wallace Stevens, aquele boçal — desdenhou Phil. Em seguida, retomando a diatribe interrompida com a chegada de Enrique, vociferou: — Esse vinho de boa safra só faz reforçar o que eu vinha dizendo antes. Estamos em vias de nos transformar, todos nós, numa corja de suburbanos. Olhem só para aquilo ali. — Ele apontou para um boletim informativo da Cornell, com o cabeçalho *Cornellians at Three*. — Hoje em dia todo mundo é, ou quer ser, advogado. Ou então... meu Deus, médico!

— Espera lá — protestou Lily, e abandonou a companhia do palhaço para engrossar as fileiras contra Phil, para grande alívio de Enrique.

Mas Phil não esperou para ouvir o que ela tinha a dizer.

— Aquela universidade chegou ao cúmulo de ter dois programas de MBA! *Dois programas de MBA!* É o fim.

— Qual o problema de alguém querer ser médico? — objetou Lily. E sem ao menos fazer uma pausa para o non sequitur, perguntou a Enrique: — Você não quer tirar o casaco?

Enrique enfim tirou o casaco, deixando à mostra o enorme suéter branco feito à mão. Não sabia que a enormidade da peça (sem falar no cheiro de bicho molhado que ele exalava) era o motivo pelo qual Margaret e Lily haviam virado o pescoço para olhar. Mas tinha plena consciência de que havia aplainado o balão estufado no centro para que elas não pensassem que ali havia uma barriga.

Por sorte a atenção de ambas logo se voltou para o carismático Phil.

— Eu sei, eu sei, Lily. Aliás, todo mundo sabe do seu papai, médico de uma cidadezinha do interior — disse ele, entrando na cozinha e mais uma vez se apoderando da garrafa de Margaux. Em vista da exiguidade do espaço, inevitavelmente esbarrou em Margaret, mas sem nenhum sinal do constrangimento que semelhante contato teria provocado em Enrique. Em seguida, roçando as ancas nas de Margaret, abriu uma gaveta e vasculhou os talheres dentro dela. — Cadê o saca-rolha? Quero abrir isto aqui. Preciso beber.

— Já lhe dei um drinque ainda há pouco — disse Margaret com um sorriso de malícia.

— Sou alcoólatra, e daí? Melhor do que se fosse um porra-louca picador de ácido. — Ele afastou Margaret com um empurrão brincalhão dos quadris. — Sai para lá. Está nesta gaveta aqui?

— Deixa que eu pego! — ralhou Margaret, mas rindo com gosto.

Aos olhos de Enrique, a jovialidade da relação entre eles tinha uma desanimadora semelhança com a de Robert Redford e Jane Fonda em *Descalços no parque*, uma comédia romântica sexista e vergonhosamente perversa de Neil Simon a que ele já tinha assistido muitas vezes na televisão, apesar da culpa. No entanto, se é que isso era possível, o moreno Phil parecia muito mais confortável e seguro em seu papel de protagonista do que o mais louro e mais bonito de todos os astros do cinema americano. Observando a intimidade da dupla (Margaret agora balançava o saca-rolha diante de Phil, provocando-o com negaças), Enrique se deixou levar por uma terrível suspeita: a de que aquele mancebo tão cheio de si já havia conseguido transpor o avental da adorável cozinheira. Pior que isso: seriam eles namorados? Talvez ele tivesse compreendido mal toda a situação. Talvez aquela festinha não fosse o que aparentava ser, apenas uma Ceia de Desgarrados oferecida por uma mulher generosa, apiedada dos cães sem dono feito ele, dos homens sem mulher que os amasse. Afinal, Bernard jamais dissera que Margaret era descompromissada; pelo contrário, dera a entender que todos os homens da Cornell a cobiçavam. Descrevera-a como uma mulher muito exigente, mas isso não significava que ela havia descartado todos os pretendentes, e muito menos que fosse — Deus me livre! — virgem. Enrique suspeitava que essa informação de Bernard sobre o zelo sexual de Margaret não passava de uma confissão velada de que ela rechaçara o único homem da Cornell que realmente importava para Bernard, isto é, o próprio Bernard.

Enrique não encontrou alívio para o terror de suas suspeitas nem mesmo quando o Pés-de-Palhaço, num gesto simpático, se aproximou para dizer:

— Sou Sam Ackerman. E você é Enrique Sabas, eu sei. Bernard já teceu muitas loas a seu respeito.

Enrique não demonstrou surpresa, apenas assentiu com a cabeça, pois, apesar da afabilidade de Sam, havia certa condescendência na atitude do sujeito, realçada pelo fato de que ele literalmente o olhava de cima, do alto de seus 2 metros de altura. Um golpe certeiro na frágil autoestima de Enrique, que nem sequer podia se gabar de ser o pavão mais alto da festa.

Assim sendo, ele se entregou a um silêncio mal-humorado, alimentado ainda mais pelo incessante monólogo de Phil, que prosseguiu incólume até mesmo durante e após a chegada dos outros três convidados. Dois eram homens: um deles, baixinho, gordinho e simpático, apesar de perigosamente mudo; o outro, decidido, tão magro quanto Enrique mas não tão alto, e vestido à la Bernard, preto da cabeça aos pés e sem muita preocupação com o asseio. Nenhum desses dois espécimes masculinos parecia com disposição, nem capacidade, para competir com o monologuista. A terceira a chegar foi Pam, uma moça baixinha e muito magra, de pele esverdeada e cabelos escuros sem nenhuma graça, subindo para três o quorum feminino naquele desequilibrado contingente de desgarrados, cinco dos quais eram homens; por outro lado, uma criaturinha tão modesta mal se qualificava como uma mulher inteira diante da audaciosa Margaret e da animada Lily. Pam era patologicamente tímida: abria os lábios com tamanha parcimônia que mal chegava a completar um sorriso, e dardejava os olhos nervosos como se a qualquer momento pudesse sofrer um ataque-surpresa pelos flancos. Parecia intimidada pelas circunstâncias, sentada na ponta do sofá, agarrada à taça de vinho como se a protegesse de um possível ladrão.

O terror de Pam em nada serviu para tirar Enrique de sua concha. Enquanto Margaret passava torradinhas com brie para acompanhar o vinho que não tardaria a acabar, ele se fechava numa detestável passividade. Nos olhos, exibia a plumagem menos atraente de todos os pavões ali reunidos. Remoía-se no azedume provocado pelo Margaux oferecido a Margaret, arrependido da grande tolice cometida. Como se pensasse com o cérebro da mãe, calculou que naquele ritmo eles beberiam uns 18 dólares de vinho em menos de dez minutos. Viu naquele desperdício uma tragédia e um insulto.

Margaret enfim surgiu com uma enorme tigela branca e anunciou:

— Aqui está! Minha tradicional receita de Natal: linguine com camarões ao molho marinara!

Caso Enrique tivesse suposto que a debandada geral para a mesa colocaria um freio nas invectivas de Phil contra o viés burguês dos formandos da Cornell, ele teria cometido um lamentável engano, pois Lily se acomodou diretamente à frente de Phil, e isso bastou para que ele reacendesse sua arenga sobre os médicos:

— Só porque o pai de Lily é o último dos bons médicos rurais, não vejo nenhum motivo para acreditar que esses babacas que hoje estão na faculdade de medicina tenham outro objetivo na vida que não seja enriquecer. Enriquecer e jogar golfe, se Deus quiser. Porque este será o castigo deles: jogar golfe até o último dia de suas pobres vidas ricas.

Apesar do tom de ultraje, Phil dava a impressão de que era um comediante apresentando seu texto num palco de boate, ou um aluno cê-dê-efe exibindo seu domínio da linguagem. Diante de tamanha desenvoltura, ninguém encontrava o que dizer, mas sobretudo Enrique, já que esse era o tipo de discurso acintosamente esquerdista (com pitadas de ironia que o salvavam do tédio) que ele próprio também tinha o hábito de fazer — mas com talento bem maior, disso tinha certeza.

Ou nem tanto. Talvez ele superasse Enrique na oratória, e por isso despertasse nele tanto ódio. Então Enrique se alheou ainda mais daquele grupo de desconhecidos e especialmente da cozinheira de olhos violeta, sentada à cabeceira da mesa, diretamente à sua frente. Ao escolher a cadeira mais distante de Margaret, ele havia levado em conta apenas o próprio mau humor e a falta de ânimo para conquistá-la, dando por certo que ela pertencia a Phil. Não tinha nenhuma consciência do simbolismo inerente ao fato de que ele e Margaret ocupavam as cabeceiras. Phil, por sua vez, não deixou passar despercebida aquela aparente pretensão a um papel especial na ordem das coisas. Quando Margaret tentou refutá-lo, ele a interrompeu para dizer:

— Vocês dois são o papai e a mamãe na noite de hoje? — E para Enrique ele disparou: — É para você que tenho de pedir as chaves do carro?

— Sem carteira, nada feito — respondeu Enrique sem nenhum esforço, embora tivesse ficado mudo por mais de meia hora; irritava-o ter sido puxado de sua concha a contragosto. — Você tira a carteira, depois a gente conversa.

Pam decerto achou aquilo muito engraçado, pois abriu um legítimo sorriso, algo inédito até então. Sentada à esquerda de Enrique, virou o minúsculo torso para ele e, numa voz rouca e surpreendentemente sexy, falou:

— Não dê as chaves, não. Ele ainda é muito novinho para dirigir.

— É isso aí, novo demais — concordou Enrique. Sabia que ela estava flertando com ele. Era tão jovem e tinha tanto medo das mulheres em geral que sua típica reação aos avanços indesejados era se fazer de ofendido. A verdade era que ele não sabia o que fazer com esses avanços. Certa vez cometera a besteira de devolvê-los com igual simpatia e acabara na cama da tal mulher, sem contudo conseguir "mostrar serviço". Desde então a vergonha havia se somado à sensação de estupidez, deixando-o ainda mais arredio na hora de fazer o que fazia a maioria dos rapazes de sua idade, isto é: na ausência de coisa melhor, trepar com a primeira que arrastasse uma asa para seu lado, por mais feia que fosse. Nos tempos de adolescente cabeludo, maconheiro e marxista, Enrique gostava de ver James Bond despindo mulheres pelas quais não tinha nenhum interesse em particular e que às vezes até queriam assassiná-lo; censurava a si mesmo pela necessidade que tinha, ao contrário de Bond, de sentir amor ou algo parecido até mesmo para flertar. Porque não tinha um coração insensível, um coração que não interferisse com o funcionamento de seu pênis, ele se sentia menos másculo. Em vista disso, o interesse de Pam paradoxalmente só fazia piorar o estado geral das coisas.

Mas Enrique não gostava que as mulheres das quais ele tinha dó (e ele tinha dó de toda mulher que achava feia) se sentissem rejeitadas. Estampou no rosto um sorriso amarelo e disse:

— Na verdade, sou eu quem não tem carteira de motorista. — Baixando os olhos na direção de Pam, ele investigou o corpinho de menino que ela escondia sob a camisa branca de camponesa. As três casas de cima estavam abertas, deixando à mostra não os redondos morros de praxe, mas a crista magrinha de um esterno. Em vista disso, ficou ainda mais convencido de que, caso tentasse plantar sua bandeira ali, ela não tremularia.

— Você não dirige? — Surpresa, Pam falou alto o suficiente para atrair alguns olhares.

— Dirijo, claro — disse Enrique. — Bem o bastante para destruir um carro. Mas não tenho carteira.

— É inacreditável! — exclamou Pam, como se ele tivesse acabado de recontar um grande mérito, e não um demérito.

— Que nada. Não tenho muitas coisas. Não tenho diploma de ginásio porque caí fora no primeiro ano. Não tenho curso superior, óbvio. Não tenho cartão de crédito. Eu poderia ficar horas falando das coisas que não tenho. São as coisas que tenho que formam uma lista bem pequenininha.

Naturalmente ele havia lançado uma isca, a mais confiável de todas, e logo Pam inclinaria a cabeça para dizer:

— Uau. Incrível. Muito bom.

Entre garfadas de linguine com camarão, ele falou de seu passado rebelde na escola e na família, da publicação do primeiro romance, e sobretudo do relacionamento de três anos e meio com Sylvie, que ele sabia ter dois significados para as mulheres: um, ele era um homem experiente, apesar da pouca idade; e dois, ele não tinha medo dos compromissos sérios. Terminado o relatório, passou a palavra a Pam, mas não ouviu nada que o interessasse. Não que tivesse deixado transparecer o tédio enquanto ela falava da criação suburbana, do pai controlador, do irmão pró-Guerra do Vietnã, da mãe humilde, do balé moderno que abandonara para ser professora primária — o emprego que conseguira após se formar na Columbia Education Center.

A conversa entre eles aos poucos foi se tornando um tête-à-tête, apartado da interminável ladainha de Phil contra os valores burgueses, que a essa altura já havia resvalado para uma acirrada discussão entre ele, Margaret e Lily. A biografia de Pam era suficientemente banal para que Enrique pudesse bisbilhotar a conversa do trio sem perder o fio de sua meada com a vizinha. Ele ouviu quando Margaret argumentou:

— Claro que a maioria dos médicos, senão todos eles, querem ficar ricos. Não vejo nenhum problema nisso. Mas alguns, como Brad Corwin, fazem um belo trabalho social. É ele quem está encabeçando aquele programa no interior da Virginia, não é, Lily?

Mas Enrique teve dificuldade para prestar atenção em Pam quando Lily insistiu que havia até mesmo advogados que faziam o bem:

— Como você, Phil. *J'accuse!* — arrematou ela, e rodopiou a mão numa voluta, gesto com o qual Enrique já começava a se acostumar. — Você trabalha para a Assistência Jurídica. Ganha muito menos defendendo os pobres do que ganharia se defendesse os ricos!

Perplexo, Enrique interrompeu Pam e perguntou:

— Ele é advogado da Assistência Jurídica?

— O quê? — disse Pam. Ela vinha explicando que o maior problema que tinha como professora não eram os alunos indomáveis, a escassez de materiais ou o excesso de alunos por turma, mas todo o tempo que ela perdia arrebanhando a garotada.

— Phil trabalha na Assistência Jurídica? — repetiu Enrique para o magricela de preto que não era Bernard. Ele fez que sim com a cabeça, e Enrique disse a Pam: — Desculpa. "Arrebanhando...", é engraçado. Mas você tem razão. Isso é tudo que eu lembro do primeiro ano de ginásio. As filas que a gente tinha de fazer. Eu era sempre o último. — Até aquele momento, ele secretamente vinha se consolando com a ideia de que, embora Phil tivesse acesso às partes privadas ou a todas as demais partes de Margaret, não seria de todo impossível competir com aquele comunistazinho de meia-tigela. Tudo bem, Phil era muito mais bonito que ele, e mais seguro também. Decerto já havia conquistado Margaret, mas Enrique estava certo de que era ele quem tinha os ideais mais nobres da dupla. Agora sabia que não era o caso. Phil não era um *poseur*; ele de fato lutava pelos oprimidos. Na verdade, era alguém que Enrique podia admirar tanto quanto admirava seu meio-irmão Leo, que já havia liderado a greve do grêmio estudantil da Columbia University e agora fornecia apoio aos Panthers nos diversos processos jurídicos que eles tinham de enfrentar. Mais do que a sem-cerimônia de Phil com os quadris de Margaret na cozinha, o peso dessa última revelação havia reduzido Enrique a pó. Não havia mais dúvida: Phil era o melhor entre eles.

Todavia, aos olhos do jovem Enrique a derrota absoluta numa área tão trivial quanto o amor não chegava a constituir nenhuma tragédia. Uma bobagem se comparada a um segundo romance que havia conquistado menos críticas e menos vendas que o primeiro. Tudo bem, a garota vivaz de coxas perfeitas e olhos sorridentes era mesmo um prêmio. Mas não o mais importante.

Tudo agora estava claro. A reconfortante onisciência de um narrador em terceira pessoa havia aplacado sua aflição, e o verdadeiro motivo daquela Ceia dos Desgarrados havia despontado através da neblina como um solitário farol: Margaret queria aproximá-lo da boazinha porém insípida Pam. Os suores subitamente secaram sob a lã do suéter, e dali a pouco a camisa branca da Brooks Brothers pôde se despregar do corpo. A respiração foi se acalmando. As pernas e as costas foram abandonando a rígida posição de alerta que haviam adquirido naquela selva de machos, temendo um ataque ao mesmo tempo que planejavam outro. Tão logo percebeu seu lugar naquilo tudo, Enrique voltou a atenção à tagarela Pam, virando-se para encará-la o mais diretamente possível, deitando sobre ela os olhos muito escuros (que num momento de ardor Sylvie havia chamado de "olhos de gazela"), totalmente alheio a Margaret e seus guerreiros. Na primeira vez que desviou o olhar, ao pegar a taça para sorver o último gole de Margaux, notou que Margaret os observava com aparente satisfação, talvez porque seu plano tivesse dado certo.

Então ele se voltou novamente para Pam, agora com a triste convicção de que sua anfitriã estava correta. Aquele era bem o tipo de garota sensaborona e inócua que ele merecia. Os verdadeiros homens de ação e altruísmo mereciam aquilo que estava do outro lado da mesa, muito além do 1,80m de vidro: aquela pele tão alva com suas adoráveis pintinhas, a boca risonha, a voz segura, os olhos azuis que não paravam de dançar, o delicioso recheio das calças jeans. Mas tudo bem. Pouca diferença faria para sua vida (sua vida real, ou seja, a conquista da literatura) que aquela noite fosse a última que passaria com Margaret.

Capítulo 8

A terra do adeus

Margaret não foi a primeira a perguntar onde deveria ser enterrada ou aventar as providências necessárias para seu enterro. Foram os pais dela que fizeram isso, pouco depois de abandonar os protestos contra a decisão da filha de encerrar os tratamentos.

Eles passaram no hospital para fazer suas súplicas um dia após Margaret anunciar que queria morrer. Uma vez que a alta dela havia sido adiada para a manhã seguinte de modo que o apartamento pudesse receber os preparativos da assistência domiciliar, eles esperavam conseguir convencê-la a permanecer no Sloan e manter todas as medidas adotadas até então. Mas ficaram sem ter o que dizer tão logo se viram inundados pela torrente de lágrimas de Margaret, que suplicava que seu desejo fosse respeitado. Após recitar todos os procedimentos médicos que havia enfrentado na tentativa de prolongar a vida, ela achou por bem ilustrar a miséria de sua existência atual levantando a camisola hospitalar para revelar o buraco em sua barriga, de onde saía um tubo transparente com mais de 3 centímetros de diâmetro, bem como o segundo buraco para a drenagem do intestino delgado. Até então ela havia poupado os pais desse ato de crueldade. Durante o longo período de tratamento, Dorothy e Lambert não haviam cuidado da filha do ponto de vista físico: Margaret havia insistido que eles permanecessem na Flórida durante a recuperação de todas as cirurgias ou das sessões mais difíceis de quimioterapia, e portanto nenhum dos dois tinha uma noção visual da luta da filha. Enrique, movido não pelo sadismo mas pelo desejo de prepará-los para o choque que teriam ao ver a filha, por nove meses vinha mandando e-mails com descrições relativamente detalhadas de todos os procedimentos. Mesmo assim, não há pai ou mãe capaz de ver as carnes tão abatidas de uma filha sem se deixar abalar.

Embora Margaret tivesse recoberto o corpo rapidamente, Enrique se comoveu com a dor que viu na face murcha de Leonard e na postura enregelada de Dorothy. Ambos tinham olhos azuis, agora marejados de lágrimas. Aliás, ambos haviam colaborado para a beleza dos olhos da filha: a forma arredondada vinha de Dorothy, embora os dela fossem de um azul mais pálido, e o tom mais profundo de violeta era claramente uma dádiva de Leonard. Uma vez que não podia comer nada, Margaret finalmente adquirira uma silhueta mais fina que a da mãe, já esbelta. O câncer também a tinha deixado com um rosto mais estreito que o do pai, mas sem a cabeleira ondulada que ele ainda ostentava. Como de hábito, Dorothy e Leonard estavam muito bem-vestidos, com uma formalidade pouco comum aos visitantes de um hospital: ela, com uma saia de lã cinza e uma blusa justa de cashmere preta; ele, de calças bege, camisa social branca e blazer azul. Como duas crianças após um pito dos pais, eles continuaram ouvindo o lamento de Margaret paradinhos ali, mudos, com os olhos molhados e o queixo trêmulo, o peito tão imóvel que ambos pareciam incapazes de respirar. Faziam o possível para refrear as lágrimas, talvez porque acreditassem que elas deixariam Margaret ainda mais triste, quando na verdade a fariam se sentir amada.

Enrique avaliou o rosto dos sogros para ver se havia espaço para convencê-los disso. Encontrando apenas desespero e medo, cogitou se, pela primeira vez nos trinta anos de convivência com Dorothy e

Leonard, ele ousaria falar com absoluta franqueza sobre como deveriam tratar a filha. Margaret não queria que eles questionassem sua decisão de morrer, tampouco que represassem os sentimentos daquela forma. O que queria mesmo era que eles a aceitassem e a admirassem. Tão logo terminou seu monólogo, exausta, afundou a cabeça sob o braço de Enrique (ela havia pedido que ele permanecesse ao lado da cama quando os pais entrassem) e ficou espiando a partir daquele esconderijo como se fosse um animalzinho assustado. Deixou que Enrique decidisse o que fazer com os pais dela.

Embora as reações emocionais de Dorothy e Leonard muitas vezes parecessem demasiado infantis para sua mente complexa e pouco sentimental, Enrique sabia que ambos eram excepcionalmente inteligentes. Nenhum dos dois ousou insistir nas súplicas banais, porém bem-intencionadas, para que a filha prosseguisse com sua "luta", sobretudo ao se verem confrontados com provas mais que contundentes de que não havia nenhuma luta a ser empreendida. Eles enxugaram as lágrimas (Leonard com o lenço que pescou do bolso, e Dorothy com o lenço de papel que puxou de uma caixa na mesinha de cabeceira) num silêncio compungido. Em seguida, Dorothy se aproximou com certa rigidez e apertou a filha num abraço apressado, um tanto sem jeito, receando perder a compostura que julgava necessário demonstrar. Sem muitos recursos a seu dispor para confortar Margaret, tanto ela quanto o marido haviam sido atropelados pelas circunstâncias, mas amavam a filha e eram inteligentes demais para polemizar com ela.

Enrique sentiu uma profunda compaixão por eles, pela primeira vez sem se irritar com a falta de jeito de ambos. Naturalmente, diversas vezes havia se condoído dos sogros durante os dois anos e oito meses decorridos desde que, confuso e apavorado, ele telefonara para lhes dar a terrível notícia. Mas frequentemente sentia uma pontinha de rancor ao constatar que eles não eram capazes de ajudá-lo no apoio a Margaret: a não ser pelos aportes de dinheiro, eram inúteis. Por outro lado, esse dinheiro havia se revelado uma ferramenta extremamente poderosa, muito mais útil no universo da doença do que na vida diária, e a seu modo, tão reconfortante quanto o amor. Pelo menos Dorothy e Leonard não o haviam sobrecarregado, como tantas vezes fazia sua própria mãe, com a tarefa adicional de consolá-los.

Enrique sabia que eles jamais o entenderiam por completo. Do mesmo modo que ele não era capaz de entendê-los, ou melhor, de entender como, depois de terem vivido tanto, e tantas coisas aprendido, os dois ainda reagissem aos sentimentos como se fossem móveis recém-comprados mas que não cabiam direito no cômodo ao qual se destinavam. Desde muito Enrique já havia aceitado o fato de que era um sujeito estranho aos olhos do mundo, e particularmente estranho aos olhos de pessoas tão reservadas, cautelosas e práticas quanto Dorothy e Leonard. Sabia que eles haviam ficado surpresos com sua devoção a Margaret durante a doença. Isso significava que os sogros tinham subestimado os sentimentos dele em relação a ela desde o início. Talvez acreditassem que Enrique se casara por conveniência, e não por amor: Margaret havia sido criada por uma família estável e afluente, ao passo que ele era fruto da inconsequência, da pobreza e das neuroses de um casal divorciado; Margaret havia abandonado o trabalho para criar os filhos dele, pintando apenas de vez em quando e permitindo que o marido ocupasse o proscênio como o "artista" da família. Talvez tivessem imaginado que ele teria dificuldade para ficar em segundo plano. Talvez não soubessem que desde o início Margaret ocupara o primeiríssimo plano, que durante muitos anos ela havia sido o lar de seu coração, a âncora de sua mente, e que a luta para mantê-la viva havia sido essencial para que ele pudesse preservar a própria alma. Naquele incômodo silêncio de resignação, eles, os adultos que amavam Margaret acima de tudo e de todos, tinham em comum algo tão profundo que pela primeira vez Enrique sentiu no próprio sangue, muito mais do que sentira nas frases vazias da festa de casamento, que Dorothy e Leonard tinham se tornado parte de sua família.

Alguns minutos depois, esse vínculo recém-encontrado induziu-o a uma gafe grosseira e sem precedentes com Leonard. Quando Margaret pediu para ir ao banheiro, Dorothy inusitadamente se ofereceu para ajudá-la a descer da cama, o que implicava retirar as diversas bolsas e pendurá-las no suporte do intravenoso, uma tarefa nem de longe agradável. Margaret, por sua vez, inusitadamente aceitou a oferta. E despachou Leonard para o corredor, decerto para que ele não a visse em trajes tão ínfimos. Enrique, obedecendo a um aceno dela, seguiu na esteira do sogro e logo se deu conta de que a mulher estava saboreando aquela nova chance de ter a mãe como enfermeira. Até então, ela havia negado todas as ofertas de Dorothy para amenizar o desconforto dos diversos pós-operatórios e tratamentos. Fizera-o com o intuito não só de poupar a mãe dos horrores visuais e sonoros de sua dor, mas também de poupar a si mesma do esforço de declinar o ímpeto controlador de Dorothy no planejamento e manejo das diversas situações. "Tenho o Puff para me ajudar", ela dizia. "Ele consegue segurar a onda sozinho, coitado; é forte que nem um touro", e com isso atestava reconhecimento e pena de uma só vez.

Enquanto seguia as costas arqueadas e os passinhos de tartaruga de Leonard pela elegância acarpetada do 19º andar, Enrique achou graça ao perceber que havia sido temporariamente transferido para o universo machista daquela geração anterior de homens: estava ali para discutir as grandes questões do mundo enquanto bolsas de urina e camisolas imundas eram esvaziadas e trocadas pelas mulheres. Eles já estavam suficientemente distantes para não serem ouvidos quando Leonard se virou para o genro, perdeu o equilíbrio e precisou se apoiar no antebraço dele; a julgar pela carranca dos lábios e a firmeza do olhar, dava a impressão de que estava prestes a dizer algo importante. E de modo geral, algo importante significava algum assunto relacionado a dinheiro. Enrique imediatamente receou que ele fosse falar do apartamento.

Dezoito anos antes, com o nascimento do caçula, Margaret e os pais haviam insistido (sem grande resistência por parte de Enrique) que eles se mudassem do apartamento de dois quartos, bastante acessível em razão do aluguel controlado de 900 dólares, para outro de três, de modo que o primogênito de 4 anos e meio, tendo perdido o trono de filho único, não sofresse a humilhação adicional de dividir o quarto com o recém-nascido. Alguns anos antes, Leonard havia vendido a empresa que ele mesmo fundara e fortalecido a conta bancária com muitos milhões de dólares. Ele e Dorothy se ofereceram para comprar o apartamento que Margaret tanto queria, mas que, ao preço de 850 mil dólares, estava muito além das posses de Enrique. Quando Leonard perguntou se eles seriam capazes de arcar com os 800 dólares mensais de condomínio, e Margaret disse que sim, Enrique sabia tratar-se de um excesso de otimismo em vista da instabilidade de sua profissão. Margaret tinha um emprego fixo que pagava um bom salário (80 mil por ano), mas que à época já não bastava para cobrir todas as despesas domésticas — e bastaria menos ainda quando elas se duplicassem. Enrique não achava certo morar num apartamento de propriedade dos sogros e preferia que ele e Margaret contraíssem uma hipoteca para comprar o tal imóvel, ainda que para isso tivessem de contar com o aval dos pais dela; de outra forma, nenhum banco lhes daria o dinheiro. Mas isso era o orgulho falando, muito mais que o bom-senso: se o dinheiro já era pouco para o custeio doméstico, como eles poderiam arcar com as mensalidades de um empréstimo? De qualquer modo, Margaret encerraria o assunto ao dizer: "É a minha herança; só a estou recebendo mais cedo."

Dorothy endossava essa opinião, censurando com veemência "esses ricaços que se agarram à própria fortuna até morrer. Para quê? Para que os filhos fiquem torcendo pela morte deles?" Dizia isso e ria com gosto, como se aquilo fosse uma piada e não uma pensata digna de um perverso Balzac. No entanto, esse modo de ver as coisas ignorava o fato de que Margaret não estava recebendo dinheiro nenhum: ela receberia o usufruto, mas o apartamento em si permaneceria no nome dos pais, e Enrique sabia ser essa a vontade deles.

Ele já tinha 30 anos, o casamento deles já tinha 7, e os cautelosos, pragmáticos e cínicos Dorothy e Leonard decerto tinham consciência de que aquela união, embora lhes tivesse dado dois netos, poderia muito bem terminar em divórcio. Melhor seria que o apartamento ficasse a salvo de qualquer risco na hipótese de um sangrento litígio. Enrique aprovava essa cautela: como romancista, admirava o peso dado a semelhantes considerações pelo materialismo nada romântico de Zola, Dickens e Balzac. Invejava os escritores oitocentistas por terem vivido numa época em que a literatura tinha permissão para abordar detalhes tão frios. Analisando as coisas por esse viés literário, os pais de Margaret realmente não tinham nenhum motivo para confiar nele. Trabalhando para Hollywood, um romancista tão duro e autocentrado como ele poderia com facilidade se deixar inflar, tanto no ego como nas partes baixas, pela bajulação e pelas carnes frescas de uma atriz mais ambiciosa, ou de um pervertido produtor, e deixar Margaret a ver navios com dois filhos nas costas. Caso o apartamento fosse passado para o nome deles, nada impediria que o espertalhão se furtasse de pagar o montante total da pensão. Só Deus sabe que tipo de manobras um bom advogado de família seria capaz de lucubrar.

Dorothy e Leonard não sabiam que Enrique jamais seria capaz de fazer algo tão baixo à mãe de seus herdeiros. O orgulho que ele tinha dos filhos e o medo de prejudicá-los de alguma forma sempre falariam mais alto. Que os sogros não percebessem esse aspecto de sua natureza não chegava a magoá-lo, mas era um soco na boca do estômago de seu ego. Indo mais diretamente ao ponto, nenhum dos dois, tampouco Margaret, suspeitava que ele já havia sobrevivido a um affaire emocionalmente muito perigoso. Por muito pouco Enrique não havia sucumbido a uma paixão; aventara seriamente a possibilidade de terminar o casamento por causa dela. Mas numa decisão consciente, a mais difícil que tivera de tomar em seus 30 anos de existência, abrira mão do affaire e também do divórcio. Sabia, tanto quanto era possível alguém saber do próprio futuro, que seu casamento não terminaria daquela forma.

Os filhos já tinham 11 e 7 anos, e ele 38, quando Enrique enfim começou a fruir de algum sucesso financeiro. Depois de adaptar seu sétimo romance para o cinema, e vê-lo filmado por um dos diretores mais talentosos do mundo, teve acesso a outros negócios lucrativos e emplacou mais quatro filmes. Apesar da valorização dos imóveis em Nova York, ele agora tinha meios para comprar o apartamento dos sogros pelos 2 milhões que ele valia, mesmo que o negócio lhe esvaziasse os bolsos e acarretasse uma pesada hipoteca. Chegou a discutir o assunto com Margaret, mas ela apenas repetiu sua lógica: "Esse apartamento é herança minha, Puff. Na verdade, você não tem nada a ver com isso. É um presente deles para mim. É assim que eles fazem as coisas."

Até o estágio final da doença de Margaret, nada disso importara muito a Enrique, ainda que ele tivesse consciência do aspecto "infantilizante" de um arranjo em que dois adultos viviam como inquilinos dos pais, por mais generosas que fossem as condições. Todavia, nos oito meses após a segunda recorrência de Margaret, aos poucos ele foi se dando conta de que muito em breve seria um viúvo morando no apartamento da mulher morta.

Enrique havia levado em conta os piores desfechos para seu casamento, menos aquele que estava prestes a acontecer, e agora não sabia como resolver aquela situação. Não poderia simplesmente se mudar. O caçula Max iria para a universidade no outono, apenas oito semanas após a morte da mãe, e voltaria para casa durante cinco meses nos quatro anos seguintes. Tinha passado a vida inteira naquele apartamento. Seria razoável que, além da mãe, ele também perdesse o único lar que conhecera até então?

Se raspasse a poupança, Enrique teria condições de comprar o imóvel, mas havia passado boa parte dos últimos três anos sem trabalhar em razão da doença de Margaret; além disso, acabara de completar 50 anos, idade em que a maioria dos roteiristas começa a sofrer um acentuado declínio de renda. A carreira como romancista, em geral instável, não oferecia nenhuma promessa de bonança. A herança de Margaret, ainda que incluísse algum dinheiro além do apartamento, passaria diretamente para as mãos dos filhos. Enrique sabia que, a despeito de tudo que ele sentisse ou dissesse aos sogros, Leonard e Dorothy dariam por certo que um viúvo de 50 anos se casasse outra vez; por uma questão de prudência (sem falar em outros imperativos de cunho evolucionário), eles não se furtariam de preterir o genro em favor dos descendentes diretos. Enrique também queria as coisas assim. Caso viesse a se apaixonar de novo, queria ter liberdade suficiente para que a nova mulher pudesse ser tão sedenta quanto Margaret em seu amor e esperar que fosse cuidada por seu homem. Os direitos autorais de seus próprios livros e dos livros dos pais, bem como a casa no Maine que ele e Margaret haviam comprado e reformado juntos, ficariam para os filhos. Mesmo que essa herança não valesse muito em dólares, eles seriam recompensados pela fortuna dos avós maternos. A ideia de colocar todo seu dinheiro num apartamento de três quartos para alimentar uma ilusão de Max preocupava Enrique. Essa pressão financeira, aliada à tragédia da morte de Margaret, pesava em seus ombros como um barril de chumbo. Seria ele forte o bastante para continuar de pé, e ainda por cima durante tantos anos? Enrique ventilava essa questão por apenas alguns segundos de atordoamento, pois ela tinha como premissa um fato que ainda lhe parecia irreal, por mais iminente que fosse. A vida que ele teria após aquelas duas últimas semanas de Margaret ainda não passava de uma grande neblina. Em vez de se contemplar falido e sem teto, ele preferia não pensar no futuro.

Passara boa parte da vida antecipando os acontecimentos: ora tentando preencher as lacunas do passado, ora tentando melhorar o presente para garantir um futuro melhor. Só com a doença de Margaret ele se daria conta de quanta energia havia desperdiçado nisso. Sabia, contudo, que os sogros jamais aprenderiam essa lição: Dorothy e Leonard eram criaturas ansiosas que, apesar de tantas provas em contrário, ainda se atinham à crença de que o planejamento e a prudência eram capazes de evitar qualquer calamidade.

No corredor do hospital, ainda apoiado no braço do genro, Leonard disse solene:

— Olha, agora que Margaret resolveu jogar a toalha... Nós aceitamos isso, ou eu aceito, sobretudo depois de ouvir os argumentos dela. Mas agora que tudo está tão perto de acontecer, temos algumas questões muito difíceis para discutir. Mas este não é o momento apropriado. E numa destas questões, vou ser duro com você. Muito duro.

Percebendo o tom de ameaça, e receando o futuro sem a mulher e com ambos os filhos fora de casa, Enrique logo supôs tratar-se do apartamento: Leonard queria que ele o comprasse ou então que se mudasse para outro lugar. Interrompeu o sogro para dizer:

— Escuta, Leonard. Sei que tenho de tomar uma decisão quanto ao apartamento. Mas prefiro me mudar apenas depois que o Max se formar na universidade. Ele praticamente nasceu ali, sabe? Aquele apartamento é o único lar que ele conhece. Não quero que o garoto perca mãe e casa, tudo ao mesmo tempo.

Leonard franziu as sobrancelhas espessas como se não tivesse entendido direito o que acabara de ouvir, mas meneou a cabeça lentamente, sugerindo o contrário. Assim sendo, Enrique achou por bem prosseguir:

— Posso comprar o apartamento, mas teria de empatar todo o meu dinheiro nele, e isso me dá medo. Se eu pudesse alugá-lo até o Max se formar, depois eu encontraria... — Ele interrompeu o que ia dizendo quando Leonard sacudiu seu braço com impaciência e disse:

— De que diabos você está falando? Ninguém vai se mudar para lugar nenhum. Não vamos vender o apartamento. Você é nosso filho. O que deu em você? Ficou doido?

Surpreso, por um instante Enrique não encontrou o que dizer. Pouco antes ele havia sentido o mesmo laço de parentesco com o sogro, mas nem sequer lhe ocorrera que o sentimento fosse recíproco. Via tantas diferenças entre ele e Leonard, e também entre seu próprio pai e o velho, que achava difícil Leonard se sentir tão próximo a ponto de abrir mão do habitual pragmatismo. Assim sendo, Enrique prosseguiu cambaleando no mesmo caminho equivocado:

— Bem, o apartamento é seu. Não posso continuar vivendo nele pelo rest...

— Para com isso! — Leonard olhou na direção do quarto da filha como se Dorothy pudesse ajudá-lo a demover o genro. — Eu estava falando do enterro! Do enterro de Margaret — ele repetiu baixinho, e com certo constrangimento, como se estivesse falando de algum tabu sexual. — Queria que você soubesse que vamos cuidar de tudo. Há espaço no jazigo da nossa família, e a menos que você se oponha, gostaríamos de usar nosso templo e nosso rabino. Ele é muito bom nessas coisas, conhece Margaret desde que... — Calou-se de repente e, confuso, fitou Enrique com os olhos da filha. — Por que você pensaria aquilo sobre o apartamento? Ficou maluco? Não entendo você! — exclamou, e fez algo que Enrique jamais julgaria possível para alguém tão discreto e emocionalmente reservado quanto ele: puxou o braço do genro para que ele baixasse a cabeça e beijou-o no rosto. — Você é nosso filho — disse. E sem saber ao certo como prosseguir, emendou: — Agora pare de falar bobagem.

Enrique ficou sem chão. Antecipando-se ao conservadorismo financeiro mais que compreensível de Leonard e Dorothy, julgara ter encontrado uma solução conveniente para todos. Em vez disso, insultara aquele homem já tão machucado, cujos olhos agora se afogavam na morte da filha única; um homem de tal modo diferente que suas preocupações (quem se encarregaria do enterro de Margaret? Onde ela deveria ser enterrada?) nem sequer haviam passado pela cabeça de Enrique.

Os Sabas e os Cohen não poderiam ser mais diferentes nesse aspecto. Os rituais, religiosos ou não, nunca haviam sido o forte dos Sabas. Vez ou outra, num acesso de sentimentalismo, Rose e Guillermo tentavam reunir a família inteira, mas os encontros invariavelmente acabavam em brigas e ressentimentos. Os Sabas eram tão indiferentes às tradições que coubera a Margaret cuidar do enterro de Guillermo. E ela o havia feito com absoluta naturalidade. Eventos dessa natureza constituíam não só o centro mas a totalidade de sua vida familiar. Era para as confraternizações impostas pelo calendário (aniversários, Dia das Mães, Dia dos Pais, Páscoa, Yom Kippur, Dia de Ação de Graças) que os Cohen se reuniam — e só. Enquanto os poucos encontros realmente felizes da família Sabas eram decididos pelo acaso (um trombava com outro num lugar qualquer e ambos jantavam juntos porque não tinham nada melhor para fazer), Enrique não tinha lembrança de um único encontro extraoficial da família Cohen nos 29 anos que havia passado ao lado de Margaret. Embora passassem seis meses do ano em Great Neck, a apenas meia hora de Manhattan, Dorothy e Leonard jantavam com a filha e o genro não mais que duas vezes ao ano, e mesmo assim com pelo menos um mês de aviso prévio. Enrique falava diariamente com o pai desde que tivera os filhos; com a mãe, pelo menos algumas vezes durante a semana. Margaret, por sua vez, passava um mês inteiro sem falar com Dorothy, e muito mais de um mês sem falar com Leonard. Além disso, pisava em ovos quando o fazia: passava informações do mesmo modo que a Casa Branca revela suas intenções ao povo americano, omitindo todos os detalhes mais preocupantes e todas as possibilidades de fracasso.

Enrique tinha plena consciência do abismo que separava o modo de ser das duas famílias e desde muito já havia se acostumado a ele, resignando-se a obedecer as ordens de Margaret no sentido de nunca lidar diretamente com os pais dela.

— Sinto muito — disse ele. — Por ter julgado mal as suas intenções. — Fechou os olhos e por um instante cambaleou, achando que as pernas afundavam no carpete. Precisou reabrir os olhos depressa para não cair e, quando o fez, viu que Leonard o encarava com uma inusitada expressão, boquiabrindo-se como uma criança espantada. — Puxa, desculpa — disse Enrique, e respirou fundo. — Ainda não pensei nada sobre o enterro. Ainda não... — Ele já ia dizendo que não havia discutido o assunto com Margaret, um argumento que, pensando bem, era ao mesmo tempo natural e horripilante.

Leonard tomou-o pelo punho e novamente sacudiu o braço do genro.

— Não precisamos falar sobre isso agora. Esqueça. Mais tarde voltamos a conversar.

Enrique não pensou duas vezes antes de contar tudo a Margaret. Essa era a regra no casamento deles. Tão logo Dorothy e Leonard saíram, enquanto ele e Margaret esperavam pela assistente responsável pelo atendimento domiciliar (que viria definir com eles toda a logística dos próximos dias), ela perguntou:

— O que papai queria com você? — Falou com delicadeza, mas também com a firmeza de um general que espera um relatório completo de seu Chefe de Estado-Maior.

Obediente, Enrique contou sobre a sugestão de Leonard de que eles usassem o Great Neck Temple, o rabino de lá e o jazigo da família em Nova Jersey. Mas pela primeira vez no casamento deles, omitiu deliberadamente um detalhe da conversa: a gafe sobre o apartamento. Revelar que já estava pensando em seu futuro sem ela decerto a deixaria magoada. Ele havia lido justamente o oposto num artigo sobre como conversar com um ente querido à beira da morte, escrito por uma mulher da mesma idade de Margaret, vítima de câncer de mama. Para ela, era essencial saber o que aconteceria aos filhos, ao marido e aos amigos depois de sua morte; só assim ela poderia celebrar e encorajar as realizações futuras de todos. Ou talvez, ela especulava, ela quisesse o conforto de saber que não os estaria prejudicando de alguma forma com a própria morte. Enrique achava difícil que sua mulher visse com bons olhos uma conversa sobre um futuro do qual ela não faria parte. Margaret era a filha do meio, tinha ciúmes das realizações dos irmãos. Além disso, gostava de ter controle sobre os outros, especialmente sobre Enrique e os filhos. Obrigá-la a imaginar os filhotes ao léu, sem a presença dela para impedi-los de fazer alguma bobagem, seria um grande tormento.

Na medida do possível Enrique tentava reconfortar a mulher dizendo que a missão dela como mãe já havia sido cumprida, e com grande sucesso. Nesse sentido ajudava bastante a tradição dos Cohen de cortar a supervisão dos filhos assim que eles iam para a universidade. Leonard e Dorothy acreditavam que nada que não beirasse uma emergência merecia o envolvimento dos pais depois que os filhos saíam de casa — exceto pagar pelos estudos e ouvir de volta relatos de triunfo. Greg, o primogênito de Enrique e Margaret, já estava muito além da idade em que o caçula dos Cohen havia sido chutado para fora do ninho, e Max, já no último ano do ensino médio, estava quase lá. Embora a relação de Margaret com os filhos fosse bem diferente, ela recorrera à tradição de distanciamento emocional dos Cohen para lidar com Greg depois de saber que estava doente, e ainda mais depois da primeira recorrência. "É doloroso demais", ela havia choramingado para Enrique certa noite. "Não posso ajudá-lo, não tenho energia para isso", ela confessara, constrangida por se ver obrigada a passar o telefone a Enrique de modo que ele ouvisse as reclamações de Greg sobre a vida universitária em geral e sobre a negligência da namorada em particular. A impaciência de Margaret com a indisciplina de Max nas matérias que não o interessavam na escola havia resvalado para uma dolorosa frustração, visto que muito em breve ela não teria mais condições de puxar a orelha dele e colocá-lo de volta na linha. Enrique vinha filtrando o que achava conveniente que ela soubesse sobre os problemas dos filhos; preferia falar dos passos largos que eles vinham dando rumo à maturidade.

E ficou contente com essa censura quando viu a irritação de Margaret ao saber que os pais persistiam no mesmo comportamento que sempre a impedira de se aproximar deles. Margaret não gostava de planejar, e Enrique via nisso uma revolta contra o hábito que Dorothy e Leonard tinham de monitorar o futuro. Tinha certeza de que as constantes intervenções de Dorothy ("O que Greg vai fazer no verão? Vai trabalhar?", perguntado em novembro; ou "Quero que vocês passem o Natal conosco na Flórida", exigido, não perguntado, em março) haviam forçado a filha a um comportamento contrário, mas com igual extremismo. Quando Enrique aventava em novembro o que eles fariam durante as férias de Natal, ou sugeria algo para fazer, Margaret devolvia rápido: "Não me pergunte isso agora", como se o timing dele fosse absurdamente prematuro.

Muitos anos de casamento se passaram até que Enrique finalmente percebeu o real motivo da aversão de Margaret pelo planejamento, aversão esta que o deixava triste e ressentido; não se tratava apenas de revolta contra a mãe, mas de um prazer enorme e genuíno diante do acaso, da improvisação e das surpresas. Sempre que eles "se perdiam" numa estrada qualquer, ela ficava radiante; quando as reservas de última hora para uma bela viagem enfim eram confirmadas, também na última hora, ela não se vangloriava do sucesso de seu planejamento tardio, mas se deliciava com todo o inesperado da coisa; recusava-se a colher informações prévias sobre o destino dessas viagens, pois achava que isso roubaria todo o prazer das descobertas. Dorothy, a planejadora, e Margaret, a improvisadora, haviam sido acorrentadas pelos laços sanguíneos num interminável cabo de guerra. Dorothy, porque era a mãe, vencia quase todas as batalhas. Mas o preço dessas vitórias era o distanciamento da filha.

Num contexto menos doloroso, Enrique teria apreciado a ironia de que os sogros, pouco depois de aceitarem a decisão da filha quanto à própria morte, haviam tomado a iniciativa de organizar o enterro dela e usar o rabino, o templo e o jazigo da família. Esse era o pretexto perfeito para a batalha final entre a natureza artística e aventureira de Margaret e a necessidade de ordem e segurança dos pais. Quanto ao próprio Enrique, ele havia se resignado ao papel de soldado obediente na campanha de Margaret (isto é, a resistência passiva ao colonialismo de Dorothy e Leonard), na medida em que preferira contar a ela sobre o plano dos sogros a enfrentá-los sozinho. Arrependera-se logo em seguida, mas a triste realidade dos fatos era que ele não sabia como organizar o enterro da mulher sem a ajuda dela. Embora Margaret estivesse à beira da morte, ele ainda era o acólito dela, e esperava que ela fosse o Mahatma Gandhi capaz de libertá-los pacificamente da opressão de dois judeus octogenários de Great Neck.

Ao saber dos planos dos pais, Margaret resmungou desesperada:

— Essa não!

E Enrique se sentiu ao mesmo tempo cruel e estúpido.

— Esquece — disse, tentando apagar a besteira que acabara de fazer. — Depois a gente dá um jeito de...

— Não, não! — retrucou ela. — Quero resolver isso agora. Não quero aquele moloide falando no meu enterro. Quero chamar o rabino Jeff. — Margaret havia se apegado ao excêntrico rabino-budista que presidia um templo no Lower East Side, construído em 1885; aos sábados e nas datas importantes do calendário judeu ele pregava aos fiéis, mas nos outros dias oferecia meditação oriental para os pacientes de quimioterapia: para Margaret, um alívio bem mais eficaz do que as orações.

Enrique já havia cantado essa bola. Mas ao perguntar onde ela queria ser enterrada, Margaret franziu a testa e disse:

— Sei lá. Preciso pensar. Só sei que não quero ser enterrada lá nos cafundós de Nova Jersey, onde você e os meninos nunca irão me visitar. Preciso pensar, OK?

Claro que ela precisava pensar. Assim como precisava pensar sempre que se via diante de uma escolha qualquer, por mais banal que fosse: se a noite estava agradável o bastante para um jantar a céu aberto; se um filme de ação hollywoodiano seria mais divertido que um filme cabeça francês; se Enrique devia usar o blazer azul ou o suéter de cashmere cinza; se eles deviam ver a nova exposição no Metropolitan ou tirar um cochilo e depois fazer compras na Costco. De modo geral, sempre que tinham de tomar decisões tão dilacerantes, eles acabavam lendo um livro ou jogando conversa fora. Para a felicidade de Enrique, que sentia um enorme prazer na companhia dela. Mais do que detestava planejar. Ela pedira mais tempo para pensar, e Margaret detestava ter que se decidir sobre alguma coisa. Contemplar as alternativas, esse sim era seu grande barato. Se dependesse apenas de sua vontade, ela empurraria com a barriga, *ad infinitum*, todas as decisões.

Mas agora não teria tempo para isso. Ela pedira mais tempo para pensar, e, aquiescendo, Enrique havia deixado passar alguns dos preciosos dias que ainda lhe restavam com a mulher: quatorze, desde a visita da Dra. Ko; 13, desde que ele começara a aplicar os esteroides para que ela tivesse energia para a última semana de despedidas; 12, desde que terminara de agendar todas as visitas. Apenas 12 dias, mais ou menos, e ela ainda não havia respondido à pergunta que os pais decerto voltariam a fazer no dia seguinte, ainda que com toda discrição. Dorothy e Leonard estavam para chegar com os dois filhos e suas respectivas mulheres para que pudessem fazer as despedidas finais — a primeira reunião familiar dos Cohen fora de um feriado nacional ou religioso. Por duas vezes Dorothy já telefonara para perguntar o que eles haviam decidido em relação às cerimônias fúnebres. Enrique havia enrolado, e Dorothy, falando em voz alta, como se para uma terceira pessoa, cogitara como ele podia saber o que fazer, já que nunca havia enterrado ninguém — em outras palavras, a intervenção dela era mais do que necessária. Dali a 24 horas eles não teriam mais como sustentar aquilo, embora Margaret ainda não tivesse dito a seu lugar-tenente que plano alternativo ele poderia apresentar a Dorothy e Leonard.

A resposta dela veio com uma folga de 17 horas, enquanto ele subia as escadas para o quarto, voltando com o copo de café que comprara na Dean & Deluca, uma dose de cafeína de que ele muito precisava.

— Puff? — ela chamou assim que ouviu os passos, tal como vinha fazendo desde a mudança à época do nascimento de Max. Transfixado pela delícia daquelas boas-vindas, Enrique não respondeu de imediato. — É você? — ela insistiu, preocupada com o silêncio momentâneo, a voz rouca em razão da quimioterapia. — Quero te pedir uma coisa — disse quando enfim o viu. Estava nua, exceto pelas calcinhas pretas, empurrando o suporte das bolsas de soro e esteroides, o torso adornado com acessos e drenos, as costelas aparentes, a pele frágil e enrugada depois de 14 meses de quimioterapia. Tentava vestir uma camiseta branca. Enrique ajudou-a a fazer as manobras em torno do acesso no peito, retirando as bolsas do suporte e passando-as através das mangas diante dos braços fininhos da mulher, até cobrir as chagas por inteiro. Durante essa dança, ela disse: — Pode me fazer um favor, Endy? Pode descobrir se posso ser enterrada no Green-Wood? — Falou de um jeito maroto, como se o pedido viesse de uma menina levada.

— Claro — disse Enrique. — Mas por que você não poderia ser enterrada lá?

— Porque o cemitério foi tombado pelo patrimônio histórico. Eu te falei. A Kathy foi enterrada lá, lembra?

— Lembro, claro que lembro... — Ele logo se corrigiu, pois já conhecia a mulher: sempre que pensava não ter sido ouvida, Margaret ficava de tal modo chateada que um observador oculto poderia achar que ele jamais prestava atenção ao que ela dizia. Essa fragilidade era mais uma herança da mãe. Dorothy muitas vezes respondia ela mesma às perguntas que fazia sobre a vida da filha, antes que Margaret pudesse dizer o que fosse, e mais tarde, mesmo depois de corrigida, costumava se lembrar da própria resposta em vez da resposta correta. Margaret havia se casado com o homem certo para se fazer ouvir. Enrique era capaz de relembrar quase *ipsis verbis* o que todos diziam, um talento que um dia ele acreditara ser uma bênção. Mas com o tempo, para desgosto seu, descobrira que esse dom era visto com maus olhos por muitos amigos e parentes, e nas negociações de trabalho nem sequer era reconhecido. — Você disse que eles estavam criando novos jazigos fora da área tombada. Não foi isso que os pais da...?

— Mas isso foi há dois anos. Talvez não role mais. Mesmo naquela época eles já estavam ficando sem espaço, já falavam que em breve iam fechar o cemitério. Até pensei em comprar um jazigo, mas... — Margaret apontou vagamente para si mesma, para o corpo derrotado, e Enrique entendeu que ela se referia à época em que estava em remissão: comprar um túmulo naqueles dias seria um gesto de muito pessimismo.

— Vou descobrir — disse ele, e se lembrou vividamente da valentia de Margaret durante o enterro de Kathy, uma jovem mãe de dois filhos de quem ficara amiga no grupo de apoio do hospital. Ela havia ido ao enterro sem Enrique, apenas com os companheiros do grupo. Voltara condoída dos filhinhos de Kathy e grata por ter vivido o bastante para ver Greg e Max alcançarem uma relativa maturidade. As lágrimas escorriam sobre o sorriso sereno, e apesar do nó na garganta, notava-se brilho em sua voz, fortalecida pela compaixão e pelo amor, pelo afeto e pela tristeza. Parecia mesmo um general no comando das próprias emoções. Voltara realmente satisfeita com o cemitério de Green-Wood, construído no Brooklyn no século XIX: as colinas, os bordos centenários, as sepulturas gastas pelo tempo, tudo isso era bem mais aprazível que a mesmice e a praticidade das lápides enfileiradas de Nova Jersey, sob as quais descansavam os Cohen. A elegância de Green-Wood, bem como a proximidade da Manhattan que Margaret tanto adorava, parecia fazer com que ela se reconciliasse com a morte de Kathy e com a ideia da morte em si, como se ela pudesse deixar a Terra e ao mesmo tempo permanecer cercada de graça e beleza. Enrique entendia muito bem por que ela queria ser enterrada ali.

Ele a acomodou na cama com o *Times* e uma barra de laranja congelada para aliviar a secura na boca, e foi aí que ela tomou uma segunda decisão. Enrique ficou feliz ao vê-la de volta no comando de suas tarefas diárias.

— Você liga pro rabino Jeff para perguntar se ele pode falar no meu velório? Ah, pergunta também se a gente pode usar o Orensanz — disse ela, referindo-se ao templo oitocentista no Lower East Side. — Não sei se é possível velar um corpo numa sinagoga.

— É mesmo? Por quê?

— Sei lá. Talvez porque alguns judeus malucos, apavorados com os germes, temessem que os corpos passassem alguma doença. E com razão. Mas talvez a gente possa usar o Orensanz apenas para fazer as exéquias. Prefiro que elas sejam feitas naquele templo doidão, e não naquela sinagoga chata de Riverside. Depois você me enterra no Brooklyn, embora eu preferisse... — As lágrimas brotaram quando ela cogitou, supôs Enrique, a hipótese de não estar fisicamente presente nas próprias exéquias, um derradeiro martírio para uma filha do meio. Como era difícil faltar a uma festa, sobretudo a uma festa em sua própria homenagem! — Puff! — exclamou ela. — Talvez eu esteja ficando doida, mas... Quem sabe não é melhor a gente deixar os velhos fazerem tudo do jeito deles, em seu templo idiota? — Preocupava-a que seu próprio jeito simplesmente não fosse possível.

— Vou ver o que posso fazer. Deixa comigo — disse ele, ansioso para tranquilizá-la. Queria que Margaret tivesse uma última oportunidade para impor seu gosto e sua identidade sobre a vontade dos pais. Não estava exatamente orgulhoso de si mesmo, já que não encontrara forças para comprar essa briga sozinho. Mesmo sabendo que Dorothy e Leonard respeitariam os desejos da filha, era bem possível que eles desconfiassem que o genro, um semijudeu tão pouco afeito às tradições, os tivesse inventado. Mas com Margaret viva para comandá-lo, e atestar que essa era mesmo sua vontade, ele teria autoridade suficiente para levá-la a cabo.

Enrique desceu as escadas apressadamente. Deixou um recado na secretária eletrônica do rabino Jeff, debruçou-se sobre o laptop e encontrou na internet o número do cemitério de Green-Wood. Suando na testa e nos flancos, passou a mão no telefone. Mais do que nunca queria satisfazer a mulher, atendê-la naquele último pedido, e prosseguiu sem se dar conta do que era o presente que tanto queria lhe oferecer: um túmulo.

Capítulo 9

Enfim sós

Levando-se em conta o ardor que vinha consumindo Enrique enquanto ele esperava por seu encontro com Margaret, é prova cabal de que as emoções têm seu limite que ele não tivesse explodido em chamas e alçado voo, uma casca tisnada, rumo ao pesado céu de inverno nova-iorquino. Uma fornalha de medo e desejo o impelia de um lado a outro sobre o chão sintecado do loft enquanto um dilema fashion se desenrolava em sua cabeça. O que ele deveria usar? Os jeans escuros da Levi's? Os azul-claros? Os azul-escuros? Ou o único item realmente caro de seu guarda-roupa, as calças bege italianas, muito justas na sua cintura de menino e muito largas nas bainhas? O corte das calças milanesas pertencia à arquetípica moda dos anos 1970, o que fazia todo sentido, já que era 1975. O que não fazia sentido era usá-las com uma camisa fina, uma mescla de algodão e linho, no dia 30 de dezembro. Também havia a questão do corte justo das calças importadas, concebido para realçar a virilidade do volume entre as pernas. Semelhante exibicionismo o afligia em ambos os extremos da insegurança: ora ele temia não ter volume suficiente, ora achava vulgar mostrar o que tinha.

Enrique jamais teria comprado as tais calças não fosse pela influência de seu impositivo e sexualmente confiante amigo Sal. Na maioria dos assuntos, sobretudo no modo de vestir, ele jamais tentava imitá-lo, mas constatando que naquele ano Sal havia tido muito mais mulheres em sua cama (o que não chegava a ser uma grande façanha, visto que Enrique havia trepado uma única vez), ele se deixara levar pela conversa do amigo. Ao longo de toda a tarde, cinzenta lá fora e muito clara sob as lâmpadas fluorescentes do apartamento, Enrique vinha tentando se decidir entre as poucas alternativas de jeans e a vitrine genital das calças italianas, sem jamais chegar a uma conclusão satisfatória.

Excetuando-se, claro, tudo aquilo que dizia respeito a Margaret, hesitar não era muito de seu feitio. Normalmente era rápido nas decisões, valendo-se de um confiável método de pesquisa. Enrique tinha apreço pelo conhecimento e gostava de agir tomando por base a sabedoria de homens e mulheres mais brilhantes e valentes que ele. Mas nos três anos que vivera com Sylvie, pouco aprendera sobre o que as mulheres esperavam de um primeiro encontro com um rapaz de 21 anos, tampouco tivera a ideia de buscar alguma luz sobre o senso crítico das mulheres numa das tantas revistas femininas oferecidas no mercado. Sabia muita coisa a respeito das necessidades sexuais das mulheres, pois a exigente Sylvie, depois de obrigá-lo a ler o capítulo relevante em *Nosso corpo, nós mesmos*, passara a verbalizar com bastante precisão todo o modus operandi da estimulação clitoridiana, bem como os inúmeros "faça isso" e "não faça aquilo" de seu gosto sexual. Em tese, boa parte daquilo tudo poderia ser aproveitada com outras mulheres, mas a pergunta sobre que calças usar num primeiro encontro que na verdade seria o terceiro (sem falar na confusão adicional de que o referido encontro se daria na informal Greenwich Village, mas numa noite de sábado) permanecia sem resposta. Onde estavam os textos sagrados, o manual de instrução ou o manifesto capazes de dar fim a tanta dúvida?

Consultores masculinos andavam em falta. Bernard, que de qualquer modo se opunha à aproximação com Margaret, sempre usava jeans e camisa azul. Leo, o meio-irmão de Enrique, era oito anos mais velho e desde os 15 nunca tinha passado mais de dois dias sem namorada; daria gargalhadas se soubesse daquela aflição com as roupas: "Se você está preocupado com o que vai usar, já se deu mal", era o que ele decerto diria. Portanto sobrava Sal, defensor fanático das calças italianas. Ele insistia que, apesar do frio, o tecido fino acabaria estimulando o calor humano.

— Mr. Ricky, com essas pernas compridas, você vai arrebentar com as italianas. A garota vai querer arrancá-las de você. Bicho, você fica a cara do Mick Jagger com elas.

— Por quê? Pareço que estou doido de heroína?

— Vai com as italianas, Mr. Ricky — insistiu ele, sério. — Ela vai ficar salivando de desejo.

Enrique achava pouco provável que Margaret se deixasse impressionar por qualquer artifício masculino, muito menos pelas roupas. Criara coragem para convidá-la a sair somente porque, lá pelas tantas na Ceia dos Desgarrados, ela havia lançado uma farpa contra o sexo oposto.

Todos já haviam comido sua sobremesa, tomado seu café e fumado seus cigarros, e Enrique estava prestes a se dar por vencido. Ainda não o tinha feito porque vinha imaginando a maneira mais delicada de se despedir de Pam, a moça que Margaret supostamente tentara empurrar para ele. Foi então que ouviu sua anfitriã dizer:

— Os homens sempre dizem que vão ligar no dia seguinte, mas nunca ligam. De duas uma: ou me acham absurdamente feia, ou morrem de medo de mim. Tudo bem. — Ela riu com gosto. — Mas por que se dão ao trabalho de dizer que vão ligar quando sabem que não vão?

Phil e Sam, tão seguros e falantes até então, permaneceram mudos diante do desafio. Ficaram ali, olhando para a bela Margaret como se ela fosse um dragão a cuspir fogo.

— Não é? — ela perguntou a Lily, que, com o entusiasmo de sempre, devolveu:

— Para mim, ninguém promete ligar!

Margaret então buscou apoio do outro lado da mesa, em Pam, mas ela também ficou muda; parecia assustada, como se suspeitasse de uma armadilha.

Em seguida foi a vez do aturdido Phil.

— Afinal, quem é que está pedindo para vocês ligarem? — disparou Margaret. — Por que diabos vocês precisam mentir? Talvez a gente não queira que vocês liguem!

— Talvez seja por isso que a gente não liga — disse Phil, despertando de seu breve torpor e usando o argumento da própria Margaret contra ela.

— Foi por isso que *você* não ligou? — ela quis saber.

Diante dessa abrupta passagem das deficiências dos homens em geral para as deficiências de Phil em particular, fez-se um profundo silêncio. Phil olhou para Sam, mas não encontrou ali nenhum socorro. Então gaguejou:

— Eu? Quando?

— Todas as vezes que nos vimos por aí desde a formatura! Na primeira reunião da turma, na festa de Mary Wells no Brooklyn, no luau em East Hampton. "Eu te ligo!" — disse ela, imitando o tom declamatório de Phil, um jovem MacArthur prometendo aos filipinos que ia voltar. — *Todas* as vezes. Mas eu nunca pedi nada. Nunca disse nada sobre ligar ou sobre a gente voltar a se ver. Você é que se ofereceu para ligar, mas depois não ligou. E aí, rapaz, estou esperando uma explicação.

Enrique deveria ter tomado o partido de seu próprio sexo, mas estava radiante com aquela súbita guinada na conversa. Sabia muito bem por que os homens faziam aquelas promessas vãs a uma mulher disponível, e certamente planejava engrolar alguma coisa no mesmo sentido para Pam. Caso contrário provocaria nela um olhar de mágoa ou decepção, e especialmente para um filho de mãe judia, olhares dessa natureza desencadeavam uma longa sucessão de más lembranças. Não se tratava de hipocrisia. Enrique falaria com sinceridade, e só depois, já livre do feitiço sempre inescapável das mulheres, tomaria a decisão de não ligar. No entanto, esse comportamento era típico apenas de pessoas como a insípida Pam e o tímido Enrique, nem de longe um predador sexual. Com sua barba bem aparada e seu barítono de orador, Phil era letal o bastante para seduzir mulheres que não o interessavam. Mas Margaret era uma presa de primeiríssima ordem, então por que diabos ele não havia ligado? Enrique estava confuso. Os dois haviam batido quadris e brincado de cabo de guerra com o saca-rolha na cozinha. Phil decerto havia ligado para Margaret pelo menos uma vez.

Sam riu do desconcerto de Phil, e Margaret assestou sua mira contra ele.

— E você? Você também disse que ia ligar todas as vezes que a gente se viu. Na festa da Mindy, na casa do Joel... Você disse que ia ligar e não ligou. Por quê? Problemas com a companhia telefônica?

— Eu? É... hum... é que... — gaguejou Sam, e só lhe restou rir de si mesmo quando a mesa inteira desandou a gargalhar. Depois, com toda seriedade, emendou: — Vou te ligar, e a gente conversa sobre isso.

Mais gargalhadas. Margaret ria como se esse tivesse sido seu plano desde o início, dar novo ânimo à festa justo quando ela começava a murchar.

— Nada disso! — ela protestou, e jogou uma das pernas sobre o braço da cadeira. — Não me ligue! Mande uma carta. É isto que está errado nos dias de hoje. Ninguém escreve mais cartas. A gente devia voltar pro tempo de Jane Austen!

— Mas aí as cartas iam se cruzar ou se perder no meio do caminho — argumentou Lily. — Ia ser uma confusão danada!

— Bem, melhor do que não receber telefonema nenhum! — retrucou Margaret. — Talvez o problema seja só com os homens de Cornell — disse, e olhou para Enrique. — Será isso? — perguntou a ele.

Talvez se tratasse de uma advertência para que ele não prometesse ligar para Pam, amiga dela, caso não pretendesse mesmo fazê-lo. Nesse caso, só piorara as coisas. Olhando de relance para Pam, Enrique viu que o rostinho amuado da vizinha havia se iluminado com o que Margaret lograra fazer: vestir uma saia justa nos jovens leões. Ela o aquilatava com um brilho especial nos olhos negros, ansiosa para ouvir a resposta que ele iria dar.

Phil traduziu em voz alta o que Enrique estava sentindo:

— Bem, agora você confundiu ainda mais a nossa cabeça. Quer que a gente faça o quê? Ligar? Escrever? Dizer que não vai ligar? Dizer que vai escrever, mas não ligar?

Em vez de responder imediatamente, Margaret espichou o tronco para alcançar o maço de Camel Lights sobre a mesa, e o fez com a elasticidade sedutora de um gato. Em seguida plantou um cigarro entre os lábios e esperou que Phil riscasse um fósforo para acendê-lo, lembrando a Enrique, para desgosto seu, dois amantes chiques de um filme dos anos 1930. Soprando um jato de fumaça, ela disse:

— Vocês devem dizer que *não* vão ligar — parou um instante para aumentar o suspense — e depois vocês ligam!

Pois foi isso que fez Enrique ao sair, abandonando o campo de batalha antes de todos os outros machos.

— Muito prazer em conhecê-la — ele disse a Pam, e não fez nenhuma promessa.

Em seguida foi até sua generosa e cruel anfitriã, que o achava ótimo partido para a amiga mas não para si. Margaret se encontrava diante do armário adjacente à porta, retirando o sobretudo militar de Enrique enquanto papeava com Phil, o bonitão que a havia seguido feito um cachorrinho na coleira. Enrique não a beijou nos lábios como aconselhara seu amigo Sal: ofereceu a mão para que ela apertasse. E assim ela fez, mas com um ar de surpresa, como se aquilo fosse um ritual ainda por experimentar.

— *Não* vou ligar — disse. — Mas obrigado pelo jantar. Estava delicioso.

Atrás dele, Lily cantarolou:

— Mas você ainda tem de escrever um cartãozinho de agradecimento!

— De jeito nenhum — disse Enrique, virando-se para lhe oferecer a mão. — Sou um escritor profissional. Dedo meu não encosta em máquina de escrever sem que alguém me pague por isso.

Ignorando a mão oferecida, Lily ficou na ponta dos pés e o beijou no rosto enquanto Margaret dizia:

— A gente te deu de comer, e você nem teve de cantar!

Enrique foi embora sentindo-se um pateta, murcho e sem nenhuma esperança. Mas enquanto seguia pelo frio do caminho de volta (passando pelas árvores peladas da Ninth Street, pelos sacos de lixo devidamente fechados da University Place, pelo lixo esparramado nas calçadas da Eighth Street), decidiu que, apesar de todos os sinais desanimadores, ligaria para Margaret. A diatribe dela contra os homens agora lhe dava a esperança fatalista de que, apesar do fracasso que decerto o aguardava, ele não teria muito do que se envergonhar. Já havia publicado dois romances autobiográficos, expondo muitas verdades embaraçosas sobre si mesmo; já havia sido ridicularizado por jornais, revistas e até diretamente por alguns leitores. Além disso, levando-se em conta que Margaret havia zombado de um homem por quem ela tinha um visível apreço, o confiante Phil, que mal haveria em ser ridicularizado um pouquinho mais?

Foi imbuído dessa mesma coragem agourenta que ele enfim ligou e a convidou para sair. Mas agora que estava a poucos minutos de encontrá-la, ele novamente perdeu a confiança. Suas dúvidas com relação às calças foram seladas pelas nuvens que rondavam seu espírito: nuvens pretas, calças pretas. Enfim ele optou pelos black jeans, uma blusa de gola rulê preta, e teria acrescentado um casaco preto caso tivesse um; não o tendo, resignou-se ao verde-oliva do casaco militar.

Margaret tocou o interfone às 7h43 para avisar que eles se encontrassem na portaria e caminhassem juntos até o restaurante, tal como haviam combinado. Enrique vira com maus olhos essa combinação. Margaret recusara a oferta de que ele a buscasse em casa, como se aquilo fosse uma grande bobagem. Um mau sinal do ponto de vista romântico, ele concluíra. Aquilo cheirava a amizade, ainda que geograficamente a sugestão dela fizesse todo sentido: eles tinham por destino a Buffalo Roadhouse, perto da Sheridan Square, e o apartamento dele ficava no caminho. Margaret havia chegado com 13 minutos de atraso. A julgar pelos romances que já tinha lido, Enrique sabia que um pequeno atraso por parte das mulheres era mais que aceitável; mesmo assim, às 7h35, supôs que levaria um bolo, e ao ouvir o interfone, quando enfim ele tocou, pensou tratar-se de uma dramática guinada do destino.

Desceu correndo os cinco andares e chegou à portaria com a testa coberta de suor apesar do frio. Cumprimentou Margaret um tanto sem jeito e, para ludibriar a dúvida se deveria ou não beijá-la, ainda que castamente no rosto, saiu andando rumo ao restaurante. Na falta de algo melhor para dizer, comentou:

— Vamos depressa para que o Bernard não nos veja.

— A gente não quer que Bernard nos veja? — perguntou ela, apertando o passo ao lado de Enrique. Apesar da diferença de altura, tinha um trote bem mais ágil que o dele e não precisou de muito para tomar a dianteira.

Enrique logo se viu correndo na direção daquele casaco de penas de ganso, quase uma bolha, mas não sem antes admirar as curvas do bumbum que os jeans apertados escondiam. Isso em nada serviu para acalmar seu batimento cardíaco, ainda acelerado em razão da corrida escada abaixo. Dali a pouco disse algo que havia planejado não dizer, e não teria dito se tivesse pensado melhor, mas o impulso de revelar tudo a seu respeito, por mais embaraçoso que fosse, era parte de sua natureza.

— Bernard não aprova que a gente se veja — entregou. Olhando de relance, viu que os olhos azuis de Margaret, já naturalmente redondos, agora lembravam dois grandes pires, e os lábios se entreabriam numa expressão perplexa. — Nem quis me dar seu telefone.

Margaret pisou os dois pés no freio. De qualquer modo eles já estavam na esquina Eighth com a Sixth Avenue, longe de Bernard. O sinal estava verde para os pedestres, mas ela ficou parada onde estava.

— *O quê?* — exclamou, achando aquilo ao mesmo tempo engraçado e absurdo.

— Ele disse que você não é pro meu bico. — Enrique abriu um sorriso. — Talvez por isso os homens não liguem para você. Porque o Bernard não deixa.

— Você só pode estar brincando! Isso é hilário! — Ela fez uma pausa como se estivesse digerindo a novidade, depois repetiu: — Você só pode estar brincando.

— Não, não estou. Ele fincou o pé feito uma mula. Tive de procurar seu número no catálogo. Por sorte eu conhecia o endereço, caso contrário não ia saber qual dos Cohen você era. — Apontando para o sinal agora vermelho, ele disse: — Quer andar mais uma quadra e atravessar na outra esquina? — E no caminho até lá, prosseguiu com seu imprudente arroubo de franqueza: — Está mais do que óbvio. Bernard está a fim de você, mas não tem coragem de tomar uma iniciativa. Talvez seja esse o problema com os caras de que você tanto reclama. Eles ficam intimidados com você.

— Comigo? — ela devolveu, com um ar de surpresa aparentemente genuíno.

— É. Você é bastante intimidante.

— Você não me parece nem um pouco intimidado.

Eles chegaram à esquina da Waverly com a Sixth. O sinal estava vermelho, e Enrique se virou para encará-la.

— Ah, mas estou sim. Você me deixa apavorado. Seria bem mais fácil fingir que não estou nem aí para você do que dar uma de amiguinho, achando que está tudo certo, sabe? É isso que eles fazem, Bernard, Phil e Sam. Por isso não te ligam: não querem correr o risco de serem rejeitados. Quando estão com você, ficam na maior empolgação e falam que vão ligar; mas se ligarem, vão descobrir se realmente têm alguma chance com você, então acabam amarelando. — Tendo articulado as esquisitices de seu próprio gênero, e profundamente consciente das próprias esquisitices (onde ele estava com a cabeça ao cogitar, ainda que por um segundo, usar aquelas calças italianas?), Enrique enfim relaxou. Ficou ali, admirando aqueles olhos oceânicos e insondáveis que digeriam sua inesperada confissão.

O sinal abriu. Margaret não se mexeu. Enrique não quis apressá-la: sabia que, ao contrário de quase todo mundo que conhecia, ela estava pensando no assunto em si, não na resposta que em tese deveria dar.

Pensara que Margaret fosse mais uma dessas pessoas que gostam de ter a última palavra em tudo, mas agora entendia que os silêncios dela durante a longa noite de bate-papo com Bernard não se deviam à incapacidade de produzir uma resposta inteligente. Parado ali na esquina, tinha a impressão de que podia seguir todo o desenrolar de sua cautelosa reflexão, como seguiria uma estrada no mapa. Margaret descartava toda a bajulação e o possível exagero das palavras que acabara de ouvir. Perguntava-se como ele poderia saber que Sam sentia algo por ela. Talvez Phil a visse apenas como um flerte, aquém de uma namorada que pudesse levar a sério. Quanto ao egoísta Bernard, talvez ele quisesse privar o amigo de se envolver com qualquer garota bonita e vivaz, a despeito do que sentisse em relação a Margaret. O sinal já piscava novamente em vermelho quando Margaret enfim desconstruiu a bomba lançada por Enrique, uma bomba de sedução, franqueza e entrega.

— Bernard? Sam? Não. É outra coisa que passa na cabeça daqueles malucos —insistiu ela. — E você não fica apavorado comigo — arrematou, desarmando-o com um sorriso de malícia. Só então atravessou a Sixth Avenue, apressando-se no asfalto.

A resposta meticulosa levou Enrique de volta à estaca zero. Pelo breve instante de sua confissão ele havia superado o nervosismo, mas agora, talvez mais do que antes, a ansiedade produzida pelo desejo e o medo voltava a mostrar suas garras. Já inseguro por natureza, ele estava abalado demais para colocar em palavras sua confusão mental. Se pudesse, teria perguntando o que ela poderia esperar dele além de admiração e desejo. Que mais ele poderia oferecer?

Enrique também atravessou a Sixth Avenue e alcançou Margaret, seguindo mudo ao lado dela. Ventilou diversas respostas, a primeira sendo "Fico, *sim*, apavorado com você", mas o pavor não descrevia com exatidão seu comportamento, visto que, em vez de fugir, ele estava fazendo de tudo para ficar ao lado dela. Poderia insistir que Phil, Bernard e Sam *realmente* estavam a fim dela, mas por que faria isso? Por que convencê-la de que homens melhores do que ele (pelo menos dois o eram) a desejavam? E se ela acabasse concordando? Por outro lado, endossar a certeza de que nenhum dos três era seu rival dificilmente daria à conversa uma guinada agradável.

Margaret de fato parecia satisfeita por ter conseguido emudecê-lo. De quando em quando olhava para ele com certo ar de orgulho, dando a impressão de que felicitava a si mesma pela façanha. E quando Enrique tentava sorrir com autoconfiança, sentia o queixo fraquejar. No movimentado cruzamento triplo entre as ruas Waverly, Grove e Christopher, a leste da Seventh Avenue, Margaret já ia seguindo pela Christopher quando Enrique, apontando o queixo para a Grove, disse:

— Por aqui é mais rápido.

— Será? — retrucou ela. — Acho que por lá a gente dá menos volta.

Durante o café que eles haviam tomado naquela madrugada no Sandolino's, ele fingira concordar com ela sobre a existência de duas escolas P.S. 173, mesmo tendo certeza de que ela estava errada. Dessa vez, no entanto, não iria repetir a dose, embora ainda receasse ofendê-la. Intuindo o orgulho que Margaret tinha de seu senso de direção, preferiu não protestar em voz alta: simplesmente negou com a cabeça, num gesto ao mesmo tempo delicado e firme.

Ela sopesou as alternativas. Em seguida sacudiu os ombros, dando a entender que havia concordado com ele, mas apesar disso saiu andando na direção da Christopher. Diante dessa silenciosa contradição, que o obrigava a escolher entre tomar o caminho dela ou seguir sozinho pelo próprio caminho, Enrique mais uma vez reverenciou a segurança da garota, a ponto de achar que ela não era mesmo para seu bico. Então capitulou e, desconcertado, seguiu na esteira dela. Quando alcançaram a Seventy e precisaram dobrar na direção sul (deixando mais do que evidente que o outro caminho era melhor), Enrique esperou que Margaret desse o braço a torcer.

E vendo que não daria, ele não se conteve: olhou para a placa da rua e depois para Margaret. Ela decerto entendeu o significado daquilo, pois deu um risinho de satisfação, do tipo "Eu não te disse?", e falou:

— Pela Grove era *bem* melhor.

O que deixou Enrique ainda mais confuso. Por que diabos ela parecia tão satisfeita ao admitir um erro? Então ele riu também (como não poderia rir?) e para ser gentil disse:

— Era. Mas só um pouquinho. A diferença nem é tão grande assim.

— É grande para ca-ram-ba! — retrucou ela, quase solfejando. — Era pela Grove que a gente devia ter ido.

Diante de tanto rigor, Enrique deu de ombros e concedeu:

— É. Nesse frio qualquer atalho seria bem-vindo.

Por algum motivo que ele não conseguia captar, Margaret parecia impressionada com a resposta. Subitamente se aproximou, roçando o preto de seu casaco de penas contra o verde-oliva do sobretudo dele. Apesar da maçaroca de panos e recheios que os separavam, Enrique sentiu na pele uma deliciosa sensação de toque. Margaret, por sua vez, voltou à animada tagarelice:

— Sei lá, é uma coisa doida, mas acho que Cornell acabou comigo. Agora detesto o frio. Antes de ir para a universidade, não me lembro de ficar tão incomodada. Mas agora? Quando baixa a menos de 10 graus... *brrrr* — disse ela, e fingiu tremer de frio, novamente roçando o braço dele.

Enrique sabia que, em seu lugar, James Bond tomaria aquele falso desconforto como uma deixa para que ele entrasse em ação. Mas só o que conseguiu produzir foi uma manobra de intenção obscura, até mesmo para si: inclinou-se para o lado de Margaret de tal modo que os casacos colidissem mais amiúde durante a meia quadra que ainda restava até o restaurante.

Entrando na Buffalo Roadhouse, ele sentiu um misto de empolgação e receio, como se estivessem sendo anunciados num dos bailes de Balzac, a mercê dos olhares críticos da sofisticada elite parisiense. Tinha orgulho da mulher a seu lado. Na verdade, temia que a recepcionista, bem menos bonita que Margaret, perguntasse que diabos ela estava fazendo na companhia de um grandalhão tão desengonçado como ele. A timidez não dava sinais de trégua, muito embora, correndo os olhos pelo ambiente, ele pudesse constatar que a clientela de um restaurante relativamente barato na falida Nova York durante aquela semana entre o Natal e o Ano-Novo (quando os muito ricos e chiques se refugiavam no Caribe) dificilmente poderia ombrear com a sociedade parisiense de Balzac no auge da estação. Mas isso em nada abalava o prazer que ele sentia por estar com ela naquele lugar — e não com Bernard, mais uma vez, comendo macarrão num buraco qualquer; não com os amigos, devorando hambúrgueres antes do cinema; não com Sal e a namorada, conferindo alguma nova espelunca vegetariana no East Village. Sobretudo, era um grande alívio não estar debruçado sobre um pote de comida chinesa pedida pelo telefone, vendo os Knicks levar mais uma surra pela televisão.

Diante de tanta alegria, ele enfim se deu conta de que acalentava uma dor profunda e terrível que não era apenas, tal como havia imaginado, sexual. Seu loft no quinto andar não se qualificava exatamente como um sótão bolorento e sem calefação, sua magreza devia-se mais a uma dieta de cigarros e café do que à fome (e mesmo no auge da cafeína ele sabia que o romance que tinha no forno dificilmente chegaria perto de *O vermelho e o negro*), mas uma coisa era certa: ele abrigava a mesma solidão dos heróis jovens e ambiciosos de *Educação sentimental*, *Ilusões perdidas* e *L'oeuvre*. Tinha o mesmo coração faminto daqueles protagonistas casmurros, tão carentes de afeto, compreensão e amor. Aquela garota espevitada, de lábios sempre à beira de um sorriso, com aqueles olhos de topázio sempre atentos ao que ele tinha a dizer, era uma companhia de tal modo agradável que Enrique chegava a desejar que a obrigação viril de seduzi-la não fizesse parte do pacote. Sobretudo porque, vendo-a despir o casaco de penas e trazer à tona os ombrinhos tão lindos, ouvindo-a pedir ao garçom um vermute seco (um drinque que parecia adulto e sofisticado), observando-a abraçar o mundo com tanto traquejo e segurança, Enrique pensou: "*Caralho*, essa mulher não é mesmo pro meu bico!"

— Para mim, um... — disse ele, mas não fazia a menor ideia do que queria beber. Cogitou pedir um uísque, talvez uma cerveja, mas achou que ambos tinham uma aura de farra-com-os-amigos. Quem sabe um vinho? Enrique já havia lido um número suficiente de livros para saber como se comportar num encontro romântico, mas essa etiqueta existia apenas num universo paralelo que nada tinha a ver com ele e Margaret.

— Você não precisa beber — disse ela, lendo a mente dele de um modo torto, mas ainda assim prestando algum socorro. Rindo, emendou: — Não me importo se você continuar sóbrio.

Enrique riu também: algo na palavra "sóbrio", sobretudo quando aplicada a ele, parecia absurdo.

— Vou querer uma Coca — disse, e o garçom se afastou com uma expressão de desgosto, pelo menos aos olhos de Enrique.

Depois de induzi-lo a um pedido honesto, Margaret aparentemente se espantou com o resultado.

— Uma Coca? — exclamou.

— Tudo bem — disse Enrique, bem-humorado. — Vou pedir um drinque de verdade.

— Não, não. Acho que fiquei com inveja, só isso. Desde a faculdade que não tomo uma Coca. — Pensativa, ela observou: — Claro, você ainda é novo o bastante para estar numa faculdade.

Isso era um mau sinal. Para Enrique, a diferença de três anos entre eles não tinha a menor importância. Sylvie era seis anos mais velha que Margaret.

— Mas não esqueça que saí de casa aos 16. Estou na estrada o mesmo tempo que você — disse ele. Sabia que isso não significava nada. Os fatos estavam do seu lado, mas Margaret era claramente mais madura, mais adulta, mais tranquila.

— Difícil acreditar que você saiu de casa tão cedo — disse ela, mas num tom quase maternal, não com o louvor que a geração de Enrique costumava dedicar a um rebelde que havia abandonado a escola, saído de casa e se amasiado com uma garota de 25 anos. "Que barato", dizia a maioria dos machos. "Uau!", exclamavam as fêmeas. Margaret, contudo, parecia preocupada. — E aí, correu tudo bem? Eu queria ter feito a mesma coisa. Nos meus 16 anos, mamãe me aporrinhava tanto que eu mal suportava a voz dela. Mas não deve ter sido fácil para você.

O assunto facilmente renderia uma boa conversa. Por outro lado, como recontar a história de seu relacionamento de mais de três anos com Sylvie? No fundo, no fundo, Enrique sabia que a culpa daquele fracasso era em grande parte sua. Talvez ele pudesse se fazer de vítima, dizendo que Sylvie o havia traído, mas a alternativa não lhe parecia nada lisonjeira. Além do mais, a verdade era que a traição dela não havia sido a real causa do rompimento. No último ano e meio de namoro, ele havia se mostrado tão agressivo, tão mal-humorado e tão desagradável que Sylvie teria todos os motivos para espancá-lo até a morte com uma frigideira. Buscar amor e sexo nos braços de outro havia sido uma reação relativamente modesta por parte dela. Era difícil dizer de qual versão ele sentia mais vergonha, mas qualquer coisa que o pintasse como um homem sexualmente inadequado (sobretudo num primeiro encontro) seria uma péssima cartada do ponto de vista estratégico.

— O mais difícil — disse ele para se evadir por completo do assunto — foi ter de escrever um segundo romance para continuar ganhando dinheiro.

— Suponho que sim! — disse Margaret, admirada, como se Enrique fosse um veterano de guerra. Apesar do desconforto por tê-la comovido com uma história fabricada, Enrique havia inadvertidamente falado a verdade, uma verdade que ele só perceberia dali a alguns anos. Na verdade, a grande dificuldade de sua situação não era o trabalho em si, já pesado o bastante para sobrecarregá-lo, mas a pressão adicional do dinheiro, assim como a realidade de que, aos 17 anos, ele havia abraçado uma carreira cujo sucesso dependia inteiramente dele, de um trabalho solitário cujo valor para o mundo, ou desvalor, advinha inteiramente de sua irregular inspiração. Margaret parecia entender muito mais claramente do que ele a dificuldade daquele caminho. — Ter de ser tão disciplinado assim na adolescência... De qualquer modo, escrever um romance já é bastante difícil. Em qualquer idade.

— É, muito difícil. — Ciente de seu engodo, ele achou por bem mudar de assunto: — Então, como foi exatamente que você e o Bernard se conheceram? Ele fala muito de você, mas nunca dá nenhum detalhe.

— Eu sei — disse ela. — Bernard é muito esquisito com os amigos dele. Gosta de separá-los em pequenos compartimentos. — Com os dedinhos delicados de ambas as mãos, fabricou uma caixinha e a multiplicou em tantas outras para ilustrar o que dizia. Os pulsos eram pouco mais largos que uma caixa de fósforos. — Ele nunca me apresentou um amigo que também não fosse da Cornell. Você foi o primeiro.

Os drinques chegaram, e ao ver que sua Coca viera acompanhada de um canudo, Enrique se sentiu ainda mais infantil. Talvez por isso, ou pelo medo de voltar ao problemático assunto de seu caso com Sylvie, deu início a uma longa sátira em torno de Bernard. Começou pelo artifício que precisara usar para convencê-lo a apresentar a famosa amiga: acusando-o de tê-la inventado. Margaret se deleitou com a história, adorando se ver alvo de tanta atenção por parte dos dois marmanjos. Também ficou genuinamente surpresa, o que deixou Enrique ao mesmo tempo aliviado e comovido. Eles já haviam comido suas respectivas saladas, e começavam a beliscar o prato quente, quando ele enfim terminou seu relato.

— Não faz sentido — observou Margaret. — Por que ele me levaria até seu apartamento se não tinha a intenção de lhe dar meu telefone depois?

— Também já me fiz essa pergunta. Tive muito tempo para pensar nela. As possibilidades são muitas, mas esta é a mais plausível: ele achou que você não fosse gostar de mim.

Margaret franziu as sobrancelhas.

— Não creio — disse. Enrique deixou escapar um discreto sorriso de satisfação diante daquela confissão tácita de que ela gostava mesmo dele. Mas sua surpresa não pararia por aí, pois Margaret disse ainda: — Bernard nos apresentou porque tem orgulho de você.

— O quê? — retrucou ele. Já tão acostumado às turras que tinha com o amigo, ora em razão do pouco caso que ele fazia de seus méritos literários, ora do nariz que ele torcia para o realismo, Enrique achava difícil acreditar que Bernard o admirasse a ponto de querer exibi-lo para alguém. Levou um choque, de voltagem ainda maior porque tinha na sua base um elogio.

— Você é um escritor de verdade, já foi publicado. Seus pais também são escritores. Bernard tem orgulho de te conhecer. Para todos nós, os céticos da Cornell, você é prova de que ele também tem futuro como escritor. Você é real. Você o leva a sério. Bernard me levou até você só porque queria te exibir.

Os olhos de Margaret, tão grandes e tão azuis, cintilavam à luz amarelada da vela à sua frente, e Enrique precisou olhar para o lado a fim de descansar um pouco do feitiço que eles despendiam. Aquelas palavras haviam caído como um bálsamo sobre seu ego tão cheio de dúvidas. Se alguém lhe perguntasse, ele podia jurar que Bernard, onde quer que estivesse, o maldizia de alguma forma. Bernard não fazia ideia de quanto Enrique sofria com a reação do mundo à sua precocidade, dos receios que tinha quanto a seu futuro incerto. Faltavam três meses para a publicação de seu terceiro romance, e ele sabia que as perspectivas não eram as melhores. A primeira tiragem seria de apenas 5 mil exemplares. Não havia nenhuma verba para publicidade. Sua editora não atendia mais seus telefonemas, pois havia delegado as tarefas rotineiras da publicação a uma jovem assistente, sinal de que ele não era nenhuma estrela. Quase todas as manhãs Enrique acordava com fortes dores no estômago, como se uma barra de ferro tivesse perpassado seu abdome. Às vezes precisava de quase uma hora de alongamentos e fricções para relaxar a musculatura rígida e aliviar a dor. Não havia contado a ninguém sobre aquele sintoma físico de sua ansiedade. Não dividira com nenhum amigo a impressão de que não havia ninguém a seu lado, de que todos os escritores, críticos, editores, livreiros e leitores estavam torcendo para que o livro fracassasse, apenas com o intuito de corroborar uma ideia tão cara ao mundo, a de que escrever um romance era muito mais difícil do que Enrique acreditava ser. O que ele poderia fazer para que as pessoas o perdoassem pela precocidade? Explicar que quase nada caía do céu, que escrever seus romances autobiográficos e aparentemente chinfrins consumia toda a sua energia, todas as horas de seu dia? Enrique tinha a sensação de que o mundo tentava empurrá-lo pela única porta que ele havia conseguido abrir até então, expulsá-lo do único abrigo capaz de protegê-lo dos perigos a seu redor.

— Ei, alôou!!! — disse Margaret, aproximando-se para encará-lo de perto. — Para onde você foi?

Enrique voltou a si (ou melhor, ao Enrique do qual ela havia falado antes) tão logo seus olhos encontraram a luz alegre dos olhos dela. E sorriu como se tivesse pleno domínio da situação.

— Agora você está de gozação comigo — disse.

— De gozação? Por quê?

— O Bernard? Tem orgulho de mim?

Ela sacudiu os ombrinhos elegantes e delicados.

— Se não tem, deveria ter — retrucou. — Os outros amigos dele são uns chatos de galocha, uns molambentos cheios de certezas políticas, ou então são universitários que não têm nenhum emprego de verdade, que ainda moram no campus e ainda estão tentando descobrir quem são. Você é um adulto de verdade. Tem uma carreira. Viveu com uma mulher por três anos. Você é um homem.

Enrique deixou as costas baterem contra o espaldar duro da cadeira. Subitamente teve certeza de três coisas. Primeiro, contava com uma chance bastante real de ter para si aquela mulher tão linda, doce, inteligente e otimista. Segundo, a ideia que Margaret fazia dele (a de um artista seguro de si, de um homem maduro e solto no mundo) era deliciosa, reconfortante e lamentavelmente incorreta. Por fim, ainda que ele próprio custasse a crer, muito mais do que tê-la em seus braços ele desejava tornar real o fantasma de homem refletido naquele par de olhos violeta.

Capítulo 10

O presente perfeito

Diante do túmulo de um rico nova-iorquino, Enrique percebeu que teria de tomar por Margaret aquela decisão estética, a mais irrevogável de todas, sem consultá-la. A duras penas já havia aprendido que era idiotice tentar descobrir sozinho as preferências dela. Apesar de muito romântico, seria um grande exagero dizer que nos últimos 29 anos ele jamais havia tomado uma única decisão sem o conselho da mulher. Geralmente pedia a opinião dela a respeito das coisas que escrevia ou das negociações profissionais, mas às vezes não podia fazê-lo porque estava no meio de uma reunião, por exemplo, ou sob a pressão de um prazo de entrega; outras vezes não o fazia simplesmente porque não queria. Também havia aquelas situações em que seria uma crueldade perguntar-lhe o que fazer. Mas a escolha que ele teria de fazer agora demandava o benefício do bom gosto dela. Enrique não fazia a menor ideia se Margaret preferiria ser enterrada na ala oeste ou leste daquele cemitério oitocentista, nos espaços novos que haviam sido criados mediante a eliminação dos caminhos de cascalho entre os mausoléus das famílias ricas dos tempos de Henry James. Queria perguntar se ela gostaria de ser enterrada num trecho aberto entre dois bordos frondosos ou à sombra de um carvalho antigo.

Não haveria tempo para tirar fotos (embora Lily as estivesse tirando de qualquer maneira), voltar ao leito de morte de Margaret, pedir a opinião dela, dar meia-volta e assinar os documentos que dariam a Enrique o título de posse da cova escolhida. Ele já estava fisicamente lá, pronto para comprar um dos dois lotes que ainda restavam entre as lápides mais antigas. Outros compradores em potencial também se achavam por lá, vagando entre os mortos. Cumprir o desejo de Margaret, o de ser enterrada no cemitério de Green-Wood, era mais importante do que escolher entre o sol e a sombra. Mais importante ainda era economizar tempo. Margaret tinha mais ou menos 11 dias de vida, não faria sentido perder horas tão preciosas no traslado duplo entre o Brooklyn e Manhattan. Portanto, assinar aquela escritura implicava tomar uma decisão imediata sem a ajuda de Margaret: um solitário prenúncio do futuro que estava por vir.

Perambulando entre as duas alternativas, Enrique se martirizava com a própria hesitação. Fazia anos que não receava tanto tomar uma decisão equivocada por Margaret; revisitar aquela sensação de incompetência não era nada agradável. Com a doença de Margaret, os papéis haviam se invertido nesse aspecto. Durante os primeiros anos de casamento, Enrique era alheado de grande parte das decisões e costumava reclamar da brutalidade quase imperialista com que Margaret impunha sua vontade. Nada era decidido por ele: os móveis de casa, a escola dos filhos, o círculo de amigos, o restaurante em que iriam jantar, o filme ou a peça que iriam ver — nada. Nem mesmo, a bem da verdade, as roupas que ele comprava ou vestia. Todas as negociações com o mundo ficavam a cargo daquela mulher de olhos cintilantes, sempre tão vivaz, agressiva e direta. Ainda que a decisão final fosse sua, Enrique consultava a mulher até mesmo nas negociações de seus contratos como romancista e roteirista.

Vez ou outra ela usava o marido para lidar com o mundo, como na ocasião em que a transportadora ameaçara descumprir a promessa de fazer toda a mudança em um único dia. Às 18 horas eles haviam telefonado para dizer que terminariam o serviço no dia seguinte, deixando o jovem casal e o filhinho recém-nascido apenas com um colchão e um berço para passar sua primeira noite no apartamento novo. Margaret despachara Enrique com a missão de desafiar o chefe da equipe, um grandalhão de braços tatuados, para um cabo de guerra: que ele voltasse para casa com a faca de cozinha deles, nem que fosse espetada no próprio pescoço. Mas aquilo não havia sido uma transferência de autoridade, apenas uma demonstração de força contra os adversários.

Com a doença de Margaret, no entanto, o trato com o mundo passara inteiramente para as mãos de Enrique, que para surpresa de ambos se revelara um negociador bastante eficaz diante da bizantina burocracia dos hospitais e das companhias de seguro. Enrique viu que tinha conquistado a confiança da mulher quando o câncer dela entrou em remissão. Naqueles dez meses de alívio, entre os mais felizes de toda a história dos dois, Margaret poderia muito bem ter tomado de volta seu posto de comandante, mas permitira que ele continuasse à frente de todos os assuntos de natureza médica. Desses e de nenhum outro, claro, já que os assuntos realmente importantes (como a decoração de casa ou a roupa que ele deveria usar neste ou naquele jantar) haviam permanecido sob seu domínio. Mesmo nesses, Enrique havia conquistado algum terreno também. Pouco a pouco Margaret passara a consultá-lo nas decisões domésticas, e num gesto especialmente comovente de abnegação, incumbira-o de fazer a escolha final entre o verde e o branco, ou o marrom e o branco, como as cores de um novo conjunto de toalhas. Aos olhos de um observador externo, isso poderia ter passado como uma ridícula esmola sufragista, mas para Enrique se tratava de um extraordinário avanço na luta por seus direitos pessoais à opinião estética. E diante daquela glasnost conjugal, criara coragem para arriscar algo até então inédito: comprar sozinho o próximo presente de aniversário da mulher.

Durante anos ele vinha tentando deslumbrá-la com um presente de seu próprio gosto, fracassando invariavelmente. Certa vez, logo no início do namoro, tentara emular o hábito do pai de presentear a esposa com joias ou qualquer outra coisa muito além de suas posses, mas na ausência do gosto e da segurança de Guillermo, achara por bem recorrer a uma marca famosa. E assim ele foi dar com os costados na Tiffany's.

Chegando àquele marco da cidade, imediatamente se sentiu deslocado com sua cabeleira comprida, seus black jeans e seus tênis puídos. Dali a pouco, viu um par de brincos em forma de estrela com um solitário no centro e achou que eles ficariam perfeitos nos lóbulos delicados de Margaret. Mas não encontrou um meio de chamar a atenção da vendedora do outro lado do balcão, uma mocinha aparentemente inofensiva, mais ou menos de sua idade, que esbanjava simpatia para todos os homens de terno e senhoras mais velhas a seu redor (uma delas tão envergada pela osteoporose que ameaçava fincar o nariz nas vitrines). Sorria de orelha a orelha, mostrava de bom grado os estojos que lhe eram pedidos e cumprimentava a todos que chegavam depois de Enrique, como se ele nem estivesse ali. Até que, depois de um tempo, viu-se sozinha diante daquele fantasma de rosto pálido e aflito.

— Posso ajudá-lo? — perguntou, mas com o entusiasmo de quem não via ali nenhuma ajuda possível.

O esnobismo tinha toda razão de ser. Os brincos que tanto haviam encantado Enrique custavam 4.300 dólares, mais da metade do adiantamento recebido pelo terceiro romance. Ao ouvir o preço, ele ficou de cabelos em pé, e o sorriso da mocinha murchou logo em seguida, catapultando-o de volta à Fifth Avenue sem mais o que dizer ou perguntar.

Dali ele foi para o Diamond District e se viu bem mais à vontade diante do novo vendedor, um judeu ortodoxo que sabia identificar num jovem rapaz desesperado para agradar sua garota o comprador ideal sobre o qual empurrar algo barato mas ainda assim supervalorizado. O velho falante convenceu-o a comprar um par de brincos depois de explicar a lógica dos quatro pilares que regia o preço dos diamantes, bem mais sedutora do que qualquer item de seu estoque. Afirmou tratar-se de uma grande barganha, pois os tais brincos eram graduados em cor, consistência, quilatação e lapidação justo no limite em que os preços começavam a disparar. Garantiu a Enrique que a diferença de qualidade era demasiadamente sutil para ser notada por alguém, incluindo os outros tantos comerciantes do bairro. Estirando o braço à sua frente, revelando os punhos perfeitamente engomados da camisa branca sob o paletó, ele desenhou um arco que açambarcava toda a vizinhança e prometeu:

— Ninguém neste distrito! *Ninguém* é capaz de notar alguma diferença! Pode perguntar! Vai, pergunta! E se eu estiver errado... você recebe seu dinheiro de volta!

Os brincos do judeu eram bem mais baratos que os da Tiffany; ainda assim, 800 dólares pesavam bastante no bolso de Enrique. Portanto, ao oferecê-los com mãos trêmulas e orgulhosas para a amada, ele se viu desconcertado não só pelo desejo de impressioná-la, mas também pela bela fatia de sua renda anual que passava às mãos dela.

Margaret bem que tentou. Fez o que pôde para abrir um sorriso, e até conseguiu algo parecido com um esgar de satisfação. No entanto, por mais crédulo que fosse no comércio, Enrique era um cético no amor e logo quis saber qual era o problema. Arrependeu-se pouco depois. Chegou ao ponto de interromper Margaret para que ela não terminasse a longa lista de defeitos que via na joia. E ali mesmo aprendeu algo muito importante para os presentes que teria de comprar no futuro: para Margaret, os diamantes não eram os melhores amigos de uma mulher; na verdade, ela os detestava.

— Você não reparou que não tenho nenhum? — perguntou ela surpresa, como se fazer o inventário das joias da namorada fosse algo de vital importância.

Tentou ser gentil. Beijou-o, consolou-o e agradeceu a boa intenção. Mas com o passar do tempo, Enrique notou que ela falava do episódio com certo sarcasmo e nenhuma consideração pelos sentimentos dele. Apenas dois meses haviam se passado quando ele a entreouviu fazendo piada sobre o assunto com Lily. Sentiu o rosto arder de vergonha. E dando-se conta de que ela não havia usado os tais brincos uma única vez, ficou ainda mais humilhado. Agora lhe restava apenas guardar toda a história na caixinha secreta em que enterrava todas as feridas de seu orgulho, no escuro onde elas nunca curavam, e torcer para obter mais sucesso no futuro.

No aniversário seguinte, passou longe das joias e, mais uma vez buscando inspiração no pai, presenteou Margaret com algo que pudesse estimulá-la como artista. Gostava muito das fotografias dela, assim como outros gostavam, sobretudo o pai economista. Leonard já havia contado que desistira de tirar fotos ao ver as que Margaret havia produzido durante sua viagem à Europa, presente de formatura do ginásio, usando apenas a camerazinha de segunda mão que herdara dele. Até então Leonard não via a fotografia como uma forma de arte, uma vez que, de posse de uma câmera automática e um número ilimitado de rolos de filme, cedo ou tarde até um macaco seria capaz de capturar uma imagem interessante. Pois o primeiro rolo de 36 chapas de Margaret bastara para que ele mudasse de opinião. Boa parte delas tinha uma composição bonita e interessante, e diante disso, Leonard constatara não só que a fotografia era mesmo uma arte mas também que Margaret tinha "olho" para a coisa. Que as fotos dela tivessem vencido a resistência do pai, sempre tão objetivo, teria bastado para que Enrique decidisse encorajá-la, mas também havia o entusiasmo que desde muito ela vinha demonstrando pela fotografia. Pouco depois de conhecê-la, ele soube que Margaret havia aprendido a revelar negativos num curso que fizera recentemente. E o interesse dela continuaria no primeiro ano de casamento. Margaret passava boa parte de seu tempo livre (trabalhava como freelance nas artes gráficas) passeando com uma Olympus 35mm pela decadente Little Italy, pelo florescente SoHo, pelo confuso mercado de carnes, pela dilapidada Union Square, fotografando as ruas da falida Nova York dos anos 1970, às vésperas da renovação burguesa.

Enrique novamente confiou num judeu ortodoxo, mas agora na B&H, a loja de material fotográfico em que Margaret costumava se abastecer. Debateu longamente sobre o que deveria comprar com um jovem vendedor que parecia bem mais velho em razão da barba comprida. As bochechas gorduchas e muito brancas do rapaz se esticaram num sorriso quando ele sugeriu a câmera mais adequada a um fotógrafo realmente sério: uma Rolleiflex dos anos 1950. Enrique gostou da sugestão. A caixinha de metal poroso tinha o peso e o jeitão retrô de uma engenhoca da Segunda Guerra, uma época romântica na imaginação dele. O vendedor explicou que as "Rolleis" tinham lentes de granulação fina, capazes de reproduzir com precisão aqueles pequenos detalhes de que tanto gostam os fotógrafos de arte; e uma vez que já estavam fora de linha, câmeras daquela qualidade só eram encontradas de segunda mão.

Enrique achou aquilo estranho. Câmeras eram objetos de tecnologia, e, para ele, a tecnologia sempre avançava. Chegou a duvidar integralmente daquele sujeito de chapeuzinho preto, cabelos enroscados, terno e avental, que também parecia egresso da Segunda Guerra (mais nos moldes de *A dor e a piedade* do que de *Fugindo do inferno*). Até o último segundo, quando enfim Margaret abriu o embrulho caprichado que ele mesmo havia feito, Enrique achou que havia sido ludibriado pelo vendedor e mais uma vez seria ridicularizado pela gafe.

Mas não. Ele não havia sido ludibriado e muito menos seria ridicularizado. Arregalando os olhos azuis numa clara expressão de surpresa e alegria, Margaret exclamou:

— Caramba, uma Rollei! — Dava a impressão de que tinha nas mãos um tesouro que vinha cobiçando desde muito, e com tanta intensidade que julgava prudente não contar a ninguém. — Puff, não precisava! — acrescentou, usando o apelido recém-inventado. Com os olhinhos brilhando, levantou-se e saltitou até Enrique para beijá-lo com os lábios molhados.

Vitória. Uma vitória de virada, levando-se em conta a humilhação do ano anterior. Por alguns dias Enrique se deixou levar por uma sensação de êxito viril, aplacada apenas quando viu Margaret sair para tirar fotos com sua Olympus, e não com a fabulosa Rolleiflex. Ao pedir explicações, ouviu:

— Ainda preciso aprender a usá-la! — Ela falou com certo ar de desespero, como uma estudante que tem uma monografia difícil pela frente.

Ao longo dos dias seguintes Enrique não largou do pé dela. "Margaret, já se matriculou naquele curso para aprender a usar a Rolleiflex?" "Margaret, quer que eu compre aquele tripé que as pessoas recomendam tanto?" "Margaret, já limpou as lentes? Você não disse que a câmera foi vendida sem uma boa revisão?" "Quer que eu volte na loja para reclamar?" E assim por diante, todas as perguntas feitas apenas com o intuito de encorajá-la, muito embora ela às vezes desse sinais de irritação.

Para surpresa dele, surpresa que aos poucos foi se transformando em irritação e mais tarde numa mágoa profunda, Margaret jamais usou a fantástica Rolleiflex, nem uma única vez.

— É muito complicado! — admitiu ela ao ser pressionada, oito meses após o aniversário. — Preciso aprender e comprar um monte de coisas! Além disso, as lentes precisam de uma boa limpeza! É muita amolação... Prefiro usar minha Olympus; é só apontar e apertar o botão.

A essa altura eles já estavam casados, e em tese já não havia nenhuma dúvida quanto aos sentimentos que um tinha pelo outro. No entanto, diante de tantas manifestações de rejeição, Enrique por vezes se perguntava se o amor que ele tinha a oferecer não era recebido apenas como o carinho e a lealdade de um animalzinho de estimação. Que utilidade tinha para ela? Que motivos ela tinha para amá-lo? Nos sentimentos dela, haveria algo mais que um reflexo biológico e burguês?

Pouco depois de todo o desapontamento com a Rolleiflex, ele brincou com Margaret dizendo que era o marido perfeito para uma boa moça judia que queria escapar de seu destino doméstico no Queens: um sujeito de pele morena e nome espanhol que ela poderia apresentar aos pais e dizer: "Ele é judeu!" A risada de assentimento e deleite que ela deu na ocasião ecoaria por muitos anos no coração de Enrique. Como romancista ele acreditava na natureza reveladora de momentos assim e por muito tempo não seria capaz de ouvir a música dos sentimentos dela sem ouvir também o repicar dos sininhos da sátira.

Eles já tinham um bom ano de casamento nas costas quando Enrique decidiu tentar uma nova abordagem, já sabendo que o romantismo e a arte pouco valiam para uma mulher tão prática e hedonista quanto a sua. Por diversas vezes a tinha ouvido clamar por um liquidificador novo depois de ter quebrado o copo de vidro, e mais tarde perdido a base, do outro que possuía. Portanto, seguro de que dessa vez a presentearia com algo útil, algo de que ela realmente iria gostar, saiu às compras e voltou com um Osterizer de ultimíssima geração. Que logo se revelou o pior de todos os presentes dados até então.

— Um liquidificador? — exclamou ela. — Um li-qui-di-fi-ca-dor? — repetiu, escandindo as sílabas não só para acentuar o efeito cômico, mas também para deixar bem claro o horror que lhe causara a surpresa. — Você me deu um *liquidificador* de aniversário? E o romantismo de que você tanto gosta? Para onde foi? Ano que vem será o quê? Uma torradeira?

Margaret achou aquilo engraçado o bastante para contar a Lily, que também achou a história hilária o suficiente para ser contada durante um jantar com amigos, na presença de Enrique. Ele tentou levar a coisa na esportiva, rindo timidamente, mas no fundo ardia de vergonha e sua vontade era estrangular as duas amigas até que elas ficassem tão roxas quanto os coquetéis que Margaret tanto gostava de preparar em seu li-qui-di-fi-ca-dor.

No ano seguinte Enrique fez mais uma heroica tentativa de dar à mulher algo que ela jamais compraria de moto próprio. Margaret voltara a pintar durante as férias que eles haviam passado com os pais de Enrique no Maine, encantando Guillermo com duas telas que retratavam a paisagem rugosa da costa. Voltando à cidade, ainda animada com a pintura, ela alugara um ateliê com uma amiga que conhecera no curso de desenho. E numa visita a esse ateliê, um pequeno estúdio na Union Square, Enrique havia notado que à guisa de cavalete ela vinha usando uma pilha de caixas de papelão com uma das abas levantada. Como ele poderia errar agora? Na Utrecht da Fourth Avenue, onde

Margaret costumava comprar seu material de pintura, ele comprou um cavalete de madeira — caro, mas de modo algum sofisticado, um presente bonito e útil.

Enrique pressentiu o fracasso quando retirou o embrulho das escadas de incêndio onde o havia escondido: ouviu o sussurro de outro Enrique mais esperto, até então relegado aos porões do subconsciente, alertando-o de que um presente útil, fosse qual fosse, jamais agradaria Margaret. Lily e seu namorado à época, provavelmente gay, brindavam com a aniversariante numa pequena reunião regada a champanhe e caviar canadense, e todos se viraram para olhar quando ele voltou à sala com seu barulhento presente. Com o cavalete pendurado ao ombro, à maneira de um rifle de brinquedo, Enrique acompanhou a reação dos três: Lily e seu amigo ergueram as taças em reconhecimento à gentileza do presente, mas Margaret torceu o nariz como se ele tivesse aparecido com outra mulher a tiracolo.

Essa reação dela permaneceria um mistério por muitos anos. A explicação da época, a de que um cavalete era "prático demais", não era bem a verdade. Somente no vigésimo aniversário de casamento deles, durante uma troca de confidências, foi que Margaret explicou tudo.

Embora o mistério tivesse sido solucionado, e mesmo sabendo que a reação dela nada tinha a ver com o gosto dele, parado agora diante daquilo que viria a ser o túmulo de sua mulher, e decerto o seu também, Enrique ainda se acreditava incapaz de escolher o local onde ela preferiria descansar. Talvez isso não tivesse nenhuma importância. A despeito do que tinham como vizinhos, bordos ou carvalho, ambas as covas permitiam que três corpos fossem enterrados nelas, e portanto ele estava escolhendo o local em que ele e Margaret passariam juntos o resto da eternidade. Ora, levando-se em conta que ele voltaria para visitar a mulher durante um tempo antes de se juntar a ela, o mais sensato seria que seu próprio gosto também pesasse na decisão, tanto ou mais que o dela. E na hipótese de que os gostos coincidissem — bem, aí seria a perfeição.

Mais uma vez ele voltou para os bordos.

— Não consegue se decidir? — perguntou Lily, como sempre um tantinho ansiosa. — Acho que prefiro a vista daqui — sugeriu. De onde estava, via ao longe o túmulo de Peter Cooper, um reluzente mausoléu branco entre as copas frondosas de junho. E ao marido não gay de 20 anos, perguntou: — O que você acha?

— A vista é linda — respondeu Paul, sobraçando-a pelo ombro. — Além do mais Peter Cooper era um cara legal, não era? — Abraçados, ambos olhavam para Enrique com uma postura de compaixão: queixos baixos, ombros murchos, as cabeças inclinadas numa discreta interrogação.

— Mas a vista é a mesma de ambos os lados — observou Enrique. — Só depende do lugar de onde você olha.

— *Duh!* — exclamou Lily, castigando-se com um tapinha na testa. — Você tem toda razão. — Nos últimos tempos seus olhos geralmente faiscantes e alegres andavam arregalados de preocupação, como os de uma criancinha no primeiro dia de aula. Lily ainda tinha os pais vivos, não havia perdido nenhuma pessoa mais próxima, e tinha com Margaret um forte laço de amizade, desses que apenas as mulheres conseguem criar ao longo da vida. — Sei lá. Também não consigo me decidir. Acho que não posso te ajudar — disse a sempre opiniosa Lily.

— Você está aqui comigo. Isso já é ajuda suficiente — disse Enrique, com sinceridade, e se aproximou de um dos bordos. Tentou afastar da cabeça todas as preocupações a fim de poder tomar sua decisão.

Quinze meses antes, no aniversário de Margaret, ele refletira longamente para ver se conseguia, afinal, escolher sozinho um presente que ela fosse adorar. Isso fora apenas algumas semanas antes de eles ficarem sabendo que o câncer de Margaret havia entrado em metástase e que, embora fosse possível retardar o avanço da doença, não existia cura para o caso dela. Àquela altura eles já haviam chegado a um acordo tácito quanto à rotina do aniversário de Margaret, um meio-termo entre as neuroses de ambos. Enrique acompanhava a mulher até uma loja onde ela havia visto algo que desejava: um chapéu, uma pulseira, um vestido, um par de sapatos e, certa vez, uma mesinha de centro.

Em seguida comprava o presente, embrulhava-o por conta própria e, mais tarde, entregava-o como se a ideia tivesse sido exclusivamente sua. "Puxa, como você tem bom gosto!", dizia Margaret, com tanta convicção que os amigos mais incautos por vezes acreditavam na encenação e a felicitavam pela sorte de ter um marido com tanto discernimento. Margaret nunca deixava de beijá-lo diante do grupo de amigos, genuinamente delicada e satisfeita com sua própria escolha. Enrique ficava perplexo não só com aquele ritual de autogratificação, mas sobretudo com o fato de que as escolhas dela nunca eram previsíveis. E a lição que tirava disso era a seguinte: satisfazer Margaret não era algo que alguém podia aprender e memorizar com a leitura de *Nosso corpo, nós mesmos*. Apesar disso, diante de todo o sofrimento que ela havia enfrentado com a doença, ele decidiu fazer uma última tentativa, por mais intimidante que fosse, no sentido de encontrar com as próprias pernas o caminho da felicidade dela.

E dessa vez não dedicaria apenas algumas horas à caçada do presente perfeito, mas um mês inteiro. Novamente pensou num par de brincos. Enrique adorava as orelhinhas perfeitas da mulher e, quando tinha permissão para se aninhar junto delas, lambia de leve as reentrâncias que lá encontrava e fazia Margaret tremer de prazer. Ele queria adornar aquelas orelhas.

Diversas vezes por semana, passou pelas três lojas de joias antigas que havia nas redondezas do apartamento deles, onde Margaret já havia comprado presentes tanto para si quanto para as amigas. A essa altura já sabia que ela gostava muito mais da prata antiga, quase tão escura quanto o estanho, que do ouro reluzente, e preferia peças com uma única pedra num design sofisticado mas pequeno em escala. Lá pela segunda semana as vendedoras já haviam se acostumado às demoradas visitas que ele fazia, e uma delas, mais atenta, percebeu as características gerais do que ele parecia buscar e sugeriu um par de brincos de prata. Eram da década de 1880, afirmou ela. Havia um certificado de procedência para prová-lo, mas isso não tinha a menor importância, já que os brincos possuíam todos os elementos que Enrique buscava, e apenas um que ele temia: em torno do único rubi ao centro de cada brinco havia um círculo de pequenos diamantes. Mais do que diamantes, lembravam estrelinhas a piscar, mas ainda assim eram diamantes.

— O que você acha destes? — perguntara a vendedora. — São lindos e delicados.

— É, também acho — respondeu Enrique. — Mas são de diamante. Minha mulher não gosta de diamantes.

— Sua mulher não gosta de diamantes? — repetiu a moça, rindo como se aquilo fosse uma piada.

— Não, não gosta.

Mesmo assim ele os examinou. Tão de perto que parecia querer beijá-los. A não ser pelos halos de diamante que cercavam os rubis, os tais brincos eram mesmo do gosto de Margaret. Enrique não os comprou. Voltou à loja duas vezes na semana seguinte, cada vez mais tentado a comprá-los. Aqueles eram os brincos que ele queria dar à mulher, mas receava cometer mais um equívoco, dar mais um exemplo de sua teimosa incapacidade de enxergar o mundo através dos olhos dela.

Na mesma loja havia brincos parecidos sem nenhum diamante, mas de design bem menos atraente. Os que ele queria comprar não precisavam daqueles diamantes, pelo menos na sua modesta opinião. Eram bonitos por causa do trabalho de filigranas, uma elaborada trama de fios de prata, tão orgânica que chegava a lembrar uma hera. Margaret decerto gostaria do design. Mas e os diamantes? Será que aquilo ainda tinha alguma importância? E daí que ela não gostasse? Quanta água já havia rolado naqueles 29 anos desde o primeiro presente desastroso. Quantas ilusões dissipadas. Quanta força descoberta. Margaret já havia dito coisas absurdamente cruéis, e ele já havia revidado com crueldade ainda maior. Eles haviam trocado juras de amor do mesmo modo que haviam trocado farpas de ódio. Duas crianças que haviam gerado outras duas, uma delas agora um homem feito, outro caminhando a passos largos na mesma direção. Àquela altura Margaret decerto sabia que *ele* sabia que ela não gostava de diamantes. Ora, se ele os comprasse mesmo assim, em razão do design que acreditava ser do gosto dela, o mais provável era que suas boas intenções fossem devidamente reconhecidas. Margaret poderia não gostar dos brincos, poderia não usá-los nem uma única vez (até porque não lhe restava muito tempo para fazê-lo), mas não poderia se sentir ofendida se, mais uma vez, como tantas outras no passado, ele não tivesse sido capaz de escolher sozinho o presente certo. Eles tinham gostos diferentes, e por vezes queriam coisas diferentes um do outro, mas ainda assim tinham vivido juntos uma vida feliz — ele precisava acreditar que Margaret entenderia.

Enrique enfim comprou os brincos e embrulhou a caixinha de veludo no papel discreto de que ela tanto gostava, acrescentando um cartão engraçado, igual aos que costumava comprar para ele. Mais sério que a mulher, abaixo da piadinha ele havia acrescentado: "Para a única joia da minha vida."

— Uh-oh — disse ela ao ler o bilhete. Ergueu os olhos para Enrique e passou a mão pelo nariz, certificando-se de que ele não escorria em razão da nova rotina de quimioterapia. Com um sorriso apagado, emendou: — Puff, você não gastou muito dinheiro, gastou? Seria ridículo gastar alguma coisa comigo nessa altura do campeonato.

— Não diga isso.

— Bem — disse ela, abrindo o embrulho, a eterna mocinha prudente do Queens —, posso deixar de herança pro Gregory ou pro Max, depois eles dão para a mulher que... — Ela se calou tão logo viu os brincos. Aquilatou-os por um instante como se não soubesse o que eram. Com os lábios semiabertos, olhou para Enrique com uma expressão de perplexidade.

"Lá vem bomba", pensou Enrique com seus botões. "Vai ficar furiosa porque não lembrei que ela não gosta de diamantes."

— Endy... — sussurrou Margaret. Retirou os brincos da caixinha e os manteve sobre a palma da mão o suficiente para dizer: — São lindos! — Era como se Enrique nem estivesse ali. Nenhum beijo de agradecimento, nenhuma reclamação sobre o dinheiro, nenhuma das pirraças de costume. Ela foi direto para o espelho que ficava pendurado no hall de entrada, no qual costumava dar uma última conferida no visual antes de sair para o mundo. Com absoluta concentração vestiu os brincos e se admirou no espelho, com sua peruca e suas sobrancelhas pintadas, virando o rosto de lado a lado. Falando baixinho, repetiu: — São lindos. — Duas pequenas lágrimas cristalinas rolavam pelas faces. Decerto eram fruto da quimioterapia, pensou Enrique, ainda desconfiado de seu aparente sucesso, receoso de aceitar os parabéns. Desde o diagnóstico Margaret havia intensificado tanto seu amor pelo marido, e a necessidade que tinha dele, que decerto havia ficado de coração mole.

Ele se aproximou para dizer:

— Não estou cavando elogios, mas só comprei esses brincos porque sabia que poderia devolvê-los depois. Se não gostou, é só dizer. — Para surpresa dele, Margaret continuou a ignorá-lo, os olhos úmidos cravados no espelho, virando o rosto de cá para lá a fim de admirar cada brinco. Para facilitar a vida dela, Enrique disse ainda: — Tem outro par na loja, mas sem os diam...

— Estes brincos são lindos! — ela o interrompeu irritada. Não olhou para ele. Deu um passo para trás e ajustou a peruca. — Puff, *adorei* o presente! — disse, e só então se jogou nos braços do marido. Erguendo-se na ponta dos pés, entre um beijo e outro, sussurrou: — Eles são perfeitos!

— Mesmo com os diamantes? — ele sussurrou de volta, e depois de mais dois beijos ouviu:

— Adorei, adorei, adorei. Muito obrigada.

Mas Enrique só acreditou na mulher depois de vê-la usar os tais brincos por uma semana inteira, exceto no dia em que eles tiveram de ir ao hospital para uma tomografia. E mesmo nesse dia, Margaret se deu ao trabalho de oferecer uma explicação, dizendo que receava perdê-los de algum modo durante o exame.

Enrique ainda não estava totalmente convencido de que teria alcançado aquela vitória caso a mulher não estivesse doente. Mas lembrou a si mesmo de que por fim havia conseguido entender o gosto de Margaret, e portanto tinha o direito de tomar sozinho aquela derradeira decisão. Caminhou até a pequena colina espetada pelo carvalho, parou diante do local onde ficaria a lápide dela, que também seria sua um dia, e de lá passeou os olhos pelo horizonte a seu redor, admirando as árvores vicejantes, as inúmeras lápides, a vista distante do porto de Nova York, os mausoléus pretensiosos com suas colunas jônicas, a estradinha que coleava entre os diversos lotes — a mesma estradinha pela qual, muito em breve, um carro fúnebre traria para aquela colina o corpo inerte de Margaret.

— É esta aqui — disse ele para Lily e Paul.

— É linda — disse Lily, embora pouco antes tivesse dito que preferia a outra cova. Percebendo a ansiedade que tanto o afligia, acrescentou:
— Você tomou a decisão certa.

— Pode ser — retrucou Enrique.

Capítulo 11

O primeiro beijo

Enrique já se adiantava para pagar a conta (com uma firmeza que havia aprendido com o pai, um categórico balançar da cabeça como se estivesse poupando Margaret de um mau passo qualquer) quando percebeu que não perdoaria a si mesmo caso não a beijasse naquela noite. Até então procurara não dar nenhuma bandeira. Respondera a todas as perguntas, ouvira todo o relato da vida dela, sem jamais se permitir desviar os olhos para além dos olhos de sua interlocutora, fosse para o semissorriso dos lábios, para a brancura convidativa do pescoço ou para o relevo dos seios escondidos pela lã. Tanto foco não era bem um produto das boas maneiras, mas sobretudo do medo: na única vez em que a imaginara nua em seus braços, perdera o pé de tudo que ela vinha falando.

Na verdade, Enrique nem sequer conseguia se imaginar segurando a mão da garota, muito menos trepando com ela. Enquanto Margaret passava os bracinhos finos pelas mangas do casaco de penas, ele pôde dar mais uma rápida espiada no bumbum e nas pernas bem torneadas. Muito mais que um objetivo a ser alcançado, aquele corpo lhe parecia um sonho impossível. Espantava-o que um dia, ainda nos primórdios da humanidade, um homem tivesse conseguido reunir coragem suficiente para beijar uma mulher. Ele próprio mal se lembrava de como havia realizado a façanha. Lá pelos 12 anos, assestara os lábios contra os de uma garota e roubara um beijo sem se deixar machucar pelos ferros ortodônticos dela, praticamente uma grelha, mas o adulto de 21 anos que agora deixava o restaurante tinha a impressão de que nunca havia feito amor com alguém, de que era tão ignorante e assexuado quanto um bebezinho de colo.

Apesar disso Enrique não conseguia refrear os pensamentos e cogitava freneticamente o que fazer diante da oportunidade que se apresentaria dali a pouco. Convidaria a moça para subir até o loft? Sob que pretexto? Quem sabe não seria melhor ignorar o loft, quando por lá eles passassem, e dar a entender que ele fazia questão de acompanhá-la até em casa? Dessa forma caberia a ela tomar a iniciativa. "Quer subir?", ela perguntaria. Ou não.

Nesse caso, fazer o quê? Beijá-la na frente do porteiro metido a besta? Impossível. Ter a si mesmo e a ela como plateia já configurava uma multidão. Se dependesse de sua vontade, ele a beijaria sem que ele próprio estivesse presente. Uma coisa era certa: o desafio seria bem menos intimidante se aqueles olhos azuis pudessem ser eliminados de alguma forma.

— Então, vamos voltar pelo caminho certo? — perguntou Margaret na esquina da Seventh com a Grove.

— Pelo caminho que você quiser — disse Enrique, e sentiu um frio no estômago. Como levaria a moça ao êxtase se mal conseguia andar? Que Margaret aparentemente estivesse disponível, que aquele encontro não tivesse sido uma aventura quixotesca, perversamente lhe parecia pior do que a situação oposta, isto é, que ele não tivesse nenhuma chance com ela. A bola estava do seu lado da quadra, e cabia a ele marcar o match point ainda que lhe faltassem forças até para levantar a raquete.

— Você levou numa boa quando se equivocou — disse ela. Poderia ter falado em persa, pois o apavorado Enrique mal conseguia ouvir.

— Como? — ele devolveu.

— Quando se equivocou com o caminho. Eu falei que você tinha se enganado, e você levou numa boa.

— Mas... foi... você... — gaguejou Enrique enquanto tentava entender o que acabara de ouvir. Por fim entendeu: — Foi você quem disse que pela Christopher era mais rápido.

Seguiu-se uma conversa relativamente longa até que o imbróglio pré-jantar enfim se desfez. Após diversos "Você disse isso" e "Você disse aquilo", eles se deram conta de que estavam completamente de acordo quanto ao itinerário mais curto. Margaret havia interpretado mal quando Enrique apontou o queixo vagamente para a Grove, achando que ele queria tentar a Christopher, e cedera apenas para ser gentil. Enrique, por sua vez, ao vê-la seguindo rumo à Christopher, achara que ela teimava em assumir a liderança e, também querendo ser gentil, decidira não protestar.

— Caramba! — disse Margaret, batendo as ancas contra o casaco militar de Enrique. — Melhor a gente parar com essa história de querer ser gentil um com o outro. Senão a gente nunca vai chegar a lugar nenhum.

Enrique se aproximou do rostinho lindo dela, tentado.

— Quanto mais a gente demorar para chegar em algum lugar, melhor: a gente se diverte mais.

Três noites na companhia de Margaret o haviam convencido de que ela jamais o igualaria em um aspecto: na conversa. Margaret era inteligente, muito mais do que ele pensou ao conhecê-la, e seguramente mais estudada. Mas a atenção que dedicava a ouvir os outros não lhe dava oportunidade para preparar uma resposta mais espirituosa, e o zelo com que perseguia a precisão (por duas vezes ela havia se calado para verificar se estava correta quanto a este ou aquele detalhe) imprimia um ritmo irregular a seu discurso, roubando um pouco do brilho das observações. Ela ainda não havia despertado para o segredo de uma boa conversa, qual seja: o modo de dizer algo é mais importante que o algo dito. Assim sendo, Enrique ficou surpreso ao se ver num diálogo mais afiado com ela, e seguramente não contava perder uma troca de farpas, como estava prestes a fazer. Margaret olhou para os lábios que se aproximavam dela. E ao vê-los parar a uns 30 centímetros de onde queriam ir, perpassou Enrique com sua lâmina:

— O que faz você pensar que vamos chegar juntos a algum lugar?

Enrique quase foi ao chão, mas ela não o deixou sofrer por muito tempo. Num gesto de misericórdia, ergueu seu florete e acrescentou:

— Talvez a gente passe o resto da vida perdido por aí.

Ali estava a deixa para que ele entrasse em ação. Margaret erguia a cabeça na direção dele com os lábios entreabertos. Não havia lua cheia que banhasse de prata os prediozinhos antigos do Village, mas o lume amarelado das lâmpadas de rua também tinha lá seu charme. O ar, em vez de carregar o habitual fedor de urina e lixo podre, perfumava-se com o cheirinho amadeirado da fumaça que escapava das chaminés. Atrás de Margaret, e de seu rostinho resplandecente, luzinhas brancas de Natal cintilavam nos galhos secos de uma aleia. Os olhos dela pareciam felizes, e os lábios, disponíveis. Que mais ela poderia fazer para sinalizar sua vontade senão agarrar a cabeça dele e dizer "Me beija!"?

Enrique sorriu, mas um sorriso débil. Margaret lhe havia roubado a voz. Seu corpo se enregelava de medo. Os 30 centímetros que os separavam pareciam um abismo quase intransponível. Enrique não era o herói romântico de sua própria vida. A triste figura que fazia de si mesmo dificilmente seria mais triste caso Margaret lhe dissesse que de fato ele não estava à altura dela, que deveria ser trancado num porão sem janelas e apartado para sempre do convívio social. Ali mesmo Enrique aceitou, tanto no coração quanto na cabeça, que jamais tocaria aquela mulher. Assim como o infeliz do Bernard, ele jamais iria além de uma relação de amizade com ela. Foi nesse espírito que disse:

— Detesto me perder.

Talvez outra garota tivesse interpretado essas palavras como um belo chega pra lá. Uma coisa era certa: Enrique se arrependeu assim que elas escaparam de sua boca. Margaret, no entanto, não parecia nem um pouco abalada. Deixou os olhos vagarem rumo ao céu e, com um ar pensativo, disse:

— É mesmo? Eu adoro me perder. — Ela tomou a direção da Grove, a direção certa, e seguiu caminhando para casa. — Adoro uma aventura.

Aliviado que a questão do sexo havia sido resolvida, ainda que de modo insatisfatório, Enrique a alcançou e disse:

— Sorte sua. Adoraria ser assim também.

— E não é? — ela exclamou. Andava a passos largos, e Enrique interpretou tamanha pressa como um sinal de que ela queria acabar logo com aquele encontro. — Claro que é! Você abandonou a escola. Saiu de casa aos 16 anos. Coabitou — ela riu da palavra — com uma mulher mais velha... É muito mais aventureiro do que eu.

— Não é bem assim — ele insistiu. Seguiu-se um silêncio pesado que o deixou em pânico, temendo que o assunto entre os dois tivesse acabado. Eles eram amigos; menos mal, pois o tal abismo não precisaria mais ser transposto. Por outro lado, na ausência daquela subcorrente tão preocupante, seus pensamentos pareciam navegar ao léu. Que sentido haveria em prolongar aquela noite? Subitamente lhe pareceu que toda aquela empreendimento, todo aquele tempo dedicado a encontrar um jeito de ficar sozinho com ela, havia sido um grande desperdício. Por mais vergonhoso que isso fosse, dada sua manifesta adesão ao feminismo, ele tinha de admitir que seu interesse por Margaret era puramente sexual. Não lamentava que a pressão para agir não estivesse mais lá, mas sem ela, não lhe restava outra coisa a fazer senão voltar para casa e ver TV. — E seus irmãos? — ele ouviu a si mesmo dizer, embora não tivesse consciência de ter fabricado esse pensamento. — Eles também gostam de aventura?

Margaret deu um risinho gutural, um estranho ruído que denotava uma complexa mistura de afeto e desdém: uma nota musical inalcançável pelos homens, ao mesmo tempo introspectiva e sarcástica, carinhosa e irritada.

— Meus irmãos... — disse ela. — São as pessoas mais caretas que você pode imaginar. Dois cachorrinhos obedientes. — Suspirou. — Mamãe domesticou aqueles dois direitinho.

Enrique notou que a obediência não era exatamente o que ela mais admirava nos homens. O que constituía um problema, ele decidiu em seguida. Margaret o tinha na conta de um *bad boy*. Nem sequer suspeitava que ele desejava ser obediente, especialmente se encontrasse uma soberana confiável.

— São mais novos que você?

— Não. O Rob é mais velho. Só quatro anos, mas já é um prematuro senhor de meia-idade. Age como se tivesse a idade do papai. — Ela riu mais uma de suas complicadas melodias, agora um misto de desapontamento e perdão. — Era um capeta comigo quando éramos pequenos. Vivia me atazanando. — Balançou a cabeça como se aturdida com a lembrança. — Teve uma vez que nossos pais saíram e o deixaram tomando conta de mim. A gente pediu pizza com champignon pelo telefone, e eu fiquei toda animada. Era a minha preferida. Enquanto a pizza não chegava, resolvemos brincar de índio e caubói, e Rob, malandro, me levou no bico até que eu o deixasse me amarrar. E quando a pizza enfim chegou, o danado me deixou lá, amarrada. Comeu tudo sozinho. Bem na minha frente, só para me provocar. — Diante de tanta raiva, dava a impressão de aquilo tudo havia acontecido na véspera.

— Quantos anos você tinha?

— Seis. Espera aí. Sete? Não sei direito. Isso foi em...

Enrique a interrompeu. Sabendo do fetiche que Margaret tinha pela acuidade dos fatos, antevia que ela continuaria fazendo as contas até chegar ao dia, mês e ano do episódio. E como não tinha nenhum interesse nisso, falou:

— Então seu irmão era um garoto também, certo? Só estava sendo levado, como qualquer moleque. Mas e hoje? Ele continua amarrando meninas por aí?

Margaret riu e disse:

— Quem dera! Nesse caso eu conseguiria perdoá-lo. Não, aquilo foi só uma malvadeza da parte dele, nada a ver com qualquer tara. Hoje ele é professor titular em Yale. Um velhote de 28 anos.

— Com 28 ele já é professor titular?

— Já deve estar pensando na aposentadoria. — Ela virou o rosto como se fosse falar aos degraus de um prédio. — O cara é brilhante. Um gênio. Mas é um gênio da microeconomia. Grandes porcarias. — Ela riu e, novamente se virando para Enrique, emendou: — Desculpa. Estou sendo horrível. Mas é verdade. Quem se importa com "microeconomia"?

Sou exótico aos olhos dela, pensou Enrique. Por isso ela gosta de mim. Mas de exótico eu não tenho nada. Sou tão careta quanto o irmão dela, só que bem menos inteligente.

— Qual é a diferença entre a microeconomia e a economia comum?

— Ah, são duas coisas bem diferentes. Por favor, não cometa essa gafe na frente da minha família. Eles torcem o nariz para macroeconomia.

— Desculpa, mas fugi da escola. Qual é a diferença entre macro e microeconomia?

— Um macroeconomista é desses que... tipo assim, sabe esses caras que fazem previsões sobre a bolsa de valores, se ela vai subir ou não? Ou sobre as taxas de juros? Pois é. Mas pro papai e pro Rob, isso não passa de uma grande bola de cristal. O que eles fazem é bastante dif...

— Seu pai também é microeconomista?

— Ele, o Rob... e acho que, por influência deles, Larry também está indo pelo mesmo caminho.

— Mas os microeconomistas, eles fazem o quê?

— Se a AT&T ou a Con Ed precisa da permissão do governo para aumentar as taxas de telefone ou de luz, ou se você precisa saber que preço cobrar pelo seu produto para cobrir os custos e outros imprevistos e ainda assim produzir lucro, você contrata um microeconomista e, por meio da *ciência* — ela sorriu para Enrique, deixando bem claro que a ênfase pertencia ao pai e ao irmão —, você chega ao valor correto. Pois bem. É isso que meu irmão ensina na universidade, que o papai também costumava ensinar (hoje ele tem uma empresa de consultoria), e que meu irmão caçula está estudando. É o negócio da família.

— Entendo — disse Enrique. Ele não havia bebido nenhum vinho durante o jantar, mas se tivesse entornado uma garrafa inteira goela abaixo, a essa altura já estaria totalmente sóbrio. Quanta diferença entre as duas famílias e seus respectivos negócios! Aos olhos de seus pais, trabalhar para a AT&T e para a Con Ed era algo semelhante a colaborar com o governo de Vichy. E o que pensariam os pais dela, meu Deus, o que pensariam eles de um casal de escritores esquerdistas, malucos e eternamente duros?

Seguiu-se outro silêncio. O apartamento de Enrique se achava a apenas meio quarteirão dali. Ele temia que, em razão do silêncio, Margaret se lembrasse de que eles logo teriam de decidir quando e onde fariam sua despedida.

— Seu irmão deve estar muito arrependido do que fez com você — disse, mas sem nenhuma reflexão prévia. — Naquela história da pizza. Deve morrer de vergonha, disso eu tenho certeza. — Só não tinha certeza do que o levara a defender o tal Rob. Talvez para provocar uma pequena discussão. Não é isso que fazem os amigos? Discutir cordialmente sobre uma bobagem qualquer?

Na esquina da Sixth, Margaret pescou um cigarro da bolsa e disse:

— Rob gosta de atormentar os outros. É muito sarcástico. Sobre tudo. Olha, eu amo meu irmão. Quando era pequena, chegava a idolatrá-lo. Achava que não tinha ninguém melhor no mundo. Rob era meu irmão mais velho e sabia tudo. Mas era mau comigo. Eu até entendo. Mamãe não saía da cola dele. Exigia que ele fosse perfeito em tudo, sabe? Professor titular aos 28 anos, puxa. Como eu entendo. — Ela acendeu seu cigarro.

— E seu irmão caçula? — perguntou Enrique, coerente com aquela guinada assexuada na conversa: dois amiguinhos contando sobre suas respectivas famílias na colônia de férias.

— Ah, o Lawrence... Meu caçulinha Larry. Little Lollipop Larry. É um doce de criatura. Sou a irmã mais velha dele, seis anos mais velha. Então foi minha vez de ser idolatrada.

Eles atravessavam a Sixth, aproximando-se do provável fim daquela noite essencialmente fracassada.

— E você cuidava muito bem dele, aposto — disse Enrique.

Margaret soltou uma risada masculina, dessas que saem do fundo das vísceras.

— Que nada — disse. — Eu era muito pior que o Rob. Certa vez Larry ficou por minha conta e acabou sofrendo uma concussão. Outra vez quebrei o braço dele. Por duas vezes, depois de deixarem o moleque comigo, meus pais tiveram de ir ao nosso encontro no hospital. — Mais uma risada contagiante.

— Como foi essa história da concussão? — quis saber Enrique. — Você deixou seu irmão cair de cabeça no chão, foi isso?

— Não, eu estava tentando ensinar Larry a andar de bicicleta — disse ela, engrolando as palavras em meio às risadas.

— E o braço?

— Não fui *eu* que quebrei o braço dele...

— Ah, deixa disso. Confessa, vai. Você estava puxando o garoto para ir comprar suas drogas e daí quebrou o braço dele.

— Não, não, não! Eu estava tentando ensinar o menino a andar de patins.

Eles se aproximavam da esquina entre a Sixth Avenue e a Eighth Street. O mais provável é que seguissem para o apartamento dela sem nenhuma discussão. Portanto, Enrique achou por bem prolongar a piada:

— Patins? Duvido muito. Pico de heroína, aposto. Que foi que você fez? Torceu o braço do garoto para roubar a semanada dele?

Margaret ficou séria de repente. Enrique receou que ela fosse reclamar de sua ardilosa artimanha.

— Coitadinho do Larry. Eu adorava tomar conta dele — disse ela com um carinho melancólico. Atravessou a rua e seguiu rumo à Ninth. — Ele era um anjo.

— Agora é o quê? Um *serial killer*?

— Não, ainda é um anjo. Só que...

Ela parou um instante, como se sopesasse as palavras, e Enrique recebeu de bom grado aquela pausa na conversa. A Ninth Street, apesar dos táxis que rodavam por ali, se achava bem mais tranquila que a movimentada Eighth. Apenas algumas das árvores estavam decoradas com luzinhas de Natal; a maioria não, dada a penúria dos tempos. Enrique sentia o cheirinho da lenha que ardia nas lareiras e imaginava a felicidade aconchegante das famílias que se reuniam em torno delas. Já não fazia a menor ideia do que pretendia com Margaret. Não tinha coragem para seduzi-la, isso era certo, mas também não queria tê-la apenas como amiga. Não saberia o que fazer com uma amiga. Levá-la a um museu? Aprender a tricotar com ela? Mas saborear aquele silêncio em torno dos prédios em que Henry James, Mark Twain, Eleanor Roosevelt, Emma Lazarus e mais uma dezena de psicanalistas e seus sofridos analisandos haviam ficado roxos de tanto falar, ou esperar por Margaret até que ela revelasse algum segredo do fundo de seu coração, ou curtir aquela paz ao lado dela, tudo isso ele sabia fazer — e o fazia com gosto.

— Larry devia ser arquiteto — disse ela afinal.

— Ele também é economista?

— Ainda não. Meus pais, sobretudo minha mãe, ficam pressionando para que ele seja economista. Mamãe acha que arquitetura é arriscado demais.

— Arriscado?! — exclamou Enrique, rindo. Na sua experiência de segundo grau incompleto, as chances de um arquiteto arrumar um emprego eram as mesmas de um economista. Além disso, seu amigo Sal, que descolava seus trocados projetando escritórios e lofts, afirmava que já estaria milionário caso tivesse um diploma de arquitetura.

— Bem, é muito mais difícil ganhar a vida como arquiteto. Mas quando Larry era pequeno, adorava desenhar. Ainda adora. Mês passado, quando nos encontramos na casa dos velhos, ele disse que o curso de artes era seu preferido na universidade. E os desenhos que ele faz são bem legais. Isso deixa mamãe com os cabelos em pé. Larry é muito sensível e talentoso, mas... — Ela balançou a cabeça e disse baixinho: — Na minha família, essa história de ser artista não dá. Pelo menos para os homens.

Eles alcançaram a elegante Fifth Avenue e lá se depararam com uma ampla vista da cidade: ao sul, o arco da Washington Square e para além dele as torres iluminadas do World Trade Center; ao norte, o Empire State Building parecia suplicar por atenção, como se inconformado por ter perdido o posto de prédio mais alto de Manhattan.

— Mas se você quiser ser artista, tudo bem, não é? — perguntou Enrique.

Margaret se virou e olhou para ele com um ar de decepção.

— Todo mundo espera que eu me case e tenha filhos — disse, mas com ênfase nas palavras e uma inflexão que parecia sugerir: "Não lhe parece óbvio?"

De repente Enrique se sentiu na pele do vilão de um romance, ou da biografia da própria Margaret, o canalha que no futuro a impediria de realizar os sonhos de artista. Sua mente melodramática visualizou todo o enredo: Margaret, achando que havia encontrado um artista que a ajudaria a se livrar da opressão dos pais burgueses (saídos diretamente das páginas de *Os Bruddenbrooks*), apaixona-se pelo prodígio cabeludo, mas em vez de escrever seu grande romance, torna-se uma criada de copa e cozinha num cubículo alugado no Lower East Side, cuidando dos capetinhas que teve com o marido enquanto ele escreve seus livros de meia-pataca e prevarica com atrizes e poetisas; por fim, quando chega à meia-idade, é abandonada sem um tostão no bolso pelo charlatão egocêntrico, que a troca por uma herdeira do Upper East Side, uma boboca que vê nele um gênio atemporal e injustiçado; diante dessa calamidade, ela escreve uma peça exemplar sobre os reveses das boas moças judias e com ela vence o Pulitzer, o Tony e o Nobel. Enrique teria elaborado ainda mais seu folhetim caso Margaret não estivesse ali a seu lado, esperando uma resposta qualquer.

— Claro — disse ele. — Todo mundo espera que você se case com um bom moço judeu e tenha três filhos.

— Dois filhos! — protestou ela. — Tenha dó. Até mamãe ficaria satisfeita só com dois. — O sinal de pedestres abriu, e ela atravessou a rua. Seguramente estava indo para seu apartamento. Enrique havia pensado que ela notaria quando passassem direto pelo prédio dele, dizendo que não era necessário levá-la até em casa. Mas não. Margaret seguiu para a University Place com seu trote rápido, tão rápido que apesar das pernas compridas Enrique tinha dificuldade para acompanhá-la. Ele apertou o passo, aliviado porque agora não lhe cabia mais decidir o desfecho da noite: Margaret o convidaria para subir ou não.

— E aí? Já decidiu se quer tê-los?

— Tê-los o quê? — perguntou ela, como se estivessem conversando sobre outra coisa. — Ah, filhos? — acrescentou de repente. — Nem penso nisso. Nunca pensei.

— Você não se preocupa... Você não se importa com as expectativas da sua mãe?

— Eu me importo. Mas só um pouco. Eu acho. Sei lá. Não penso muito no assunto. Sei que vou desapontar mamãe de um jeito ou de outro.

Enrique se condoeu do que ouviu. Em meio ao ressentimento de seus pais por não serem mais bem-sucedidos, em meio à eterna insatisfação deles diante das críticas que seus livros recebiam, em meio às acusações que faziam aos editores, dizendo que eram uns incompetentes e por isso seus romances não vendiam mais, a única constante na vida de Enrique era a admiração que os velhos tinham pela qualidade de sua obra, a obstinação com que o encorajavam a continuar, por mais desanimadora que fosse a reação do mundo. Na ausência de um incentivo semelhante, ele acreditava, talvez a vida de artista fosse insuportavelmente difícil. No entanto sabia que as coisas nem sempre eram assim. Portanto disse:

— Bem, quase todos os grandes artistas do mundo tiveram pais que não queriam que eles fossem artistas.

— Não sou uma grande artista — retrucou Margaret sem nenhuma mágoa. — Aliás, nem artista eu sou. Não sei o que eu sou — completou. Falava como uma criança imaginando seu futuro ao mesmo tempo misterioso e possível. — Você sempre soube que queria ser escritor? Suponho que sim. Começou tão cedo.

— Não. Eu desejava ser outras coisas antes de escrever meu livro. Até os 11 anos, queria ser presidente dos Estados Unidos. — Margaret riu, e Enrique se inclinou na direção dela para enfatizar sua sinceridade. — É verdade, juro que queria. Eu assinava o *Congressional Record*! Até cheguei a me candidatar para a presidência do grêmio estudantil. Só desisti quando o pai de um amigo disse: "Você nunca vai se eleger presidente de nada. Pode ir tirando seu cavalinho da chuva. É meio espanhol e meio judeu. Neste país, você não se elegeria nem gari!" Foi o que bastou.

— Isso é terrível! — exclamou Margaret, tocando-o no braço como se a ferida ainda sangrasse. Enrique parou onde estava, a meio quarteirão da tão receada despedida sob os olhares tortos do maldito porteiro. Contemplou Margaret por um instante e saboreou o peso-pena do toque dela, desfeito apenas quando ela disse: — Que coisa mais horrível de se dizer! Sobretudo para um garoto! Por que tanta maldade?

— Pois ele tinha toda razão — respondeu Enrique. — Na melhor das hipóteses eu poderia me eleger senador pelo estado de Nova York. Talvez nem isso, levando-se em conta o ativismo dos meus pais. Os exilados cubanos me matariam antes que eu ganhasse as eleições.

Ele estava prestes a fazer troça de seus sonhos políticos quando Margaret, tão solidária até então, tomou a iniciativa de fazê-lo por ele:

— Você ia ter de completar o ginásio antes que eles se dessem ao trabalho de matá-lo.

— Foi por isso que fugi da escola. Por que se formar se você não pode se eleger presidente?

Ao ouvir isso, Margaret fechou os lábios num sorriso oblíquo, o mesmo que ele já havia notado duás vezes ao dizer algo que ela achara divertido. Agora, no entanto, o tal sorriso estava acompanhado de uma expressão jocosa no olhar, um inclinar inquisitivo de cabeça, um afeto carregado de humor; notava-se também um certo orgulho de proprietária, delicioso, como se Enrique existisse apenas para divertir a ela e a mais ninguém. Novamente achou que deveria beijá-la, mas permaneceu imóvel até que, enfatizando cada palavra, ela disse:

— Você queria mesmo ser presidente?

— Achava que podia mudar o mundo.

Margaret deu uma risada de puro deleite.

— Até consigo ver! O moleque que queria mudar o mundo! — Então se virou para seguir adiante e perfazer aquele resto de quarteirão que aos olhos de Enrique decidiria tudo.

Com o intuito de jogar água na fervura daquela iminente despedida, ele decidiu perguntar o que exatamente o pai dela fazia para a AT&T. Margaret explicou que ele muitas vezes testemunhava a favor da empresa na justiça e no Congresso, um horror para o esquerdista Enrique, e entre uma frase e outra encaixou:

— Quer subir para tomar um café? Um vinho, sei lá?

— Claro — disse Enrique mais que depressa. E sentiu um frio no estômago ao se dar conta de que as possibilidades românticas estavam de volta.

Margaret falou o tempo inteiro enquanto eles tomaram o elevador, entraram no apartamento dela e se livraram dos casacos. Perguntou se Enrique queria café, e ele disse que sim. Em seguida sumiu no cubículo da cozinha.

Sua sala, ou melhor, a perna daquele "L" que fazia as vezes de sala, abrigava três itens de mobiliário: um pequeno sofá de listras pretas e brancas, uma poltrona Charles Eames de couro preto e uma mesinha de pinho ao centro. O sofá era mais uma namoradeira no comprimento; portanto, se Enrique optasse por se sentar ali e Margaret viesse se sentar a seu lado, eles praticamente se beijariam toda vez que se virassem um para o outro. A poltrona era uma alternativa tentadora, porém covarde, e por isso ele acabou se acomodando no sofá. Achou-o bastante desconfortável, baixo demais para suas pernas finas e compridas. Tampouco havia espaço para os pés, pois a mesa de centro possuía uma prateleira baixa que o impedia de se espichar. Por conta disso, os joelhos se dobravam lá nas alturas. Enrique se sentiu na pele de um louva-a-deus, ou de uma marionete abandonada ali com braços e pernas revirados ao léu. Pensou em se virar para o lado e flexionar uma das pernas sobre o sofá, mas isso obrigaria Margaret a se sentar na poltrona, o que, para fins de beijo, equivalia ao outro lado do Atlântico. E o problema não terminava aí: ela poderia optar pela poltrona de qualquer modo, houvesse ou não lugar no sofá. Era nisso que ele pensava quando Margaret voltou à sala e disse:

— Num instante a água ferve. Você gosta de leite no seu café? — Ela fez uma cara de preocupação. — Acho que não tenho leite.

— Você não tem leite? — surpreendeu-se Enrique. Leite era tudo que ele tinha em casa.

— Você gosta de leite no café — ela deduziu, e novamente sumiu na cozinha. Enrique ouviu o *whoosh* da geladeira quando a porta se abriu e o vácuo se desfez. — Merda. Sinto muito mas não tem leite. Tem sorvete de baunilha. Quer que eu ponha um pouquinho no seu café? — Ela passou o tronco através da porta e acenou com o pote de Breyers, uma mocinha de olhos azuis e sardas, ansiosa por agradar.

— Você toma seu café puro? — disse Enrique, e ela vagarosamente fez que sim com a cabeça. — Coisa de macho. Você é uma mulher-macho. — Ele riu do próprio gracejo, satisfeito com a vida em geral e sobretudo consigo mesmo. Percebia no comportamento de Margaret, nos gestos e no jeito de falar, que ela estava bem à vontade sozinha ali com ele. Relaxado, contemplou o rostinho sapeca que o mirava de volta com certa perplexidade. Dificilmente teria coragem para empreender um teste, roubar um beijo e ver se ela recuaria horrorizada. Mas nem por isso se preocupou.

— Mulher-macho? — disse Margaret. — Uma coisa não bate com a outra. — Balançou o pote e emendou: — Meus dedos estão congelando. Vai querer o sorvete ou não?

— Não, vou tomar puro. Sou tão macho quanto você.

Ela sumiu novamente e voltou à sala sem o sorvete, dando fim ao suspense relacionado ao lugar onde iria se sentar. Não se jogou ao lado dele, mas também não foi para a poltrona. Acomodou-se no braço livre do sofá, o mais próximo da cozinha, talvez para estar a postos quando o café ficasse pronto. Ou talvez porque apreciasse a oportunidade de olhar do alto para o grandalhão Enrique. De qualquer modo, movido pelo recente otimismo, Enrique riu dos cálculos absurdos que havia feito para algo que deveria sobrevir com a naturalidade graciosa dos encontros românticos.

— Eu disse alguma coisa engraçada? — perguntou Margaret.

— Não. — Enrique confessou a pura verdade: — É que estou me divertindo à beça.

Por um longo e inquietante momento ela o encarou com olhos muito redondos e assustados. O silêncio se estendeu o bastante para que Enrique começasse a suspeitar que ela não estava se divertindo nem um pouco. Ele havia se esquecido de algo que já sabia a respeito dela: nenhum comentário espirituoso viria daquele silêncio. Ao cabo de uma criteriosa reflexão, ela disse enfim:

— Eu também. É muito fácil conversar com você. — A chaleira apitou, e Margaret se levantou para ir à cozinha. — Isso é muito raro — disse a meio caminho.

Voltou dali a pouco com as xícaras de café, e afinal se acomodou exatamente onde Enrique queria e temia: ao lado dele no sofá, ao alcance de um beijo. A conversa retomou seu curso regular e fácil. Sempre que perguntado sobre alguma coisa de seu passado, Enrique, já habituado à escrita autobiográfica, tinha facilidade para dar respostas mais ou menos prontas enquanto observava aquilo que realmente o fascinava: a linha quase invisível de sardas sob os olhos tão lindos, o discreto beiço dos lábios rosados, a rapidez com que eles se alargavam num sorriso. Sempre que ela se virava para beber do café, atropelando os goles com a ansiedade de contar alguma coisa, ele quase podia sentir os próprios lábios, famintos, aninhando-se no côncavo pálido daquele pescoço e, de beijo em beijo, subindo até aquela boca tão inquieta, silenciando-a.

De sua parte, tinha uma última pergunta a fazer. Não uma pergunta que pudesse fazer com palavras. O temor de receber a resposta errada foi ficando cada vez maior, até que, embora nada na conversa o justificasse (Margaret vinha falando sobre o levante dos Black Panthers em Cornell, e ele sobre o julgamento de Bobby Seale e Erica Huggins em New Haven, ao qual havia comparecido), Enrique reacomodou o corpo no sofá, movendo-se alguns centímetros até roçar as pernas dela, e se inclinou para entrar em ação.

Mas parou a meio caminho. Margaret emudeceu. Seus olhos azuis, sempre tão vivos, ficaram subitamente sóbrios. Miravam os lábios à sua frente como se imaginassem que gosto eles teriam. Enrique já tinha ido longe demais para voltar atrás. Mal conseguindo respirar, avançou mais um pouco. Não via no rosto de Margaret nenhum sinal do que ela pretendia fazer: entreabrir os lábios para ser beijada ou escancará-los para gritar.

Tocou-os com hesitação, com uma delicadeza quase excessiva, como receasse ser mordido. Atônito com a proximidade de águas tão profundas, mas encorajado pela mordida que não veio, fechou os olhos e pressionou com mais força. Margaret entreabriu os lábios, levemente umedecendo a boca de Enrique com os líquidos da sua, e, amolecida, entregou-se ao beijo dele. Enrique abraçou-a pelos ombros, roçando o nariz contra o dela enquanto eles bebiam a boca um do outro. Por um átimo, teve a maravilhosa sensação de que aquele beijo não tinha começo nem fim. Mas dali a pouco, satisfeito com a prévia, recuou e abriu um sorriso. Vendo que Margaret não sorria de volta, apenas o contemplava de modo sério, ficou esperando pela resposta da pergunta que pairava no ar: posso seguir em frente?

Com o antebraço apoiado no ombro dele, Margaret, um tanto pensativa, acariciou-lhe o rosto e deixou os dedos correrem até o lóbulo da orelha, apertando-o de leve entre o indicador e o polegar, dando a impressão de que ela e Enrique eram dois velhos amantes que já tinham todas as questões resolvidas e todo o tempo do mundo pela frente. Foi nessa mesma postura que ela retomou a conversa interrompida havia pouco, as críticas que vinha fazendo ao radicalismo dos movimentos raciais no campus. Após algumas frases, desvencilhou-se do abraço e jogou as costas no sofá, colocando-se ao abrigo de novos beijos. Aparentemente se dava por satisfeita, e não queria nada com Enrique a não ser prosseguir naquela interminável conversa.

Capítulo 12

Espírito de família

Durante cinco dias um fluxo constante de pessoas passou pelo apartamento de Enrique e Margaret; foi estranho ver tanta gente subindo e descendo aquela escada que de modo geral era usada apenas por eles, os meninos e a faxineira. Os visitantes atravessavam o pequeno escritório em que Enrique escrevia nos fins de semana e entravam na suíte do casal, quase tão grande quanto o antigo estúdio de Margaret, onde eles haviam trocado o primeiro beijo. O cômodo era muito bem iluminado pelas janelas amplas que davam para o sul de Manhattan, e a vista que se tinha delas, antes dominada pelas torres retangulares do World Trade Center, agora se maculava com as pontas tristes de um quarteto de guindastes. Enrique trazia cadeiras adicionais para os grupos mais numerosos, como no dia em que os pais, irmãos e cunhadas de Margaret vieram para almoçar.

A última refeição dos Cohen com ela foi precedida de um confronto que em certo aspecto Enrique havia temido desde o início de seu casamento. Margaret pediu a ele que despejasse sobre Dorothy e Leonard todo o pacote de novidades, ou seja: que ela queria ser velada na sinagoga oitocentista do Lower East Side que passara a frequentar com o marido ateu após receber o diagnóstico; que a cerimônia seria oficiada pelo excêntrico rabino budista de lá; que ela seria enterrada no cemitério de Green-Wood, no Brooklyn, com sua bela vista para o sul de Manhattan, onde ela havia cometido suas loucuras de juventude, domesticado Enrique, criado os filhos e onde enfim morreria.

Percebendo a expressão de medo nos olhos do marido diante do prospecto de enfrentar as feras sem o seu auxílio, Margaret logo tratou de encorajá-lo:

— Depois que você soltar a bomba, falo com eles e confirmo que minha vontade é realmente essa. Não tenho mais energia para discutir com ninguém, por isso estou pedindo que você faça isso por mim. Deixe que eles se acostumem com a ideia, depois mande que falem comigo.

Enrique aquiesceu em silêncio. Tentaria se esquivar do pedido caso Margaret estivesse mais forte, mas naquelas circunstâncias não havia nada que pudesse fazer. Resignado, tentou ver a coisa por um ângulo mais otimista: Dorothy e Leonard eram avós dos seus filhos, e cedo ou tarde ele teria de aprender a lidar sozinho com a dupla.

— Você vai conseguir — insistiu Margaret. — De início eles vão reclamar, mas acabarão fazendo a minha vontade. Só não quero ouvir a ladainha deles sobre o assunto.

Havia algo de errado em seu modo de ver as coisas; Enrique não sabia ao certo o que, e também não teria tempo para refletir. Os Cohen chegaram para o almoço às 10 horas. Max, que havia comemorado sua formatura uma semana antes, decerto ainda dormia pesado em razão da farra. Margaret ainda se encontrava no quarto, ocupada com o demorado ritual para se aprontar: os tubos e acessos que não conseguia esconder por inteiro; a maquiagem que tinha de aplicar nos olhos lacrimejantes; a sobrancelha que precisava desenhar a lápis; a peruca que se recusava a ficar no lugar em razão dos cabelos ralos e quebradiços, mas espessos o bastante para dificultar todo o processo. Assim, Enrique se viu sozinho com os sogros na sala de visitas, uma excelente oportunidade para cumprir sua missão.

Não lhe restariam muitas opções, pois Dorothy logo traria o assunto à tona.

— Max ainda está dormindo? — perguntou ela assim que se acomodou no sofá com o marido. Por pouco não atropelou o "Sim" de Enrique para fazer, como era de seu feitio, não uma única pergunta, mas um parágrafo inteiro delas, espremidas entre conselhos, suposições e respostas autofabricadas. — Então, e o enterro e todo o resto? O que você pretende fazer? Com certeza não entende nada do assunto, já que nunca precisou enterrar ninguém. Exceto seu pai, mas não foi você que cuidou de tudo, foi? Foi a irmã dele lá da Flórida, não foi? Até entendo que você queira fazer o velório aqui em Manhattan, por causa dos amigos e tudo mais. E a Margs gosta muito do rabino dela, a gente sabe disso. Por mim, tudo bem se o velório for aqui, mas e o templo? Será que vai caber todo mundo naquele templo lá de vocês? Vai ser um velório muito concorrido. Temos muitos amigos e vocês também. Não sei, não, mas acho que aquele lugar é pequeno demais para tanta gente. Andei pensando numa coisa. O que você acha? A gente faz o velório no nosso templo, para todo mundo, depois você manda realizar uma cerimônia em memória dela aqui na cidade, só pros seus amigos. Acho que assim fica bom. Muitas pessoas fazem as duas coisas, o velório e o memorial. Mas e a sepultura? Vocês não têm um jazigo, têm? Nunca se preocuparam com isso. E por que se preocupariam? — Ela crispou o rosto numa careta de pudor como se o assunto fosse indecoroso e, moderando a voz, prosseguiu: — Tem muito espaço no jazigo da nossa família. Quando chegar a sua hora, e Deus há de querer que ela demore muito a chegar... Não sei se você quer ser enterrado com a família do seu pai ou não, nunca falamos sobre isso, mas de qualquer modo, você para nós é da família. Então... se quiser... — Ela balançou a cabeça como se aqueles pensamentos fossem moscas zumbindo a seu redor, depois exclamou: — É horrível, tudo isso é muito horrível... — A carapaça que ela tinha no lugar do rosto desmanchou-se em aflição. Embora Dorothy se sentisse na obrigação de organizar aquele último evento social para a filha, Enrique podia ver que ela sofria demais para pensar em todos os detalhes.

Impregnando a palavra com o máximo de afeto, ele disse baixinho:

— Dorothy...

Mas o tom de consolo serviu apenas para espevitar a sogra, que, despertando da tristeza, endireitou o rosto sob a espessa camada de maquiagem e voltou à parolice estridente da planejadora:

— É horrível, mas a gente tem de pensar nessas coisas. Os carros, por exemplo. Tem estacionamento lá no templo de vocês? E o rabino? Você teria de nos apresentar a ele. Não nos conhecemos. — Ela parou de repente, cessando o fogo de artilharia sem nenhum aviso prévio. Sentava-se reta como um lingote, irradiando pânico pelos olhos desbotados, enquanto Leonard refestelava-se ao lado dela, murcho, os olhos violeta chapinhando tristes no desespero. Enrique, por sua vez, tentava freneticamente encontrar um jeito de desatar aquele complexo nó de equívocos e conjecturas.

Pensando em aproveitar o silêncio para dizer alguma coisa, limpou a garganta daquele muco acumulado em 29 anos, um espesso muco de objeções reprimidas e mágoas com o modo imperativo da sogra, mas sobretudo do medo de não conseguir fazer valer a última vontade de Margaret sem ferir os sentimentos de Dorothy. Observando a dor e a confusão mental dos sogros, deu-se conta de uma coisa: o maior obstáculo naquelas circunstâncias era que, para coadunar as vontades de Margaret e Dorothy, ele teria de ser o extraordinário diplomata que nunca soubera ser. Margaret e os irmãos eram mestres na arte da oratória; no trato com a mãe, sabiam expressar seus desejos sem nenhuma afronta explícita, esquivavam-se dos desmandos dela sem jamais dizer um "não", discordavam concordando, brigavam sem brigar. Ao contrário deles, Enrique era franco e direto; urrava quando precisava dizer "não", derretia-se quando dizia "sim"; adorava os céus de brigadeiro, mas também achava que a cada ano era necessário um bom furacão, com suas nuvens negras e ventos turbulentos, para criar uma atmosfera de afeto ainda mais cristalina que a anterior. Jamais havia despejado uma tempestade *à la* Sabas sobre Dorothy, e fazê-lo justamente agora, depois de tantas oportunidades em que conseguira se refrear, seria uma catástrofe que nenhum batalhão de voluntários poderia remediar.

No entanto, sem a ajuda de um forte vendaval, como fazer que Dorothy, aquele sólido carvalho de preocupações e controle, se vergasse diante da brisa dos desejos de Margaret? De que outra forma ele poderia sobrepujar a obsessão da sogra por tudo aquilo que lhe era familiar? Dorothy insistia no insípido templo de Nova Jersey não só pela facilidade de estacionamento mas sobretudo porque o havia frequentado regularmente nos últimos 35 anos. Queria se ver cercada dos amigos de uma vida inteira, sentar-se no mesmo banco em que anualmente pedia perdão por pecados que fariam um anjo sorrir, ouvir um rabino amigo repetir aquele amontoado de clichês que logravam consolar justamente porque não tinham mais nenhum sentido. Queria tomar a mesma estrada que havia tomado inúmeras vezes para visitar o túmulo dos pais e dos sogros, sentir-se segura naquele novo e desconcertante horizonte ao dizer as mesmas palavras de adeus e fitar aquele mesmo buraco no chão.

Como Enrique poderia explicar que, apesar de morta no próprio funeral, Margaret precisaria se ver cercada das pessoas que amava, nos lugares que amava, para enfim poder descansar? Precisaria se despedir dos seus naquele charmoso templo de pedra construído por artesãos europeus num cantinho imundo do Lower East Side em que era impossível estacionar porque estava abarrotado de imigrantes pobres. Precisaria se imaginar velada num símbolo da tradição judaica muito mais próximo de sua história pessoal do que a casa de sua infância pobre no Queens, ou os parques e shopping de Long Island, para onde tinham ido os pais depois de ficarem ricos. Precisaria ouvir, ainda que morta, as palavras de consolo de um rabino budista que tentaria conciliar a acintosa fúria tribal do Velho Testamento com os anseios modernos de generosidade e harmonia. Vendo-se obrigada a deixar o marido e os filhos tão cedo, precisaria homenageá-los com um último gesto e ser enterrada no lugar mais próximo de onde os havia amado e criado, no lugar mais acolhedor que pudesse encontrar. Mesmo na morte, Margaret gostava de seduzir, mais do que de exigir; diante de sua própria experiência com a mãe, esperava de sua família amor, e não obediência.

O problema na sua história de 29 anos com aquelas duas criadoras mitocondriais de seus filhos, Dorothy e Margaret, era que, para dobrá-las (se é que um dia as tivesse dobrado de alguma forma), Enrique havia precisado insistir sem discutir, desobedecer sem debater. Sempre que arriscava alguma negociação, perdia. Depois dos primeiros anos mais conturbados de seu casamento, por uma única vez ele havia recorrido à força bruta para exigir algo da mulher; com a sogra, jamais havia levantado a voz para o que quer que fosse. Pelo menos não diretamente. Uma ou outra vez ele o tinha feito por intermédio de Margaret. De qualquer modo, nessas ocasiões eles estavam em total acordo; Margaret apenas o havia usado como uma espécie de capanga para não sujar as próprias mãos. Além disso, esses embates tinham por base apenas assuntos triviais, coisas como passar ou não as férias escolares dos meninos na casa dos avós na Flórida. Agora, no entanto, naquelas tristes circunstâncias, nada poderia ser resolvido aos berros, ainda que fosse preciso conciliar o irreconciliável.

Para começar, tal como começaria um diplomata, ele se sentou ao lado de Dorothy no sofá, tão perto quanto um amante. Com o máximo de tranquilidade, falou:

— Margaret e eu conversamos sobre tudo isso. Ela sabe muito bem o que quer. Não sei se você se lembra, mas faz tempo que paramos de ir naquele templo pequeno do Village, onde fizemos o bar mitzvah de Max e Gregory. Passamos a frequentar aquela sinagoga grande do Lower East Side. — Dorothy tentou interrompê-lo, mas Enrique não deixou. — É uma sinagoga do século XIX, parcialmente reformada ao longo dos anos. Na verdade, é o templo mais antigo em Nova...

— Margaret já me falou sobre isso — disse Leonard, empertigando-se no sofá, a natural curiosidade sobre a história judaica resgatando-o da tristeza. — Mas essa sinagoga não funciona mais, funciona?

— Nossa congregação aluga o prédio duas vezes por mês, nas sextas-feiras, e também nos feriados importantes. Nosso rabino, que também é budista...

— Budista? — disse Dorothy. A expressão em seu rosto tanto podia ser de surpresa quanto de horror. De um jeito ou de outro, ela não parecia satisfeita com a novidade.

— Ele diz que é budista, mas por muitos anos foi um rabino tradicional. Faz quase dois anos que vamos lá para ouvi-lo. Margaret adora o sujeito. Diz que ele foi o primeiro rabino de que ela realmente gostou. — Dorothy e Leonard começaram a falar ao mesmo tempo, lembrando-o de que já sabiam daquilo tudo, mas Enrique intuía que ambos, apesar do que já tinham ouvido, pensavam que ele estava prestes a sugerir a realização da cerimônia no templo pequenininho da Twelfth Street, ao qual Margaret costumava levar os meninos quando ainda era saudável e Enrique podia afrontá-la com seu ateísmo. Ele continuou falando por cima dos sogros. — O prédio, por vontade da própria administração, tem um aspecto mal conservado, mas só para preservar o charme de uma construção antiga. Mas é totalmente seguro, e limpo, além de grande o bastante para todos os nossos amigos. Quanto ao estacionamento, não sei direito. Acho que tem um nas redondezas. Mas é lá que Margaret quer ser velada. Também quer outra coisa. Prefere ser enterrada, não em Nova Jersey, mas em algum lugar mais próximo de Nova York. Tem um cemitério no Brooklyn, tombado pelo patrimônio histórico, mas ainda há espaço para novos jazigos, e eu consegui...

Isso foi demais para Dorothy.

— Margaret não quer ser enterrada conosco! — exclamou ela, despejando uma bomba de histeria sobre a calma zen de Enrique. Transformara um simples desejo da filha, o de ser enterrada num lugar de seu próprio gosto, num inominável ato de rebeldia. Diversas vezes, em sua vida de casado, Enrique tivera ganas de gritar com a sogra em razão dessa mesma cegueira, da dificuldade que ela tinha para enxergar os esforços da filha para satisfazer as vontades dela. E sua vontade agora também era gritar para que ela tentasse, pelo menos uma vez na vida, ver o mundo através dos olhos da filha. Passivamente, como se fosse um observador externo, ele ouviu sua raiva explodir. Tinha certeza de que não conseguiria se conter em respeito a Margaret, dado o peso de seu cansaço, a urgência de sua necessidade de catarse. Sabia que o velho Enrique, o rapazote indomável e confuso que Margaret havia resgatado, estava prestes a dar um ataque, piorando ainda mais aquela situação já tão penosa.

Mas lhe faltava a energia para tanto. Enrique tomou as mãos da sogra, algo que jamais havia feito. Assustada, ela tentou puxá-las de volta, mas foi impedida pelo genro. Enfim se resignou e amoleceu os dedos.

— Dorothy — disse Enrique, com a mesma ternura que teria usado com uma filha angustiada. Novamente apertou as mãos da sogra, que dessa vez também apertou as dele, encarando-o com olhos assustados e aflitos. — Dorothy, Margaret adora você. Quer ser enterrada em Green-Wood, *não* porque tenha algum problema com você, mas porque prefere ser enterrada ali. Uma amiga dela, do grupo de apoio, também foi enterrada em Green-Wood, e Margaret gostou muito daquele ambiente, sentiu-se mais aliviada com ele. Só isso. Margaret está indo embora. Você pode imaginar o quanto deve estar sofrendo com isso. Ela precisa saber que todos os seus desejos vão ser atendidos neste momento. Só então vai aceitar o que está acontecendo. Isso é tudo que ela nos pede. Green-Wood fica perto daqui, muito mais que Nova Jersey. Você vai poder visitar sua filha lá.

Os olhos desbotados de Dorothy subitamente se coloriram de um azul mais fechado, como se ela tivesse erguido uma cortina para que o genro pudesse ver o que havia do outro lado. Enrique teve a impressão (e cogitou se ela sentia o mesmo) de que pela primeira vez eles olhavam um para o outro. E o que viu ali não foi a matriarca impositiva que tanto o agastava, nem a burguesa empedernida que jamais o veria como um homem de sucesso, nem a mãe rabugenta que nunca tinha uma palavra elogiosa para oferecer à filha. Viu uma garotinha solitária que ansiava pela aprovação dos pais.

— Dorothy — suplicou ele, redobrando a ternura —, vamos fazer isso por ela. Tudo isso é muito difícil para todos nós. Muito, *muito* difícil para você, talvez mais do que para o restante de nós. Mas vamos tentar facilitar um pouco as coisas para Margaret. Por ela, OK?

— Claro — disse ela com firmeza, mas sem nenhum traço de histeria. — Claro que quero facilitar as coisas para Margaret. Sou mãe dela. Amo minha filha. E estou arrasada com tudo isso — ela admitiu, e as lágrimas vieram aos olhos. Envergonhada por dar vazão aos sentimentos, puxou a mão para cobrir o rosto, e dessa vez não foi impedida por Enrique. Vasculhou a bolsa à procura de um lenço, e só de fazê-lo, secou as lágrimas. Dorothy precisava da aparência forte para se sentir forte, concluiu Enrique, e se virou para o sogro. Os olhos do velho também estavam marejados, mas ele não se deu ao trabalho de secá-los. Com a solenidade de quem fazia uma promessa, Leonard disse:

— Vamos fazer tudo o que Margaret quiser. Você precisa de ajuda com alguma coisa?

Enrique fez que não com a cabeça.

— Tem certeza? — insistiu o patriarca.

— Tenho — respondeu Enrique, e exalou um suspiro de alívio. Por um instante sentiu uma ponta de felicidade, mas logo se lembrou de toda a tristeza que embalava sua vitória.

Os irmãos e as cunhadas de Margaret chegaram juntos por volta das 11 horas; ficariam até o fim da tarde. A pedido de Margaret, o almoço havia sido encomendado da Second Avenue Deli, um tradicional restaurante kosher da cidade, e foi servido na sala de jantar. Ela comeu dois cachorros-quentes com mostarda e chucrute, além de um *knish* de batatas. Logo depois, sentindo-se cansada, pediu que Enrique carregasse o suporte do intravenoso para o quarto e convidou a todos para subir com ela. Recebeu-os na cama, dispensando a tradicional formalidade dos Cohen, observada em grande estilo no modo de vestir: os homens, de camisa social e blazer; as mulheres, de vestido. Davam a impressão de que estavam ali para comemorar a Páscoa ou o Dia de Ação de Graças. Mas a conversa fiada dos feriados deu lugar a emocionadas lembranças de infância e a elogios ao desempenho de Margaret como mãe. Dorothy não parabenizou a filha diretamente. Em vez disso, recontou os elogios que as amigas haviam feito a Margaret. Mas não convenceu ninguém. O contato de Margaret com aquelas pessoas se limitava a um breve "olá" no country clube; portanto, todos sabiam que a própria Dorothy era a verdadeira autora dos encômios.

Essa maneira indireta de elogiar a filha em seu leito de morte mais uma vez decepcionou e irritou Enrique. Ele sabia que a intenção de Dorothy não era ser mesquinha. Por fim entendeu que ela e Leonard eram emocionalmente tímidos, não frios; não eram menos capazes de amar porque eram reservados. Ainda assim, em tudo na vida sempre há uma hora em que é preciso coragem. Enrique esperava mais deles do que aquele acanhamento crônico. Foi se agastando cada vez mais conforme avançava a tarde de reminiscências, sobretudo com o fato de que Dorothy ainda não havia dito nada sobre as pinturas da filha. Por fim, depois de horas à frente do quadro grande que Margaret havia pintado de Max e Gregory, pendurado acima da cama, ela disse:

— Acho que nunca vi este aqui.

— Você não viu muitas das pinturas dela — observou Enrique, ríspido.

— Ela nunca me convidou! — chiou Dorothy como se tivesse levado uma alfinetada, e em certo sentido, tinha mesmo. — Você nunca me convidou — ela disse à filha. — Eu queria vir, lembra? Falei que queria ver seu trabalho e que depois nós podíamos almoçar juntas. Tem muitas galerias lá perto do seu ateliê, não tem, Margs? Você se lembra? Falei que queria vir para ver seus quadros, almoçar e depois visitar essas galerias com você. Mas você nunca me convidou — ela repetiu, como se fosse uma garotinha indefesa, e Margaret, a mãe ausente. Dorothy se apoiava com firmeza sobre as solas dos pés, empertigada e alerta como um passarinho no poleiro. Com uma das mãos pousada na poltrona em que se esborrachava Leonard, contemplava a filha com olhos fúnebres. A prole masculina de Dorothy ocupava cadeiras dobráveis ao pé da cama de Margaret. Os dois filhos estavam no auge de suas carreiras, dois homens de meia-idade, ricos e respeitados. Ambos derreavam o queixo com ares de penitência, como se também tivessem cometido o crime de não receber a mãe em seus respectivos mundos. Margaret olhava perplexa para Dorothy, mal acreditando no que acabara de ouvir. Os olhos pareciam maiores no rosto emaciado pela doença, e o corpo, mais esquelético do que nunca; a pele estava quase tão transparente quanto o plástico dos tubos conectados aos acessos.

Foi então que a estranheza daquela relação entre mãe e filha tomou Enrique de assalto. Dorothy esperava por alguma explicação por parte de Margaret, naquilo que todos sabiam ser a última conversa entre elas. Dorothy era uma pessoa reservada, e aquele era um assunto profundamente pessoal; mesmo assim ela havia aberto o coração diante de um grupo de pessoas, embora todos fossem da família. Talvez receasse que, na ausência de uma plateia, Margaret fosse dizer algo ofensivo. Tudo bem, Margaret afastara a mãe durante o período da doença, mas todos da família, Dorothy inclusive, tal como suspeitava Enrique, haviam ficado aliviados com isso. O desespero de Dorothy ao se ver incapaz de impedir o que estava acontecendo à filha piorava as coisas para todos ao seu redor. Margaret desde muito entendia aquele aspecto dominador da natureza de Dorothy: sua mãe precisava estar no controle das coisas para se sentir segura. No entanto, ninguém tem controle sobre uma doença.

Mas por que Margaret havia afastado a mãe também quando era saudável? Enrique supunha ser essa a pergunta para a qual Dorothy esperava uma resposta. Dez anos antes ela reclamara que não tinha com Margaret a mesma proximidade que suas amigas tinham com as filhas, chegando a ponto de acusar Margaret de não ter nenhum "espírito de família". Margaret, uma filha exemplar quando comparada às próprias amigas, ficara ressentida e irritada com a acusação, dizendo a Enrique que sua mãe "não sabia ser amiga". Ele havia concordado, mas não com o fato de que Dorothy queria ser amiga da filha. Para Enrique, a mágoa dela era que Margaret não a procurava mais em busca de conselhos.

Margaret já havia recorrido à mãe algumas vezes. Quando Gregory e Max eram bebês, ela se aconselhara com Dorothy sobre todo tipo de assunto relacionado à maternidade. E já estava casada por dez anos quando precisou pedir socorro financeiro. À época, decidira parar de trabalhar para se dedicar exclusivamente aos filhos, desencadeando uma grande crise de liquidez, a maior em toda a história do casal. A renda de Enrique, que geralmente mal dava para pagar as contas, havia minguado para quase nada durante mais de um ano. Na ocasião, Dorothy ajudara não só com dinheiro. Ela havia ajudado Margaret a encontrar uma nova babá para substituir a outra que sofrera um acidente de carro. Apoiara a decisão da filha quanto ao trabalho, contrariando as amigas para as quais cabia a Margaret aliviar a pressão sobre a carreira do marido. Insistia que Enrique, com a ajuda financeira deles, conseguiria sobreviver a seu "problema", tal como ela costumava chamar a incapacidade do genro para sustentar a família apenas com a literatura. "É artista", ela dizia. "Com artista é assim mesmo, o dinheiro aparece e some, depois aparece de novo. Além disso, eles não entendem nada do assunto." Deixava Enrique possesso, mas não o fazia por mal. Via que o genro se desdobrava para se manter à tona e não o culpava pelas dificuldades que tinha. Sua filha o havia escolhido para amar, e os Cohen estariam ao lado deles para o que desse e viesse, tanto na bonança quanto na tempestade. Dorothy, com o tempo que tinha a seu dispor mais o dinheiro de Leonard, procurava escorar o muro de Margaret e de Enrique sempre que ele se rachava sob a pressão de tentar reproduzir o tradicional modelo de família nuclear dos anos 1950. Não descansava até que a filha tivesse o que queria: a liberdade para criar os próprios filhos e o conforto de uma boa babá em tempo integral.

Assim que a jovem Margaret dera o braço a torcer, admitindo que precisava de ajuda, Dorothy havia acorrido sem hesitar, poupando-a de espremer os filhos num único quarto, de mandá-los estudar numa escola pública e de tantas outras calamidades passíveis de acometer um casal burguês nova-iorquino. Mas Dorothy não queria parar aí.

Queria meter o nariz em todas as demais decisões, desde determinar a quantidade de roupa a ser lavada pela empregada até insistir que Greg, uma criança claramente sem nenhum talento musical, estudasse violino pelo método Suzuki — a última moda entre as filhas das amigas de Great Neck. Reclamava dizendo não entender por que eles passavam os verões no Maine, onde não havia "pessoas como eles". Não aprovava a decisão de Margaret de trabalhar gratuitamente para uma pequena revista estreante e, mais tarde, de alugar um ateliê para pintar sem antes ter tomado aulas de desenho. Afinal, era isso que haviam feito todas as amigas dela ao resolver pintar.

Dorothy metia o bedelho em tudo que a filha fazia, do mesmo modo afetuoso e irritante com que se intrometia na vida das próprias amigas. Nem sequer imaginava que nem mesmo Enrique tinha permissão para jogar alguma luz nos rincões da cabeça da mulher quando ela decidia abraçar ou abandonar esta ou aquela atividade. Na adolescência, Margaret precisara afastar a mãe para ter espaço suficiente para crescer. Dorothy não entendia aquele aspecto da natureza da filha, não sabia que ela precisava ter controle sobre as coisas e se isolava porque não podia controlar a mãe. E continuaria não entendendo ao constatar que, já adulta, casada e com filhos, Margaret mantinha a mesma distância. No entanto, Enrique sabia que sua mulher via por outro ângulo estas duas fases de seu relacionamento com a mãe: Margaret acreditava ter sido uma filha exemplar e obediente, mas sempre que tentava se aproximar de Dorothy, as diferenças de personalidade colidiam com tamanha força que as impediam de ficar amigas.

Após o diagnóstico de Margaret, naquela que seria a terceira e última fase do relacionamento delas, Dorothy e Margaret haviam decidido se aproximar. Mas encontrariam um obstáculo logo nos primeiros meses de tratamento, num momento especialmente inoportuno. Margaret ligou para contar à mãe que havia marcado a cirurgia de nove horas durante a qual, entre outros procedimentos impensáveis, sua bexiga seria retirada e substituída por outra, reconstruída a partir do intestino delgado. Enrique entreouviu o lado da mulher naquela conversa que culminaria numa acalorada discussão em torno de uma sugestão de Dorothy, baseada no comentário que ela ouvira de uma amiga. Naqueles dias, talvez por necessidade, Dorothy não tinha uma dimensão correta da gravidade da doença de Margaret, por mais claramente que as coisas lhe fossem explicadas. E a tal amiga, igualmente desinformada, dissera conhecer alguém que também tinha câncer na bexiga, decerto superficial, mas que não precisara retirar o órgão; talvez Margaret não precisasse também.

— Mãe, você não me escuta! — Enrique a ouviu berrar. — Por isso não entende o que está acontecendo! Porque não me escuta! Meu câncer está no estágio três. Isso significa que preciso, sim, retirar a bexiga. Se quiser continuar viva, tenho de retirar a porcaria da bexiga. Não me resta outra escolha. E não quero mais falar sobre isso. Agora preciso ir — disse ela batendo o telefone na cara da mãe.

Assim como na meia dúzia de vezes em que ela havia perdido as estribeiras com Dorothy, dali a algumas horas Enrique recebeu um telefonema de Leonard:

— Não sei se você está a par do que aconteceu, mas hoje de manhã Margaret soltou os cachorros em cima da mãe. Dorothy ficou muito chateada. Nem quer falar com a Margaret. Eu também fiquei chateado. Você sabe, tudo isso é muito difícil para Dorothy. Claro que Margaret tem andado com a cabeça quente nesses últimos tempos, eu entendo, mas ela precisa ter mais cuidado com a mãe. Dorothy é louca por ela, e tem as melhores intenções. Quer ajudar, só isso.

Enrique, espumando por dentro, arriscou uma tímida defesa em nome da mulher.

— É Margaret quem está com câncer, Leonard. Você não acha que são os outros que têm de ter mais cuidado com ela? — Notando o modo canhestro com que formulara sua frase, ele percebeu quanto estava despreparado para aquele papel de diplomata nas terras estrangeiras, muito estrangeiras, da família Cohen. Esse tipo de negociação paralela jamais acontecia entre os Sabas. No lugar de Margaret e Dorothy, ele teria berrado com a mãe e ela teria chorado, mas também teria soltado o verbo ali mesmo, despachando milhares de pulsos através dos fios de fibra ótica até cobrir o filho com a devida culpa. E se Guillermo tivesse se envolvido de alguma forma, teria sido apenas para rir de todo o episódio ou fazer algum comentário isento, nunca para tomar partido da mulher. Mas Guillermo e Rose haviam se divorciado depois de quarenta anos de casamento, e isso, entre outras coisas, fez com que Enrique pensasse duas vezes antes de criticar a fidelidade do sogro. Ele achara por bem imitá-lo e defender Margaret com a mesma veemência. Mas não teve competência para fazê-lo. Leonard defendeu a primazia dos sentimentos de Dorothy como se eles constituíssem uma situação de emergência que todos, para seu próprio bem, deveriam fazer o possível para aplacar; Enrique, por sua vez, não fez mais que sugerir que os sentimentos de Margaret também deviam ser levados em conta. O real objetivo do telefonema de Leonard, e era isso que mais enfurecia Enrique, era induzir o genro a pressionar Margaret para que ela pedisse desculpasse à mãe.

Enrique foi ficando cada vez mais irritado. Sua mulher estava às vésperas de uma cirurgia de tal modo complexa que a aridez dos termos médicos o deixava tonto a cada vez que eram mencionados ou lidos. Era ela quem devia se desculpar? Desculpar-se do quê? Por ter reagido à insensibilidade da mãe? Claro que as intenções de Dorothy eram boas. Mas no mundo real — não naquele universo de country clubes de Long Island e condomínios fechados da Flórida, não numa classe social em que as mulheres podiam passar a vida inteira sem jamais trabalhar, não naquele agradável mundo de privilégios onde filhos adultos faziam de tudo para poupar os pais de seus problemas mais sérios, não naquele paraíso burguês em que todos os Cohen procuravam aprisionar Dorothy, mas no mundo real em que Enrique vivia —, não bastavam apenas boas intenções. Também era preciso boas *ações*. Que Dorothy tivesse medo de se informar sobre os detalhes mais cabeludos da doença da filha, tudo bem, mas isso não lhe dava o direito de contestar as decisões médicas meticulosamente pesquisadas pela filha.

Enrique decidiu que deixaria Margaret escolher se ligaria ou não para a mãe sem nenhuma pressão por parte do pai. Na verdade, queria que Dorothy se desculpasse. Por mais absurdo e cruel que isso soasse a seus ouvidos, ele queria que aquela senhora de 80 anos crescesse e admitisse o próprio erro. Ele ainda se debatia com toda essa história quando Margaret anunciou:

— Ah! Eu fiz as pazes com a mamãe. Fiquei me sentindo culpada, então liguei para ela.

— Mas você não fez nada de errado.

— Eu sei, ela às vezes é uma mula e não escuta o que eu falo. Aliás, nunca escuta. É impressionante como mamãe é surda comigo. Por outro lado... Pensa bem, Puff. Não deve estar sendo nada fácil para ela ver a filha numa situação dessas. Imagina se tudo isso estivesse acontecendo com o Maxy ou com o Greg. Quando me desculpei, aconteceu uma coisa muito fofa. Ela disse uma coisa maravilhosa. Hilária, mas maravilhosa. — Dorothy havia dito que dali em diante seria fundamental que elas dissessem "Eu te amo" ao fim de cada conversa, que uma nova era havia começado na relação delas. Ambas seriam francas uma com a outra e diriam tudo que estavam sentindo. — Ela foi tão fofa — disse Margaret, e com um sorriso triste emendou: — Espero que seja verdade. Vamos ver.

De fato, daquele momento em diante elas passaram a dizer "Eu te amo" sempre que se falavam, mas Margaret não chegou ao ponto, nem poderia chegar, de adotar a mãe como confidente enquanto lutava pela própria vida. Dorothy, por sua vez, parou de reclamar da distância entre elas. A doença não pôs fim às diferenças da dupla, mas pelo menos proporcionou uma trégua naquela guerra já tão duradoura.

Talvez por isso Margaret tivesse ficado confusa em seu leito de morte quando Dorothy quis saber por que não havia sido convidada para visitar o ateliê. Achava que a questão já estivesse resolvida. A família inteira, muda, esperava que ela desse alguma explicação. E quando enfim ela a deu, foi com uma desconcertante franqueza:

— Sou meio chata com as minhas pinturas, mãe. Não gosto de mostrar para ninguém. Não é nada pessoal, nada com a senhora. Não gosto de mostrar meus quadros, só isso. — Enquanto tentava se sentar na cama, ela disse a Enrique: — É estranho, mas acho que o tubo do estômago entupiu com os cachorros-quentes. Eles estão subindo em vez de descer. — Ela afastou as cobertas. O tubo da GEP estava cheio da massa amarronzada em que havia se transformado o almoço da Second Avenue Deli. Os Cohen se dispersaram imediatamente, aflitos com o despudor.

Enrique saiu com Margaret para o banheiro, ficando sozinho com a mulher pela primeira vez desde a conversa que tivera com os sogros pela manhã. Ali eles teriam sua última conversa sobre os sentimentos de Dorothy e Leonard. Enrique contou como eles haviam reagido enquanto, junto da pia, ajudava Margaret a sugar os pedaços de comida mal digerida, grandes demais para atravessar a ponta mais estreita do tubo. Eram veteranos na prática. Em outros tempos teriam ficado enojados com o procedimento grotesco. A certa altura, ficaram com a impressão de que ela expelia mais cachorros-quentes do que havia comido, e ambos começaram a rir, rindo ainda mais forte quando Margaret disse:

— Parece que todos os cachorros-quentes que eu comi na vida resolveram sair de uma vez só.

Enrique sugava de um lado, Margaret apertava do outro. Ele contou sobre o desgosto de Dorothy ao saber que a filha não queria ser enterrada no jazigo da família.

— Você fez um bom trabalho, Puff — disse Margaret.

— Como você sabe?

— Porque ela não falou nada comigo sobre isso.

Mas a autocensura de Dorothy não durou muito. Ela tocou no assunto tão logo eles voltaram ao quarto com todos os tubos e bolsas devidamente escondidos. Os Cohen se reuniram novamente em torno da cama de casal e se sentaram nas cadeiras. Exceto Dorothy, que permaneceu de pé atrás do filho mais velho (o ex-malvado Rob que brincava de índio e caubói com Margaret) e disse:

— Sabe de uma coisa, Margs? Fiquei chateada quando soube que você não queria ser enterrada com a gente, e eu estava falando sobre isso com o Rob quando ele me disse que... — Ela deu uma sonora risada. — Rob contou que já tinha comprado um jazigo em New Haven!

Rob piscou para Enrique como se eles fossem parceiros numa conspiração.

— Quem quer ser enterrado em Nova Jersey? — disse. — Todo mundo quer ser enterrado perto de onde mora. Exceto esses dois aí, que querem ser enterrados num estado em que nunca moraram e do qual nunca gostaram.

— Mais respeito, rapaz — brincou Leonard. Mas Dorothy protestou:

— Papai comprou aquele jazigo porque ele era grande e barato. Você sabe quanto seu avô gostava de um bom negócio. E eu achei que seria bonito ficarmos todos juntos. Além de muito conveniente! Várias visitas numa só! — Ela riu de si mesma. — Mas nada disso é importante. Nós amamos uns aos outros, é isso que importa.

— E aí, mãe? — disse Margaret com um sorriso maroto. — Quer ser enterrada comigo? Tem mais uma cova disponível lá em Green-Wood. — Ela estendeu os braços num gesto cômico de generosidade. — Vamos ficar juntas para todo o sempre!

Dorothy por fim se aproximou da cama; até então, pelo menos aparentemente, vinha evitando qualquer contato mais próximo com a filha.

— Acho que você não vai me querer como sua eterna vizinha — disse, e beijou Margaret com a rapidez de sempre. Em seguida olhou para as noras e contou: — Quando era adolescente, esta aqui proibia que eu falasse com ela antes do café da manhã.

— E também *durante* o café — corrigiu Margaret, fazendo com que todos rissem. — Não gosto de papo antes do meio-dia. Enrique sabe bem disso, não sabe?

— Seeeeei! — disse ele com uma careta de medo. Novamente todos riram. Mas Enrique havia dito aquilo apenas a título de brincadeira, pois sabia também como puxar a língua da mulher assim que ela terminava a primeira xícara de café. Muitas vezes Margaret preferia ficar muda e sozinha. Durante os 29 anos que eles haviam passado juntos, em diversas ocasiões Enrique percebia que sua mera presença, ou os altos e baixos de sua carreira, ou a algazarra dos filhos, ou o melodrama dos pais, tudo isso fazia com que Margaret tivesse vontade de estar em outro lugar. No entanto, mesmo nesses momentos de exaustão com o casamento, de desespero com o homem que ela havia escolhido para amar, mesmo neles Enrique sabia como resgatar a mulher de sua mudez. Sempre soubera.

Capítulo 13

O grande sedutor

Enrique contou a Margaret tudo sobre si mesmo. Já havia lido a metáfora "Ele verteu seu coração sobre ela" em Stendhal, Dickens, Balzac e Lermontov, talvez até numa das passagens mais irônicas de Philip Roth. Mas o que saiu de sua boca não foi exatamente o coração. Enrique esvaziou sua alma, sua identidade ou qualquer outra coisa que o definisse como uma pessoa singular. Compartilhou todos os sentimentos e segredos de sua vida, ou pelo menos achou que o fez. Recontou todas as anedotas de sua existência de 21 anos.

Ao longo daquela noite de 30 de dezembro de 1975, enquanto as horas se sucediam até o raiar de um novo dia, a espessa escuridão do outro lado das janelas atrás de Margaret permanecera a mesma, pontilhada mas não dissipada pela luz âmbar dos postes de rua. Do lado de dentro não havia escuridão nenhuma, graças à luminária de pé com luz alógena que, como Enrique, Margaret havia comprado — uma novidade da época. Não havia meia-luz, nem velas, nem o torpor do vinho, nada que induzisse ao romance. Enrique se encontrava cercado por aquela luz forte e alegre que se refletia no branco das paredes, no azul dos olhos de Margaret e até na melodia da voz dela. Eles trocavam histórias de vida feito dois colegiais estudando juntos para uma prova, esvaziando um bule inteiro de café e meio maço de cigarros cada um. Enrique se encontrava com o corpo rígido de tensão, alerta como um predador, cauteloso como uma presa. Não porque precisasse esconder alguma coisa daquela moça tão atenta, de olhos insondáveis e perplexos, mas porque sabia que, quando o assunto se esgotasse, ele teria de fazer amor. Não o amor solitário com que já estava acostumado. Dessa vez ele teria de saciar aquela criatura que a cada instante lhe parecia mais linda e inteligente, uma fêmea humana, claro, mas de ordem tão superior que a taxonomia corrente era pouca para classificá-la.

Tivera pouco tempo para refletir sobre o que já havia descoberto a respeito de Margaret. A primeira oportunidade veio por volta das 4 da manhã, quando ele pediu licença e foi para o banheiro. O cômodo era minúsculo, até mesmo para os padrões de Nova York. Havia apenas 60 centímetros de espaço livre entre a banheira, a pia e o vaso, os quais se apertavam numa área pouco maior que a de um closet. Na única parede livre (as outras tinham espelho, banheira e porta) havia uma pequena tela abstrata na qual se viam quatro pinceladas grossas, na forma de arcos ou corcovas, dispostas como se fossem nuvens flutuando ao léu ou um quarteto de gatos raivosos. Enrique teve muito tempo para admirá-la enquanto sua bexiga vertia uma quantidade de urina equivalente à de dez pessoas (num processo comicamente longo e ruidoso), mas como de hábito não conseguiu chegar a nenhuma conclusão — mesmo sabendo que diante de uma obra abstrata não era preciso concluir nada, apenas "sentir". Rezou para que Margaret não fosse a autora daquela insensatez, embora tivesse quase certeza do contrário. Sem moldura e com duas partes totalmente isentas de tinta, parecia a obra de um iniciante. Espantava-o que Margaret a tivesse pendurado ali ou em qualquer outro lugar.

Sua ex-namorada, Sylvie, era pintora — em tese. Enrique tinha lá suas dúvidas. Para ele, a garota não possuía uma visão do que queria realizar, tampouco o desejo de encontrar essa visão. Vivia arrumando empregos como secretária na esperança de ser demitida em seis meses e botar a mão no seguro-desemprego, o qual, dada a recessão dos anos 1970, havia sido prolongado para quase um ano. Apesar de todo o tempo livre que tinha para pintar, ela produzia muito pouco. Durante os três anos e meio em que eles coabitaram, Enrique escreveu um romance inteiro e metade de outro, enquanto Sylvie fez menos que dez quadros, quase todos inacabados. Ela era, na idônea opinião de Enrique, uma pessoa preguiçosa. E a julgar pelos poucos esboços de figuras humanas que realizou, tudo levava a crer que sua predileção pela arte abstrata tinha mais a ver com sua incapacidade de desenhar pessoas na proporção correta do que com uma suposta transcendência da figuração. Puxa, que cilada do destino, ele se ver atraído por mais uma "expressionista abstrata"! Margaret decerto não levava a pintura muito a sério, ele tentou se convencer, caso contrário já teria dito alguma coisa sobre o assunto.

Às 4h10 da madrugada daquele terceiro encontro entre eles, o primeiro a sós, Enrique ainda tinha apenas uma vaga noção do que Margaret queria fazer da vida. Soubera por Bernard que ela trabalhava como freelancer para revistas, e equivocadamente deduzira que, como o próprio Bernard, ela fazia copidesque ou revisão de conteúdo. Naquela primeira noite de conversa no loft, ela havia comentado que era designer. Quando Enrique disse "Você é artista?", ela negou, respondendo: "Faço layout e escolho fotos. Não posso dizer que isso seja arte. Mas eles dizem. Chamam isso de 'direção de arte'", e piscou o olho como se estivesse revelando um segredo cabeludo.

Durante o café da manhã no Sandolino's, ela mencionara um curso de fotografia; na Ceia dos Desgarrados, Enrique havia notado duas fotos em preto e branco emolduradas e penduradas acima do sofá, mas não tivera a oportunidade de examiná-las com atenção. Na Buffalo Roadhouse, ela havia contado que vinha tomando aulas de teatro, mas ao ser perguntada se queria ser atriz, disse que se tratava apenas de uma curiosidade, que não tinha talento nem coragem para encarar os palcos. Também comentara que fazia aulas de sapateado com a amiga Lily e que em breve começaria um curso de litografia. Na caminhada de volta ao apartamento, ao contar que sua mãe reprimia os dotes artísticos do filho caçula, e ao ser perguntada se a repressão se estendia a ela também, mais uma vez afirmara que não era artista. Portanto, ao fechar o zíper das calças, Enrique disse a si mesmo que aquela pintura medíocre no banheiro só podia ser produto de mais uma das atividades diletantes de Margaret.

As dúvidas profissionais, embora fossem muito comuns em sua faixa etária, deixavam Enrique intrigado. Para não se sentir tentado a desistir, ele havia queimado todas as pontes que pudessem afastá-lo do caminho de escritor, por mais que isso dificultasse sua vida. Sabia que, caso tivesse alguma tábua de salvação, cedo ou tarde recorreria a ela e abriria mão de escrever sua série de vinte livros inspirada em Zola ou Balzac, uma série com personagens recorrentes, homens e mulheres da linhagem Sabas que pintariam um extraordinário retrato da cidade de Nova York, da grandeza e das idiossincrasias de sua gente. Para Enrique era difícil entender como uma pessoa tão inteligente e criativa quanto Margaret era capaz de viver sem o desejo apaixonado de realizar algo. Tratava-se de uma mulher estranha, mas de um modo inegavelmente sedutor. Talvez por isso, ou justamente por isso, levá-la para a cama fosse um projeto ao mesmo tempo tão encantador e intimidante. A bem da verdade, essa ausência de foco profissional não teria provocado nada além de desprezo em Enrique caso Margaret fosse homem, por menos machista que ele acreditasse ser.

Quando ela se retirou para o banheiro, Enrique aproveitou a oportunidade para avaliar as fotos acima do sofá. Ao contrário do que havia imaginado, achou pouco provável que fossem obras dela. A primeira mostrava dois homens, um mais velho e outro na casa dos 20, sentados numa rua de paralelepípedos com uma grande rede de pescar espichada sobre as pernas; pareciam remendá-la. Estranhamente, vestiam roupas urbanas, ambos com jaquetas de couro e o mais novo com sapatos sociais de amarrar. Pela expressão descontraída, davam a impressão de que eram íntimos do fotógrafo, talvez velhos amigos. Na outra foto se viam três meninos enfileirados na rua de um vilarejo; assim como na primeira, tanto os retratados quanto o cenário (os sobrados baixos e meio tortos, o calçamento irregular da rua) pareciam europeus. Os meninos pareciam a um só tempo alegres e compenetrados. Um deles sorria, outro olhava sério para a câmera, e o terceiro parecia pensativo. Todos demonstravam o que estavam sentindo sem a menor timidez. Embora fitassem a câmera, e soubessem que estavam sendo fotografados, davam a impressão de que olhavam diretamente para a alma do espectador. Enrique se sentiu tocado pela obra, achou que conhecia bem aqueles meninos: este aqui anda sempre meio triste; este outro é mais levado; aquele, mais carinhoso.

As fotos claramente eram de alguém que possuía não só um olhar sensível e um controle sobre seu equipamento, mas também muita experiência. A atmosfera de Velho Mundo e a relação de confiança com os retratados convenceram Enrique de que um homem de meia-idade as tinha tirado. Preocupava-o que sua incapacidade para reconhecer as obras-primas da fotografia traísse sua ignorância; decerto aquelas eram fotos de alguém como Robert Capa ou algum dos gênios italianos e franceses. Ele não sabia qual fotógrafo era famoso por tirar esse ou aquele tipo de fotografia. Quando ainda morava com os pais, não prestava muita atenção nas discussões que eles tinham com os filhos mais velhos sobre Atget e Cartier-Bresson. Discussões sobre fotografia e cinema irritavam-no sobremaneira, embora ele gostasse das duas coisas. A título de autogratificação, pegar um cineminha no meio da tarde lhe dava quase tanto prazer quanto a masturbação, mas de que maneira aqueles truques mecânicos (mudança de lentes, manipulação da luz e das sombras) poderiam se comparar àquilo que Joyce corretamente identificou como a mais espiritual de todas as artes, o romance? A pintura, a escultura, o teatro, tudo bem, todas elas eram grandes formas de arte, mas algo que saía das entranhas de uma máquina? Enrique adorava as máquinas justamente porque se uma pessoa dedicasse o tempo e o esforço necessários, cedo ou tarde obteria delas o resultado desejado. Mas o mesmo não se dava com o cérebro humano. Por mais que ele, Enrique, se dedicasse ao ofício de escrever, jamais poderia dar por certo que seu esforço fosse recompensado com uma frase bem construída, muito menos com a expressão correta das ideias que povoavam sua imaginação.

Não obstante, aquelas fotos eram excelentes. Seria ótimo se pudesse impressionar Margaret identificando o nome de quem as havia tirado. Estava claro que ela as apreciava muito. As molduras eram elegantes e munidas com o devido *passe-partout*. Tudo bem que ela fosse confusa quanto às suas ambições profissionais, mas a julgar pelos lugares onde havia pendurado a tal pintura e estas fotos, Margaret sabia muito bem distinguir entre uma criação amadora e os produtos de uma obstinada busca pela perfeição.

— São lindas — disse Enrique assim que ela voltou do banheiro, em parte para expressar uma opinião verdadeira, em parte para protelar qualquer sugestão de que já era hora de dar a noite por encerrada.

— Ah... — Margaret olhou para as fotos como se já tivesse se esquecido da existência delas. — Obrigada — disse, e acrescentou: — A Itália é linda.

— A Itália? — repetiu Enrique. Mais cedo Margaret mencionara que havia passado um semestre com uma família de italianos. Enrique ficou confuso por um instante. Seria ela a autora das fotos? Não, decerto as tinha comprado por lá. Tímido demais para confessar sua ignorância, sondou: — Então elas foram tiradas na Itália?

— Foram — respondeu ela de modo distante, como se relembrando a época em que morara fora. Retomou seu lugar no sofá, dando azo para que Enrique fizesse o mesmo. — Eu deveria ter fotografado mais.

Pois as fotos eram *mesmo* dela. Enrique ficou profundamente surpreso. As fotos eram ótimas, e Margaret se orgulhava delas a ponto de pendurá-las em local tão conspícuo; no entanto, fazia horas que os dois conversavam e em nenhum momento ela mencionara a fotografia como uma ambição profissional, nem mesmo como um hobby.

— No verão passado aprendi a revelar filmes num curso que fiz. — Margaret riu e ergueu os olhos com cautela para se explicar: — Você deve estar pensando que sou maluca, fazendo esses cursos todos por aí. Mas é bem legal. Gosto de experimentar coisas novas.

— Não acho nada disso! — mentiu Enrique. — Também gosto de aprender. Fico até com um pouco de inveja. — Isso, sim, era verdade. Enrique a invejava por ter noções básicas de fotografia, sapateado, litografia, francês e interpretação. Também queria saber tanto quanto possível como funcionava o mundo. Não apenas porque era "legal" ou pelo simples desejo de se divertir, mas porque precisava de informações para ir fundo na vida interior de seus personagens e, de quebra, impressionar os leitores. De modo geral o trabalho era um aspecto importante na vida das pessoas, o mais complexo, o que consumia a maior parte do tempo delas, e Enrique não gostava de criar personagens sem saber de perto, de um modo quase tátil, o que eles faziam diariamente em suas respectivas ocupações. Adoraria ter a natureza curiosa e aventureira de Margaret. Mesmo achando que seu modo utilitarista e focado de lidar com a carreira era superior às explorações inconsequentes dela, reconhecia que Margaret tinha muito mais subsídios para dar vida e substância a um personagem literário.

Ela ficou satisfeita ao saber que era invejada. Com uma das mãos, sacudiu os cachos que escondiam a orelha perfeitamente desenhada, depois disse:

— É que eu fico entediada rápido, sabe? Então preciso experimentar coisas novas. Nem de longe tenho a sua disciplina, ou a do meu irmão. Custo a acreditar que você já escreveu três romances! Como é que conseguiu?

— Sentando sozinho num quarto durante horas e horas — respondeu ele, dizendo nada mais que a verdade. Depois se reacomodou no sofá, apontou para as fotografias e perguntou: — Foi você mesma quem tirou? — Margaret fez que sim com a cabeça, crispando o queixo e os lábios num beicinho complacente. — Achei que fossem reproduções caras de algum fotógrafo famoso, mas fiquei com vergonha de perguntar. São duas obras de arte. De primeira linha. — Aqui ele fez uma pausa, percebendo que os elogios sinceros haviam alcançado algum lugar profundo, até então intocado, da alma de Margaret.

— Ah... — foi só o que ela conseguiu dizer. E pela primeira vez ficou corada. A garota esquiva, a paquera cool, a mulher crítica, a interlocutora brincalhona, a exploradora independente, a filha resignada, a irmã enfezada, a irmã maternal... Enrique já tinha visto e ouvido todos os tipos de cores e notas por parte dela, mas ainda não havia presenciado aquele êxtase de monossílabos e rubores. Ficou de tal modo impressionado que se viu pensando: "Se eu pudesse fazer a mesma coisa com meu pau, aí sim eu seria um homem feliz."

Consolou-se ao relembrar um ensinamento do livro *Nosso corpo, nós mesmos* que Sylvie lhe dera para ler, isto é, que efeito semelhante podia ser alcançado com a boca. No entanto, apesar de toda a inexperiência, ele podia ver que suas palavras sinceras haviam provocado em Margaret uma satisfação bem maior e mais duradoura do que qualquer brinquedinho que do corpo dele poderia dar, por mais habilmente que fosse manuseado.

Num estalo de clareza, o mesmo que o acometia antes de compor um bom personagem, Enrique percebeu que as censuras que Margaret fazia à mãe por não deixar o filho caçula seguir na profissão de arquiteto, bem como o comentário jocoso de que ela própria podia trabalhar no que quisesse desde que se casasse e tivesse filhos, eram um modo indireto de expressar seu real desejo. Por mais que negasse, Margaret queria, sim, ser artista. Decerto queria ser uma *grande* artista, uma ambição ainda mais profunda justamente porque se achava enterrada. Margaret queria acreditar no próprio talento, queria ser alguém como Enrique, capaz de se dedicar por inteiro a uma vocação, refinando-a até produzir um *corpus* que pudesse exibir com orgulho em qualquer lugar, e não escondê-lo nos banheiros da vida. Por um instante de felicidade, ele viu com uma clareza tolstoiana o que eles tinham a oferecer um ao outro: a alegria de Margaret diante da vida o impediria de sucumbir ao pessimismo e ao rancor diante dos dissabores dessa mesma vida, o que contaminaria seu trabalho; sua fé teimosa e cotidiana no poder da arte de transportar tanto o artista quanto seu público para além da maldade social motivaria Margaret a realizar o sonho secreto de se tornar uma grande artista, a artista que ela precisava esconder de sua pragmática família e até mesmo de sua tímida pessoa. Margaret tinha o traquejo que ele jamais poderia superar, e ele tinha a obstinação que ela dificilmente conseguiria alcançar.

Enrique ainda tentou cobri-la de prazer com mais elogios às fotos, mas ela se esquivou e mudou o assunto para a persistência dele:

— Você falou que seu segundo romance recebeu críticas muito duras e não foi bem de vendas. Mas você começou o terceiro logo em seguida. O que fez para não ficar desmotivado?

A essa altura Enrique já havia perdido o fio daquela meada que explicava a simbiose entre eles, obscurecida por um misto de tesão e ansiedade: imaginava se do outro lado daquele suéter de lã havia sardas que desciam até os peitos empinados, se os mamilos ficariam duros, se eles prefeririam ser lambidos ou mordiscados ou as duas coisas alternadamente. E em meio a tantas fantasias tentadoras ele também se via na pele de um piloto inseguro no momento da decolagem, cogitando se o pênis iria funcionar. Se não funcionasse, aconteceria o quê? Tudo iria por água abaixo? Tudo que eles haviam trocado em palavras e sentimentos, nada disso contaria mais?

Portanto ele irrompeu num falatório sem fim, algo que fazia com facilidade, pois, apesar das hesitações do pênis, o coração e a mente podiam se gabar de uma inabalável paixão. Enrique falou da sensação de poder que a escrita lhe proporcionava, do prazer indescritível que o tomava ao terminar um romance após dias, semanas e meses de trabalho incessante, ao alcançar exatamente o ponto imaginado desde o início, um prazer em nada abalado mesmo que o livro não tivesse a recepção prevista. Nada era capaz de deteriorar o orgulho de criar algo apenas com o auxílio da própria cabeça, de dar concretude ao imaterial. Ali em suas mãos havia todo um universo, o seu universo, tão vivo e pulsante, pelo menos às vezes, quanto o mundo real. Sem nenhum pudor Enrique admitiu a profunda autogratificação que ele encontrava no processo de escrever. Para ele não faziam sentido as reclamações tão em voga entre os romancistas: a dor da escrita, a eterna sensação de inadequação, a extenuante busca por sentido e novidade. Confessou que muitas vezes não gostava do que escrevia, que ainda não havia alcançado o que queria com seus livros, mas enfatizou que esses fracassos nada roubavam do prazer da tentativa. Fazia pouco que ele escapara daquela prisão de monotonia; portanto, ainda acordava todos os dias e agradecia aos céus por não ter de ir para a escola ou para a rotina maçante de um trabalho qualquer. Ao contar com certo constrangimento que era invadido por uma calorosa sensação de realização ao segurar entre os dedos o manuscrito pronto de um romance, e que isso por pouco não lhe bastava como recompensa, viu o brilho de aprovação que incendiou os olhos de Margaret.

Só então criou coragem e perguntou se o quadro no banheiro havia sido pintado por ela.

— Foi... — respondeu ela, sacudindo os ombros e desviando o olhar. — Ainda não sei muito bem o que fazer daquilo — explicou, e abriu um sorriso envergonhado. — Uma pena. Fotografar é muito bom, mas eu adoraria pintar. — Um ar pensativo que Enrique ainda não tinha visto cobriu-lhe o rosto, mas dali a pouco os olhos grandes se voltaram para ele como se esperassem por uma opinião.

Enrique foi tomado por uma vontade irrefreável de tocar aqueles lábios tão vivos, de apertar entre os seus os braços fininhos que pendiam daqueles ombros tão orgulhosos. Sem nenhuma advertência verbal ou física, pulou sobre Margaret como se ela fosse uma piscina, e eles se beijaram novamente. Dessa vez ela se entregou por mais tempo, e Enrique pôde mergulhar mais fundo. Submerso, ficou aliviado ao constatar que a única parte de seu corpo até então adormecida havia despertado com vigor sob as cuecas e agora pressionava contra o cinto como se clamasse por liberdade.

Graças a Deus não vou dar o vexame que dei da última vez, ele pensou, referindo-se a certa noite de amor reduzida a meros 15 minutos em razão de uma fragorosa brochada. A lembrança ainda o assombrava como o flashback traumático de um acidente de carro quase fatal.

Desde então ele havia sido paralisado da cintura para baixo pela tal garota, mas agora não. Não com Margaret. Tudo vai dar certo, ele assegurou a si mesmo.

Mas por um motivo insondável, o súbito otimismo logo deu lugar a novas dúvidas, e ele entrou em pânico, sobretudo quando Margaret interrompeu o beijo para se ajoelhar no sofá. Agora mais alta, ela o fitou de cima, sorriu sem nenhum constrangimento e passou o braço sobre os ombros dele. Embora ainda sentisse a glande inchar sob o torniquete do cinto, Enrique ficou preocupado com seu poder de fogo, perguntando-se até onde aquilo podia durar. Seu medo não tinha nenhum fundamento, pois aquela ereção dava todos os sinais de que era irreversível. Sua vontade era enfiar a mão nas calças e empurrar a criatura pulsante na direção do bolso, dando espaço para que ela expandisse, mas de modo algum deixaria que Margaret percebesse seu estado. Por que diabos deveria se envergonhar do desejo que estava sentindo? Enrique não chegou a ponto de formular a pergunta nem sequer teria condições de respondê-la, pois naquele momento sua preocupação maior era que a constrição do cinto causasse um dano tão irreparável quanto o que acometera o triste herói de *O Sol também se levanta*, incapacitando-o de chegar às vias de fato com o amor da vida dele (em seu caso, não por conta de uma lesão de guerra, mas de um estrangulamento das partes baixas).

Corajoso, Enrique arriscou ainda mais a própria saúde ao deslizar pelo braço de Margaret, fazendo dele uma espécie de trilho, para beijar o pescoço que desde muito o vinha tentando. Margaret permitiu que ele se aninhasse ali, mas tremeu ao sentir contra a pele os lábios aquecidos de café, a língua que parecia experimentar a doçura de uma sobremesa. Então o afastou com o queixo, preocupando-o, mas apenas para se posicionar melhor e mordê-lo no lábio inferior, beijá-lo em seguida e puxá-lo com os bracinhos miúdos, surpreendentemente fortes, como se quisesse engoli-lo por inteiro.

Mesmo para um poço de inseguranças como Enrique, já não havia dúvida de que ela o desejava, de que estava pronta para se entregar.

Ele precisava fazer algo, quando nada um pequeno ajuste no interior das calças. O desconforto de antes já havia se transformado em dor, e agora ele realmente temia que, a menos que abrisse fogo ou batesse em retirada, um prejuízo concreto pudesse avariar a parte menos compreendida e mais exigente de seu corpo. Ele precisava agir, mesmo correndo o risco de perder tudo o que havia conquistado a duras penas com aquela garota de beleza tão singular, aquela fonte inesgotável de alegria, aquela dádiva de cabelos escuros, olhos azuis e pele de sorvete que algum romancista bem mais generoso com Enrique do que Enrique com os próprios personagens havia plantado como um oásis em seu deserto pessoal.

Margaret orbitava junto dos lábios dele, contemplando-o com um olhar interrogativo que talvez decorresse da novidade daquela relação: parecia à espera de alguma revelação. Suas emoções, inescrutáveis, mandavam duas mensagens distintas e confusas: de um lado, ela parecia desejar tudo o que Enrique tinha a oferecer; de outro, parecia igualmente preparada para o que viesse em seguida, decepção ou êxtase.

Atônito, e sem nenhuma reflexão prévia, Enrique ouviu a si mesmo dizer:

— Estou com medo.

Margaret meneou a cabeça com tranquilidade, dando a impressão de que já havia antecipado aquilo.

— Eu também — disse, como se o objeto desse medo fosse algo que vagava em meio ao breu de Nova York e não tivesse nada a ver com a situação entre eles.

— Você está com medo do quê? — quis saber Enrique. Achava difícil que algo ali pudesse amedrontá-la. Estava completamente apaixonado e, mesmo que não pulasse pela janela apenas para atender a um pedido dela, seguramente pensaria seriamente no assunto.

— Você sabe — respondeu Margaret, franzindo o cenho como se reagindo a uma provocação.

Que diabos passava pela cabeça dela? Medo do sexo não podia ser: esse problema era só dele; Margaret era linda e deliciosa; tudo o que precisava fazer era se espichar na cama enquanto ele, atento às deixas sobre como e onde ela queria ser tocada, procuraria excitá-la com maestria até receber as boas-vindas molhadas da virilha dela, inchado em sua própria virilidade, mas refreando a empolgação para não dar um fim prematuro ao encontro entre eles. Diversas vezes já havia feito tudo direitinho com Sylvie, mas só depois de inúmeros fracassos iniciais. E se Margaret fosse menos paciente? E se essa fantasia que ela havia construído em torno dele, a de que ele era um homem seguro, determinado e impetuoso, fosse desmascarada e ela jamais o perdoasse por isso? Não teria ela todos os motivos para se repugnar caso descobrisse que, apesar de três anos e meio ao lado de outra mulher, ele ainda era, essencialmente, virgem?

— Não, não sei — disse Enrique. — Sei apenas do *meu* medo, mas do seu não faço ideia.

Margaret fez uma careta como se tivesse sido espetada com uma vara afiada.

— Bem... — ela hesitou. — Você tem medo do quê?

Ele queria dizer: "De que meu pau não funcione ou que funcione rápido demais" No entanto, seu compromisso com a verdade não chegava a esse ponto.

— Quer que eu diga primeiro, é isso? — perguntou ele, apenas para ganhar tempo.

— É, é isso.

— Tenho medo de que... de que você não goste... você sabe, de mim. — Tomado de vergonha, ele apontou o queixo na direção do quarto, quase inteiramente preenchido pela cama de casal.

Perplexa, Margaret piscou os olhos não uma vez, nem duas, mas três vezes, como se tivesse dificuldade para registrar o que acabara de ouvir.

— Você está falando de... *sexo?*

A julgar pela expressão em seu rosto, a possibilidade de sexo estava de tal modo fora de questão que a Enrique só restava constatar o grande equívoco que havia sido levantar essa mesma questão, e de maneira tão canhestra.

— Mas por que eu não gostaria de você? — prosseguiu ela, valendo-se do talento que tinha para ir da empatia ao sarcasmo sem trocar de roupa. — Tem alguma coisa repugnante em você? — Pareceu arrependida do que disse. — Seu beijo não é nada repugnante — corrigiu-se, e para soprar a ferida, beijou-o com um ronronar de prazer, afastando-se em seguida para reformular a pergunta: — O que o deixa com medo de ir para cama?

Apesar do esforço para se emendar, o horror que ela já havia deixado escapar aterrorizou Enrique. Acuado, ele vasculhava a mente em busca de uma mentira plausível que pudesse contar. Paradoxalmente, o que saiu foi a mais pura expressão da verdade:

— Estou tão apaixonado por você e tão nervoso com essa nossa primeira vez que tenho medo de brochar, e aí você vai me dar um passa-fora e a gente nunca mais vai se ver e... — com a voz trêmula, ele concluiu: — e aí vai ser horrível.

Como ele temia, Margaret ficou lívida. Decerto jamais tinha passado por situação tão constrangedora. Estava claramente surpresa e decepcionada. Horas antes o havia elogiado por ser um homem de verdade, não um garoto, e ele agora fazia o quê? Quase chorando, admitia que era... impotente! A palavra era bem essa: precisa e retumbante. Erguendo os olhos, ele se deparou com o azul estupefato dos olhos dela e percebeu que havia cometido um erro fatal.

— Acho melhor ir embora — resmungou, e baixou os olhos para o chão, dobrado pela vergonha.

No entanto, antes que pudesse reerguê-los, Margaret se jogou nos braços dele e o cobriu de beijos por toda parte: no pescoço, nos lábios, no olho direito (que ele fechou a tempo de evitar uma cegueira), na testa, no olho esquerdo, na face esquerda e novamente nos lábios, parando um instante para soprar na boca dele:

— Não precisa ter medo...

Seus olhos, tomados de emoção, estavam de tal modo próximos que Enrique, já esquecido de si mesmo, entregou-se aos beijos dela e passou a falar como se ambos fossem uma só pessoa, donos dos mesmos pensamentos.

— Mas é verdade — disse. Seria horrível nunca mais voltar a vê-la, ele pensou, e sem saber se o havia dito em voz alta, repetiu: — Seria horrível nunca mais te ver.

— Você *vai* me ver — sussurrou ela, e o beijou com gana para depois mordê-lo no pescoço, com tamanha força que Enrique por pouco não gritou. Em seguida voltou ao campo de visão dele, preenchendo-o, e disse: — Mas, por favor, não diga aquilo outra vez a não ser que esteja sendo sincero. Realmente sincero.

Enrique ficou excitado no corpo, mas confuso na cabeça.

— Como assim? — falou, incapaz de pensar ao ser invadido pela luz daqueles olhos.

— A gente vai continuar se vendo. Quanto a isso você não precisa se preocupar. Nem com o sexo. Mas não diga *aquilo* — ela enfatizou a palavra com todo o desdém que a palavra "brochar" mereceria — a menos que esteja mesmo falando sério.

Irremediavelmente perdido, Enrique disse:

— Você não quer que eu diga que vou brochar a menos que eu esteja falando sério?

Naquela noite Enrique ainda não havia conseguido tirar dela nenhuma risada com seus gracejos, mas com essa pergunta inocente e honesta, marcou seu gol. Margaret jogou a cabeça para trás, expondo a nudez do pescoço, irrompeu numa risada, exibindo os dentinhos apartados, e disse:

— Não... não... não.... — Em seguida exalou um suspiro de alívio e, roçando os lábios nos dele, sussurrou: — Não diga que está apaixonado por mim se realmente não estiver.

— Mas eu estou apaixonado — ele devolveu com certa mágoa. Ainda não se dava conta do mal-entendido.

Margaret corrigiu-o com firmeza:

— Você *gosta* de mim.

— Sim! -- exclamou Enrique, sem ver nenhum motivo para a correção.

— Também gosto de você.

— Ótimo — disse ele, sério. — Fico feliz.

Margaret levou a boca até a orelha de Enrique, apertou o volume abaixo do cinto dele e sussurrou:

— Vamos dizer que a gente *gosta* um do outro. — Parecia instilar as palavras diretamente na consciência dele.

Mas só o que Enrique compreendia naquele momento, enquanto era apalpado na virilha e se debatia com o estranho pedido, era que a distinção entre gostar e amar tinha uma importância especial para ela. Para ele, no entanto, uma coisa praticamente equivalia à outra: gostar de Margaret estava apenas a um minúsculo passo de amá-la.

De qualquer modo ele não precisou elaborar muito sobre o assunto, pois dali em diante os chamegos foram se intensificando, mãos e bocas procurando vencer os obstáculos de algodão, lã e jeans que os separavam. Enrique flutuava ao sabor das deliciosas sensações daquele embate, bem como do prazer de descobrir onde ela era mais durinha ou mais tenra, os gestos que a deixavam mais receptiva ou mais arredia. De olhos fechados, entrelaçado nos braços dela, Enrique já não lembrava o próprio nome, tampouco onde estava quando Margaret ficou de pé e lhe estendeu a mão.

Decerto fazia muito que ele não via nada, pois do outro lado da janela, a escuridão de Nova York já havia dado lugar a um turquesa esperançoso, estriado a leste pelos tons ferruginosos da aurora. Nas ruas, apenas nudez: nenhum carro, nenhum pedestre, nenhuma janela acesa. Nada além do caminhão de lixo que pigarreava na esquina, um galo urbano anunciando o raiar do novo dia. Ainda vestida, Margaret puxou Enrique para a cama e pela primeira vez eles se deitaram juntos, os pezinhos dela na altura dos joelhos dele, as patas dele transbordando do colchão. Enrique se livrou dos tênis assim que os beijos reiniciaram.

O deslocamento para a cama fez ressurgir a ansiedade. Sua vontade era que eles se despissem depressa e acabassem logo com aquilo. Passando a mão sob o suéter de Margaret, ele sentiu na ponta dos dedos a suavidade da pele dela, fazendo-a gemer e passar uma das pernas entre as dele. Margaret agora roçava a virilha contra a rigidez de Enrique, e fazia isso com a fome e a independência de uma gata, arqueando a cintura e arfando, desejando Enrique, usando-o, e ao mesmo tempo não precisando dele. Tão logo alcançou o sutiã, Enrique com destreza passou os dedos sob o tecido e com a palma da mão varreu os mamilos enrijecidos que ali se escondiam. Margaret grunhiu como se tivesse levado um soco; com lábios, virilha e abdome, pressionou Enrique como se quisesse transpor a epiderme dele, invadindo-o. De repente, sentou-se na cama e despiu o suéter, ficou de pé e despiu as calças, puxou as cobertas e se meteu sob elas. A Enrique só restava despir-se também. Apesar dos esforços em contrário, ele tirou as roupas com tamanha pressa que parecia estar atrasado para um compromisso qualquer. Ficou apenas de cuecas.

De sutiã e calcinha, Margaret tremia sob o cobertor; enroscou-se contra o corpo magricela de Enrique, depois se afastou um pouco para esquentar os pés entre as pernas dele.

— Você é tão quentinho! — disse, e afundou o rosto no peito de Enrique, escalando-o até o pescoço para nova mordida. Em seguida, escanchou-se sobre a perna direita dele e o cobriu de beijos.

Sentindo a umidade do outro lado da calcinha de renda preta, Enrique percebeu que Margaret estava completamente sintonizada com seu desejo. Ele, no entanto, parecia surpreso com o próprio corpo, mal acreditando na persistência e no tamanho daquela ereção, separada das carnes dela por uma reles membrana de tecido.

Vendo que Margaret se excitava com facilidade, ele curvou a cabeça para dar início à sua viagem exploratória, mas não foi muito longe. Assim que chegou ao sutiã e tentou abrir o fecho, Margaret se sentou na cama e o abriu por conta própria, para depois jogá-lo no chão de tacos; em seguida, empurrou a calcinha pernas abaixo e a arremessou como um chapéu para longe da cama. Enrique fez o mesmo com as cuecas e se sentiu profundamente nu. Não se lembrava de outra ocasião em que se vira tão desprotegido. Quando ela novamente o cerrou entre os braços, esfregando-se nele, puxando-o para o próprio corpo àquela altura já aquecido, apalpando aquela dolorida ereção com os dedos delicados, Enrique se sentiu tão perplexo e indefeso quanto um recém-nascido.

Novamente baixou a cabeça para amar o corpo dela com a boca, mas Margaret, talvez excitada demais para prolongar as preliminares, esquivou-se e rolou na cama, puxando-o para cima de si. Até então Enrique ostentava uma rigidez férrea, não só nas partes baixas mas no corpo inteiro, o que fazia sentido. Mas assim que se viu deitado sobre Margaret, perdeu toda a sensibilidade entre as pernas, como se nem houvesse um membro por ali. Estocou-a porque era isso que tinha de fazer, mas sentiu o pênis ricochetear onde deveria haver um buraco, não bruscamente, mas numa sucessão de rechaços, como os de uma bola lançada sem a devida força.

Ficou murcho de tristeza ao pensar em tudo que perderia na sequência daquele inexplicável fiasco. Justo quando pensava estar livre da parte mais difícil e a um passo da felicidade total, justo quando pensava ter alcançado seu porto seguro, ele percebeu que dificilmente conseguiria jogar sua âncora nele, penetrar os mistérios que ali residiam. Mesmo antevendo o fracasso, estocou novamente e novamente se deparou com o muro do corpo de Margaret.

Confusa, ela levou a mão ao pênis dele, que, amolecido, foi amolecendo ainda mais entre os dedos que o aquilatavam. Uma experiência tátil nada agradável, Enrique podia jurar.

— Sinto muito — disse ele, e sentia mesmo. Sobretudo ao ver a felicidade eterna que descia pelo ralo de sua incompetência.

Margaret rolou para o lado, descartando-o como algo de que não precisava mais. Enrique sentiu nas vísceras as dores da rejeição presente e a do abandono futuro, maiores do que as de qualquer órfão saído das páginas de Dickens. Fez menção de se levantar, mas foi detido por Margaret, que serpenteou de volta para os braços dele, beijou-o de leve e sussurrou:

— Vamos dormir. — Acarinhava-o nas costas com gestos largos e carinhosos. — Vamos ficar quietinhos aqui, até dormir.

— Eu... — balbuciou Enrique, o solitário pronome saindo de sua boca como o vagido de uma criatura perdida. Mesmo arrasado ele queria se desculpar uma segunda vez.

Mas foi logo interrompido por Margaret:

— Shh... — ela o apaziguou, ainda correndo os dedos pela espinha dele. — Feche os olhos.

Enrique, antes gélido de terror, sucumbiu ao calor da fadiga. Os músculos doíam como se tivessem corrido uma maratona. Os olhos ardiam como se tivessem atravessado uma cortina de fogo; ele os fechou, e ficou aliviado.

Os pensamentos também se aquietaram, abandonando a tormenta daquela cama para buscar refúgio numa praia tropical. Enrique se jogou nas areias quentes de sua praia imaginada e ficou ali, admirando o mar que ondulava até os confins do horizonte.

— Dorme — insistiu Margaret.

Só então ele soltou as amarras por completo. As amarras das expectativas, da consciência de si mesmo. Pela primeira vez depois de tantas horas passadas ao lado de Margaret, ou talvez naquela longa existência de 21 anos, Enrique parou de pensar em seu preocupante e ambicioso futuro.

Capítulo 14

Amor de mãe

No dia seguinte à visita dos Cohen, em que os pais de Margaret concordaram com as vontades póstumas da filha, todos voltaram em grupo ao apartamento. Os irmãos com suas mulheres tiveram audiências separadas no andar de cima, decerto para fazer suas despedidas. As mulheres saíram antes dos maridos de modo que cada irmão tivesse um tempinho a sós com Margaret. Dorothy e Leonard também subiram sozinhos, mas sem nenhuma intenção, segundo percebia Enrique, de ter com a filha uma derradeira conversa. Na verdade, davam sinais de que pretendiam vir de Great Neck todos os dias até o fim. Enrique dividiu essa preocupação com a mulher assim que pôde. Ela ergueu as sobrancelhas pintadas e disse:

— De jeito nenhum. Não se preocupe.

Mas Enrique não lhe deu ouvidos. A cada hora que passava, preocupava-se ainda mais com o pouco tempo que ainda lhe sobrava para ficar sozinho com a mulher. Ceder um segundo dia aos Cohen significava que, exceto por alguns sussurros de carinho trocados antes de Margaret tomar seu Ativan para dormir, outro dia de intimidade com ela havia sido perdido. Na noite anterior, quatro velhos amigos tinham vindo para um brinde formal com ela, regado a champanhe e caviar, e ficaram até tarde. Lily e Paul viriam hoje, mais uma despedida comovente e difícil que seguramente deixaria Margaret exausta, ansiosa pelos sedativos que a fariam dormir. E mais um dia, dos oito que ainda sobravam, durante o qual ele ficaria perto mas essencialmente separado da mulher.

Em vez disso ele se viu sozinho com Larry, o irmão caçula dela, agora um homem de meia-idade a poucos passos da calvície. Quando criança, Larry se machucara duas vezes ao ser deixado sozinho com Margaret: uma concussão aos 6 anos, enquanto ela tentava ensiná-lo a pedalar, e um braço quebrado, durante uma malfadada incursão de patins na rua que dava acesso à Utopia Parkway. Enrique acreditava que as oportunidades de cuidar do irmão, por mais atrapalhadas que tivessem sido, haviam contribuído para que Margaret se tornasse uma mãe disposta e bem-humorada para seus dois filhos pequenos. Ao observar a habilidade com que ela repreendia os meninos (parecia uma dessas monitoras de colônia de férias) e a facilidade com que conseguia roubar deles um sorriso nos muitos momentos de mau humor, Enrique tinha a impressão de que via à sua frente a mesma garota adolescente capaz de conquistar a idolatria do irmãozinho depois de mandá-lo duas vezes para o hospital. Apavorava-se ao antever a tristeza que aguardava os filhos naquele futuro já tão próximo, e sobretudo receava não ser capaz de consolá-los. Esperava, no entanto, que aqueles momentos de paz e inocência enquanto eles brincavam no chão com Margaret estivessem impregnados na alma de ambos (não como lembranças de felicidade, mas como uma absorção osmótica da alegria que ela tinha ao criá-los), de tal modo que servissem de lenitivo todas as vezes que, já adultos, eles ressentissem a crueldade de ter perdido a mãe em circunstâncias tão duras.

Enrique havia sido criado por uma mulher infeliz, ansiosa e severa. Por vezes achava que se apaixonara por Margaret também porque antevira nela uma mãe mais carinhosa para os filhos que queria ter no futuro. Sua imaginação literária gostava da ideia de que ela havia sido escolhida não só em razão da pele clara e sardenta ou do azul brilhante dos olhos (sinais de que ela teria imunidades diferentes daquelas de sua própria etnia, de pele e olhos escuros), mas também por conta do modo afetuoso e tranquilo com que ela falara dos desastres impingidos ao irmão caçula. Nas intermináveis reuniões da família Cohen, nos jantares de Pessach ou de Ação de Graças, ele costumava observar a adoração e o amor que o jovem Larry ainda dedicava à irmã. E agora, sentado ao lado do cunhado quarentão, cogitava se ele ao menos desconfiava ter contribuído indiretamente para o nascimento dos sobrinhos. Imaginava também se ele tinha uma noção ainda maior que a sua própria do que significava para Max e Gregory perder uma mãe tão vigorosa, gregária e valente.

Aventou uma pergunta que Larry pudesse responder sem grande esforço, algo que o induzisse a falar do lugar especial que ele havia ocupado na vida de Margaret.

— Então... já perdoou sua irmã pela concussão e pelo braço quebrado? — disse, não muito satisfeito com a solução encontrada.

Por um instante Larry não soube o que dizer. Mas depois abriu o coração:

— Margaret foi uma excelente irmã. Era muito divertida. — Deixou correr as lágrimas como se ainda fosse um garotinho sem nenhum pejo de mostrar os sentimentos. — A gente brinca sobre aqueles acidentes, mas a culpa não foi dela. Para falar a verdade, sempre me sentia seguro quando ficava com Margaret. Acontecesse o que acontecesse. Eu adorava ficar com ela, sempre. — Nesse momento ele deixou a cabeça sucumbir à tristeza e cair entre as mãos. Enrique o abraçou com força, consolando-o até que ele pudesse recuperar o fôlego.

Outro surto de emoção sobreveio dali a meia hora. Com os ombros derreados e seus passinhos de tartaruga, Leonard atravessou a sala até encurralar Enrique na cozinha, o que não era lá muito difícil de fazer, dada a exiguidade do espaço. Debatendo-se com o cansaço e a dor de cabeça, Enrique preparava sua sexta caneca de café às 13h30. Leonard parou diante do fogão e pousou a mão no antebraço do genro, sinal de que o assunto era sério.

— Não quero me intrometer, mas quanto custou o jazigo em Green-Wood?

— Em Green-Wood? — disse Enrique, ganhando tempo, preparando-se para o que estava por vir. Alguma reclamação sobre o preço? Uma oferta para pagar? Em ambos os casos ele teria de protestar, mas sem abrir nenhuma ferida naquele homem já tão alquebrado pelas circunstâncias. Leonard era o patriarca, reverenciado até pelo primogênito que desde muito já o havia ultrapassado em eminência. Mas a morte próxima da filha querida o havia derrubado; Leonard parecia mais abatido a cada hora que passava, como se exsudasse tristeza.

Por vezes, contemplando o rosto sulcado do sogro, Enrique temia que ele não sobrevivesse à filha por mais de uma semana. Naqueles dois últimos dias, o sofrimento de Leonard e Dorothy havia ficado mais evidente aos olhos dele do que em qualquer outro momento dos dois anos e oito meses de tratamento de Margaret, e não apenas porque ela estava à beira da morte. Até então as visitas de ambos vinham sendo limitadas, tanto por Margaret quanto por eles próprios, a períodos que todos poderiam suportar. Vez ou outra Enrique havia torcido o nariz para esse cômodo distanciamento dos velhos, o que era uma bobagem, já que a própria Margaret não os queria a seu redor o tempo todo. Mas agora ele agradecia aos céus por ter sido poupado da agonia de acompanhar de perto o dilaceramento dos sogros.

Sua mãe, por outro lado, não o havia poupado de nada. Parecia não ter olhos para outra coisa que não fosse a própria dor. Nas manhãs de sábado, quando visitava Rose na casa de assistência em Riverside, Enrique era obrigado a segurá-la pela mão enquanto a ouvia carpir a doença da nora; precisava repetir a todo instante que ele e os meninos estavam bem, mas ela retrucava: "Como alguém pode estar bem numa situação dessas?", os dois pés fincados na morbidez. Consolar a inconsolável Rose era coisa de rotina, o papel que Enrique havia desempenhado junto à mãe depressiva durante toda a vida. Mas naquele período de crise o esforço era dobrado, e, muitas vezes, ao voltar para casa, ele aproveitava a privacidade do carro para gritar de desespero, clamando por uma soneca de modo que pudesse voltar com um mínimo de bom humor para os braços da mulher moribunda. O contraste entre as reações, a dos sogros e a da mãe, fazia com que Enrique percebesse quanto Leonard e Dorothy, ainda que de um modo tortuoso, haviam contribuído para que ele pudesse dar a Margaret um tipo de assistência que eles próprios não eram capazes de dar. Não eram tudo que a filha esperava que fossem (assim como os pais de Enrique também não eram o que ele esperava), mas tinham encontrado uma maneira de ajudá-la a despeito de todas as barreiras emocionais que vigiam na família Cohen.

— Não foi muito caro — enfim respondeu Enrique, procurando esquivar-se de qualquer investida por parte do sogro. Leonard havia resolvido problemas para a mulher, os filhos e os netos durante toda a vida, não seria agora que abriria mão de fazê-lo outra vez.

— Quanto foi? — insistiu ele, sério.

— Dez mil.

— Só isso? — espantou-se o microeconomista. — Mesmo com tão poucos túmulos disponíveis?

Por mais afeito que fosse ao sarcasmo, Enrique não viu com bons olhos que o sogro pudesse pensar em demanda e oferta num momento daqueles. Por outro lado, era assim que Leonard estava habituado a ver o mundo. Talvez não houvesse momento melhor para que ele se amparasse nas muletas da economia.

— Não sei, mas acho que as pessoas preferem comprar jazigos grandes, em vez de um túmulo aqui, outro ali — contrapôs Enrique, pensando em Dorothy, que jamais compraria uma cova solitária cercada apenas de centenários defuntos *goim*.

Leonard ficou pensativo por um momento. Decerto refletia sobre as questões em torno do preço, concluiu Enrique. Fossem outras as circunstâncias, pediria para ver os panfletos ou o site na internet para depois comparar o custo de um jazigo na parte nova de Green-Wood com o custo o de uma sepultura individual espremida entre os mausoléus da parte antiga; talvez especulasse sobre a inconveniência do Brooklyn para os compradores ricos de lugares como Long Island, coisas assim. Enrique podia imaginá-lo chegando à conclusão de que os administradores de Green-Wood deveriam cobrar mais, constatando com orgulho que a filha havia encontrado uma bela pechincha. Mas dessa vez ele se enganara quanto às intenções do sogro.

— Olha, não quero ser indiscreto, mas preciso perguntar — Leonard disse afinal. — Dez mil dólares é muito dinheiro para você?

Dorothy emergiu de súbito na pequena cozinha, falando enquanto se aproximava:

— Vocês estão tomando mais café? Será que não estão exagerando? É, talvez estejam precisando mesmo de um cafezinho. — Contrariando seu feitio, beijou Enrique no rosto. — Tem conseguido dormir?

— Dorothy! — disse Leonard, bruscamente.

— Que foi? — devolveu ela; depois de cinquenta anos de casamento, sabia pelo tom de voz do marido que ela havia interrompido algo. Mas fingiu o contrário. — Só queria saber o que vocês estavam falando. Não que eu seja bisbilhoteira — acrescentou, com um delicioso risinho de ironia.

— Eu perguntava a Enrique quanto foi o túmulo. Ele disse que pagou 10 mil d...

— Dez mil? — ela exclamou, mas com a mesma ambiguidade que demonstrara ao saber que o rabino de Margaret era budista. Difícil dizer se tinha achado o preço baixo, como Leonard, ou altíssimo, visto que jamais compraria uma cova como aquela.

— Eu estava perguntando se 10 mil dólares é muito dinheiro para ele.

— Não queremos ser indiscretos — ela protestou, como se tivesse sido acusada justamente disso. — Só não queremos que você fique apertado à toa. Nossa intenção é ajudar, só isso.

— Não, não é muito dinheiro — disse Enrique. Em diversas ocasiões, depois de ter escrito seu primeiro roteiro e por fim equilibrado as contas, ficara tentado a informar os sogros de que já não era mais um escritor sem eira nem beira. No entanto, fora proibido por Margaret de falar sobre dinheiro com os velhos. "Eles não entendem", ela havia dito, o que era estranho, visto que Leonard entendia de dinheiro mais do que ninguém, e Dorothy, ao que parecia, também tinha uma extraordinária compreensão dos efeitos da política monetária sobre o mercado de ações. Margaret precisara explicar: "Eles não entendem os altos e baixos desse seu ramo de trabalho; não entendem que, se você ganha uma bolada com alguma coisa que escreveu, isso não significa que da próxima vez vai ser igual; não entendem que as consequências de um trabalho não têm nada a ver com o seu talento de escritor." Terminada a explicação, ela havia exalado um suspiro, como se estivesse cansada de viver ao sabor daquela montanha-russa. "De qualquer modo, isso não é da conta deles!", concluíra. Pelo tom de voz, Enrique sabia que o melhor era obedecer. Afinal, os pais eram dela e cabia a ela pilotar as relações com a dupla.

Mas tudo isso fora dito quando Margaret ainda estava bem de saúde; na situação atual, não seria correto permanecer calado e deixar que os sogros continuassem achando que 10 mil dólares pesariam em seu bolso.

— Olha — disse ele —, vocês precisam saber qual é a minha situação financ...

— Não precisa dar detalhes! — interrompeu Dorothy, apavorada. — Nada de detalhes! Não queremos ser indiscretos!

— Não tem problema — disse Enrique, duvidando muito do que acabara de ouvir. Com efeito, de um instante a outro Dorothy ficou muda, o que era raro, e aguçou os ouvidos para receber todos os detalhes a que tinha direito. — Margaret e eu temos pouco mais de 2 milhões em aplicações financeiras. A casa do Maine vale algo em torno de 1 milhão e está livre de hipoteca. Não tenho trabalhado muito nos últimos tempos e, de agora em diante, dificilmente vou ter a mesma renda que tinha antes: de modo geral os escritores ganham bem menos depois que passam dos 50, a menos que sejam famosos no mundo inteiro, e eu, infelizmente, não sou. Mas aos 62, começo a receber uma pensão do Sindicato dos Escritores. — Ele se calou um instante para avaliar o rosto dos sogros; imóveis, mudos e atentos, eles pareciam enfeitiçados pelo que vinham ouvindo. — Essa pensão deve ser de uns 100 mil dólares por ano. Juntando com o que poupamos, mesmo que não me deem mais nenhum trabalho, isso deve bastar para levar uma vida confortável. Sobretudo se eu abandonar essa vida de rei.

Seguiu-se um longo silêncio. Leonard piscava os olhos, perplexo. Foi Dorothy quem enfim tomou a palavra:

— Dois milhões...

— Dois milhões e uns quebrados em ações e...

— Nos dias de hoje, 2 milhões não é nenhuma fortuna! — ela o interrompeu. — E você nem sabe o que vai ganhar com o trabalho! Não dá para confiar em Hollywood — sentenciou, e novamente o beijou no rosto, mais uma espantosa e gratuita demonstração de afeto. Em seguida, como se estivesse atrasada para tomar um trem, acrescentou: — Não se preocupe. Margaret fez a gente prometer que cuidaria de você. Falei para ela que temos você como um filho: claro que vamos te ajudar! — Sem mais nem menos chamou: — Rob? Você está aí em cima? — E saiu da minúscula cozinha berrando: — Quando terminar, preciso perguntar uma coisa para Margs! Rob, você ainda está aí?

Boquiaberto, Enrique olhou para Leonard, que o aquilatava com olhos mortiços. Parecia esperar que ele tomasse a palavra. Enrique tinha mais em comum com a sogra do que estava disposto a admitir: tinha o hábito de ver as coisas, e sobretudo os outros, pelo prisma do dinheiro; acreditava por exemplo que o preço do túmulo era mais importante para Leonard do que para si mesmo, embora não tivesse nenhuma prova disso. Supondo que ele ainda precisava ser tranquilizado, disse o óbvio:

— Seja como for, 10 mil dólares não é muito para mim. Margaret pediu que eu comprasse aquele túmulo, e é isso que importa. Não sei se faz alguma diferença, mas eu gostaria muito de pagar por ele.

Leonard assentiu com a cabeça, mas de um modo tão comedido e sério que Enrique chegou a pensar que o sogro hesitava em conceder.

— Sabe... — ele começou a dizer, mas não encontrando as palavras certas, pigarreou. Só então prosseguiu: — Um amigo me perguntou: "Você já se conformou com tudo isso?" — E nesse instante ergueu os olhos, deixando que Enrique visse neles uma emoção que ainda não tinha visto ali: raiva.

— Conformou? — repetiu Enrique como se estivesse confuso, embora soubesse muito bem o que significava a palavra. — Conformou com o quê? Com o fato de Margaret estar morrendo?

Leonard fez que sim com a cabeça e abriu um sorriso amargo.

— "Você já se conformou com tudo isso?", perguntou ele. "Já aceitou?" E eu respondi: "Não me resta outra escolha senão aceitar. Mas daí a me conformar?" — Ele balançou a cabeça feito um touro que tenta se livrar da espada do toureiro. — "Não!", falei pro meu amigo. — Pronunciou a palavra "amigo" como se ela significasse justamente o oposto. — "Claro que não me conformei!" — Cambaleou junto ao fogão, trêmulo, e só então prosseguiu: — "Quem vai se conformar com a morte da própria filha?" — Enrique o abraçou, quase tanto para não deixá-lo cair quanto para consolá-lo. Sentiu-se pouco à vontade com a proximidade física; esperava que a qualquer momento Leonard tentasse se desvencilhar, mas o velho se entregou ao abraço, sacudindo o peito enquanto chorava, abrindo as comportas do desespero. Terminada a catarse, Leonard se afastou, procurou pelo lenço e, encontrando-o, disse: — Agora chega. — Discretamente secou as lágrimas e assoou o nariz. — Já está de bom tamanho, chega de vexame. Desculpa.

— Não precisa se desculpar — devolveu Enrique.

— Não sei como você tem aguentado. Eu não teria conseguido.

E pela milésima vez, tendo ouvido o mesmo comentário por parte de amigos e parentes, Enrique cogitou se não havia nele uma crítica velada. O que esperavam as pessoas? Que ele ruísse por completo? Muitas vezes era justamente essa sua vontade, e outras tantas, sozinho no escritório ou no carro, ele de fato havia ruído; duas vezes o fizera diante de uma pequena multidão de desconhecidos nas ruas de Nova York. Mas ele tinha filhos. Como os sogros, tinha filhos para cuidar até o fim. Sempre imaginara que Margaret cuidaria disso, que sobreviveria a ele para aguilhoar os meninos até a vida adulta. Agora a missão seria exclusivamente dele, Enrique. Para sua surpresa, consolar os garotos até então havia sido uma tarefa relativamente simples, uma questão de informá-los com franqueza e deixá-los à vontade para dar vazão ao medo ou à tristeza. As emoções de ambos, embora pesadas demais para ombros tão jovens, eram puras, isentas do narcisismo das pessoas da mesma faixa etária de Margaret, mais próximas da bala que a tinha ferido mortalmente. Max e Gregory estavam atônitos, apavorados com a doença e a morte iminente da mãe. Mas Enrique sabia que a ficha daquela perda cairia dolorosamente aos poucos no futuro sombrio que estava por vir: quando eles perdessem a carteira e não tivessem Margaret para socorrê-los por telefone; quando não pudessem contar com os conselhos dela para uma importante entrevista de trabalho; quando ninguém os alertasse para ter um paletó à mão quando fossem visitar os avós no clube de golfe; quando não pudessem ligar para ouvi-la dizer que eram lindos e encantadores depois de levarem um pé na bunda de alguma bisca sem noção, ou para ouvi-la rir de felicidade com alguma conquista profissional; quando subissem ao altar no dia de seu casamento e não a vissem no primeiro banco da igreja; quando carregassem os filhos e não pudessem passá-los para os braços dela, como se lhe entregassem o futuro — nesses momentos é que eles precisariam do pai ao seu lado. Se entregasse os pontos, Enrique não só falharia no seu papel de pai como também deixaria os meninos ainda mais apavorados; depois de um desastre desses, o que poderia fazer para remendar os cacos? Como Dorothy e Leonard poderiam ficar sossegados se os netos não tivessem a seu lado um adulto relativamente são e afetuoso? Por fim, depois de muitos anos de equívoco, Enrique descobriu que o talento de escritor, aquilo que via como seu grande patrimônio na vida, não era o melhor que ele tinha a oferecer às pessoas que amava. A capacidade de aceitar os sentimentos dessas pessoas, por mais que eles afrontassem sua própria natureza, esse, sim, era seu real talento e seu maior patrimônio.

Ele levou seu café para o sofá, mentalmente repassando a agenda de visitas de Margaret. O dia seguinte estava reservado a Greg, e talvez Max, para sua última conversa particular com a mãe. Logo mais à noite Greg chegaria de Washington, onde trabalhava há dois anos, desde que se formara na faculdade. O plano era que ele passasse o dia sozinho com Margaret. Max, que fora obrigado a testemunhar a decadência dela durante os três últimos anos de colégio, ainda estava para decidir quando queria fazer sua despedida ou se queria mesmo fazê-la. Depois de correr os olhos pela tristeza dos avós, tios e tias, ele saiu de casa, dizendo que iria se encontrar com alguém. Enrique parou-o no elevador para lembrá-lo de que, caso quisesse passar algum tempo sozinho com a mãe, teria de fazê-lo logo, já que os esteroides seriam interrompidos no dia seguinte, e Margaret ficaria muito sonolenta até perder a consciência.

— Depois eu resolvo — disse ele.

— Você não quer ficar sozinho com sua mãe? — insistiu Enrique, e se arrependeu do que disse mesmo antes de ver a irritação nos olhos injetados do filho.

— Sei lá, mas para de ficar perguntando — disse Max, e entrou às pressas no elevador.

A Enrique só restava concluir que Max estava seriamente aventando a possibilidade de não se despedir de Margaret, uma ideia até então impensável. O garoto tinha verdadeira paixão pela mãe. Nos piores momentos da doença, costumava abrir caminho entre os tubos de intravenoso para se aninhar na cama e pousar a cabeça no ombro de Margaret; quando a encontrava mais fraca, deixava que ela pousasse a cabeça em seu ombro, cada vez maior, e ficava ali, acarinhando o rosto dela. Enrique atribuía essa relutância em se despedir à revolta com a morte. Max ficava furioso ao ver os sucessivos fracassos na tentativa de conter o avanço do câncer, e mais furioso ainda ao achar que Margaret só se preocupava em saber para qual universidade ele deveria se inscrever e onde ele procuraria emprego no verão seguinte, quando ela já estivesse morta.

Certa vez Enrique tentou demover a mulher dessa última tentativa de controlar a vida do filho caçula. Mas ela disse: "Não quero que Max fique à toa depois que eu morrer, chorando pelos cantos, enchendo a cara por aí." E vendo a expressão de censura nos olhos do marido, arrematou: "Preciso pegar no pé dele, Puff. Posso abrir mão de tudo, de qualquer tratamento, mas não de pegar no pé dos meus filhos." Ouvindo isso, Enrique jogou a toalha e abandonou a defesa de Max. Durante todo o casamento deles, Margaret havia recorrido a essa mesma tática emocional para fazer valer sua vontade. Enrique revidava dizendo que os argumentos dela não eram razoáveis; às vezes levantava a voz e distribuía farpas, outras tantas choramingava e pedia de joelhos. Mas sempre em vão. Nada disso funcionava. Não mais que uma ou duas vezes em quase trinta anos de casamento ele havia fincado o pé e conseguido dobrá-la. Dificilmente repetiria a façanha agora, em benefício de Max. Sentia-se também impotente diante da hesitação do filho em agendar uma despedida com a mãe. Além disso, receava as consequências. Entendia o garoto e tinha pena dele, mas era bem possível que uma não despedida se transformasse num arrependimento de vida inteira.

E quando chegaria, afinal, a sua vez de ficar sozinho com a mulher? Faltava apenas mais um dia de esteroides, e Greg o teria todo para si. No dia seguinte, Margaret receberia um último grupo de amigos e, se as coisas corressem como esperadas, também dedicaria algumas horas a Max. Enrique temia que ela apagasse mais cedo que o previsto e que ele perdesse sua preciosa oportunidade. Vinha cedendo seu lugar aos outros porque, a pedido da própria mulher, cabia a ele o papel de anfitrião naquela festa macabra. Fazer o quê? Mas eles tinham tantas coisas para dizer um ao outro, talvez não tivessem tempo suficiente.

Rob, o ilustre irmão mais velho de Margaret, desceu do quarto e atravessou a sala com passos firmes para se sentar ao lado de Enrique, que recorria à cafeína para não adormecer no sofá.

— Margaret e eu conversamos — falou ele com um ar generoso, um sorriso irônico entre os lábios. — Pediu que eu a ajudasse a dar um jeito nos velhos. Vou tentar convencê-los a ficar pelo menos uns dois dias sem dar as caras por aqui. De qualquer modo, não é bom para eles. Melhor que fiquem com os amigos. Só os amigos vão poder consolá-los numa hora dessas.

— Tem certeza? — perguntou Enrique, lembrando-se do amigo "conformado" de Leonard.

— Tenho. Janice e eu vamos ficar com eles em Great Neck. Podemos mantê-los bem ocupados para que você, Margaret e os meninos tenham um pouquinho de privacidade.

— Obrigado — disse Enrique, comovido, quase escandindo as sílabas.

Rob meneou a cabeça como se dissesse "não há de quê", depois emendou:

— Prometi a Margaret que eu e você manteremos contato no futuro. Você vai tocar sua vida adiante, claro, e é isso que todos nós desejamos. Mas se precisar de ajuda com alguma coisa, com Max ou com Gregory, pode contar comigo. Foi isso que falei para ela. Margaret não quer que você pense duas vezes se precisar ligar para mim. Você não vai contrariar sua mulher, vai?

Enrique ficou confuso por um instante. Como ainda não era viúvo, não entendeu de pronto que aquele "tocar a vida adiante" tinha a ver com o possível surgimento de outra mulher em sua vida. Também achava provável que viesse a se apaixonar de novo, pois gostava das mulheres tanto quanto gostava de se apaixonar por elas. Mesmo assim achou estranho ouvir aquilo, como se alguém tivesse dito que todos os objetos, a despeito de quanto pesam, caem sempre com a mesma aceleração: um fato verdadeiro, mas aparentemente impossível. Por fim a ficha caiu e ele entendeu o que dissera Rob. Já havia pensado no assunto — iniciar um novo relacionamento — o bastante para decidir que em prol dos filhos ele deveria esperar no mínimo quatro anos antes de aparecer com uma substituta para a mãe deles, por menos ameaçadora que fosse a candidata; os quatro anos que Max levaria para se formar pareciam um prazo razoável. Estava prestes a contar tudo isso ao cunhado quando se deu conta da insensatez e da falta de gosto de semelhante conversa. Então se limitou a responder a pergunta que de fato ouvira ou pensava ter ouvido:

— Vamos manter contato, sim, claro. Vamos continuar nos vendo na Páscoa, no Dia de Ação de Graças, em todas as reuniões familiares.

Agora foi Rob quem ficou confuso. Ele franziu a testa e inclinou a cabeça, tentando decifrar o que acabara de ouvir.

— Claro, mas o que estou dizendo é que... no caso de algum problema, estou aqui para ajudar. Margaret quer ter certeza de que vamos manter contato. Caso você precise de alguma coisa.

Só então o distraído Enrique percebeu o que realmente vinha se passando no andar de cima. Imaginara que as últimas palavras de Margaret para os familiares dissessem respeito apenas à vida particular deles. Mas não. Margaret estava pedindo ajuda para o marido e os filhos, incumbindo os Cohen de cuidar de tudo aquilo que ela não poderia cuidar mais depois que se fosse. Gastava seu tempo preocupando-se com ele!

Mais que depressa Enrique tranquilizou o cunhado, prometendo ligar sempre que precisasse de algo. Ao sopé da escada, examinou diversos papéis da companhia de seguros e do cemitério de Green-Wood enquanto todos os Cohen, exceto Dorothy, iam se reunindo na sala. Em seguida subiu para esperar no escritório e falar com Margaret tão logo Dorothy descesse também. Chegando ao alto, ouviu o zum-zum no interior do quarto e apressou o passo, decidido a bisbilhotar as intenções póstumas de Margaret. O que exatamente ela vinha pedindo aos familiares? Que o deixassem se casar de novo e ser feliz com outra mulher? Que supervisionassem a relação dele com os filhos? Que interviessem sempre que ele não pudesse se virar sozinho? Em que tipo de circunstâncias?

A portinha que separava seu minúsculo escritório do quarto de casal estava aberta, mas uma quina de parede bloqueava a visão da cama. Aproximando-se dessa porta, ele decidiu entrar e interromper a conversa caso Dorothy estivesse dizendo algo inconveniente para a filha.

Bisbilhotar foi mais fácil que o previsto. Elas não haviam percebido a presença dele, talvez porque falassem alto. Mais que isso, falavam efusivamente. No lugar da rispidez de sempre, Dorothy falava com doçura, quase com deleite, enquanto cobria a filha de elogios:

— Sempre digo às minhas amigas que você é uma mãe extraordinária, muito melhor do que fui para você. Max e Gregory são dois mocetões adoráveis, são carinhosos, inteligentes, seguros de si, mas só porque você, além de mãe, é uma grande amiga deles. Eles confiam em você, e a amam, e são tão sérios apesar de tão jovens, certamente vão dar uma bela contribuição pro mundo. Tenho tanto orgulho de você, Margs, tanto orgulho...

Margaret também falava, a voz liquefeita de amor; não atropelava o que dizia Dorothy, mas fazia com ela uma espécie de contraponto.

— O mérito é todo seu, mamãe. Aprendi a ser mãe com você...

— Não, não — dizia Dorothy. — Você criou seus filhos do seu próprio jeito. Sempre achei uma loucura essa história de vocês ficarem em Manhattan, de mandarem os meninos estudar naquela escola cristã que sempre me deu pavor, mas vocês...

— Mãe, mãe, mãe! — interveio Margaret, como se Dorothy estivesse de costas e não a visse. — Mãe, por favor, escuta. Escuta. Escuta.

— Que foi, meu amor? — disse Dorothy com doçura ainda maior, o falatório estridente de antes dando lugar a um ardor sussurrado. — Estou ouvindo — disse ainda, não como autodefesa mas como promessa.

Fez-se um silêncio. Enrique ouviu um farfalhar de lençóis e, vencido pela curiosidade, espichou o pescoço para o outro lado da porta. Viu o reflexo das duas, mãe e filha, no vidro do porta-retrato pendurado à parede diante da cama, uma foto de Max e Greg ainda crianças. Margaret havia sentado para abraçar Dorothy, não da maneira protocolar e rígida que costumava fazer, mas apertando-a com vontade, como se tivesse entre os braços uma filha. O rosto colado no penteado duro de laquê, sussurrava coisas na orelha da mãe, tão miúda e perfeita quanto as suas próprias.

— Aprendi tudo com você. Tudo o que sei sobre ser mãe, foi você que me ensinou. Você é minha heroína, mãe. Sempre foi.

Dorothy, a cabeça derreada contra o coração da filha, chorava e falava como uma criancinha enternecida:

— Você também, minha filha. Você também é a minha heroína. — Não conseguiu dizer mais que isso em razão da emoção.

Envergonhado, a cabeça latejando com as lágrimas que se escondiam em algum lugar do crânio, Enrique recuou de volta para o escritório a fim de deixá-las sozinhas, e na penumbra daquele cubículo sem janelas, pensou nas tantas vezes que havia recriminado a mulher pelo distanciamento emocional, pela severidade que vez ou outra ameaçava resvalar para o divórcio. As palavras esfuziavam em sua cabeça como se um percussionista divino martelasse sua alma, como se o próprio Deus o acaçapasse contra o chão: "Ela é uma boa pessoa. É boa, é generosa. Ao contrário de mim, que sou cruel e amargo. Margaret é um poço de amor, e eu não sou nada sem ela."

Capítulo 15

O amor perdido

Enrique estava apaixonado. Não conseguia parar de pensar nela. Datilografando, pedindo comida pelo telefone, tomando banho, acendendo um cigarro, empurrando o carrinho do filho de quase 2 anos, imaginava-se saboreando o corpo dela, pensava na facilidade com que ela dobrava a espinha ao toque das mãos dele; no modo como ela se derretia de tesão; nos músculos que amoleciam quando lambidos; no sabor de todas as demais partes, internas e externas, tão adocicado e singular quanto o da própria Terra Mãe. O cheirinho perfumado daquele corpo viajava em suas narinas aonde quer que ele fosse, uma extemporânea brisa de primavera no frio cortante daquele mês de fevereiro em Nova York. Enquanto trocava fraldas ou tirava a louça da máquina, ele sorria ao se lembrar daqueles lábios molhados que se abriam feito pétalas de uma flor, das ancas que se erguiam e do abdome que se arqueava no momento do clímax. Ansiava por ouvir novamente as lamúrias que ela contava de seu jeito divertido e amalucado, sempre com uma fina ironia, sempre rindo de si mesma. Adorava o despudor de seu apetite sexual. Fortalecia-se sempre que ela tomava o partido dele contra todos que o faziam se sentir impotente: o meio-irmão inútil que ele tinha como sócio, o agente falante e ineficaz, o produtor covarde e indeciso, e sobretudo a esposa exigente e insatisfeita.

Enrique estava apaixonado por Sally Winthrop. Transbordava de amor, um amor profundo, arrebatado e maduro, que por acaso também era ilícito. Algo muito diferente daquela miragem de amor que ele havia sentido por Margaret e que rapidamente havia escorregado para a monotonia burguesa do casamento, para um arremedo de vida idealizado por uma colegial sem nenhuma imaginação: uma rotina brutal que implicava acordar de madrugada com o cheiro azedo de uma mamadeira, alimentar uma criança com colheradas lentas de legumes batidos no liquidificador, dormir cedo impregnado do cheiro de álcool dos lencinhos higiênicos e descansar apenas durante as longas horas do dia enquanto, pendurado ao telefone com seu meio-irmão preguiçoso, ele trabalhava em histórias tão vazias de sentimentos e conflitos reais, tão recheadas de clichês narrativos e personagens falsos que por vezes ele se perguntava se o sonho impossível havia mesmo se realizado e um dos sete roteiros que escrevera até então (pelos quais recebera dez vezes mais que a quantia paga por seus três romances, mesmo subtraindo desse valor os cinquenta por cento pagos, com toda justiça, a seu meio-irmão) havia mesmo sido filmado; ele próprio não tinha a menor vontade de vê-lo na tela grande, tampouco esperava que outras pessoas fossem gostar de tamanha porcaria.

Além disso havia a rotina dolorosa e emburrecedora das funções sociais. Uma vez por semana eles jantavam com Wendy, uma velha amiga de Margaret, e seu marido esquerdista, que sutilmente pintava o filhinho do casal como um gênio, muito superior a Gregory, só porque já sabia usar a privada, um Einstein dos movimentos peristálticos. Também havia os intermináveis fins de semana na pracinha em que ele ficava vigiando o tanque de areia com olhos sonolentos, ombro a ombro com outros pais que não paravam de tecer loas a seus respectivos rebentos, esperando que Margaret terminasse de papear com as outras mães. Certa vez ele pôde entreouvir a conversa dela;

Margaret falava alto, com a mesma estridência da mãe, discursando longa e detalhadamente sobre assuntos tão bobos que parecia executar numa nova modalidade de *performance art*, uma sátira de si mesma em tempo integral:

— Será que os fabricantes acreditam que esses carrinhos dobráveis, com esses canos de alumínio tão vagabundos, aguentam o tranco das ruas de Nova York? Ou até mesmo esse hábito tão suburbano de pôr e tirar o carrinho do porta-malas do carro? Claro que não aguentam! Sobretudo no caso de alguém como meu marido, que fecha a porcaria do carrinho aos pontapés. Basta Enrique pôr a mão nele que alguma coisa quebra. Mas sabe o que realmente falta em Manhattan? Um hipermercado como o Wal-Mart. Pagar essa fortuna que a gente paga na Gristede's por um pacote de fraldas, sei não, para mim chega a ser obsceno. Ai, meu Deus, será que vou ter de reservar uma vaga pro Greggy no jardim de infância antes mesmo de ele completar 2 anos?

Enrique já estava na segunda caneca de café quando a essas observações tão relevantes sobrevieram as diatribes sobre o trabalho, crivadas de reclamações sobre os chefes, os editores da *Newsweek* que a empregavam como assistente de direção de arte:

— Os boçais se encharcam de uísque, depois ficam apalpando as secretárias. Não sabem escolher nem uma gravata, quanto mais uma boa foto, com uma composição decente. Fazem aqueles gráficos horrorosos, de cores berrantes. Além do mais são indecisos, demoram uma eternidade para definir a capa: na sexta-feira ainda estão pensando no assunto que poderá ter alguma relevância na segunda, quando a revista chega nas bancas. Será que eles não percebem que é bobagem correr atrás de relevância nos tempos atuais, com esses novos noticiários da TV a cabo que ficam no ar o dia inteiro? Sem falar nos jornais impressos, que sempre têm as notícias mais frescas para dar. Essas revistas semanais tinham de se concentrar em dar aos leitores uma análise mais profunda das manchetes da semana anterior, mas não, para eles esse tipo de capa não vende. — E pela milésima vez ela repetiu: — Na verdade, o que vende mesmo é artista de cinema. Eles deviam desistir logo e publicar apenas essas revistas de celebridades, tipo a *People*.

Esse era o discurso que Margaret repetia todo santo fim de semana, no inverno, na primavera, no verão e no outono.

Que ela fosse repetitiva já era em si um problema, mas um problema que ele prometia a si mesmo encontrar forças para tolerar. Intolerável mesmo era que, ao cabo de 16 horas de tédio absoluto, físico e mental, ela se recusava a trepar. Até mesmo pelos dez minutos de uma rapidinha. Nenhuma esperança de alívio para a secura daquela vida doméstica. Nenhuma recompensa em vista. A não ser pela cópula burocrática e contrafeita que ela concedia quando muito uma vez por mês, quase sempre a cada dois meses. E esses raros sucessos eram conquistados a custa de muitas horas de lábia e súplicas. Quase todas as noites, depois de todos os esforços que ele fazia para criar com a mulher uma família jovem e vibrante, eles iam para a cama como um assexuado casal de velhinhos octogenários. Este era o horror que assaltava Enrique quando eles se davam as costas, cada um em seu canto daquele enorme e desértico leito conjugal: a ameixa seca de libido que lhe era oferecida aos 28 anos como dieta para sua vida presente e futura — isso, sim, era o pior de tudo.

E confinando a polpa dessa mágoa dilacerante, como a casca espessa de uma fruta tropical, estava a vergonha dos próprios sentimentos. Enrique e os outros pais costumavam brincar sobre suas respectivas frustrações. Por vezes, quando outros casais com filhos se reuniam para jantar, maridos e mulheres faziam piadas sobre suas vidas privadas de sexo. Afinal, pertenciam a uma geração liberal que havia chafurdado com gosto nas experiências sexuais, e era exatamente isso que constrangia Enrique. Ele não havia chafurdado em nada, apenas na seriedade e nas responsabilidades de pai de família, passando ao largo de todos os prazeres psicodélicos da vida universitária. Mas a raiva que sentia pela negligência da mulher agravava-se ainda mais por conta de uma profunda sensação de fracasso moral: ele estava traindo os imperativos políticos tanto de sua mãe feminista quanto do universo feminista no qual vivia. Margaret era um paradigma da Nova Mãe dos anos 1980, um exemplo de mulher que tinha e fazia tudo que queria, lidava com a pressão e as exigências de um bom emprego, ganhava quase tanto quanto Enrique (naquela nova fase em que os roteiros dele eram remunerados de mais e produzidos de menos) e tinha um especial talento, se comparada à maioria das amigas, para convencer o marido a dividir com ela as tarefas domésticas. Embora não cozinhasse nunca, Enrique lavava toda a louça, não só sua própria e a do filhinho, mas a da mulher também, e cuidava sozinho de Gregory nas noites de quarta, quinta e sexta-feira, além de todo o sábado, para que Margaret pudesse recuperar as forças gastas na sexta com o trabalho na revista (ela chegava em casa por volta das 2 da madrugada, por vezes com o dia já claro). Quando seu affaire extraconjugal se desabrochou em amor, ele tentou convencer a si mesmo de que ela também andava pulando a cerca, dada a falta de apetite que apresentava na cama. Sua amante Sally também suspeitava que Margaret tivesse algum cacho no trabalho, talvez, ou certamente, para induzi-lo a abandonar a mulher. No entanto, bastava pensar um pouco para que ele chegasse à seguinte conclusão: ainda que tivesse tempo para uma rapidinha aqui e ali, Margaret era sobrecarregada demais com o emprego e a maternidade para que pudesse desfrutar com alguém alguma coisa remotamente parecida com a que ele tinha com Sally. Ah, a fogosa e louríssima Sally, com seus peitinhos brancos de mamilos grandes e escuros, as risadas largas diante de qualquer gracejo, os olhos verdes que faiscavam com as brilhantes observações dele sobre os absurdos do cinema, a maneira fácil e disposta com que se entregava aos orgasmos, ao contrário da relutância de Margaret, a jovem mamãe cujos orgasmos eram praticamente arrancados a fórceps.

Enrique, por outro lado, às vezes tinha uma semana inteira para desfrutar de sua aventura amorosa num confortável hotel quatro estrelas, pago pela Warner Bros, pela Columbia Pictures ou pela Universal, que a intervalos de mais ou menos dois meses o convocavam até Los Angeles, junto com o irmão, em voos de primeira classe, para adulá-los com jantares chiques à noite e bombardeá-los com um sem-número de picuinhas profissionais pela manhã. Sally havia se mudado para lá, abandonando um desastroso início de carreira no ramo editorial para tentar a sorte na cracolândia dos escritores: os *development deals* de Hollywood.

Enrique a conhecia bem de Nova York, e era natural, visto por todos como algo inocente, que eles se procurassem quando estavam ambos na cidade. Margaret e Lily, bem como os amigos de Enrique em Nova York ou conhecidos dele em Los Angeles, não estranhavam nada porque, afinal, Sally havia sido colega de Margaret e Lily na universidade. Aliás, era uma das melhores amigas de Margaret, a terceira integrante daquele trio de ex-alunas da Cornell que haviam formado uma perfumada falange para conquistar Manhattan. Sally não havia comparecido à Ceia dos Desgarrados somente porque viajara para passar o Natal com os pais. Diante daquela afinidade física que pulsava em suas veias, Enrique por vezes se perguntava (uma ideia bem pior que o affaire em si, já que implicava a não existência de Gregory) se, caso a fogosa Srta. Winthrop tivesse sentado a seu lado durante a ceia no lugar da insípida Pam, ele não teria se casado com ela e evitado todo o triste equívoco de seu casamento com Margaret.

Essa polpa sombria de traição emocional, somada à casca espessa da vergonha ideológica, transformava Enrique, a seus próprios olhos, em alguém tão ganancioso, manipulador e abjeto quanto o shakespeariano Iago. Também dava ao sexo com Sally — depois que eles jantavam em Beverly Hills com amigos em comum e o meio-irmão dele (que de nada suspeitava, ocupado demais que estava com suas próprias escapulidas para notar o que quer que fosse); depois das despedidas muito bem encenadas no estacionamento; depois que Sally dirigia a esmo por 15 minutos até ir para o hotel e bater de leve à porta da suíte dele — tudo isso dava ao sexo com ela o sabor único e infinitamente superior de uma suculenta fruta proibida. E nas raras viagens que fazia a Nova York, Sally encontrava-se com Enrique na saleta que ele alugava como escritório, a um quarteirão de distância de onde criava seu filho com a mulher. Ali eles tapavam a boca um do outro quando chegavam ao clímax, atabalhoadamente no sofá ou ferozmente no chão, de modo que os psicanalistas e pacientes das salas vizinhas não ficassem tentados a investigar outras libidos que não fossem as suas próprias.

Por quase um ano ele tivera todo o sexo com que um dia havia sonhado. Por sinal, mais do que havia sonhado, levando-se em conta uma noite vergonhosa e imperdoável que lhe dera imenso prazer, a noite em que Margaret o procurara para fazer amor (algo sem precedentes desde o nascimento de Gregory, talvez um gesto inconsciente desencadeado pelos perigosos feromônios exalados pelo marido infiel) justamente depois que ele havia trepado com Sally no escritório. E o mais estranho, o que tornava a coisa ainda mais diabólica, era que ele estava relaxado, quase entediado, enquanto fazia amor com ela naquela noite: decerto porque não teria de esperar mais dois meses para trepar outra vez e portanto não se importava que, depois que Margaret terminasse de cumprir burocraticamente com suas obrigações conjugais, outra eternidade se passasse até que ele pudesse novamente desfrutar com ela a felicidade e a paz que só uma mulher é capaz de oferecer. Do ponto de vista meramente físico não havia nada de errado com a grotesca traição daquela noite: eles eram amantes fazendo sexo, não uma dupla de sócios adulterando balanços. Além disso, ao que parecia, Margaret preferia menos fogo na cama, menos desespero. Talvez porque ele não estivesse tentando prolongar ao máximo seu prazer, Margaret, uma raridade desde o primeiro ano do relacionamento deles, havia se entregado à trepada com muito mais tranquilidade. Amolecia o corpo e gemia do mesmo modo que costumava fazer no início, quando ainda o amava, quando o queria, não como um pai prestativo para o filho, não como um marido-troféu para tirar as coisas do porta-malas na casa dos pais em Great Neck, não como um conveniente acessório para sua vida aparentemente perfeita, mas como um *homem*.

E sim, Graças a Deus, aleluia, era por isso que ele não odiava a si mesmo o bastante para dar fim à sua traição, à sua dupla traição, pois pela primeira vez nos intermináveis 28 anos de sua malograda existência ele por fim era um homem de verdade, com um pau de verdade que havia encontrado abrigo não em uma, mas em duas lindas mulheres e no mesmo glorioso dia. Ele havia fracassado como romancista, desistido do sonho de se tornar um Balzac moderno depois de não encontrar para seu quarto livro uma única editora disposta a pagar mais que míseros 5 mil dólares, e assim mesmo se ele aceitasse mudar o final para um final feliz. Que tipo de final feliz eram 5 mil dólares para dois anos de trabalho? "Se quiserem que eu seja um charlatão", ele esbravejava à época, "deveriam pelo menos pagar bem." Uma barganha que pouco depois ele encontraria em Hollywood.

Encontraria também uma recompensa bem maior, essa liberdade completa com Sally, tanto sexual quanto emocional. Embora, como Margaret, ela risse dos dissabores que ele tinha na profissão de roteirista, Sally nunca era sarcástica, nunca fazia troça das ideias chochas que ele tinha para suas histórias, nunca perdia a paciência com os idiotas com quem ele era obrigado a lidar, nunca revirava os olhos diante das ambições dele de se aventurar como produtor ou diretor, e nunca se opunha, claro, quando ele cogitava em voz alta a possibilidade de se mudar para Los Angeles para fomentar a carreira. Apesar das reclamações que fazia nos playgrounds da vida com as outras mães, Margaret parecia satisfeita com a monotonia de sua rotina familiar, ao passo que Enrique, a não ser pelo indulto que encontrava nos braços de Sally, acreditava estar numa prisão.

Enrique jamais propunha fugir de seu encarceramento. Sally, sim. Próximo ao primeiro aniversário da relação deles, ela se mudou definitivamente para Los Angeles, e começou a trabalhar num seriado de TV, uma posição que encerrava a promessa de escrever um episódio e, se tudo corresse bem, ser efetivada como roteirista. Dizia a Enrique que alguém com a experiência dele poderia encontrar diferentes trabalhos na TV e ainda por cima começar quase no topo da hierarquia, talvez não como roteirista/produtor executivo, mas certamente como roteirista-chefe e coprodutor executivo, e muito em breve, em razão das ideias fabulosas que sempre tinha, ganhar rios de dinheiro. Ele já tinha ouvido coisas semelhantes de outras fontes mais abalizadas e menos interessadas na própria causa: seu agente, produtores em geral e todos os escritores que havia conhecido por lá. Era quase um aforismo em Hollywood que os roteiristas de cinema tinham todo o glamour, já que conviviam com a constelação de atores e atrizes, mas não tinham o mesmo poder e o mesmo dinheiro que os roteiristas de TV. O plano de Sally era que ele se divorciasse de Margaret, terminasse a frustrante parceria com o meio-irmão, fosse para Los Angeles e fizesse fortuna como criador de seriados de TV. Por mais inusitado, egoísta e prostituidor que fosse, esse projeto lhe parecia bem mais promissor em termos de dinheiro e felicidade do que permanecer em Manhattan chorando as mágoas de seu fracasso como romancista. Se ficasse onde estava, sua única chance de sucesso seria escrever, entre uma fralda trocada e outra, enquanto esperava a mulher colocar o sono em dia, um roteiro que fosse filmado e estourasse nas bilheterias, o que equivalia a ganhar sozinho na loteria.

E sim, claro, sem sombra de dúvida, ir para Los Angeles implicaria dar as costas para todos os valores defendidos a ferro e fogo por seus pais: a fé quase antiquada que Guillermo e Rose depositavam na boa literatura, as críticas que eles dirigiam à ética hollywoodiana de fazer todo tipo de concessões em troca de um bom retorno financeiro, e, a julgar pelo modo que falavam dos amigos divorciados, as críticas morais que decerto fariam ao saber que o filho havia colocado o sexo em primeiro lugar e abandonado o filho, neto deles, para ser criado pelos avós maternos na facilidade do conforto material mas com os temerosos valores das mais cínicas e conservadoras culturas burguesas: os judeus de Long Island.

O desdém de Guillermo e Rose pelo mundo dos Cohen era bem anterior à relação de Enrique com Margaret. Muito antes de o filho nascer, ambos já se opunham ao conservadorismo dos ideais religiosos, culturais, intelectuais e políticos de uma classe média interessada sobretudo na ascensão social. Na juventude, haviam arriscado a própria vida ao defender a causa de uma revolução trabalhista que decerto teria dado fim ao conforto daquele mundo. Nem mesmo diante dos horrores da Revolução Russa, revelados no pós-guerra, eles haviam admitido o próprio equívoco, embora concedessem que Stalin era um monstro. Na era pós-Vietnã, mais especificamente na era Reagan, quando vigorava a busca despudorada pelo dinheiro e a América era idealizada como o Bem e o resto do mundo como o Mal ou o Fraco, eles haviam arrefecido no discurso extremista, mas não na censura que faziam a uma vida egoísta e dedicada aos ganhos materiais, tampouco no desprezo que tinham por artistas que se preocupavam mais em adular o público que em descrever seu próprio mundo com a maior honestidade possível.

Aos 28 anos, Enrique acreditava que os pais aprovavam a guinada profissional que ele dera em razão do filho que tinha para criar. Embora dissessem que queriam vê-lo de volta aos romances sérios, também reconheciam que Enrique estabelecia um claro limite entre empobrecer o conteúdo de seus romances e fazer as concessões que era obrigado a fazer nos roteiros que escrevia com o meio-irmão. Lamentavam o episódio, mas aplaudiam que ele não tivesse cedido à editora e mudado o final de seu quarto romance, preferindo escrever roteiros bobos. E pareciam entender que ao se casar com Margaret ele escolhera uma boa companheira, apesar do convencionalismo do futuro que ela imaginava para ambos: morar num prédio com porteiro, mandar os filhos para uma escola particular, esperar que Enrique escrevesse seus romances só depois de conseguir dinheiro suficiente para arcar com as despesas deles em Manhattan.

Em nenhum momento, e disso ele tinha plena consciência, Guillermo e Rose o faziam sentir vergonha por ter se casado com ela. Pelo contrário, Guillermo adorava a nora, sobretudo os olhos risonhos, as piadas que ela fazia do marido, a atenção com que ouvia as anedotas do sogro. Recorrendo ao velho truque da lisonja, cobria Margaret de elogios, os mesmos elogios exagerados que costumava despejar sobre qualquer pessoa minimamente criativa, dizendo que as fotografias e as pinturas dela revelavam um extraordinário talento, insistindo que ela dedicasse mais tempo a seu ofício, prevendo para ela um futuro brilhante no mundo das artes. Solenemente ignorava o fato de que

Margaret simplesmente não tinha tempo livre para se tornar a nova Mary Cassatt, mal tinha uma horinha para arrumar os cabelos, algo bem mais importante que a realização artística para qualquer mulher de carreira em Nova York.

Rose também gostava de Margaret, pelo menos tanto quanto era possível gostar de alguém que ocupava o primeiro lugar no coração do filho. Além disso, tanto ela quanto Guillermo procuravam falar dos Cohen de um modo agradável, ainda que condescendente. "Eles são muito inteligentes, muito mais do que se permitem ser", dizia Guillermo, e Enrique sabia que na cabeça do pai os Cohen bem que podiam estar insuflando a classe operária para a revolta. "E como todos os judeus", admitia o antissemita enrustido, "são pessoas muito cultas. Vão a todos os museus, veem todas as peças, compram todos os livros importantes. Só Deus sabe que proveito tiram disso, mas apoiam todas as artes, ainda bem." Falava isso como alguém que se referisse a um serviçal dedicado. "Eles são muito generosos com Margaret", observava Rose com um sorriso morno entre os lábios, parecendo ter feito um grande esforço para encontrar o elogio. "Isso é uma grande qualidade. Muitas pessoas com o mesmo dinheiro são avarentas com os filhos." E não se continha: "A mãe dela é dessas que gostam de ficar jovens para sempre, sabe? Acha que ainda é uma menina. Eu, da minha parte, não ligo muito para..." Outro sorriso morno ao se ver incapaz de completar o pensamento. "Acho importante aceitar a própria idade". Só então ela abria um sorriso decente, como se a observação, apesar de dolorosa, fosse uma dádiva a ser apreciada, não uma expressão da inveja que ela sentia pelos vestidos modernosos de Dorothy.

Enrique não percebia que a condescendência dos pais tinha origem nas inseguranças de ambos. Absorvia a opinião que eles tinham dos Cohen com a mesma fidelidade cega de um membro do Partido Comunista. No entanto, a despeito do que se passava em sua cabeça, no coração ele percebia que pais e sogros disputavam entre si a alma de seu casamento com Margaret. Para ser considerado um filho perfeito, embora fosse perdoável que sua mulher trabalhasse para a *Newsweek* e ele estivesse escrevendo roteiros para o cinema, Enrique deveria se tornar um romancista brilhante e ter como esposa uma pintora igualmente brilhante, um casamento de artistas assim como o deles, Guillermo e Rose. E para Margaret ser considerada uma filha perfeita, deveria ter como marido alguém que ganhasse o bastante para impressionar os amigos de Dorothy e Leonard no clube de golfe, não os 80 mil dólares anuais com que Enrique boquiabria os colegas de profissão, mas os muitos milhões que fariam cabeças virar no Templo de Beth-El. Enrique deveria, no mínimo, ter uma renda que permitisse à mulher parar de trabalhar se quisesse, embora ele suspeitasse que o real sonho da sogra, o que calaria a boca de todas as outras mães de Great Neck, feministas ou não, era que Margaret conseguisse ter um segundo filho *e* ser promovida a diretora de arte da *Newsweek*.

Apenas Sally Winthrop, aquela maluca de lábios carnudos e riso solto, cuja família havia aportado no Mundo Novo a bordo do *Mayflower* e ao longo de muitas gerações nem sequer havia cogitado mudar a sociedade americana, apenas ela parecia sonhar para Enrique um futuro condizente com os desejos dele. Oferecia sexo, dinheiro, carros velozes e uma vida sem fraldas para trocar, livre de qualquer patrulha capitalista ou comunista. Mas livre também de algo mais, ou de alguém: Gregory, o filho dele. Não era lá muito graúdo, o rebento de 20 meses de Enrique. Um pacotinho quente de carnes macias, um bebê Johnson de chupetas, um lutadorzinho de sumô no tanque de areia da Washington Square, um anjinho de rosto redondo e enormes olhos azuis, um bebê que começara a falar cedo e que, para espanto geral, já dava sinais de que reconhecia as letras do alfabeto. Essa era a carta que Enrique tinha na manga para calar os outros pais que só faziam contar as proezas de seus respectivos geniozinhos. Ele sabia, no entanto, que também era vítima do imenso orgulho familiar dos Sabas e, portanto, sabia dar o devido desconto para suas avaliações de pai. O mesmo desconto que dava para a paz que sentia ao tomar o filho nos braços, ao pressioná-lo contra o peito no canguru, ao aninhá-lo no ombro para uma soneca. Ultimamente Gregory havia adquirido o hábito de sentar ao lado dele no tapete da sala e ficar horas brincando com os toquinhos de madeira enquanto o pai sofria com os Knicks na televisão. Olhava curioso para a tela e, conforme o que ouvia Enrique berrar, observava: "Oba!" ou "Xiiii..."

Tudo isso era muito engraçadinho, mas o maior prazer de Enrique, algo que ele não contava a ninguém, nem mesmo a Margaret, era voltar de mais um dia perdido no trabalho, escrevendo aquele amontoado de besteiras e clichês para satisfazer a burrice comercial de Hollywood, e, ao entrar em casa, mesmo tendo pela frente a rotina de um casamento sem sexo, receber nos braços o filhinho cansado, vê-lo deitar a cabeça molhada de suor em seu peito e suspirar aliviado. Por vezes chegava e ouvia o "Papai!" que o garoto exclamava no quarto antes de vir a seu encontro na porta, saltitando feliz com os passinhos de lutador de sumô, os bracinhos estendidos pedindo por colo. Enrique não via isso como algo viril de sua parte, não conseguia imaginar James Bond sentindo algo semelhante, achava tratar-se de um sentimento maternal e ficava envergonhado de si mesmo. Sabia, no entanto, que Gregory o amava de um modo que ninguém mais amava ou poderia amar — de um modo que, na verdade, ele jamais seria amado.

Ele dizia a Sally: "Não sei se sou capaz de abandonar meu filho." Mas esse sentimento, apesar de tão nobre, não traduzia tudo. Havia algo de físico em seu elo com Gregory, um vínculo umbilical com seu cambaleante herdeiro, com aquele rapazinho tão doce e esperto, às vezes birrento também. As tantas horas que ele havia consumido cuidando sozinho do garoto (incluindo o enfado que ele acreditava justificar sua vergonhosa traição) haviam culminado numa fé em algo que ele não sabia muito bem nomear ou explicar, e que também não inspirava muita confiança. Estaria ele destinado a encarnar aquela piada judia sobre o casal de velhinhos que decide se divorciar após setenta anos de rusgas e muito ódio, alegando que tinham preferido esperar pela morte dos filhos? Seria ele realmente capaz de tolerar um casamento sem amor e desejo apenas para poupar Gregory do trauma da separação? Capaz de passar uma vida inteira ao lado de uma mulher que hoje ele abandonaria num piscar de olhos não fosse pelo milagre do filho que eles tinham gerado juntos?

Enrique poderia começar uma nova família com Sally em Los Angeles e, como milhares de outros casais divorciados, obter a guarda compartilhada de Gregory, e isso seria melhor para todos, inclusive para Margaret, que visivelmente não o amava e sem dúvida não se sentia feliz ao lado dele.

Mas. Mas. Mas... E se as coisas se repetissem em Los Angeles, do outro lado das lentes de seu Ray-Ban e do para-brisa de seu BMW, para além de sua vaga privativa no estacionamento da Warner e do escritório de seu bangalô a beira-mar? E se Sally engravidasse também, parisse um moleque, perdesse a paciência com os altos e baixos da carreira do marido, começasse a tagarelar sobre a má qualidade do alumínio dos carrinhos de bebê e a correr atrás do melhor jardim de infância em Beverly Hills para garantir a vaga do filho em Harvard? Haveria outra opção para o cárcere matrimonial além do celibato? Haveria algum grande artista casado e feliz na história da humanidade? A verdade nua e crua não seria a de que, fosse na costa Leste ou na costa Oeste, ele tentava viver uma vida que não queria viver? Por onde andaria o destemido adolescente que havia fugido da escola para se dedicar apenas à sua arte? Seria ele o romancista prodígio, desde muito abandonado, que agora sacudia as grades de sua prisão?

Foi Sally quem o fez encarar essas perguntas. Como sempre foi engraçada e ríspida e franca e compreensiva e ambiciosa e, de algum modo, como seu corpo, dura e suave, dando e tomando tudo a um só tempo:

— Para você é ótimo. No seu lugar, eu também não abriria mão dessa vida. Você tem duas mulheres lindas que te adoram, a amante que te recebe de braços abertos quando a Warner te traz até Los Angeles, de primeira classe, para dizer que você é um gênio, e a esposa maravilhosa e bem-sucedida para criar seu filhinho lindo em Nova York. Eu não largaria essa vida. Mas olha só: sei que não tenho nenhuma autoestima, mas estou apaixonada e quero você para mim, só para mim, senão vou ter de sair por aí e encontrar outro bom marido judeu, ou pelo menos semijudeu. Porque estou até o pescoço com os anglo-saxões protestantes, são todos alcoólatras e não estão nem aí se a gente já gozou quando eles gozam. São muito gentis em todos os departamentos, menos na cama. Então você vai ter de escolher. Quero que você se case comigo e me idolatre do mesmo jeito que idolatra Margaret, e quero que fique podre de rico e trepe comigo e me dê filhos e seja um ótimo pai para eles, como você é pro Greggy. Mas se não quiser, eu entendo. Talvez você não devesse mesmo ficar comigo. Quer dizer... é horrível isso que estou fazendo com Margaret. Ela é uma das minhas melhores amigas, sempre foi bacana comigo. Pensando bem... às vezes ela pega no meu pé, mas só porque acha que sou autodestrutiva, e tem toda razão, sou autodestrutiva mesmo. De qualquer modo isso não é motivo para que eu ande por aí, desejando a morte dela. É horrível. Às vezes acho que sou um monstro. Não aguento mais sentir isso que sinto por ela. Nem o que sinto por você. Nem o que sinto por mim mesma. Você tem de se divorciar. Mal posso acreditar nessa minha falta de escrúpulos, sempre achei que fosse uma boa pessoa, mas não sou. E não faz diferença nenhuma, nada disso importa, porque a verdade é que você fica infeliz quando está com ela e felicíssimo quando está comigo. É ou não é? Estou certa ou estou errada?

Isso foi um telefonema. Sally estava num apartamento alugado em Santa Monica, e Enrique no escritório de Manhattan, encarando uma página de diálogos sobre o nada. Talvez aquilo divertisse alguém. Uma besta quadrada se divertiria, sem dúvida alguma.

— Está certa — ele respondeu à pergunta dela, admiravelmente direta. Só lhe restava admitir a verdade simples e humana daquela situação: ele ficava sempre feliz quando estava ao lado de Sally. Por vezes ela conseguia irritá-lo, mas nunca fazia com que ele se sentisse inferior.

Então Enrique deu o primeiro passo na direção do divórcio, um passo covarde, mas ainda assim um passo adiante. Botou Gregory para dormir, depois de um longo sábado em que ficara sozinho com ele para que a mulher pudesse descansar, foi para o quarto do casal, onde, ainda com as roupas do dia, Margaret lia um policial deitada na cama, e se sentou ao lado dela, roçando-lhe as pernas, encarando-a. Margaret ergueu os faróis azuis para ele e perguntou:

— Tudo bem com você?

Ele exalou um demorado suspiro. Era bem possível que em algum lugar da consciência de Margaret, sob a superfície falante e exigente, ela já suspeitasse de alguma coisa, pois largou o livro de lado, endireitou-se na cama e insistiu:

— Que foi?

Enrique antevia uma conversa longa e difícil. Tinha a impressão de que desabaria em lágrimas a qualquer instante, como se fosse dele o coração prestes a ser partido. Estranho, pois via a si mesmo como o vilão de toda a história, um homem fraco e cruel. Talvez temesse a reação dela. Poucas vezes tinha empurrado a mulher quando ela se recusava a andar, e os resultados haviam sido desastrosos: gesticulando muito, ela irrompia numa estridente e hiperbólica autodefesa, alegando estresse emocional. Perfeitas demonstrações de histeria. A fim de acalmá-la, ele reeditava tudo o que dissera antes, achando que, se não o fizesse, veria a mulher se desmanchar em cacos que jamais poderiam ser colados de volta. Foi o que aconteceu quando, no primeiro ano de casamento, ele se recusou a comparecer à cerimônia de Yom Kipur com ela e os sogros; e nas vezes em que chegou tarde em casa depois de uma noite de gamão com os amigos; e na ocasião em que, deprimido com as negativas para a publicação de seu quarto romance, ele passou dias e dias dormindo até tarde. "Não suporto mais!", ela exclamava. O que deixava Enrique especialmente agastado era que, a seus olhos, quem tinha motivos para não suportar alguma coisa era *ele*. Por que diabos ele deveria fingir que acreditava numa religião quando não acreditava? Por que diabos deveria abrir mão de um jogo só porque a mulher não se interessava por ele? Acima de tudo, por que diabos deveria saltitar de felicidade quando via o sonho de se tornar romancista, um sonho de vida inteira, ser aos poucos destruído?

Porque tudo isso não passava de pequenas concessões, rebatia Margaret. Só o que ela pedia era que ele se comportasse como um adulto responsável; além disso, tinha certeza de que ele seria mais feliz se fizesse as coisas ao modo dela. Margaret era egoísta da única maneira eficaz que as pessoas podem ser egoístas, fincando o pé na superioridade de seu modus operandi. Todas as vezes que ele tentava modificar alguma regra, ela se transformava num dervixe rodopiante de sentimentos à flor da pele, refratária a qualquer discussão e, sobretudo, a qualquer concessão. Ele podia subir nas tamancas, armar um beiço, se esconder sob a cama feito um cachorro assustado, mas passada a tempestade o resultado era sempre o mesmo: os argumentos dele jaziam desmoronados no chão, e os dela ficavam de pé, sem nenhum arranhão. Enrique receava que Margaret fosse reagir da mesma maneira agora, mesmo sabendo que dessa vez ele conseguiria conter a raiva, pois de uma coisa tinha toda certeza: não era mais feliz vivendo ao modo dela.

E foi isso que ele disse, sentado ao lado de Margaret, falando com um nó na garganta, a voz rouca e quase inaudível. Não contou sobre seu affaire com Sally, mentindo por omissão, mas foi absolutamente sincero ao expor os sentimentos:

— Não estou feliz. Não posso... — As palavras eram tão carregadas que ele precisou tomar fôlego para empurrá-las. — Não posso continuar vivendo assim.

— Assim como? Do que está falando? De sexo? É de *sexo* que você está falando? — perguntou ela, como se a palavra em si fosse desprezível. — Ah, tenha dó. Estou exausta. A gente tem um filho pequeno, tenho meu emprego. Não posso ligar e desligar o desejo como você faz. Não tenho esse interruptor dentro de mim.

Enrique já previa a ladainha que rapidamente ganharia corpo até se transformar num furacão de "não posso isso" e "não posso aquilo", atropelando todos os seus desejos e necessidades.

— Mentira — falou, já sem nenhum medo das nuvens pretas e do vendaval de emoções que estavam por vir.

— Como? — disse ela assustada.

E ele repetiu tranquilamente:

— É mentira. A gente não faz sexo, não porque tenha algo de muito errado no nosso casamento. Ou a gente encara a realidade dos fatos, ou... — Enrique suspirou outra vez, tão triste e ansioso que ficou meio zonzo, achando que podia desmaiar. — Ou nosso casamento vai acabar — arrematou com firmeza.

— Vai... *acabar?* — repetiu Margaret, mais incrédula do que compungida.

Enrique virou o rosto para fitar os grandes olhos dela. De modo geral eles pareciam assustados, mas agora não, mesmo após afirmação tão aterradora. Em vez disso ficaram turvos de raiva. Enrique permaneceu impassível. Em voz baixa e com a mesma firmeza anterior, disse:

— Sim, vai acabar. Não consigo mais viver assim. Realmente não consigo. — Pelo menos sobre isto ele podia ser absolutamente franco: a gravidade da situação e o risco iminente de divórcio.

Por fim notou que a tinha assustado, sim. Tão profundamente que ela reagiu com sobriedade, não com a histeria de costume. Margaret pegou o maço de Camel Lights (ela havia parado de fumar durante a gravidez, mas voltara poucos meses depois de dar à luz), tirou um cigarro, acendeu-o e sentou-se na cama, afastando-se um pouco. Com os olhos faiscando de raiva, os lábios rígidos e o queixo projetado, falou:

— O que é? Que diabos você espera que eu faça?

Sally (amante de Enrique e amiga de Margaret, amor de um, rival da outra) já havia sugerido a solução. Uma solução covarde, mas a única, tal como ela sabiamente imaginava, que Enrique teria coragem suficiente para enfrentar: terapia de casal. A sugestão fora recebida de bom grado. Uma terapia daria a Enrique o tempo de que ele precisava para se resolver e tomar a decisão que Sally vinha cobrando com tanta veemência. Sabia muito bem quais eram as intenções dela, pois conhecia as estatísticas: a grande maioria das terapias de casal terminava em divórcio, um último recurso para os retardados emocionais que, como ele, eram acanhados demais para dizer a verdade sem a arbitragem de terceiros. A esperta Sally calculara direitinho: uma terapia, ainda que atrasasse o desenrolar das coisas, decerto resultaria numa solução que a beneficiaria.

Margaret nunca havia se submetido a uma terapia, mas, boa judia que era, dificilmente refutaria a ideia de procurar um médico para resolver um problema.

— Do que vamos falar? — perguntou ela. — Sobre fraldas?

— O problema é justamente esse — devolveu Enrique. — A gente não fala de outra coisa. Só de fraldas.

— E você acha que a culpa é minha?

— Vamos deixar para discutir sobre isso na terapia — arrematou Enrique e ficou de pé, abortando qualquer conversa adicional, algo até então inédito no casamento deles.

No entanto, como de costume, deixou que Margaret escolhesse o terapeuta: um certo Dr. Goldfarb, recomendado por uma amiga de Lily que afirmara ter salvado o próprio casamento com a ajuda do homem. Margaret decerto ficara impressionada com o discurso firme e a mudez subsequente do marido, pois marcou a consulta para a mesma semana, numa terça-feira, quando tinha de passar na revista por apenas algumas horas.

Eles foram separadamente, o que parecia mais apropriado, e se encontraram na sala de espera do consultório, decorada com o indefectível pôster do Metropolitan Museum e a não menos indefectível cesta de vime com revistas velhas. Margaret pegou uma delas e começou a ler; passava as páginas de modo tão brusco que parecia pessoalmente ofendida pelo editor. Vinha agindo assim desde a conversa com o marido na cama, fazendo tudo com gestos duros e nervosos, a boca crispada, os olhos glaciais. Dava a entender que não o amava e, pior, não o aprovava como pessoa. Apesar dos comentários condescendentes que fazia sobre os irmãos, das críticas que fazia à timidez de Leonard para enfrentar os caprichos da mulher, Margaret esperava a mesma obediência por parte do próprio marido. Enrique tinha toda a liberdade para se comportar como o artista que ela havia desposado num rompante aventureiro — menos com ela; *ela* o queria tão amarrado quanto um rosbife.

Dali a pouco eles foram convocados à sala do Dr. Goldfarb. Acomodaram-se nas desconfortáveis cadeiras de madeira sem almofadas, enquanto, do outro lado da mesa, o terapeuta se refestelava numa bela poltrona giratória de espaldar alto e couro macio. Em razão dos olhos esbugalhados, de um cinza sem graça e com bolsas sob as pálpebras, ele dava a impressão de que estava prestes a cair no sono. Foi logo dizendo que seguia a linha freudiana, mas que, por motivos óbvios, não mantinha o tradicional silêncio dos freudianos quando tratava de casais. Ressaltou, no entanto, que preferia ouvir o que eles tinham a dizer a ouvir a própria voz.

Depois de colher as informações de praxe, inclusive sobre o seguro, olhou de um modo sinistro para Enrique e perguntou:

— Então, o que os traz aqui? — Antes de receber qualquer resposta, virou-se para Margaret e emendou: — O que está acontecendo no casamento de vocês? — Assim, deixou para que eles decidissem quem falaria primeiro.

Margaret abriu um sorriso largo e artificial, desses que as pessoas costumam abrir nos coquetéis da vida, e permaneceu calada. Goldfarb voltou os olhos para Enrique.

— Como está se sentindo, Ricky?

Adiantando-se ao marido, Margaret corrigiu:

— Enrique.

Mas Goldfarb aparentemente não viu nenhum motivo para ser corrigido.

— Desculpa. En-*ricky*. O que vem acontecendo para que vocês decidissem procurar uma terapia? — perguntou.

Não estou mais apaixonado por ela, era o que Enrique gostaria de dizer. Na verdade, nem gosto mais dela. Como o senhor pretende consertar isso? Incapaz de dar voz a esses pensamentos, e de encarar os olhos de peixe do terapeuta, ele virou o rosto para fitar o belo perfil de sua fria mulher. Margaret ainda exibia os dentes recém-consertados, perfeitos em proporção e ridiculamente brancos, ocultando sob o protocolar sorriso a repulsa que sentia tanto pelo terapeuta quanto pela situação em si.

Sobreveio um longo silêncio. Enrique olhando para ela, Margaret olhando para o terapeuta, ele olhando para ambos.

— Acho que seu marido quer que você comece, Margaret — disse Goldfarb afinal, falando com vagar, num tom quase cômico. — Você quer?

Surpreso, Enrique percebeu que não fazia a menor ideia do que Margaret poderia dizer. Supunha que a mulher estava infeliz, mas nunca a ouvira verbalizar isso. Achava que estava prestes a ouvir uma reclamação qualquer, mas não podia jurar. Conhecia as opiniões da mulher sobre todos os filmes e peças que tinham visto juntos. Sabia o que ela pensava dos amigos, dos parentes e do filho. Sabia o que ela pensava de Ronald Reagan, da lei que obrigava os donos a limpar o cocô de seus cachorros nas ruas. Mas não sabia o que ela pensava do próprio casamento. Agora estava curioso para saber, e ao mesmo tempo apreensivo. Temia fazer qualquer gesto ou barulho que pudesse distraí-la e afugentar uma resposta absolutamente franca.

Margaret, no entanto, continuava muda. Olhava para o nada como geralmente fazem os passageiros de metrô em Nova York, fingindo não haver ninguém a seu lado. Enrique já estava apavorado com o silêncio renitente da mulher. Goldfarb, por sua vez, sabia esperar. Reacomodou-se na poltrona, talvez se preparando para ouvir uma longa história, e fez a pergunta que o jovem Enrique jamais havia feito:

— Então, Margaret. Diga. Como está se sentindo no casamento?

Capítulo 16

Últimas palavras

Margaret já havia interrompido os esteroides e a hidratação intravenosa por três dias quando, por volta das 5, Enrique subiu ao quarto com a última visitante. Diane, integrante do grupo de apoio para cancerosos em estágio avançado, não era exatamente uma amiga, mas Margaret achava que não podia negar a uma companheira de armas a chance de ver o que muito em breve ela também teria de enfrentar. Enrique voltou à sala no mesmo pé; desde o dia em que havia bisbilhotado a conversa de Margaret com a mãe, decidira respeitar completamente a privacidade das despedidas dela. Dali a meia hora teria seu primeiro momento sozinho com a mulher após acatar a decisão dela de morrer o mais rápido possível dentro dos limites da lei. Notava que Margaret estava visivelmente mais fraca e sonolenta do que na véspera; faltava pouco para que ela sucumbisse ao coma. Ele se acomodou no sofá e ficou ali, esperando sua vez de subir.

Ao longo da última semana, cumprira fielmente as vontades da mulher, ajudando-a a administrar as dolorosas despedidas com parentes e amigos. A não ser por uma única recaída, em nenhum momento havia obrigado Margaret a consolá-lo. Tentaria a todo custo poupá-la de ver seu desespero diante da perspectiva de viver sem ela. Tentaria não dizer nada que pudesse magoá-la, embora achasse difícil uma despedida satisfatória sem que ambos corressem esse risco. A despeito do que eles dissessem um ao outro, aquela seria a última das conversas que haviam começado aos 21 anos dele e prosseguido, ora para o bem, ora para o mal, até os 50. A esperança de Enrique era deslindar um mistério: como eles haviam conseguido viver juntos por tanto tempo embora fossem tão diferentes no jeito de ser e nas expectativas que tinham um do outro. E caso não encontrasse nenhuma resposta nessa última conversa com a mulher, queria pelo menos falar da importância dela em sua vida, e ouvir o mesmo da parte de Margaret, pois muito em breve haveria apenas a solidão de um monólogo.

Muitas das preocupações quanto àqueles últimos dias já haviam sido debeladas. Gregory e Max já haviam falado com a mãe: despedidas bem diferentes uma da outra, refletindo as características particulares da relação de Margaret com os filhos e da reação deles à doença da mãe. Quando Margaret foi diagnosticada, Gregory tinha 20 anos e cursava a faculdade. Um ano mais tarde, já formado e tranquilizado pela remissão do câncer dela, foi trabalhar numa revista liberal em Washington. Em poucos meses destacou-se como um jovem astro do jornalismo político, sobretudo na blogosfera, o que acarretou em pequenos trabalhos na rádio e na televisão, de modo que, mesmo confinados num quarto de hospital, os pais orgulhosos podiam saborear o sucesso precoce do filho. Uma vez que Gregory precisava viajar para ver a mãe, as visitas dele eram agendadas com antecedência. Margaret podia se preparar, disfarçando tanto quanto possível os estragos causados pela doença e pelos tratamentos tão duros que a mantinham viva. Em duas ocasiões, em que crises sérias o fizeram ir às pressas para Nova York, ele pôde ver a mãe sem nenhum disfarce: sem peruca, semicoberta por uma camisola de hospital, febril demais para conversar com a energia de costume, triste demais por saber que não veria o filho ficar velho, barrigudo, careca e famoso. Gregory ficava confuso nas vezes em que ela abreviava a conversa, mas Enrique sabia o que se passava. Quanto mais escassas ficavam as esperanças de cura, mais difícil era para Margaret contemplar os filhos por muito tempo sem que os olhos se empanassem de lágrimas, mais difícil era poupá-los de ver a única dor entre tantas outras sobre as quais ela nada podia fazer: a dor de abandoná-los tão cedo.

Greg havia se comportado com valentia nessas duas vezes em que viu a mãe em estado bruto. Max também. No entanto, uma vez que ainda morava com os pais, Max já testemunhara muito mais que o irmão horrores semelhantes, e estava mais acostumado a enfrentá-los com estoicismo. Pelo menos uma dezena de vezes, por conta de infecções graves ou obstruções nas vias digestivas de Margaret, Enrique havia sido obrigado a abandonar o caçula no meio da noite para levar a mulher ao pronto-socorro do Sloan-Kettering. Nessas ocasiões, ou ele deixava um bilhete para que Max lesse ao acordar, ou sussurrava uma rápida explicação caso a luz do quarto dele ainda estivesse acesa, ou saía com a esperança de voltar antes que o despertador do filho cacarejasse às 7 horas. Gregory pudera contar com uma mãe saudável durante os anos difíceis do ensino médio. Para o bem, e muitas vezes para o mal, tivera o apoio absoluto dos pais durante o processo tenso e empolgante de escolher uma universidade e sair de casa. Max, por sua vez, havia perdido a atenção da mãe em seus últimos anos de adolescência, e boa parte da do pai também.

Nem um nem outro reclamava com Enrique sobre a crueldade do destino com Margaret. Ambos eram concisos e categóricos no que diziam: "Que merda", ou "Tomara que ela fique boa logo." Faziam perguntas simples e diretas sobre o tratamento: "Tem alguma coisa que os médicos possam fazer para que ela volte a beber e comer?" E a mais difícil de responder: "Ela vai ficar boa, não vai?" Somente no último mês de setembro Enrique dissera a eles que, na ausência de um grande avanço na medicina, Margaret jamais seria curada.

Tanto na forma quanto no conteúdo, os dois garotos sempre haviam reagido de maneira distinta à mãe. Gregory era obediente, de tal modo intimidado por Margaret que bastava ser chamado com um mínimo de rispidez para que saltasse um centímetro no ar. Quando a desobedecia, fazia-o do mesmo modo que Margaret quando ela desobedecia a própria mãe: “Não sei se isso é uma boa ideia”, dizia, e armava um beiço dando o assunto por encerrado. Sempre que possível, recorria a algum ato invisível de rebeldia ou inação passiva a fim de minimizar os confrontos e ao mesmo tempo não dar o braço a torcer. Nas vezes em que não via outra saída além de fazer a vontade da mãe, estampava no rosto a mesma expressão de enfado que Margaret exibia quando se sentia atropelada pela mãe. Gregory queria, assim como Margaret, que a relação entre eles fosse pacífica e amorosa.

Parecia natural, portanto, que depois de ter passado cinco horas e meia sozinho com a mãe, ele voltasse à sala com um aspecto tranquilo. Foi para a mesa de jantar, a uma boa distância do sofá em que se achava Enrique, e de lá, através dos modernosos óculos retangulares, ficou admirando o pai com o que parecia ser um ar contemplativo. Aliviado por vê-lo tão sereno, Enrique caminhou até o filho para lhe dar um abraço. Chegando perto, no entanto, viu que tinha se enganado. Os olhos azuis do garoto, embora secos, estavam crivados de dor.

Greg baixou-os para o chão e bufou um suspiro de puro desalento. Querendo mandar a tristeza para o espaço, Enrique tentou abraçá-lo. Greg já era quase tão alto quanto o pai, mais largo de peito e ombros do que Enrique jamais havia sido. Margaret costumava chamá-lo de Ursão mesmo quando o garoto não passava de uma rosquinha quente de bebê. Ultimamente havia mesmo algo de ursino no aspecto dele: Greg era um rapaz robusto, generoso e calmo, mas também sabia rugir; já havia dado provas disso em seu trabalho como jornalista. Assim que viu o pai se aproximar, afundou o topo da cabeça contra o peito dele, como se quisesse enterrá-la ali, e cravou os braços fortes nas costas de Enrique, talvez por medo de desabar.

Nesse arremedo de abraço, Enrique não podia ver o rosto do filho, tampouco acarinhá-lo nas costas. Então beijou-o na cabeça, tal como costumava fazer com o bebezinho que carregava no canguru.

— Você está bem? — sussurrou, embora fosse óbvio que nada poderia estar bem naquele momento. Fazia essa pergunta tantas vezes aos filhos que, numa noite de insônia, procurou entender por que insistia em importuná-los com algo tão difícil de responder. E chegou à seguinte conclusão: fazia isso porque, apesar de todas as evidências no sentido contrário, talvez ele pudesse fazer alguma coisa para transformar em algo de bom o que estava ruim. Era vergonhoso pensar a mesma coisa diante do desespero de Gregory. Quanta arrogância achar que ele podia transformar a morte de Margaret em algo de bom. Ou até mesmo em algo pior do que já era. Nesse sentido ele era completamente irrelevante.

Enrique não sabia o que fazer com os filhos. Na qualidade de pai, deveria ser a pessoa mais capacitada para consolá-los. Mas caminhava em círculos diante da porta, tentando encontrar a chave que daria acesso à ferida deles. Tinha a impressão de que era bem menos útil que os amigos dos garotos, e só Deus sabe o que mais eles procuravam como bálsamo: certamente o álcool e, na melhor das hipóteses, os braços carinhosos de uma namoradinha qualquer. Sempre que ele tentava dizer algo, ficava com a impressão de que os deixava pior. Não cansava de repetir que vinham se comportando de maneira exemplar diante da doença da mãe e que Margaret tinha o maior orgulho deles. Apesar de absolutamente sinceras, as palavras pareciam vazias e falsas. Muitas vezes ao longo de sua vida Enrique havia se sentido burro, tolo, inábil, desajeitado, mas nunca assim, tão irremediavelmente inútil.

Gregory resmungou algo com a voz chorosa.

— Que foi? — sussurrou Enrique ao ouvido dele.

E Greg ergueu a cabeça de repente, acertando em cheio o queixo do pai, com força o bastante para fazê-lo recuar um passo.

— Desculpa — disse, e se aproximou para massagear os ombros dele.

— Não foi nada. — Enrique riu da situação antes de perguntar novamente: — Que foi que você disse agora há pouco? Não ouvi direito.

Greg balançou a cabeça com o queixo trêmulo, represando o choro, e Enrique o sobraçou pelo ombro.

— Vai, fala — insistiu.

— É tudo muito triste — disse Gregory, quase inaudível. Em seguida apertou os olhos e deixou que as lágrimas rolassem sob os óculos.

— Muito triste — sussurrou Enrique, sem mais o que dizer.

Gregory não tinha forças para combater a tristeza, portanto sucumbiu a ela. Só então Enrique pôde abraçá-lo como queria. Sua vontade era sorver cada gota do sofrimento de seu menino. Pois era isso que todos os pais deveriam ser capazes de fazer: erradicar fisicamente a infelicidade dos filhos. Em última análise, ele e Margaret eram os únicos responsáveis pela tragédia daquela dor. O sofrimento de Gregory pertencia a eles. Enquanto aplacava entre os braços os sacolejos do filho, Enrique desejava ardentemente ser capaz de dar fim àquela agonia com seu amor inarticulado.

Dali a pouco Gregory saiu para uma caminhada, e Enrique subiu ao quarto, esperando encontrar a mulher aos prantos. Margaret se achava sentada na cama, a peruca jogada de lado, um animalzinho peludo e invertebrado sobre as cobertas. Olhava através das vidraças para o céu azul de Manhattan com uma expressão de paz; os olhos estavam marejados, mas isso era comum naqueles dias, efeito da quimioterapia.

— Então, como foi? — ele perguntou.

Ela se virou para Enrique com um misto de tristeza e satisfação.

— Greg deixou que eu o paparicasse — respondeu Margaret, como se confessasse um prazer ilícito. — Deixou que eu pregasse o botão da camisa dele, deixou que o mandasse cortar o cabelo... enfim, deixou que eu fizesse todas essas coisas bobas de mãe. Não reclamou hora nenhuma. Foi um amor comigo. — Pequenas lágrimas rolaram pelo rosto dela, embora a voz não denotasse nenhuma tristeza.

Enrique sentou-se ao lado dela na cama e, cuidando para não atropelar os tubos, cerrou a mulher entre os braços. Margaret sempre fora muito menor do que ele fisicamente, embora fosse maior em quase todos os outros aspectos, sobretudo no espírito. Estava menor do que nunca, pesando menos de 45 quilos, os ossinhos finos do rosto empurrando a pele translúcida como esteios de uma barraca. Estava desaparecendo. Não de um modo elegante, como um fade out de cinema; toda a elegância ia embora com os tubos que drenavam o conteúdo do estômago paralisado e dos cateteres sobre o peito direito. Mas havia uma inegável beleza no azul oceânico dos olhos, agigantados pelo rosto que definhava. Margaret estava bastante diferente do que fora um dia, mas o encanto da juventude ainda mandava lembranças por meio das maçãs salientes, das risadas desabridas, dos olhos azuis cercados de pele muito branca e cabelos escuros.

— Você está tão quentinho — ela sussurrou, escolhendo um nicho nos ombros do marido para encaixar a cabeça calvejada pela químio. E fechou os olhos úmidos.

Força, refletiu Enrique, sentindo a fragilidade daquele corpo enroscado no seu, força era o que ele havia obtido daquela pequena mulher durante toda a vida. A doença o havia roubado disso, invertendo a polaridade do casamento.

Semanas antes, na presença dele, Margaret havia dito a Lily: "Enrique é forte. Suporta qualquer peso." Contava à amiga que o havia instruído para enfrentar os médicos e convencê-los a realizar uma cirurgia arriscada, e também para explicar os motivos de sua decisão a Dorothy e Leonard, atordoados com tudo que se passava. "Uma missão difícil", comentara Lily, sua maneira gentil de dizer que talvez Margaret estivesse pedindo muito do marido. "Ele aguenta tudo que coloco sobre os ombros dele", devolvera Margaret, e ambas as mulheres o contemplaram como se ele fosse uma espécie de monumento. Enrique suspeitava que, antes de adoecer, Margaret não confiava tanto naquela força. Ele por certo não confiava.

Depois de um momento de silêncio, abraçada ao marido, ela exclamou:

— Adoro ficar com você e os meninos! — Parecia falar de um affaire. — É disso que vou sentir mais saudades. Sabe, não tenho medo de morrer. — Ergueu a cabeça para fitá-lo. Derramava lágrimas, mas sorria através delas sem dar o menor sinal de rancor ou tristeza. — Sei que parece loucura, mas realmente não tenho. O mais difícil é saber que não vou mais ficar ao lado de vocês. Me divirto à beça quando estou com vocês. Vou sentir tanta saudade... — sussurrou. Não fazia nenhum sentido do ponto de vista filosófico, mas fazia todo o sentido do mundo do ponto de vista das emoções. — É isso que me deixa triste. Abrir mão de você, do Greggy e do Maxy — arrematou, as palavras compondo uma melopeia do mais puro amor.

Enrique ficou a um só tempo surpreso e consolado ao saber que ele e os filhos eram a maior alegria da vida dela. Se perguntado por um desconhecido o que ele havia oferecido a Margaret como marido, em qualquer ponto de seu casamento, o prazer de sua companhia seguramente não faria parte da lista. Embora a ideia fosse razoável, uma vez que Margaret o escolhera como companheiro de vida, parecia improvável que ela pudesse gostar de alguém tão insatisfeito com a própria carreira e tão rabugento por conta disso, de alguém tão inseguro nas mais desimportantes ocasiões sociais, sempre perguntando se estava bem neste suéter ou naquelas calças, de alguém que palitava os dentes depois das refeições, que não perdoava o menor tropeço dos amigos menos relevantes, que nas discussões de cunho político vociferava com as pessoas mais queridas como se elas fossem membros do Partido Nazista. Enrique se achava um sujeitinho bastante desagradável, e tinha bons motivos para achá-lo, já que era obrigado a passar as 24 horas do dia ao lado dele. Como era possível que Margaret, tendo convivido com esse homem por quase três décadas, não percebesse o chato de galocha que tinha como marido?

Talvez já tivesse esquecido como ele costumava ser no passado. Com a doença da mulher, algo fundamental havia mudado nas engrenagens da cabeça e do coração de Enrique. Após o choque do diagnóstico, quando Margaret ainda estava forte o bastante para ir ao cinema ou ao teatro, ele já não dava a menor pelota se o filme ou a peça tinha algum valor ou se algum charlatão estava enchendo a própria burra com diálogos medíocres, enredos mal costurados, personagens fracos e um argumento desonesto. Já não alimentava nenhum rancor pelos amigos que haviam pedido cópias de seus romances sem se dar ao trabalho de fazer algum comentário depois; quase todos haviam sido carinhosos e prestativos com Margaret durante a doença, e a compaixão deles valia muito mais do que qualquer elogio, por mais arrebatado que fosse, para um livro fora de catálogo.

Por fim, depois de muitas cabeçadas ao longo da vida, tendo visto o pai morrer aos poucos e agora vendo acontecer o mesmo com a mãe de seus filhos, ele estava convencido de que a morte era mais do que um recurso conveniente para resolver o destino de um personagem literário: a morte era real. Só agora ele percebia, lá no núcleo de cada uma de suas células cerebrais, que todas as pessoas sobre a face da Terra cedo ou tarde iriam embora. Diante dessa realidade, da qual ele era lembrado todas as horas do dia e da noite, parecia insensato se ressentir do que quer que fosse, inclusive da morte, pois a morte, no fim das contas, era a mais equânime de todas as consequências da vida.

Abraçado à mulher, ainda saboreando o que ela acabara de dizer, feliz por poder aquecê-la com o calor do próprio corpo, Enrique se sentiu pronto para dar início à sua despedida. Embora ainda não fosse o momento de sua derradeira conversa, ele já pensava num preâmbulo. Em primeiro lugar queria agradecê-la por ter dito que a companhia dele e dos filhos era o que lhe dava mais alegria na vida. Em seguida diria algo que de início pareceria cruel: diria que até a semana do diagnóstico ele não tinha muita certeza do amor que sentia por ela. Eles haviam se conhecido tão jovens, gerado filhos tão cedo, e eram tantas as inseguranças que ele tinha a seu próprio respeito na juventude que ficava difícil saber o que era amor e o que não passava de mera acomodação diante da vida. Supunha que a amava, mas só tivera certeza disso ao se ver cara a cara com o horror, a realidade e as exigências da doença dela. Só então ele soube, assolado pela concretude imediata das coisas, que faria o que fosse necessário para mantê-la viva, inclusive abrir mão de sua adorada literatura, do sexo, do dinheiro e do pouco que ainda sobrava de seu amor-próprio. Sacrificaria tudo, menos os filhos, para mantê-la a seu lado.

— Mugs — ele disse baixinho, e respirou fundo, preparando-se para ser franco e correr o risco de assustá-la por um instante com a ignorância em que vivera por tantos anos.

Foi então que ouviu sua meia-irmã, Rebecca, chamar da escada:

— Enrique? Licença, Enrique? Você está aí?

— Estou — respondeu ele. — Algum problema?

Rebecca havia se revelado uma grande ajuda durante toda a doença de Margaret, mas sobretudo naquelas últimas semanas. Instalada no quarto de hóspedes, rendia Enrique para que ele descansasse, consolava a cunhada, fazia companhia para Max e os parentes de Margaret. Era sensata, sabia muito bem ajudar sem ser invasiva. Não interromperia a conversa deles se não fosse por um bom motivo.

E o motivo era o irmão de Enrique, ela explicou ao sopé da escada; melhor dizendo, o irmão dela, meio-irmão de Enrique. Leo havia ligado para dizer que viria dali a 15 minutos com o filho de 17 anos, Jonah, primo de Max e Gregory, para que ele pudesse se despedir de Margaret.

— Essa não... — murmurou Margaret.

Tomando cuidado para não desconectar os tubos, Enrique se desvencilhou da mulher e foi para o topo da escada.

— Como é que é? — disse à irmã. — Por que diabos ele está vindo?

Rebecca, constrangida, balbuciou:

— Desculpa. Falei que era para não vir, mas ele não me deu ouvidos. Até inventei uma mentira, falei que hoje era o dia de Max com a mãe, mas ele disse que só ficaria dez minutinhos.

— Leo já fez sua despedida — protestou Enrique. — Todo mundo fez uma única despedida, por que ele faria duas? Será que pensa que está numa competição? Leo Rosen... o campeão de visitas a um leito de morte!

Rebecca riu da farpa lançada por Enrique contra o ególatra que ambos tinham por irmão. De onde estava, Enrique pôde ouvir o staccato da risada de Margaret. Ao longo do casamento deles, raras vezes ele havia tirado quando muito um sorriso morno da mulher com seus gracejos. Uma risada de verdade, dessas de sacudir a barriga, só acontecia mesmo quando ele se estabacava no chão. Certa vez ele escorregou no assoalho recém-encerado da sala enquanto segurava um copo de refrigerante. Viu o copo alçar voo, e caiu de bunda no chão. Ainda assim conseguiu pegá-lo no ar antes que o vidro se espatifasse: uma bela façanha se o copo não estivesse emborcado e a coca-cola não tivesse encharcado seu rosto. Foi assim que Margaret riu agora.

Rebecca, como sempre, tentou ver o lado bom das coisas:

— Talvez o Leo ache importante que o Jonah se despeça também. Quer dizer, sei que isso é meio sentimental, mas o Leo é assim, você sabe.

— O garoto mal nos conhece — retrucou Enrique. — Vê a gente umas duas vezes por ano. No máximo.

— Tudo bem! — gritou Margaret do quarto.

— Quer que eu o impeça de subir? — sugeriu Rebecca. — Posso dizer que Margaret está dormindo, ou que está com o Max.

— Isso. Manda o cara pastar. Fala que ela está com o Max. — Enrique queria voltar para o lado da mulher e dizer quanto ela havia amenizado os dissabores de sua vida, enumerar os prazeres que diariamente ela lhe proporcionava, agradecer tardiamente tudo que Margaret havia feito por ele, dizer que na última década, sobretudo naqueles últimos anos tão difíceis, seu amor por ela só havia se fortalecido. Queria deixar claro que, junto com os filhos, ela era o maior tesouro da vida dele.

O interfone tocou.

— *Já?* — exclamou Enrique, à beira das lágrimas.

— Ele disse que estava a uns 15 minutos daqui. — Rebecca pisoteou o chão, aflita. — Leo sempre atrasa pelo menos meia hora! Será que logo agora ele resolveu ser pontual? — Ela aguçou os ouvidos. — Posso dizer o que você quiser.

— Caramba, o cara visitou a gente no hospital duas vezes em três anos! — informou Enrique, chiando como uma criança. Não se tratava de uma grande notícia, tanto Rebecca quanto Margaret sabiam disso muito bem. — Agora ele quer vir duas vezes em dois dias!

Margaret surgiu à porta. O pequeno trajeto de 3 metros a deixou exausta. Amparada ao marco, ela recuperou o fôlego e disse:

— Puff, deixa ele subir.

O interfone tocou novamente. A vontade de Enrique era contrariar a mulher. Leo os havia abandonado no momento mais difícil da vida deles, do mesmo modo que havia feito outras vezes, em episódios menos graves da vida do irmão. E agora queria roubar minutos tão preciosos do tempo que ele ainda dispunha com a mulher. A maneira de Margaret para lidar com o narcisismo de Leo (tratava-o com frieza e excessiva educação) não era lá muito eficaz. Pessoas tão autocentradas como ele não tinham sensibilidade para notar sutilezas desse tipo. Precisavam de uma porrada no nariz.

Além disso, com a morte tão próxima, por que Margaret se daria ao trabalho de ser tão civilizada? Era isso que Enrique queria perguntar, mas olhando para a mulher (o rosto sem sobrancelhas, os fiapos de cabelo na cabeça, os ossos do cotovelo espetando a pele, a mão esquerda segurando uma bolsa com os dejetos do estômago, a direita apoiada à porta para que o resto do corpo não caísse), deu-se conta de que, como tantas vezes no passado, ele não seria capaz de enfrentá-la.

— Despacho o sujeito rapidinho, Puff — disse Margaret para tranquilizá-lo. — Dessa vez não vou me esconder. Vou ficar de pé para que ele veja tudo. Garanto que ele vai embora em dois tempos, está bem? — Margaret suspirou exausta enquanto o interfone tocava uma terceira vez.

Enrique instruiu a irmã para que os deixasse subir, postou-se num canto e ficou ali, feito um sentinela. A julgar pela expressão de choque no rosto de Leo, estava claro que Margaret conseguira enganá-lo direitinho com seus disfarces na primeira despedida. Sem jamais olhar diretamente para o torso mutilado da cunhada, ele declamou o texto sentimentaloide que decerto havia preparado de antemão e do qual seguramente se orgulhava. Diante de tanta empáfia, Enrique deduziu que a intenção do irmão era uma só: gabar-se posteriormente com os amigos das palavras tão comoventes que ele havia dito à moribunda, bem como do filho tão sensível que insistira em acompanhá-lo. Leo falava das tantas vezes que dissera a Jonah sobre a admiração que tinha pela criação que ela dera aos primos dele; de todas as mães que conhecia, Margaret era a mais sólida e inteligente, sempre estimulando os filhos no sentido da ousadia e do livre pensamento. Não o preocupava que, ao atestar a superioridade de Margaret como mãe, ele simultaneamente minava todo o crédito que porventura Jonah desse à *própria* mãe. Na verdade, dava a impressão de que era exatamente este o seu plano: exaltar as qualidades da cunhada moribunda e, por tabela, destilar seu veneno contra a ex-mulher.

Para Enrique, todo esse teatro seria bem divertido de acompanhar caso ele não estivesse tão cansado nas carnes, nos ossos, na cabeça, no coração e na alma. O cansaço era tanto que ele mal se lembrava do que pretendia dizer à mulher, a não ser que a amava muito e que só tivera consciência disso depois de saber que estava prestes a perdê-la. Seria isso mesmo? De repente tudo lhe pareceu bobo e cruel.

Margaret ouvia o cunhado com paciência, balançando levemente a bolsa de fluidos gástricos para acelerar a drenagem e chamar atenção para a repugnante gosma bicolor: meio esverdeada em razão da bile, meio alaranjada em razão de um picolé de fruta, algo parecido com um lixo radioativo. Era de rolar de rir a pressa com que Leo desviava o olhar daquela bolsa, mas Enrique só tinha cabeça para uma coisa: em vez de tentar recuperar as palavras sinceras que pretendia dizer a Margaret, precisava se preparar para o mundo que o cercaria dali em diante, um mundo subtraído daquela mulher tão linda e corajosa, ao mesmo tempo controlada e controladora, divertida e exigente, carinhosa e reservada, mas pródigo de narcisistas carentes como Leo, que mesmo diante de um leito de morte não encontrava tempo para dizer uma única palavra sincera porque estava ocupado demais acertando contas com a ex-mulher.

Qual era mesmo o problema com aquilo que ele queria dizer a Margaret? Era nisso que Enrique pensava enquanto recebia o abraço desajeitado do irmão e do sobrinho e os acompanhava até a sala; mais que depressa abriu a porta para que eles fossem embora. Chegou a pensar que havia sido contaminado pela arrogância verborrágica do irmão. Por que não dizer apenas algo tão simples como "Amo você mais que tudo na vida, vou sentir muito a sua falta e obrigado, mil vezes obrigado, por suportar e amar este homem tão difícil, infantil e equivocado".

Mas nem isso ele teve a oportunidade de dizer. O telefone tocou. Rebecca se adiantou para atendê-lo e dali a pouco Max saiu de seu quarto. Achando que o filho estivesse fora, Enrique ficou duplamente surpreso ao vê-lo acompanhado de uma mocinha, apresentada como Lisa. Nos últimos tempos Max falava muito sobre essa Lisa, mas só como alguém que fazia parte de sua turminha de amigos. Enrique jamais havia perguntado se eles estavam namorando. E nem precisaria perguntar agora, depois que ela o cumprimentou. Lisa fitou-o com olhos grandes e azuis, emoldurados por um rosto alegre e delicado. Enrique quis parabenizar o filho, mas em vez disso deixou falar o velho rabugento em que havia se transformado:

— Reservei um horário para você com sua mãe amanhã. Ao meio-dia. Posso confirmar?

Max fez que sim com a cabeça. Estava com olheiras em razão das noites mal dormidas e nos últimos dias andava com os ombros meio encolhidos, como se um vento frio soprasse eternamente contra suas costas.

— Agora a gente precisa ir — ele resmungou, e puxou Lisa pela mão.

Feliz como uma garota tirada para dançar, ela se deixou conduzir. Antes de sair, no entanto, virou-se para Enrique e disse:

— Muito prazer. — O sorriso parecia encerrar um pedido de desculpas pela rispidez de Max.

No fundo, Max ainda não aceitava a doença da mãe, embora tivesse, por fim, concordado em fazer sua despedida. Dificilmente digeriria por completo aquela derrota.

Enrique fizera o possível para que Margaret não percebesse a relutância do caçula, mas ela havia captado tudo no ar. Foi o que ele notou quando a mulher, ao saber que Max falaria com ela no dia seguinte, disse:

— Ótimo. Espero não desabar. Com o Maxy vai ser mais difícil porque... — ela engasgou, emocionada — Porque com ele não terminei meu trabalho. Não consegui colocá-lo na universidade. Não pude fazer nada. Foi tudo muito difícil.

— Você fez muito por ele — disse Enrique, e a beijou na testa.

— Você, sim, Puff. Você fez muito por ele.

— Não fiz porcaria nenhuma — retrucou Enrique. — Max fez tudo sozinho.

Ele e o filho haviam tido uma conversa franca mais ou menos um mês após o diagnóstico de Margaret, uma conversa sobre a qual ele jamais comentara com a mulher. Max não era um garoto obediente como o irmão mais velho: costumava enfrentar a mãe e irritá-la profundamente com ironias sempre que ela pegava em seu pé; além disso, não tinha o menor medo dos ataques dela. Lá pelo nono ano já dava sinais do capeta que seria ao longo de todo o ensino médio. A batalha entre ele e a mãe eclodiria a qualquer momento. Margaret sabia que ele era tão inteligente quanto o irmão cê-dê-efe, e Max sabia que ela, como todas as mães judias, acreditava que boas notas eram fundamentais para uma boa formação acadêmica. No segundo trimestre do nono ano o garoto havia desferido um golpe arrasador contra a adversária: perdera média em duas matérias, colocando em risco seu brilhante futuro em Harvard. No ano seguinte, a escola havia notificado os pais sobre a negligência do menino, que deixara de entregar um trabalho de inglês e não havia estudado para uma prova de matemática. Margaret seria diagnosticada dali a uma semana.

Na segunda semana da primeira bateria de sessões de quimioterapia, Max puxou o pai de lado e perguntou de que maneira poderia ajudar.

— Tudo bem. Vou ser honesto com você — respondeu Enrique. — Amo sua mãe, você também a ama, mas nós dois sabemos da importância quase doentia que ela dá para essa história de tirar boas notas na escola. Para ela, tudo vai bem enquanto você estiver tirando só notas boas. Não importa se você está se drogando, se está escondendo cadáveres na parede do banheiro, mas enquanto ela estiver lutando para permanecer viva, se você tirar boas notas ela vai achar que tudo vai bem pro seu lado. Se quiser ajudar, faça o que puder para melhorar as suas notas.

Foi o que bastou para dar fim à malandragem do menino. Enrique acreditava que um dos motivos pelos quais Margaret poderia encarar a morte com tranquilidade era o fato de que o filho caçula, enfim, estava pronto para entrar numa universidade de primeira linha.

A existência de Lisa foi a outra notícia sobre Max que Enrique passou à mulher depois de atender um telefonema do enfermeiro domiciliar perguntando se podia antecipar a visita para examinar Margaret e dar uma olhada no estoque de medicamentos. Enrique abriu mão de todo aquele discurso grandioso que pretendia fazer. Falou apenas da namoradinha de Max. Por um tempo eles conversaram como se tudo estivesse bem. Margaret sorriu ao saber que a menina tinha olhos grandes e azuis, e riu com gosto, pela segunda vez naquele dia, quando Enrique emendou:

— Mas não são tão bonitos como os seus.

— Mas é uma boa moça, essa Lisa? É carinhosa com o Max?

— É — disse Enrique, embora não soubesse nada a respeito dela, E nem sequer pudesse afirmar que eles estavam namorando.

O enfermeiro chegou. Rebecca precisava passar a noite em casa, e achou por bem fazer sua despedida. Greg chegou em seguida. Dali a pouco Enrique aplicou uma dose intravenosa de Ativan em Margaret e a preparou para dormir. Exausto, adormeceu no sofá enquanto assistia a uma vergonhosa derrota dos Mets na TV, mas foi acordado por Greg, que o despachou para a cama. Acomodou-se ao lado da mulher, que dormia profundamente, beijou-a de leve para não despertá-la, e às 5 da manhã, como de hábito, acordou como se não tivesse dormido um minuto sequer. Tomou seu banho, fez a barba, comeu uma tigela de cereal e recebeu Lily para mais uma das visitas matinais que ela vinha fazendo nos últimos dias, antes de ir para o trabalho. Em seguida saiu para tomar um café na rua e fazer uma rápida caminhada.

Enquanto ele esteve fora, Margaret escolheu as roupas com as quais queria ser enterrada. Não ocorrera a Enrique que ela faria questão de escolher as roupas para seu último compromisso social. O que fazia todo sentido, já que ela também havia escolhido o cemitério, o templo, o rabino e a música. Lily, repetindo um velho hábito, estava lá para ajudar. No passado elas costumavam comprar roupas juntas ou se aconselhar uma com a outra sempre que havia um casamento; além disso, Margaret doava as roupas que os meninos não usavam mais para o casal de filhos da amiga. Muitas vezes a dupla também trocava ideias sobre o que os maridos deveriam usar. Nada mais natural, portanto, que elas se juntassem para aquela última colaboração.

Lily já havia ido embora quando Enrique voltou e encontrou a mulher sentada numa cadeira, ainda de camisola, olhando para uma caixa grande sobre a cama.

— Minha última tarefa — disse ela, apontando para a caixa destampada. Era nessa caixa que ela costumava guardar as botas pretas de que tanto gostava e que havia comprado no período de remissão, envergonhada da fortuna que pagara por elas, mas fascinada com a qualidade do couro. As botas se achavam jogadas no chão. A caixa abrigava uma blusa de seda branca, uma saia comprida preta e o blazer predileto dela, de lã cinza com pontinhos amarelos e pretos. — Quero ser enterrada com essas roupas aí, OK? — disse ela sorrindo. — E com as botas pretas. — Enrique assentiu com a cabeça, e ela timidamente acrescentou: — Mais uma coisa. Espero que você não se importe. Sei que é um grande desperdício, que você gastou uma grana, mas tem problema se eu for enterrada com os brincos que você me deu? — Margaret abriu a mão para revelar a caixinha de veludo em que guardava o primeiro presente que o marido havia escolhido sozinho e do qual ela havia gostado. — Gosto tanto desses brincos... Sei que é loucura, que é jogar dinheiro fora, mas você vai colocá-los em mim, não vai?

— Claro que vou — disse ele depressa, antes que o rio de lágrimas em sua cabeça pudesse transbordar pelos olhos. — Fique tranquila, não vou me esquecer.

— Obrigada, Puff. É isso — arrematou Margaret, e estendeu a caixinha para o marido. Enrique se aproximou, ficou de joelhos como se fosse pedi-la em casamento e recebeu a caixinha de veludo. — Eu consegui — disse ela, sorrindo e sacudindo os ombros feito uma garotinha em busca de adulação. — Consegui realizar minha última tarefa de mulher. — Em seguida deitou a cabeça sobre os ombros do marido, e eles se abraçaram em silêncio por um bom tempo. Enrique queria dizer alguma coisa, mas não encontrava as palavras. A certa altura, amparando aquele corpo tão frágil com os braços fortes, não se conteve e fez o que havia prometido a si mesmo nunca fazer: permitiu-se pensar no tesouro que perderia muito em breve e desabou em lágrimas nos braços da mulher.

— Desculpa, desculpa... — murmurou.

Margaret acarinhou o rosto dele, o que só fez intensificar as lágrimas. Envergonhado, Enrique levou a mão aos olhos e só a retirou quando ela disse algo ao mesmo tempo bobo e gentil:

— Obrigada, meu amor. Obrigada pela vida tão divertida que você me deu. Sem você eu teria levado uma vida boboca no Queens, ou noutro buraco qualquer. Uma vidinha besta, sem sal.

— Não é verdade — disse ele, porque não era mesmo.

— É, sim. Foi você que me deu essa vida tão divertida. — Enrique não quis insistir. Sabia que ela estava tentando animá-lo, perdoando-o por todos aqueles momentos em que, por culpa dele, sua vida tinha sido tudo, menos divertida. — Você me ajuda a trocar de roupa para receber o Max?

Enrique ajudou-a no banho, protegendo os tubos com sacos plásticos para que eles não se molhassem. Em seguida ajudou-a com a peruca, buscou um sutiã e uma camiseta branca, ajudou-a a vestir os jeans que nadavam de tão largos e providenciou um cinto para resolver o problema.

Por fim voltou à sala e esperou pelas três horas de conversa entre Max e a mãe. A certa altura, deu-se conta de algo muito, muito triste, um lapso tão grave que por pouco ele não voltou correndo ao quarto para se corrigir antes que o cérebro exaurido se esquecesse. Margaret acabara de se despedir dele. O pedido para usar os brincos eternamente havia sido sua despedida, sua maneira de dizer que ele, Enrique, fora um bom marido. Em vez de chorar feito um bebê ele deveria ter dito seu texto ali, naquele exato momento. Mas tudo bem, ele disse a si mesmo. Fica para amanhã, quando terei o dia inteiro só para mim.

Max enfim saiu do quarto. Chispou escada baixo, correu para a porta e disse:

— Vou sair.

Enrique o alcançou a tempo.

— Então, como foi?

— *Como foi?* — devolveu Max, como se interpelado por um lunático. Ainda se deixava levar automaticamente pela revolta, pelo ódio de perder a mãe.

— Desculpa. — Enrique percebeu que havia colocado o dedo na pior ferida do filho.

— Acho que foi bem, sei lá — disse Max, e engasgou com o nó na garganta. Enrique tentou abraçá-lo, mas ele o repeliu. — Estou bem, estou bem — disse, apesar do peito que arfava e das lágrimas, que agora escorriam dos olhos azuis. — Preciso ir. A Lisa está me esperando. Foi bom falar com a mamãe, mas agora tenho de ir.

Enrique deixou-o partir e se aproveitou de uma breve lacuna para perguntar à mulher o que ela havia achado da conversa. Margaret disse que Max havia sido carinhoso fisicamente, como de costume, fazendo chamegos sem nenhum pudor nem medo do corpo dela, mas que não havia dito muito, emudecido pela dor.

— Mas falou da Lisa. Fiquei feliz com a iniciativa dele — ela contou, e, visivelmente enternecida, emendou: — Depois ficamos abraçados um tempão...

Dali a pouco chegou Diane, a última pessoa a se despedir. Enrique se refugiou na sala a fim de esperar por aquela última interrupção. E quando viu o relógio do aparelho da TV a cabo marcar 17h26, pensou: "Mais quatro minutos, e ela é só minha."

Foi então que Diane chamou:

— Enrique? Pode dar um pulinho aqui em cima? Ela não está se sentindo bem.

Apavorado, ele subiu a escada saltando os degraus. Chegando ao quarto, não pôde ver Margaret. Diane se debruçava sobre a cama, mas virou-se ao ouvi-lo chegar.

— Acho melhor eu ir embora — disse ela, e sumiu de vista.

Margaret se dobrava em posição fetal, coberta da cabeça aos pés com o edredom que até então, por conta do calor de junho, ficava dobrado ao pé da cama. Decerto pedira a Diane que a cobrisse.

Mesmo antes de puxá-lo o bastante para ver o rosto dela, Enrique já sabia do que se tratava. Já havia acompanhado quatro crises severas de infecção e febre alta, já tinha visto aquelas mesmas cobertas tremendo, ainda se lembrava dos protestos da mulher quando ele tentava descobri-la.

— Não, não, não — suplicou Margaret, batendo queixo. — Não tira o edredom, estou morrendo de frio.

Enrique não obedeceu de imediato. Puxou o edredom, deitou-se ao lado da mulher e só então, num gesto rápido, puxou as cobertas até o queixo, deixando Margaret apenas com o topo da cabeça de fora. Passando o braço sobre ela, apertou-a com o corpanzil que tanto a esquentava. E rezou para que os tremores passassem. Se não passassem, teria de ligar para a Dra. Ko e perguntar o que fazer, que remédios administrar. Por sorte as coisas não chegariam a esse ponto. Ele havia sido proibido por Margaret de tomar qualquer medida que prolongasse a vida dela. Se falasse com a médica, decerto seria orientado para induzir um apagão, um coma, se necessário, de modo que ela perdesse a consciência do que estava acontecendo. As drogas trariam o alívio de que ela precisava, e isso era bom, claro, mas também eliminariam qualquer possibilidade de conversa, qualquer palavra de agradecimento por parte dele.

— O cobertor! O cobertor! — exclamou Margaret, e Enrique puxou o cobertor até fechar a ambos numa caverna quente. No escuro, ainda tremendo de frio, ela murmurou: — Estou mal. Muito mal.

— Eu te amo — disse ele apenas. Redobrando a força com que a apertava, pediu a Deus, apesar da fé que não tinha, que aquelas não fossem suas últimas palavras à mulher.

Capítulo 17

Um casamento feliz

Enrique acordou ao lado da mulher, um despertar lento e natural. Rolou na cama e espreguiçou os braços com a languidez de um gato, admirando a aurora que acenava do outro lado da janela aberta, ouvindo as águas que golpeavam as colunas do hotel Danieli. Veneza *realmente* estava afundando. A brisa de outubro que entrava no quarto ainda não era muito fria, e pouco importava que ela atravessasse uma das janelas mais caras pelas quais ele já havia pago na vida. Enrique se sentia totalmente em paz. Essa ausência de expectativas e preocupações era algo de muito raro em sua vida, e no último mês as coisas haviam sido bem diferentes.

Nas semanas anteriores à chegada de Margaret, que viera de Nova York para encontrá-lo no aeroporto de Frankfurt e acompanhá-lo até a Itália, ele havia dormido mal, enroscado e tenso, como se estivesse numa trincheira sob fogo cruzado. Acordava de manhã com o maxilar e as gengivas doloridos, lembrando-se do dentista que tantas vezes o havia alertado sobre os perigos do bruxismo, sentindo as familiares dores no estômago provocadas pela ansiedade profissional. Mas nada disso havia acontecido na última noite, sua primeira em Veneza. Não naquele amanhecer no Danieli.

Ele havia passado três dias na Feira do Livro de Frankfurt para promover a edição alemã de seu oitavo romance, publicado sem grande sucesso nos Estados Unidos um ano e meio antes. A origem de tantas noites mal dormidas estava justamente aí: na boa e velha ressaca que o acometia quando seus livros não eram bem recebidos pelo mundo, na sensação de fracasso que martelava as profundezas de sua cabeça. Sempre que pensava na própria carreira por esse viés pessimista, ele se lembrava do amigo Porter, também escritor, que dizia: "Você não é um fracasso, Enrique. Dinheiro e qualidade são coisas bem diferentes."

Porter Beekman, com os dois pés fincados no academicismo da Nova Inglaterra, tinha todos os motivos para separar o joio folhetinesco do trigo literário, mas nada disso servia de consolo. Com efeito, anos antes Enrique se sentira a pior das criaturas e o maior dos engodos quando, constatando o fracasso comercial de seus livros, viu-se obrigado a admitir que eles de fato não eram lá muito bons. Mas as vendas modestas de seu último romance não haviam abalado sua opinião quanto à qualidade dele. Não, a recepção morna o deixara desesperado justamente porque ele acreditava ter feito ali seu melhor trabalho. Um desespero bem diferente daquele que sentira na juventude, com as primeiras decepções, nada de drama, nada de emoções grandiosas, nenhum "Vou me matar!" O que ele sentia agora era algo semelhante à resignação de um réu ao ouvir a sentença de uma corte suprema: uma sentença de envelhecimento e morte.

Ele já estava com 43 anos. Já havia passado pela morte do pai, o maior emblema de vigor que ele conhecia. Vira aquele rosto bonito e vibrante se transformar num bloco imóvel e seco. Vira se calar para sempre aquele vozeirão que retumbava tanto na alegria quanto na revolta. E oito meses depois, vira também a morte de suas ambições literárias, enterradas com o oitavo romance, seu melhor, publicado e esquecido em poucas semanas. Enrique agora sabia que, a despeito do que conseguisse realizar no futuro, nada chegaria perto daquilo que ele havia sonhado na juventude.

Por bem mais de um ano ele afirmara a si mesmo que aquele desespero geral com as coisas era temporário, um processo natural de luto pelo pai e por um livro que havia exigido tanto dele. O romance havia consumido dois anos de pesquisa e quase outros dois para ser escrito, seguidos de mais um ano dedicado exclusivamente aos roteiros que pagavam pela aventura literária. Quase mais importante que o investimento de cinco anos num único livro era o cansaço que ele sentia: as novecentas páginas, equivalentes a três romances, pareciam ter exaurido todo o conhecimento que ele tinha da alma humana e do mundo. Seja paciente, ele dizia a si mesmo, e tudo isso vai passar.

No entanto, não se tratava de uma crise temporária de abandono pela perda do pai e desânimo pelo fracasso do livro. Muito antes de ir para Frankfurt ele já sabia por quê. A morte do pai, o dínamo de sua carreira, havia criado uma lacuna permanente, impossível de ser preenchida. Entre tantas outras coisas, Guillermo havia sido seu maior fã. Quando Enrique, querendo poupá-lo de semelhantes bobagens naquela reta final, parou de contar a ele sobre as reuniões que tinha em Hollywood, Guillermo imediatamente reclamou. "Você acha que não tenho nada a ver com isso; acontece que você e eu somos a mesma pessoa", disse ele, com uma piscadela marota para o próprio narcisismo. "Se não me contar tudo o que está acontecendo, vai me isolar da carreira." Além disso, apesar do orgulho que tinha de seu alentado romance, Enrique acreditava que ele havia sido o maior de todos os seus fracassos. Se com uma obra tão ambiciosa ele não havia conseguido se estabelecer como um autor de ponta em sua geração, isso dava uma clara medida dos limites de seu talento como escritor, sobretudo aos seus próprios olhos.

Agora ele se perguntava onde encontraria inspiração e ânimo para continuar vivendo. Poderia, claro, começar a viver por intermédio dos filhos, e provavelmente destruí-los: por experiência própria sabia que, para um filho, o caminho mais curto para a infelicidade era se deixar dominar pelas ambições de um dos pais. Talvez estivesse culpando Guillermo por suas próprias limitações. Afinal, Freud havia escrito:

"O homem que é claramente o predileto da mãe carrega consigo, para sempre, a sensação de que pode conquistar o mundo." Claro estava que ele, Enrique, havia sido agraciado com a predileção da pessoa errada.

Em princípio não havia nenhum motivo para que ele se preocupasse com a feira de Frankfurt. A editora alemã não fizera mais que uma gentileza ao trazê-lo para a cidade, esperando apenas que ele desse algumas entrevistas. Mas, infelizmente, a viagem o levara a reviver toda a decepção sofrida com o lançamento do livro nos Estados Unidos, algo semelhante a um veterano de guerra que a cada minuto tem flashes de seus piores momentos no campo de batalha; também fizera com que ele sentisse agudamente a falta da parceria paterna, tanto em corpo quanto em espírito, sobretudo quando tentava dormir. Para piorar as coisas, a esperança de que seu livro tivesse uma recepção melhor na Alemanha, por menor que fosse, reduziu-se a pó, logo no dia seguinte à sua chegada, pela crítica pouco animadora de um importante jornal. Enrique passou três dias na mais completa miséria, empurrando com a barriga as entrevistas bobas que dava a veículos sem a menor relevância, esperando que Margaret chegasse e eles pudessem comemorar juntos em Veneza o vigésimo aniversário de casamento.

Eles aterrissaram na Itália exatamente no dia do aniversário: quinze de outubro. Enrique não tinha a menor expectativa de que seria uma boa companhia para a mulher, tampouco que fosse se divertir. Estava enganado.

Eles tiraram uma soneca assim que se instalaram na suíte do hotel, um cômodo com pé-direito alto e uma saleta anexa, decorado com simplicidade e elegância: sofá e poltrona de braços e pés dourados, estofamento de veludo vermelho, um sóbrio carpete cinza, uma modesta lareira encimada por um espelho grande de vidro de chumbo, além da clássica e romântica vista para o golfo de Veneza. Quando eles acordaram, Margaret surpreendeu Enrique ao passar, num piscar de olhos, da preguiça ao sexo infrene. Anos antes ela dissera que os constantes avanços do marido serviam apenas para deixá-la ainda mais relutante. Enrique sabia, portanto, que não era aconselhável propor sexo quando a ideia já pairava no ar, sobretudo num aniversário de casamento. Pensara que ela esperaria até depois do jantar, pois as sonecas a deixavam de mau humor até que ela tomasse uma xícara de café e passasse pelo menos uma hora sozinha. Aquele libidinoso despertar havia sido um belo presente.

Além disso, naquela tarde Margaret se mostrou bem diferente na cama, espichando e arqueando o tronco com a languidez de uma felina quando de modo geral era bem mais tensa, mais atlética, e bem menos disposta a se entregar ao prazer. O clímax, que normalmente vinha aos poucos e a custa de muito esforço, dessa vez eclodiu de repente: agarrando-o como se quisesse imobilizá-lo, ela cravou as unhas nas costas dele, os dentes no ombro, e pouco antes de gozar, no meio de todo aquele frenesi, ainda encontrou ânimo para abrir um sorriso e comentar: "Acho que estava com fome." Disse isso como se eles estivessem passeando no parque, contrariando o hábito que tinha de trepar no mais absoluto silêncio. Para Enrique também foi diferente. Seu orgasmo não veio nos espasmos de costume, mas num fluxo constante, como o da água que escorre de uma torneira. Depois de tanta excitação, instalou-se uma estranha paz sob os lençóis do Danieli.

Mais tarde, como todo bom turista, eles foram tomar um *espresso* na Piazza San Marco, e como todos os casais a seu redor, ficaram ali, esperando pelo badalar do relógio da torre. Em seguida caminharam pelas ruelas centenárias e simpáticas até o restaurante que Rick, o agente de Enrique em Los Angeles, havia reservado para que eles comemorassem seu aniversário. Margaret já havia alertado Enrique para o fato de que Veneza era famosa pela comida ruim. Rick havia dito que conhecia o proprietário e chefe de cozinha de um ótimo restaurante na cidade, e se oferecera para organizar um jantar especial para eles.

Chegando lá, Enrique achou que o tal restaurante supostamente ótimo era modesto demais. Parecia uma lojinha vazia com dez mesas pequenas e vidraças desprotegidas, sem ao menos uma veneziana que desse aos comensais um mínimo de privacidade. O piso de tábuas corridas e as paredes brancas eram bem ao gosto de Margaret, justamente porque eram informais e coadunavam perfeitamente com o calçamento de pedras da ruela que eles haviam encontrado a partir do mapa desenhado pelo *concierge* do hotel. O lugar estava cheio, e várias pessoas esperavam por mesas do lado de fora; Enrique, já cético, agora se preocupava também com a reserva feita por Rick.

Preocupou-se à toa, porque eles conseguiram lugar antes de todos na única mesa livre e no canto mais tranquilo do animado salão. O chefe de cozinha, um sujeito de rosto redondo e bochechas muito vermelhas, veio à mesa para cumprimentá-los e dizer, em seu inglês macarrônico, que eles não precisavam escolher nada, que tudo já havia sido escolhido por eles. Enrique pediu que ele também escolhesse o vinho, e o italiano assentiu com veemência, dando a entender que qualquer outra coisa seria um despropósito.

Pratos e garrafas de vinho surgiam e eram trocados ao compasso exato do apetite e do fluxo da conversa; isso, aliado à informalidade do lugar, dava a sensação de que eles jantavam em casa, cercados de amigos. E o fato de que eram os únicos que falavam em inglês conferia à noite um ar mágico de aconchego e privacidade, algo aparentemente impensável ali.

A sorridente garçonete, mulher do proprietário, ia à mesa entre um prato e outro e, a certa altura, convenceu Enrique de que não havia nada de ridículo que um casal de meia-idade buscasse um pouco de romantismo. Portanto, terminado o jantar, eles voltaram à rua e seguiram caminhando de mãos dadas, balançando os braços como duas crianças até que chegaram à Piazza San Marco, onde uma brisa deixou Margaret com frio. Enrique a sobraçou pelo ombro, e eles atravessaram a praça como se fossem uma só pessoa, ouvindo os ecos da assuada de um grupo de jovens, da música de câmera que vazava de certa janela, do vento que chiava através do labirinto de ruelas, das águas que batiam contra o quebra-mar. Era a estação da *acqua alta*. Passarelas de tábua, elevadas a mais de 50 centímetros, haviam sido instaladas sobre o calçamento que levava ao Danieli, e o pisar dos sapatos lembrava o tropel de uma parelha de cavalos.

Um fax esperava por Enrique no hotel. Era de Rick, avisando sobre a oferta de um estúdio para roteirizar uma adaptação daquilo que na infância de Enrique era chamado de "gibi", mas que nas vésperas do milênio havia sido promovido a HQ. Margaret não torceu o nariz como geralmente fazia diante da ausência de fronteiras no mundo do cinema. Naquele ano de 1997 Enrique ainda não tinha um celular que funcionasse na Europa; se houvesse, Rick decerto teria interrompido o jantar deles. Enrique, claro, era adulto, poderia ter ignorado a chamada ou até jogado o fax no lixo se quisesse, mas para ele escrever era um vício, e aquilo, a oferta para transformar uma HQ num roteiro que poderia ou não ser filmado, era o que havia sobrado para alimentá-lo.

— Desculpa — disse ele a Margaret ao receber o fax e a chave do quarto das mãos do recepcionista cortês.

— Tudo bem — concedeu ela. — Nosso jantar foi ótimo, e o Rick agora tem crédito comigo.

Enrique foi lendo o fax enquanto subia pela escadaria acarpetada, passando sob arcos góticos até quase roçar o teto de vidro do terceiro andar, o último daquela parte mais antiga do hotel, um ex-*palazzo* do século XIV. Já havia lido nos panfletos de propaganda que a romancista francesa George Sand já se hospedara ali com o amante Alfred de Musset. Aqueles quatro dias em Veneza custariam bem mais de 10 mil dólares, um acinte para qualquer mocinha sovina do Queens como Margaret. "A gente pode fechar a mão quando chegar lá", ele dissera antes de fazer a reserva. "Não escrevi esse monte de porcaria para voar de econômica e ficar hospedado no Days Inn." Margaret riu e disse: "Venice Days Inn", como se a ideia fosse excelente. Depois de concordar com a extravagância da viagem, nada a impedia de fazer outras tantas por conta própria, como o almoço previsto para o dia seguinte na Locanda Cipriani, na ilha de Torcello, o tal restaurante que a Princesa Diana e Hemingway (e mais alguém que nada tinha a ver com as realezas britânica e literária, Madonna ou Stephen Hawking, ele não se lembrava mais) costumavam frequentar.

Chegando ao quarto, Enrique releu o fax com mais cuidado. O estúdio se dispunha a pagar a mesma quantia do último projeto (a tal "quota" do jargão cinematográfico) desde que ele desse uma resposta na segunda-feira e pudesse voar para Los Angeles no fim da semana para receber as orientações do diretor e dos produtores. Ele ainda nem havia escrito nada e os cartolas já tinham observações a fazer: mais uma das muitas inovações brilhantes de Hollywood. Eles precisavam de um roteiro muito em breve, diziam, de modo que pudessem começar as filmagens logo depois do Ano-Novo. Enrique não se deixou impressionar. Os estúdios sempre exigiam pressa para adiantar as filmagens, mas depois de receberem o roteiro, emperravam toda a produção.

— Eles concordaram com meu preço — disse Enrique sem grande entusiasmo.

— Ótimo — disse Margaret, quase cuspindo a palavra, sinal de que não queria discutir o assunto.

— Querem que eu esteja em Los Angeles no próximo fim de semana para uma reunião na segunda.

— A gente volta na quarta. Você vai ter tempo suficiente para fazer as malas.

— Acha que devo aceitar?

— Faça o que achar melhor.

— Anda, diz. O que você acha?

Margaret o ignorou. Parada no centro da saleta, olhava ora para o desconfortável sofá, ora para a aconchegante poltrona, como se fosse muito difícil escolher entre uma coisa e outra.

— Acho que estou doida, porque vou tomar outro banho — disse enfim, deixando bem claro que não era hora nem lugar para semelhante discussão.

Mas Enrique não gostava de decidir nada sem se aconselhar previamente com ela.

— Quer que eu vá com você? — ele propôs sem nenhuma sinceridade.

— Você não vai caber, Puff! — retrucou Margaret, rindo. — Não viu o tamanho daquela banheira? Mal dá para mim sozinha! — Ela se aproximou e fez um carinho no rosto dele. — Tadinho do meu Puff — brincou. — É grande demais para este mundo.

Enrique se despiu, vestiu o felpudo roupão do hotel e se acomodou na poltrona de veludo. Ouvindo os barulhinhos da mulher no banho, mais uma vez releu o fax. Tratava-se de uma pequena tábua de salvação que as correntes de sua carreira haviam depositado a seus pés. Não sentiu pena de si mesmo; sentiu vergonha. Começara tão cedo naquela estrada, publicando um livro aos 17 anos, e apesar do discurso consolador de Porter, Margaret, parentes e amigos, aquilo que o entristecia, e entristecia muito, era a suspeita de que ele havia feito por merecer seu destino.

Guardou o fax junto com o passaporte de modo que não precisasse vê-lo até segunda. Tenho de aproveitar este fim de semana, ele ordenou a si mesmo, e foi para o banheiro com a intenção de dar uma boa olhada na mulher nua que lá se achava.

Margaret estava com 47 anos. A pele clara tinha sardas abaixo da clavícula. Enrique gostava de traçar uma linha irregular que começava entre os seios dela, descia pela lateral do braço, atropelava as dobras macias do cotovelo e morria no antebraço. Pintinhas salpicavam a parte interna das coxas bem desenhadas. Enrique ainda se lembrava da surpresa da mulher ao saber que ele adorava aquelas sardas que tanto a envergonhavam. Margaret era mais vaidosa que a maioria das mulheres que ele conhecia, com exceção das atrizes. Muitas vezes saía do banheiro dizendo que precisava de uma pequena plástica na área dos olhos, pois estava ficando com as mesmas bolsas do pai. Falava com aparente seriedade e deixava Enrique assustado, receando que um dia ela fosse adiante e, de cirurgia em cirurgia, acabasse se tornando uma daquelas mulheres com rostos esticados num eterno susto, tão magras que a cabeça parece mais larga que os ombros. Até então ela frequentava uma academia quase diariamente e mantinha a boa forma sem precisar recorrer ao silicone ou ao bisturi. Mesmo assim,

Enrique sabia que ela não gostava do próprio corpo. Naturalmente, o corpo dela já não era mais o que havia sido aos 22 anos, quando ele a viu pela primeira vez sem roupas. Os peitos, que haviam amamentado dois filhos, agora eram menores, os mamilos, mais escuros e menos resistentes à gravidade; o abdome, embora ainda sem barriga, estava mais largo e menos rígido; e uma pequena cicatriz de cesariana se estendia logo acima dos pelos pubianos, ainda pretos. Ao agarrar as nádegas da mulher naquela tarde de sexo, Enrique havia sentido as carnes preencherem o espaço entre os dedos sem vazar entre eles, mas sabia que tinha nas mãos duas pequenas almofadas, não duas frutas maduras. Jamais admitiria isto para um amigo, mas o corpo quase cinquentão de Margaret o excitava justamente porque não era igual àqueles que ele costumava desejar na estupidez de sua juventude. Gostava que aquelas curvas tivessem sido modeladas pela história que eles haviam criado juntos, e embora não soubesse disso, e não pudesse saber enquanto ela estivesse viva, gostava da segurança que sentia nos braços dela.

— Está olhando para mim? — perguntou Margaret. Não olhava para a porta do banheiro, mas para a janela à sua frente.

— Você é linda.

— Para de olhar para mim.

— Por quê? — devolveu Enrique, de modo que pudesse dizer, quando ela confessasse que tinha vergonha do corpo envelhecido, que ela ainda era uma bela mulher.

— Porque não te conheço direito — disse ela.

Margaret não era lá muito afeita ao humor. Aos moldes das mulheres ashkenazi desde a Polônia até o Queens, costumava ser prática nas conversas. Raramente dava vazão à inteligência que havia passado aos filhos e estimulava neles. Enrique voltou à cama. Tranquilizava-o que eles já tivessem comemorado ali o aniversário de casamento. Até a chegada do fax, a viagem havia sido perfeita. Ele estava determinado a não deixar que sua carreira, mais uma vez, azedasse as coisas.

Ouvindo a mulher sair da banheira e pisar no chão de mármore, imaginou a virilha dela ainda molhada. Perguntava-se por que não conseguia parar de pensar na piada que ela havia feito pouco antes, quando ele a admirava nua à porta do banheiro. Quando enfim ela surgiu na camisolinha de seda branca comprada especialmente para aquela viagem sexy, Enrique notou a pinta grande logo acima do joelho direito, a pinta que ele tanto gostava de admirar durante os meses de pouca roupa do verão, e naquele momento entendeu: "Ela me conhece, sim. Aí está toda a graça. Margaret me conhece pelo avesso. Sou eu quem não a conhece."

Eles trocaram um longo e vigoroso beijo, e ele ficou excitado outra vez.

— Quer? — perguntou ela.

— Acho que por hoje está bom — mentiu ele.

Visivelmente aliviada, Margaret lhe deu um beijo de boa noite e dormiu em poucos segundos. Enrique se deitou ao lado dela e, ouvindo o bater das águas, pensou: "Sou apaixonado por esta mulher." Saboreou a constatação com profundo prazer e decidiu que tocaria no assunto intocável durante o almoço chique que eles teriam no dia seguinte, na ilha de Torcello.

Sabia perfeitamente que colocaria em risco todo o clima de romantismo, mas supunha que nada de muito terrível poderia acontecer num lugar de nome tão musical. Torcello. *Torcello*. Queria saber mais sobre a ferida que Margaret carregava consigo e sobre a qual nunca falava; se possível tentaria curá-la. Na ilha de Torcello ele se atreveria a tocar no assunto.

Enrique dormiu um sono tranquilo e sem sonhos, fazia meses que não se sentia tão relaxado assim. Durante o gradual e preguiçoso despertar na manhãzinha, Margaret exalou um suspiro e, sem dizer nada, rolou para perto dele, retomando o *ostinato* da respiração como se dormisse profundamente. Em seguida passou o braço ainda perfumado com os óleos do banho sobre o ombro do marido e deixou que os dedos miúdos fossem passeando tronco abaixo até encerrarem com firmeza o membro dele — algo que não havia feito desde o primeiro ano de relação. Novamente fizeram amor com um insólito vagar, ainda meio sonolentos, e Enrique se esqueceu por completo da conversa franca que havia planejado na véspera. Tampouco se lembrou dela quando eles tomaram seu café numa padaria tão pequenininha quanto uma banca de jornal, nem quando saíram à cata do museu Guggenheim, instalado em mais um *palazzo* à beira do Grande Canal.

Lembrou-se apenas de quando eles já estavam lá, entre a pequena multidão que se acumulava diante dos cubistas e futuristas do museu. Enrique ignorava os quadros, encontrando algo melhor para ver na própria Margaret, que examinava com cuidado cada uma das telas. Fascinava-se com o conhecimento dela, com o misterioso critério que a fazia passar direto por um Braque e se deter longamente num Kandinsky, apertando as pálpebras como se o quadro estivesse fora de foco, e seguindo adiante com um ar pensativo.

— Você gostou daquilo? — ele quis saber.

— Não é ruim — disse Margaret, e tirou uma risada do marido.

A julgar pelo gosto dela ao se vestir, ao decorar o apartamento, pelas fotografias que tirava e pelos quadros que pintava, Enrique sabia que a mulher tinha um olhar apurado e criativo. Margaret lia muito, bem mais do que ele, e tinha um bom conhecimento geral. Mas não gostava de um livro porque encontrava nele algo de profundo ou original, queria apenas diversão. Com as imagens, no entanto, era bem mais exigente, procurando nelas algo que lhe desse consolo ou êxtase. Tinha um talento que até para si mesma era um mistério. Para Enrique, a prova daquela habilidade inata era o fato de que Margaret nunca sabia explicar por que havia escolhido esta ou aquela cor, esta ou aquela forma, ainda que tudo desse certo no final. Muitas vezes o que ela tentava fazer parecia destinado ao fracasso. Mas fosse na escolha das roupas ou na composição de um quadro, os resultados eram invariavelmente bons. Para Enrique, este era o fiel da balança que separava o artista esforçado do artista talentoso, aqueles que aprenderam o que é certo daqueles que tiveram a felicidade de nascer sabendo.

Margaret era um mistério para ele. Na verdade, para os amigos e amigas também. Certamente era subestimada. Poucos viam nela a metade talentosa do casal. Quase todos esperavam ouvir dele, e não dela, por mais gregária e simpática que fosse, algo que os deixasse intrigados ou furiosos, algo de que pudessem se lembrar mais tarde. E nos momentos de crise, preferiam buscar ajuda ou empatia nele, já que Margaret, quando não os recebia com uma bela descompostura, fincava o pé e tentava impor seus conselhos. Nos primeiros anos de casamento, essa popularidade de Enrique surpreendia Margaret, tanto quanto a ele próprio, pois Enrique sabia, e supunha que a mulher soubesse também, que ela era a mais inteligente da dupla — quando nada tinha uma formação acadêmica mais sólida —; a avaliação que ela fazia das pessoas muitas vezes era menos ingênua que a dele, e os conselhos, provavelmente mais sábios. A real diferença que os amigos sentiam entre um e outro era que, apesar das risadas soltas e da conversa alegre de Margaret — bem diferente dos arroubos de autopiedade e das diatribes sociais de Enrique —, ela permanecia indecifrável ao olhar de todos, fossem parentes, amigos ou meros conhecidos. Parte dela permanecia guardada em algum lugar remoto e secreto, inalcançável até mesmo para Enrique.

Margaret disse que era possível chegar à ilha a bordo da lancha exclusiva e caríssima da Locanda Cipriani (decerto o meio de transporte utilizado por Hemingway, Madonna, Lady Di e Stephen Hawking), mas que preferia tomar o *vaporetto* porque seria mais divertido. Enrique olhou para a tal lancha e se espantou com a beleza e o luxo dela. No entanto, assim que embarcou no *vaporetto*, viu que a mulher estava certa. Era mesmo divertido navegar ombro a ombro com um bando de turistas animados, que nem de longe lembravam os passageiros ricos, comportados e tristes de um barco de luxo, mas que falavam pelos cotovelos enquanto comiam, apontavam para lá e para cá, reclamavam disto ou riam daquilo, cheios de vida, a não ser por um rapazote que aos poucos foi ficando verde. Margaret, parecendo uma adolescente, não se furtou de fotografar os dois venezianos morenos e parrudos que pilotavam o ônibus aquático, impecáveis no tradicional uniforme de marinheiro e nas bastas cabeleiras que exibiam sob a boina vermelha. Pouco antes que eles atracassem na ilha, Margaret convenceu o mais bonito da dupla a se deixar fotografar na proa, e Enrique, enciumado, acusou:

— Você está apaixonada.

Com um sorriso maroto ela devolveu:

— Eles se parecem com você, Puff. — Depois, com a boca umedecida e salgada pelos vapores do Golfo de Veneza, plantou um beijinho rápido nos lábios do marido.

Enrique crispou o rosto num esgar de ceticismo.

— Era assim que você era quanto te conheci — ela se corrigiu.

Margaret estava sendo gentil. Enrique havia sido um rapaz magricela e desengonçado, não era nenhum marinheiro forte e de ombros largos, embora se orgulhasse dos cabelos muito fartos e negros.

— Você pode me processar por propaganda enganosa — ele brincou, apontando para a calvície que já se anunciava.

— Será que o juiz também vai dar minha cintura de volta? — ela retrucou sorrindo.

Eles aportaram 45 minutos antes da reserva que tinham feito para as 13 horas. Já preparada para isso, Margaret levou Enrique para caminhar numa trilha ao redor da ilha, sugerida pelo guia. A certa altura disse:

— A gente vai ter de tomar champanhe. É um almoço decadentista. Talvez nem sobre fome para o jantar.

— Sempre preciso jantar — disse Enrique, e parou diante de um pequeno promontório no caminho, de onde se tinha uma vista deslumbrante. Mesmo percebendo que ela preferia seguir adiante, estendeu o braço e convidou Margaret a entrar. Uma pequena cerca de arbustos, com minúsculas flores amarelas que dançavam ao sabor do vento, separava-os da água e da cidade que flutuava ao longe. O dia estava quente. Abelhas zumbiam, e toda a vegetação parecia florescer. Difícil acreditar que eles estavam no mês de outubro. Talvez a ilha estivesse localizada numa latitude mágica, reservada só aos muito ricos, onde era sempre primavera. Enrique deu um abraço forte na mulher, depois perguntou:

— Quer voltar para a trilha?

— Acho que sim. Quero chegar cedo no restaurante e pegar uma mesa na sombra. Está muito quente hoje. Parece verão. O que é ótimo.

Eles voltaram à trilha e seguiram caminhando na direção de uma construção baixa, de fachada verde, que Margaret havia identificado como a Locanda. Enrique suspirou fundo, e ela quis saber:

— Está pensando na oferta do estúdio, não está?

— Estou — ele mentiu.

— Não aceite se não quiser aceitar. Tem dinheiro suficiente se preferir escrever outro romance.

Enrique ficou surpreso com o que ouviu. Satisfeito, tomou a mão dela e seguiu balançando os braços de ambos, tal como tinha o hábito de fazer com os filhos pequenos durante uma caminhada. Eles chegaram ao fim da trilha e prosseguiram pelo caminho de cascalho que conduzia à Locanda.

— Acha então que devo escrever outro romance? — perguntou Enrique.

Margaret não respondeu. Permaneceu de perfil, evitando o olhar dele. O silêncio se estendeu mais tempo do que devia. Ela relutava em dar sua opinião, mas Enrique supunha que, como ele, a mulher havia escolhido aquele dia para dizer apenas a verdade.

— Pode falar — insistiu ele.

— Não, não acho que você deve — disse ela afinal. Virou-se para o marido e fez um beicinho de culpa, supondo que o havia magoado.

Sem mais dizer eles entraram no restaurante, atravessaram um corredor com fotos de celebridades (Hemingway, Príncipe Charles) e chegaram a um jardim interno onde as mesas se encontravam postas com toalhas de linho, cristais reluzentes e talheres de prata.

Por instrução da mulher, Enrique havia vestido um blazer azul, calças cinza e uma camisa social de listras azuis e brancas. Recusara-se terminantemente a botar uma gravata e agora se sentia nu em comparação aos garçons de gravata-borboleta e aos dois velhinhos de pele rosada que ocupavam uma mesa próxima, embrulhados em ternos de risca de giz e acompanhados de duas mulheres igualmente elegantes, cobertas de joias e trajando vestidos de estampa floral. Por outro lado, embora eles tivessem escolhido uma mesa bem sombreada por uma pérgula de vinhas, o dia estava quente e abafado, e Enrique ficou feliz por não ter nada ao redor do pescoço. Cogitou aliviar-se do blazer, mas receou ser expulso do lugar por conta da imperdoável ousadia. Apesar do desconforto e da formalidade, quando viu o sorriso no rosto da mulher, linda e feliz, como uma mocinha em seu vestido de seda preta (com uma sinuosa estampa vermelha que serpenteava sobre um dos seios, atravessava a cintura e sumia atrás das ancas), ele se sentiu mais à vontade, alheio a todas as preocupações terrenas.

Aquiesceu quando o garçom sugeriu que eles começassem com o champanhe, e Margaret ficou orgulhosa ao vê-lo espocar a rolha para depois verter as borbulhas douradas nas flautas de cristal.

— Eu te amo — brindou Enrique.

— Eu também te amo — ecoou Margaret.

Ele resolveu retomar o assunto:

— Você acha então que não devo escrever outro romance. — Percebendo o constrangimento da mulher, emendou: — Não se preocupe, não vou ficar chateado. Pode falar a verdade.

— Não é isso. Não estou preocupada com nada. É que... — Ela bufou um suspiro e só depois disse: — Estou pensando só em mim, sabe? Não na sua vontade. Se você quiser continuar escrevendo seus livros, tudo bem. Mas todo esse tempo que você leva escrevendo um livro... para mim é muito chato. Acho que é chato para você também, mas esse é o seu trabalho.

— É chato porque *eu* fico chato?

— Não! — Margaret balançou a cabeça com irritação, como sempre fazia quando não era compreendida de imediato. — Você não fica chato quando escreve seus livros. Pelo menos não mais. O problema é que... o mercado para esses livros mais sérios é pequeno demais. Ao contrário do cinema. Todo mundo gosta de cinema. Até os caras que trabalham nas editoras. Sei que estou sendo egoísta, mas seus projetos de cinema são bem mais divertidos para mim. Você me leva para visitar as locações em Praga, em Londres, em Paris... E ainda por cima de primeira classe, com direito a caviar e tudo! Depois me apresenta aos atores, aos diretores, me leva para ver as estreias e... — ela ergueu a taça de champanhe, por pouco não atropelando uma abelha que fazia seu trajeto até uma das roseiras do jardim — e me traz para almoçar na Ilha de Torcello!

Enquanto eles examinavam o cardápio e as mesas iam se enchendo com a clientela de ricaços bem-vestidos, ora mais novos, ora mais velhos, Enrique se preparou para trazer à tona o delicado assunto. Afinal, ela já havia feito o mesmo com ele, apontando a chatice de suas ambições literárias e o aconselhando a abrir mão delas. Dera-lhe o direito de falar o que quisesse também.

— Margaret... — Ele se endireitou na cadeira de vime e encarou a mulher. — Preciso te dizer uma coisa.

— Uh-oh! — ela exclamou com uma careta de medo, uma careta infantil.

Intrigado, Enrique aquilatou os olhos dela e percebeu neles o terror de uma mulher adulta. Ficou confuso. Ainda não sabia ao certo como começar.

— Não é nada tão terrível assim. Eu só queria saber... só queria saber se foi por minha causa, inteira ou parcialmente, que você parou de pintar.

Margaret piscou os olhos, confusa. Ele não formulara a pergunta direito. Durante a viagem de barco e a caminhada pela ilha, refletira sobre o que havia acontecido três anos antes, quando finalmente ela resolveu se dedicar com seriedade à pintura. Margaret vinha frequentando o ateliê muitas horas por dia, e à noite apresentava aquele olhar absorto dos artistas que não conseguem pensar em outra coisa que não seja a própria obra. Ao contrário das tentativas anteriores, ela agora terminava todas as telas que começava, e as telas eram muitas. Para surpresa geral, chegara ao ponto de levar quatro delas para casa e pendurá-las nas paredes, às vistas de todo mundo. Eram obras pintadas com segurança, telas enormes que retratavam os filhos a partir de fotografias também tiradas por ela. Ecoavam com clareza o que ela via nas crianças em geral, as ilusões quanto ao futuro, a necessidade de atenção, o narcisismo ao mesmo tempo comovente e gaiato, de modo que, em dimensões tão grandes, os observadores pudessem antever os adultos (felizes ou infelizes?) nos quais elas iriam se transformar.

Impressionados, os amigos passaram a encomendar retratos dos próprios filhos. Margaret sorria para eles, mas nunca aceitava. Enrique precisou insistir muito, a ponto de irritá-la, para que ela enfim se explicasse: "Não quero pintar sob encomenda." A certa altura, a amiga de uma amiga, curadora de uma importante galeria de Nova York, procurou-a para ver as pinturas exibidas no apartamento. Gostou tanto que pediu para ver também as que estavam no ateliê. Disse que o trabalho de Margaret era excelente, fácil de vender, e sugeriu uma exposição. Achava difícil expor o trabalho de uma iniciante numa galeria de ponta, então se ofereceu para recomendá-la a diversas galerias menores, mas igualmente badaladas, do SoHo e do Lower East Side. Aconselhou que ela distribuísse portfólios com fotos de suas telas, e voltou uma segunda vez ao ateliê para ajudá-la a escolher as melhores. Margaret aquiesceu de imediato, sem nenhum sinal da relutância e do pé-atrás que costumava demonstrar quando alguém tentava incentivá-la. Mandou os portfólios pelo correio assim que pôde. Enrique se surpreendeu com a energia e o entusiasmo que invadiram o corpo da mulher durante aquela semana de espera. E só então percebeu algo: ouvindo os planos que ela já fazia para uma nova série de pinturas, concluiu que toda a hesitação anterior não passava de um mecanismo de autodefesa. Estava claro que, tanto quanto ele, Margaret queria ser reconhecida como artista.

De início as negativas foram chegando aos poucos. Ao fim da segunda semana ela havia recebido três. Eram, no entanto — e Enrique sabia bem disso —, do tipo que todos os artistas iniciantes preferem receber: não aquelas negativas sucintas e protocolares, mas cartas extensas enumerando os motivos pelos quais as obras dela, embora instigantes e bem executadas, não atendiam às expectativas dos clientes. Algumas se ofereciam para recomendá-la a outras galerias; uma sugeriu que ela aceitasse encomendas e gradualmente conquistasse uma clientela. Todas pediam para ser procuradas em primeiro lugar caso ela decidisse por um novo tema. "Alguém ainda vai aceitar", dizia Enrique para encorajá-la.

Na terça-feira da semana seguinte, ele chegou em casa para almoçar com ela. Margaret já havia recolhido a correspondência. Encontrava-se na *chaise* sob o vão da escada, onde geralmente se esparramava para ler seus livros de mistério durante a tarde. O rosto estava encharcado de lágrimas. No chão, oito cartas de negativa.

— Que foi? — perguntou ele, e ela apenas apontou para as cartas. Enrique as recolheu e leu uma a uma. Todas eram gentis e encorajadoras, quase pedidos de desculpa. Repetiam basicamente o que as demais já haviam dito, sugerindo isto ou aquilo, pedindo primazia em trabalhos futuros que não fossem retratos. Com absoluta sinceridade, ele disse: — Margaret, se tivesse recebido estas negativas quando estava começando, eu teria pulado de alegria. Estas pessoas realmente gostaram do seu trabalho. Caso contrário não teriam escrito tudo isto. Se não vissem nenhum valor em você, teriam mandado aquelas cartas padronizadas, sabe? Acham difícil vender retratos de criança, mas querem que você continue pintando. Cedo ou tarde alguém vai te chamar. Não desista por causa disso. Pode parecer que estou querendo apenas te adular, mas essas negativas são ótimas!

As lágrimas haviam secado. Os olhos estavam tristes, compungidos, mas estranhamente ternos. Por um tempo ela não disse nada. Enrique temia que a mulher fosse recair na habitual reticência e se recusar a dizer o que estava pensando. No entanto ela disse:

— Venho observando você.

— Me observando? — perguntou Enrique, confuso.

— Por vinte anos venho observando você engolir esse tipo de coisa — ela apontou para as cartas — e seguir adiante. Não sei como consegue. Eu não consigo. Simplesmente não consigo. Não tenho essa força.

Ele a levantou da *chaise*, os braços amolecidos pela derrota, apertou-a entre os seus e sussurrou:

— Então continue só pintando. Não precisa expor os quadros. Se você não consegue lidar com isso, então pronto, continue apenas pintando.

Margaret concordou. Por um tempo voltou a pintar, começando a nova série que, para surpresa de Enrique, era ainda melhor e mais segura que a primeira. Dava a impressão de que as negativas a tinham fortalecido, mas não. Alguma outra coisa a havia debilitado. A disposição para lutar tivera vida curta. Pouco a pouco ela foi parando de levar as telas para casa. Dali a seis meses deixou de ir regularmente para o ateliê e, no mês de agosto que eles passaram no Maine, ela disse que não pretendia renovar o contrato de aluguel que venceria em dezembro.

Margaret bebeu do champanhe, já sem nenhum medo da pergunta que acabara de ouvir. Depois ergueu a taça, abriu um sorriso irônico e disse:

— Por sua causa? Não parei de pintar por sua causa. Por que faria uma coisa dessas? Você não teve nada a ver com isso.

Era justamente por conta dessa truculência que Enrique temia tocar neste ou em qualquer outro assunto que a mulher guardava em quarentena.

— Opa. Espera lá. Acho que você não entendeu.

— Não entendi o quê? — ela cuspiu de volta.

— Tive muitos obstáculos na minha carreira. Muitas vezes pensei em desistir, mas você sempre me estimulou a seguir em frente. Mesmo quando me endividei, ficou do meu lado. Mas na primeira dificuldade que teve, quando não conseguiu expor aqueles primeiros quadros, eu não...

— Uma coisa não tem nada a ver com a outra — ela interrompeu.

O garçom chegou com as entradas, e eles se calaram enquanto os pratos eram postos à mesa. O clima de romantismo já não estava mais lá, afugentado pela maldita pergunta. De Margaret já não vinham mais os sorrisos infantis, as risadas maliciosas, as centelhas do olhar. Ele havia metido as mãos pelos pés. A ferida era profunda demais. Assim que o garçom se foi, ela disse: — Não vamos falar mais disso.

— Desculpa ter tocado no assunto, mas já que começamos...

— Não quero — ela rugiu, e desviou o olhar.

Dando-se por vencido, Enrique pensou: "Será que amo mesmo esta mulher? Preciso dela, ela é minha vida, mas será que a amo de verdade, do jeito que ela é? Apesar de toda essa reticência? Dessa natureza controladora? Detesto quando ela faz isso, quando se fecha em copas, quando não cede nem um milímetro." Amuado, atacou sem muito ânimo o ravióli de atum, copioso o bastante para uma refeição completa. Ouvia uma abelha zumbir em contraponto à meia-voz dos velhinhos ao lado, ingleses, a julgar pelo sotaque, quando de repente foi interrompido pela mulher que, num tom doce e conciliatório, falou:

— Não sou como você, Puff. Não preciso da arte para ser feliz. — Encarando-o com os olhos grandes, agora menos azuis em razão da claridade daquela eterna primavera, parecia suplicar por compreensão. — O que me incomoda é essa impressão que você sempre me dá, de que não sou boa o bastante para você só porque não sou artista. Às vezes acho que você só seria capaz de amar uma artista.

Enrique ficou perplexo. Nem sequer suspeitava que passava essa impressão. Mas não a contradisse de imediato.

— Todo mundo na sua família tem isso — ela prosseguiu. — Essa espécie de obsessão. Se não for artista, não presta. Gosto de pintar. Gosto de fotografar. Mas não quero fazer disso uma profissão. Se tentasse fazer, toda a graça iria embora. Não sou como você. Demorei um tempo para perceber isso. Não preciso pintar para ser feliz. Estou feliz. Sou feliz. Com você. Fazendo isto. — Ela gesticulou na direção do jardim, dos velhinhos ingleses, das abelhas, dos arbustos floridos em outubro, dos garçons vestidos de preto, e por fim na direção de

Enrique. — Sou feliz. — E a felicidade transbordou num sorriso. — Se você estiver feliz também, tanto quanto eu, então está tudo certo.

Enrique sabia que a acusação dela tinha fundamento. Fizera anos de análise tentando se livrar dos preconceitos, das manias, do esnobismo e da ignorância dos pais. Só agora percebia quanto fizera Margaret sofrer durante todo esse tempo. Mas não viu necessidade de se desculpar. Em vez disso jurou, até ter certeza de que a tinha convencido, que não daria a mínima importância caso ela jamais voltasse a pôr as mãos num pincel ou numa câmera, que ela era tudo de que ele precisava.

E de repente, na anistia daquele almoço de aniversário, ele enfim compreendeu seu casamento. Naquela ensolarada tarde na ilha de Torcello, deu-se conta da profunda admiração que tinha pela naturalidade com que a mulher se encaixava no mundo; viu que ela personificava tudo que ainda lhe restava: seu pai já havia morrido, sua vaidade já havia morrido, sua fé na arte já havia morrido, e todo o valor que havia extraído da vida era justamente a vida que Margaret lhe tinha dado.

Capítulo 18

O desamor

— Não temos um casamento. Somos apenas duas pessoas com uma vida atribulada e um apartamento em comum. Passamos o Greg um para o outro, e nosso contato não passa disso. Chego em casa, ele me entrega o bebê e...

— Mentira! — interrompeu Enrique. Mesmo prevendo que o Dr. Goldfarb fosse protestar, já que Margaret custara tanto a se abrir, ele não se conteve. — Você chega em casa às 2 da manhã! Como é que eu vou entreg...

— Estou falando das quartas-feiras. — Margaret nem sequer olhou para ele. Era como se apenas o terapeuta estivesse ali. — E das raras quintas em que Enrique não vai ao cinema com o Porter — ela emendou. — Parece que gosta muito mais da companhia do Porter do que da minha.

Goldfarb cravou-o rapidamente com o olhar. "O que será que esse azedo está pensando?", perguntou Enrique a seus botões. "Que sou gay? O Porter também não dá para mim, mas pelo menos fala de outra coisa que não seja a durabilidade dos carrinhos de bebê."

— Quem é... Paulo? — disse o terapeuta com sua voz lúgubre de barítono.

— Porter — corrigiu Enrique.

— Porter Beekman — interveio Margaret, como se fizesse apresentações durante um coquetel. Empinava-se na cadeira, reta como um poste, e escancarava um sorriso de miss, orgulhosa que estava dos dentes recém-ajustados. — O crítico de cinema do *New York Times*.

— Crítico-assistente — corrigiu Enrique mais uma vez. — Também é romancista.

— Crítico-assistente? — disse Goldfarb. — Conheço Porter Beekman, mas não sei o que faz um... crítico-tenente.

Enrique explicou por alto que os críticos titulares escolhiam os filmes que queriam resenhar e deixavam todos os demais para seu assistente. Perguntava-se por que diabos estava pagando 120 dólares a um terapeuta para explicar os bastidores da hierarquia jornalística.

Durante todo esse tempo Margaret era só sorrisos para o funesto Dr. Golfarb, como se dependesse do voto dele para ser admitida num country clube qualquer. A empolgação que saía dela e desaparecia no silêncio do freudiano beirava o heroico, e o insensato também, algo parecido com a investida da infantaria britânica na Guerra da Crimeia.

— O que faz você achar que En-Ricky gosta mais da companhia de Porter? — quis saber o terapeuta.

— Ele gosta mais da companhia de *qualquer pessoa*! — respondeu ela, mas com o entusiasmo de quem havia acabado de tirar a sorte grande na loteria.

Enrique balançou a cabeça para Goldfarb. Não queria interromper novamente, mas também não deixaria aquilo passar batido. Era *ela* quem não gostava da companhia dele, caso contrário, por que nunca queria trepar? Pensando melhor, achou por bem não apresentar essa prova irrefutável a seu favor, já antevendo a distinção que Margaret decerto faria entre companhia e sexo. Talvez o terapeuta de olhos de peixe também fosse um desses que veem menos intimidade numa trepada do que num jantarzinho a luz de velas. Ah, como era odiosa aquela prisão burguesa a que ele havia sido condenado. Como era deplorável aquilo que ele estava fazendo ali, sentado naquele consultório de bacana, esperando o momento certo para dizer: "Olha, não estou pedindo nenhum boquete. Este casamento iria de vento em popa caso esta aí abrisse as pernas mais do que uma vez por mês!" Mas por uma questão de orgulho próprio, ele jamais se permitira descer a esse nível de vocabulário e franqueza: sabia muito bem que se o fizesse, ou levaria uma espinafrada feminista de Margaret ou um pito freudiano do terapeuta. Levando-se em conta a importância da cópula para a perpetuação da espécie, era estranho que ela tivesse tão pouco apoio popular.

— Você tem ciúmes desse tal... Porter? — insistiu Goldfarb, hesitando diante do nome saxônico do mesmo modo que hesitava diante do latino "Enrique". Talvez pudesse apenas pronunciar nomes judeus, remoeu-se Enrique, já convencido de que o gagá era uma grande perda de tempo. Por outro lado, ele próprio havia sugerido aquela terapia como um meio passivo e hipócrita de cair fora do casamento; era bem possível que a incompetência viesse a calhar.

Margaret refletiu um instante antes de responder, deixando-o ainda mais furioso. Ciúmes de Porter? Será que *ela* também acha que sou gay? Aquilo já estava passando dos limites. Primeiro a mulher para de trepar comigo. Depois começa a pensar que sou viado. Saiba você, ele rugiu internamente, que uma de suas melhores amigas não tem dúvida nenhuma quanto à minha masculinidade.

— Não. Não é isso. Tanto faz quem são os amigos dele. Só acho que Enrique não gosta de ficar comigo. Prefere até sair com a nossa amiga Lily e ficar ouvindo as tragédias amorosas dela...

De que diabos ela está falando?, espantou-se Enrique. Lily está praticamente noiva!

— Durante um ano inteiro — disse ela ainda —, logo depois que a gente foi morar junto, ele ficava jogando gamão até de madrugada, num clube com os amigos, depois dormia o dia todo. A gente mal se via.

— Faz seis anos que parei de jogar! — chiou Enrique. — A gente nem tinha se casado ainda!

— Ele só parou porque ameacei ir embora. — Mesmo sem olhar para o marido, Margaret calou-se um instante para que ele tivesse a oportunidade de redarguir. — Enrique tem sempre um pretexto para ficar longe de mim — disse ela afinal, dando sequência à acusação. — Quando estamos sozinhos em casa, fica até tarde vendo TV. Nunca vai para cama junto comig...

— Porque não estou cansado e você nunca quer fazer sexo comigo! Ir para cama e fazer quê? Ficar lá, fritando no escuro?

Margaret ainda sorria de orelha a orelha, mas aos poucos elevava o tom de voz, e agora falava com a mesma estridência de Dorothy quando queria dominar a conversa nas reuniões de família:

— É só isso que ele quer de mim. Sexo. Quando quer conversar, procura o Porter, ou o irmão, ou o pai. Prefere até conversar com a Lily. — Só então ela explicou: — Lily é minha melhor amiga. Enrique adora ligar para ela e pedir conselhos sobre a carreira...

— Lily é editora, e eu sou escritor... — Enrique começou a objetar, mas logo foi atropelado por Margaret.

— Não tem nada que ele goste de fazer comigo. Não quer mais sair quando é só a gente. Quando tem alguma festa, e muito a contragosto ele aceita ir, assim que chega lá me deixa de lado para ir conversar com alguém. Almoça todos os dias com os amigos e conta tudo para eles. Também tem o maior prazer de conversar com os pais, que estão sempre lá em casa. São ótimos *babysitters*, e não me importo com a presença deles, mas acho que Enrique é mais próximo dos pais do que de mim. Ele não quer mais ficar comigo, falar comigo, nem se importa mais com o que sinto. Só quer saber de trepar comigo.

Enrique emudeceu de raiva e vergonha. Mal acreditava que ela havia apresentado os fatos daquela maneira. Contestar esses mesmos fatos, no entanto, já seria outra coisa. Claro, depois de sete anos de convivência, ele não queria passar todo o seu tempo com a mulher. Claro, gostava de estar com os amigos e familiares, de conversar com eles sobre a própria vida. Claro, queria fazer sexo com a mulher e não com o pai. Era profundamente fiel a Margaret, ele acreditava, esquecendo-se por um instante de que vinha tendo um caso com uma das melhores amigas dela. Sua vontade era refutar tudo aquilo, denunciar que a falta de sexo já vinha desde muitos anos, dizer que ele havia aceitado aquela aridez sem dar um pio. Vinha sendo muito mais paciente que, por exemplo, seu meio-irmão, que se via às voltas com uma amante nova a cada semana, não apenas uma vez em sete anos. Mas fazer essa distinção implicaria confessar sua infidelidade. Portanto, em vez de dizer o que quer que fosse, Enrique simplesmente ficou olhando para Goldfarb, esperando que ele endireitasse a mulher.

— Margaret... — disse a múmia, e Margaret se espevitou na cadeira, uma aluna aplicada à espera das palavras sábias do professor. — Você tem muita clareza quanto ao que está sentindo, e soube se expressar muito bem. Mas o que me deixa intrigado é o seguinte... — Ah, pensou Enrique satisfeito, agora vem a bomba. — Você está dizendo essas coisas todas sobre a própria infelicidade, mas com um sorriso perene entre os lábios, como se estivesse relatando coisas muito boas. Por quê? Tudo isso é muito triste. Não está se sentindo triste?

Enrique se virou para a mulher. Concordava plenamente com o que tinha ouvido. Era estranho ver aquele sorriso de festa em meio a tantas reclamações. Era irritante vê-la soltar os cachorros como se estivesse soltando fogos de artifício. O sorriso, no entanto, já havia sumido. Goldfarb o havia apagado, e Enrique gostou da novidade. Quase sempre Margaret o derrotava nas discussões porque lançava mão de um truque que havia dominado ac longo dos anos: transformava as críticas que recebia dele em críticas *contra ele*. Haja vista o *ippon* que ela acabara de desferir: o problema em questão era que Enrique queria fazer sexo. Ora, quanta ousadia, um marido querer trepar com a própria mulher. Talvez a múmia com olhos de peixe fosse capaz de apontar o absurdo do raciocínio.

Margaret olhava para as janelas. A uma quadra dali, o sol descia sobre o Central Park e se punha do outro lado dos prédios da Fifth Avenue, refletindo-se no azul oceânico dos olhos dela. Os raios se acumulavam, transbordavam e rolavam pela face em tons de azul e amarelo. Enrique levou alguns segundos para perceber que não eram raios, mas lágrimas.

— Estou triste — disse ela, já sem nenhum traço da agitação anterior. Era com essa doçura na voz que ela costumava apaziguar o filhinho Gregory ou sussurrar coisas para Enrique quando estava satisfeita com ele. — Estou muito triste — repetiu, gotículas de lágrima pingando queixo abaixo. — Amo meu marido, mas acho que ele não me ama mais. Somos dois estranhos. Enrique não me quer, não quer me conhecer, não se importa comigo, sou apenas um peso na vida dele. — O rosto exsudava tristeza enquanto os soluços se misturavam ao choro. Goldfarb usou dois dedos para empurrar uma caixa de lenços de papel, como fichas de uma partida de pôquer, de seu lado da mesa para o lado dela. Margaret agradeceu, secou o rosto e assoou o nariz.

A vontade de Enrique era abraçá-la e dizer que a amava, sim. Mas ficou onde estava e não disse nada. Afinal, não era para isso que eles estavam ali? Não era justamente este o plano, que mediante aquelas sessões de terapia Margaret aceitasse o fato de que não era mais amada? Só então ele ficaria livre para abandoná-la e viver feliz para sempre ao lado de Sally, que diariamente oferecia os lábios carnudos para serem beijados e dizia que o amava sem nenhuma necessidade de um terapeuta para provocá-la. Sally era ao mesmo tempo divertida, exigente e espontânea, falava tudo que lhe vinha à cabeça. De algum modo fundamental, era muito mais fácil de amar do que Margaret. Embora se sentisse a pior das criaturas, um desses vilões de cinema que arrancam vaias da plateia (o desalmado oficial do campo de concentração ou o galã boboca que a mocinha deve esquecer para encontrar quem de fato a mereça), mesmo sabendo que era uma pessoa cruel e desprezível, que devia se desculpar, Enrique não disse nada.

Margaret também havia se calado. Chorava quieta em seu canto, murcha e imóvel, uma garotinha com o coração partido. Estarrecia a Enrique que ele ainda não tivesse dito nada, nem uma mísera palavra de consolo. Decerto Margaret também estranhasse, e se magoasse profundamente, que ele ainda não tivesse declarado seu amor por ela. Feito um rinoceronte, Goldfarb virou a cabeçorra calva para o lado dele e o encarou com olhos mortiços. Não como se o julgasse por alguma coisa, mas com uma discreta expressão de curiosidade.

— O que acha de tudo isso, En-Ricky? — perguntou. — Como se sente depois de tudo que ouviu?

— Bem, claro que amo minha mulher — disse ele aflito. — Afinal me casei com ela. — Margaret soluçou novamente. Tirou mais lenços da caixa e os levou à boca como se quisesse represar a mágoa. Olhou de relance para Enrique, que também a olhou; era a primeira vez que ambos se entreolhavam desde que haviam se encontrado na sala de espera. No rosto dela, a firmeza de sempre dera lugar a uma ferida aberta, a uma assustadora fragilidade. Incapaz de sustentar aquele olhar por muito tempo, Margaret virou o rosto e baixou os olhos para o cesto de vime a seus pés, pigarreando, tentando se controlar. E pela primeira vez em sete anos de convivência, Enrique percebeu que aqueles modos joviais, a esperteza e a estridência da voz, a disposição quase adolescente diante da vida, não passavam de um escudo, de um disfarce. — Eu não sabia que ela se sentia assim — disse ao terapeuta. E ao perfil de Margaret: — Eu não sabia que você gostava tanto de mim.

— O quê? — retrucou ela, a voz brava e o olhar duro de uma professora primária. — Isso é ridículo. — Novamente virou o rosto para o chão.

— Não, não sabia — insistiu Enrique. E para Goldfarb: — Juro que não sabia. Sempre achei que fosse ela quem não gostava da minha companhia. Não estou falando de sexo. De sexo também, mas não só isso. Sempre achei que Margaret ficava aborrecida quando eu começava a chorar as mágoas, a falar dos problemas com o trabalho e... — Ele desfiou todo um rosário de reclamações: falou da antipatia que ela parecia ter por Porter; da irritação que provocava nela a proximidade entre ele e os pais, muito diferente da frieza dos Cohen; do enfado que ela demonstrava sempre que ele se dizia insatisfeito com os roteiros que escrevia com o meio-irmão; da falta de apetite sexual, um problema muito anterior ao nascimento de Gregory.

Desde o início do relacionamento, desabafou Enrique, Margaret tentava controlar todos os aspectos do comportamento dele.

— Desde as menores coisas — disse —, dos amigos e festas que frequentamos até o sexo que fazemos, é ela quem decide tudo. — Margaret havia modificado todos os aspectos da vida que ele tinha antes de o filho nascer, insistindo que Enrique parasse de se comportar feito criança, jogando gamão madrugada afora, dormindo até tarde, jogando as roupas no chão, deixando pratos sujos sobre a pia, ficando à toa em casa, vendo jogos de beisebol em vez de sair e aproveitar o mundo. Havia transformado em adulto o marido adolescente e, ao longo do processo, colocara rédeas nele. Até o mais chinfrim dos detetives poderia comprovar tudo isso. Por outro lado, Enrique sabia que seu relato não passava de uma grande mentira: a verdade era que ele era grato à mulher por tê-lo feito crescer. Caso contrário, como poderia ter conquistado alguém como Sally?

A mentira aparentemente convenceu. Margaret dava a impressão de que estava mais disposta a acreditar na insatisfação dele com o trabalho, a admitir que não dava a devida importância ao assunto. Goldfarb também parecia dar pleno crédito ao que acabara de ouvir, sobretudo às reclamações quanto à natureza controladora de Margaret. Mas Enrique sabia muito bem onde residia a verdade: ele não amava mais a mulher. Margaret não era o problema daquele casamento. Nada tinha a ver com a opressão que ele sentia diante das expectativas dos pais, tampouco com a falta de juízo e talento do meio-irmão. Não era responsável pela passividade com que ele conduzia a carreira, ao contrário de Porter e outros escritores, que corriam atrás dos próprios desejos. Não era o único motivo para a insatisfação que diariamente ele sentia com a vida familiar e profissional. Não tinha nenhuma culpa pelo fato de Enrique se sentir vivo apenas nos braços de Sally. Caso pudesse escapar da prisão de sua existência em Nova York, de sua família, de sua carreira, de suas próprias expectativas, ele decerto seria um homem feliz. Todos os problemas seriam resolvidos caso ele encontrasse forças para abandonar Margaret, junto com seu passado, e fugir para os prazeres ensolarados de Los Angeles. Na verdade, tudo seria muito simples não fosse por Gregory.

Goldfarb voltou sua atenção para Margaret.

— Por que você não quer fazer sexo com seu marido? — perguntou.

— Quero, sim — ela protestou. — Só não tenho esse tesão permanente que ele tem. Não consigo passar das fraldas ao boquete assim, de uma hora para outra.

— Por que não? Uma coisa não é tão diferente da outra — interveio Enrique, e riu de si mesmo, sozinho. Queria dizer que desde muito Margaret era avarenta não apenas no sexo oral mas no afeto também. O que só podia significar uma coisa: ela não gostava mais dele, e estava omitindo isso. Talvez o amasse, mas não gostava dele. Quanto a ele, não a amava nem gostava dela. Essa era a verdade. Aquele casamento havia sido um equívoco.

— Não consigo ligar e desligar o desejo — insistiu Margaret. — Preciso de um pouco de romantismo, de intimidade.

— Isso é ridículo. Temos toda a intimidade do mundo — disse Enrique, convicto de que falava a verdade.

— E vocês como pais? — disse Goldfarb. Assim, do nada. — Como é seu marido como pai? — perguntou ele a Margaret.

— Ah, é um bom pai — respondeu ela com displicência, como se Enrique não fizesse mais que a obrigação.

— Margaret é uma ótima mãe, muito carinhosa — concedeu Enrique, mas também dando a impressão de que ser boa mãe não era lá muito difícil para uma mulher.

Isso foi tudo o que eles conseguiram cobrir na primeira sessão. Enrique olhava para o terapeuta em busca de uma resposta qualquer. Margaret também. Ambos esperavam por um veredicto, que veio da seguinte forma: eles tirariam grande proveito de uma terapia a 120 dólares a sessão e, caso tivessem seguro, que trouxessem a carteirinha da próxima vez.

Eles tomaram um táxi na Fifth Avenue e seguiram mudos para casa. Na altura da Fifthy-ninth Street, esperando o sinal abrir diante do Plaza, Enrique olhou para a mulher e viu que ela chorava. Sentindo-se observada, Margaret imediatamente secou os olhos com o dorso da mão e, assim que voltou os dedos delicados para o vinil do banco, sentiu Enrique cobri-los com os seus. Não objetou nem os recolheu: ficou imóvel, olhando para a frente, deixando a mão inerte sob a do marido.

Em casa, eles ouviram o relatório da babá sobre o dia de Gregory. Um dia difícil. O garoto havia levado um tombo no parque e ralado o joelho; as ranhuras sobre a patela, pelo menos umas 12, ainda pareciam recentes. Também havia deixado areia entrar no olho direito, que estava inchado e vermelho. Não havia tirado a soneca da tarde, portanto estava cansado, irritadiço, e para completar, por causa do joelho machucado, recusara-se a tomar banho. Os cabelos estavam desgrenhados, e o pescoço, imundo.

— Meu filhote está parecendo um moleque de rua! — disse Margaret, tomando o menino no colo. Greg passou os braços gorduchos pelo pescoço dela e fechou os olhinhos, aliviado. — Se meu amor não quer tomar banho hoje, tudo bem, não precisa — ela cantarolou, e beijou a testa suada do filho.

A babá foi embora. Margaret e Greg se acomodaram no sofá com o cobertorzinho que fazia as vezes de calmante para o garoto, um trapo amarelo com as bordas de cetim puídas. Faltava pouco para que o pano se rasgasse irremediavelmente, e Margaret já havia providenciado outro, que também levara para o sofá de modo que Greg aos poucos cedesse à mudança: ele ainda repelia o cobertor novo, a menos que o velho estivesse presente. Embrulhado nos dois fetiches, apenas com a cabecinha de fora, ele lembrava um pãozinho recém-saído do forno, perfumado e quentinho.

Enrique se sentou na poltrona Charles Eames e ficou observando os dois, cautelosamente refletindo sobre o melhor momento de dizer à mulher que ele queria o divórcio. A próxima sessão com Goldfarb seria dali a uma semana, e ele não queria passar novamente pelas mesmas dificuldades que havia enfrentado naquela tarde. Ainda não se desculpara com Margaret, tampouco dissera com a devida seriedade que a amava. "Claro que amo minha mulher", ele havia resmungado para o terapeuta. "Afinal me casei com ela", oferecera como prova. Relembrando essa pérola enquanto observava Margaret acalentar o filho, espantou-se com a própria crueldade. "E aí", perguntou a seus botões, os olhos plantados na mulher e no filho, "será que consigo mesmo fazer isso com eles?"

O pensamento corrente na sua classe social e naquela Nova York de 1983 era o de que um casamento ruim era muito mais nocivo aos filhos do que uma separação. Quase todos os seus amigos, além dos meios-irmãos Leo e Rebecca, eram filhos de pais separados. Embora fossem todos neuróticos e infelizes, muitos ainda eram bem mais saudáveis do que ele com seu casamento cindido, porém ainda em vigor. Seguramente o divórcio seria a melhor saída para ele. E para Margaret também, a julgar pelos depoimentos que ela havia dado no consultório. "A verdade é sempre o melhor caminho", esse era o mantra da geração que sobrevivera a Nixon. No fim das contas, tanto fazia o que Enrique pensava (não ser amado pela mulher) e o que Margaret pensava (não ser amada pelo marido): onde quer que residisse a verdade de uma coisa e outra, ambas implicavam que eles não deviam mais continuar juntos. Caso ele estivesse certo e Margaret fosse mesmo uma mulher controladora, melhor seria que ela encontrasse alguém que não se importasse de ser controlado; e caso ela estivesse certa e Enrique não gostasse mesmo da companhia dela, melhor seria que ela encontrasse alguém que soubesse ser feliz a seu lado. Em última análise era irrelevante para o veredicto de quem estava certo ou errado quanto às provas apresentadas.

— Ele dormiu — disse Enrique, notando as pálpebras pesadas do filho, o sobe e desce mais lento do peito que se escondia sob os cobertores amarelos.

— Eu sei — disse Margaret.

— Não é cedo demais para uma soneca? Depois ele não vai dormir.

Margaret sacudiu os ombros como se dissesse "E daí?" Um sinal do apocalipse.

— Preciso fazer xixi — disse.

— Me dê ele aqui.

— Não vá acordar o menino, hein? — ela advertiu.

— Claro que não! — ele devolveu irritado.

Margaret se levantou com cuidado. Greg semiabriu os olhos e resmungou alguma coisa. Foi apaziguado pela mãe, que o beijou na testa para depois deixá-lo no colo do pai. Acomodando a cabecinha quente no ombro de Enrique, Greg rapidamente voltou a dormir.

Antes de se retirar, Margaret parou um instante para admirá-los. E sorriu para a perfeição daquele encaixe entre pai e filho. Para isso, e só.

— Vamos pedir alguma coisa para comer? — disse Enrique.

— Comida chinesa — disse ela, e saiu.

Enrique olhou pela janela da sala. Embora eles morassem na Tenth Street, uma quadra a norte do velho estúdio de Margaret, o apartamento ficava no 11º andar e dava para um quintal semiaberto com saída para a Ninth Street. Enrique mal lembrava que um dia havia andado de um lado a outro entre aquelas árvores enquanto esperava o momento certo de subir para a Ceia dos Desgarrados de Margaret. Olhando para aqueles mesmos galhos que agora balançavam ao sabor de uma leve brisa, sentindo o cheirinho de pão que vinha do filho, ele de repente se viu a bordo de um conversível vermelho, rodando pelas ruas de Los Angeles com os cabelos louros e esvoaçantes de Sally a seu lado. E pensou: "Onde é que eu estava com a cabeça?"

Dividiu sua decisão com Porter, e só com ele. Além do amigo, apenas o meio-irmão sabia do affaire com Sally, mas Leo era tão infiel que decerto não teria nenhum conselho aproveitável a dar. Porter, no entanto, também não encontrou nada para dizer: só fez suspirar e reclamar da própria vida. Da mulher, dos filhos, da falta de sexo.

Dois dias depois Enrique ligou para Sally em Santa Monica. Disse que a amava, que se sentia um homem melhor ao lado dela, mas que havia cometido um erro. Tinha um filho com Margaret, e embora não amasse a mulher, e jamais fosse amar, acreditava que o divórcio seria a pior solução para todos: para Margaret, para Greg e para ele também.

Sally tentou argumentar, claro, mas acabou se frustrando com a falta de justificativas do amante. Enrique concordava que vivia num inferno e que viveria para sempre nesse mesmo inferno. Concordava que, no fim das contas, Margaret seria mais feliz caso ele fosse embora. Concordava até mesmo que o divórcio talvez fosse melhor para Gregory.

— Eu simplesmente não consigo — era só o que ele dizia. E dizia a verdade, pelo menos até onde podia entender os próprios sentimentos.

Demorou mais de uma semana de conversas diárias, conversas difíceis e dolorosas, até que Sally enfim se resignou. Ela estava sofrendo, claro, mas durante os telefonemas Enrique jamais tentava consolá-la falando do abandono que também sentia com o fim do relacionamento. Após algumas sessões fajutas com Goldfarb, ele informou ao terapeuta e à mulher que procuraria uma terapia individual, alegando que precisava resolver seus problemas pessoais antes de qualquer outro relacionado ao casamento. Achava que não estava mentindo inteiramente, nem mesmo parcialmente. Sentia-se infeliz em quase todos os aspectos de sua vida. Não era possível que o casamento fosse a causa de tudo. Ele e Margaret decidiram manter a hora que haviam reservado para a terapia de casal como uma espécie de oásis de intimidade em meio à correria de suas respectivas rotinas. Também providenciaram uma babá para as noites de terça-feira, de modo que pudessem sair sozinhos. A relação deles, inclusive a sexual, havia se tornado mais afável, embora a paixão ainda não tivesse dado as caras.

Enrique de fato buscou uma terapia individual, o único alívio que agora tinha para o luto que vinha sofrendo com a perda de Sally. Contou ao terapeuta sobre o affaire, e fez com que Leo e Porter prometessem jamais falar do assunto a ninguém. Sua dor ainda se estenderia por um ano. Ele saía para o escritório às 8h30 e voltava para casa às 17 horas, arrastando correntes ao longo do caminho, a cabeça latejando de saudades, o coração palpitando de tristeza. Cada passo reforçava a certeza de que ele estava condenado a viver sem amor, e sem a esperança do amor, até o fim de seus dias.

Capítulo 19

O amor interrompido

Tudo na doença de Margaret parecia fadado a ocorrer no pior momento possível. A crise veio quando Natalie Ko se encontrava fora para uma conferência em Atlanta. O jovem plantonista, o Dr. Ambinder, mostrou-se bastante solícito: quase imediatamente respondeu ao recado deixado por Enrique e, pelo telefone, discorreu com detalhes sobre o estado de Margaret. Mas a Dra. Ko teria vindo pessoalmente. Embora não fizesse mais atendimentos domiciliares, em razão do acúmulo de tarefas administrativas, ela havia aberto uma exceção para Margaret no dia em que fora discutir com ela a decisão de abandonar o tratamento. Na ocasião, conversando com Enrique, descobrira que tinha com ele inúmeros conhecidos em comum. Essa atenção especial era mais um dos tantos privilégios que decorriam dos contatos profissionais de Enrique e que tanto haviam ajudado na luta empreendida até então: internações após a meia-noite, filas de espera evitadas, acesso aos números de celular e endereços de e-mail dos médicos. Tudo isso fizera com que ele se sentisse mais útil, mas nada havia contribuído para salvar a vida de sua mulher.

— Ela está tremendo de frio, e está delirando — informou Enrique, escondendo o pavor sob o tom de voz neutro que aprendera a usar de modo que os médicos não perdessem a confiança nele.

— Qual é a temperatura dela? — perguntou o jovem Ambinder.

— Não tomei a temperatura. Uma hora ela está tremendo de frio e dali a pouco joga as cobertas para longe. Não fala coisa com coisa, está muito sonolenta e quente. Claro que está com febre alta. Não importa quanto, já que ela não quer viver, mas se você achar que é relevante, posso verificar a temperatura dela. Neste exato momento ela não vai gostar muito, porque está enterrada nas cobertas e reclama quando tento descobri-la. — Houve um tempo em que afrontar um médico, por mais jovem que ele fosse, teria sido impensável.

— Tudo bem, não precisa tomar a temperatura. Você já deu o Ativan para controlar os tremores?

— Sim. Dois miligramas, via oral.

— Certo... — disse Ambinder lentamente, e se calou, desnorteado.

Enrique compreendia o dilema do médico. A origem da febre de Margaret não deveria ser tratada. Portanto, nada de antibióticos. Ela já havia recebido uma dose de sedativo para aliviar os efeitos da febre. Que mais poderia ser feito senão acrescentar paliativos até que ela ficasse inconsciente?

Rebecca, sua meia-irmã, já havia ido embora, mas ao saber da súbita recaída de Margaret, dera meia-volta na Long Island Expressway e agora se postava ao lado da cunhada sem saber o que fazer, apenas olhando para o volume trêmulo que em pleno verão se escondia sob dois edredons pesados. A certa altura perguntou:

— Quer que eu busque mais um cobertor?

Enrique fez que não com a cabeça, e para o médico disse:

— Dei o Ativan por via oral, não intravenosa.

— Tudo bem, não faz diferença — disse Ambinder.

Enrique redarguiu com tranquilidade:

— Mas... não sei até que ponto o estômago dela pode absorver o Ativan por causa da GEP.

Ambinder o contradisse com firmeza:

— O GJEP não faz nenhuma diferença neste...

— Estou falando da GEP do estômago — interrompeu Enrique —, não da GJEP do intestino. Sei que a GJEP não faz diferença para as doses orais, mas a drenagem da GEP é quase imediata. Não sei se o Ativan vai fazer algum efeito por causa disso. — O que ele sugeria era que o sedativo fosse aplicado por via intravenosa, uma sugestão ditada muito mais pela consciência do que pela vontade. Margaret estava delirando, era impossível conversar com ela, mas talvez isso fosse reversível. Se conseguisse fazer a febre baixar, talvez ainda pudesse se comunicar com ela. Mas caso Ambinder concedesse à aplicação intravenosa do Ativan, e ainda que a febre baixasse, Margaret ficaria de tal modo sedada que nenhuma conversa seria possível. Infelizmente esta era a ordem dela: que ele a ajudasse a morrer em casa e com o mínimo possível de consciência sobre o que estava se passando. E se isso implicasse sacrificar a despedida pela qual ele tanto ansiava, paciência.

— Ah, sim, ela está com uma GEP no estômago... — disse Ambinder, confirmando as suspeitas de que havia se esquecido. — É, a GEP traz mais conforto... — enrolou ele. — Qual é o hospital mais próximo da sua casa?

— Ela quer morrer em casa. A Dra. Ko prometeu a Margaret que faria tudo para que a vontade dela fosse atendida. No que você está pensando?

— Gostaria que ela tomasse um antibiótico para baixar a febre. Mas para uma aplicação intravenosa, ela teria de...

— Tenho duas doses de cefepima em casa — interrompeu Enrique. — Eu mesmo posso aplicar nela. Depois vocês mandam mais bolsas. Também posso aplicar o Ativan.

— Você tem cefepima em casa?

— Tenho. Duas bolsas que sobraram de uma infecção em março.

— Você as manteve na geladeira? — perguntou Ambinder.

— Sim. Posso aplicar, mas ela não quer nada lhe que prolongue a vida.

— O antibiótico não vai prolongar a vida da sua mulher caso ela não esteja sendo hidratada.

— Esta é a minha dúvida — disse Enrique, olhando para o minúsculo contorno que tremia sob o azul dos edredons. — Tem algum problema se a gente tentar controlar essa febre para que ela possa morrer em paz?

— Talvez não seja uma infecção.

— O que poderia ser então? — perguntou Enrique, mesmo sabendo de antemão o que o médico iria dizer. Sentou-se à escrivaninha em que Margaret gostava de trabalhar no computador, usando o Photoshop para retocar fotos antigas: o presente alterando o passado para deleite do futuro. "É divertido", ela havia dito um ano antes, nos meses de recidiva em que havia retomado a fotografia com novo alento, com a gratidão dos perdoados. Ele estava exausto. Mais um diagnóstico, mais um remédio: as catacumbas daquela doença pareciam não ter saída. Margaret havia lutado até o limite de suas forças; por que seria tão difícil assim entregar os pontos agora?

— Talvez sejam as toxinas liberadas pelos rins que já começam a falhar.

Era exatamente isso que Enrique temia. Natalie Ko já havia advertido que, enquanto o corpo vai se desidratando, num pequeno percentual dos casos os rins ou o fígado começam a liberar toxinas que de outra forma seriam processadas pelo organismo, toxinas que induzem ao delírio. Ela receitara um frasco de Thorazine líquido para combater esses efeitos caso eles viessem a ocorrer. Enrique vasculhava a minigeladeira onde havia guardado o tal frasco junto com três bolsas extras de hidratação, a cefepima, o estoque mensal de Ativan intravenoso e uma bomba de aplicação contínua caso fosse preciso sedar Margaret em tempo integral. Até então achava que o Thorazine era usado apenas no tratamento da esquizofrenia. Desconfiado, perguntara à médica de que maneira, talvez porque alterasse a química do cérebro, um antipsicótico poderia intervir na liberação de toxinas pelos rins ou pelo fígado. E recebera uma resposta que já tinha ouvido diversas vezes por parte de outros médicos, uma resposta vaga da qual não gostava nem um pouco: "Não sabemos como funciona, apenas que funciona." Ninguém sabia dizer se o Thorazine de fato destruía as toxinas ou simplesmente atenuava o efeito delas. Talvez nem uma coisa nem outra, concluiu Enrique. O mais provável era que de tão forte o sedativo paralisasse os pacientes, convencendo os médicos de que eles estavam bem, quando na verdade estavam apenas mais dóceis.

— Nesse caso — disse ele a Ambinder —, também tenho Thorazine em casa.

— É o que estou vendo nas anotações da Dra. Ko — disse o médico. — Talvez o mais aconselhável seja mesmo aplicar uma dose de Thorazine e ver o que acontece — acrescentou ele, mas com uma hesitação que não inspirava a menor confiança.

Enrique propôs uma alternativa:

— Você não acha melhor aplicar uma dose de cefepima e um supositório de Tylenol para ver se ela melhora um pouco antes de entrarmos com o Thorazine? — Na verdade, ao defender um tratamento que traria Margaret de volta à lucidez, ele tinha em mente o próprio interesse. Só assim poderiam conversar. Nada muito extenso, apenas alguns parágrafos de despedida. Enrique finalmente se sentia capaz de explicar à mulher o significado que ela havia conquistado em sua vida. Estava pronto para articular a ideia de que, ao longo daqueles 29 anos de convivência, ambos haviam sido transformados, não uma mas três vezes; ele passara não só a precisar dela mas a amá-la com uma intensidade até então desconhecida: não como um troféu a ser conquistado, não como uma adversária a ser vencida, não como um vício antigo demais para ser abandonado, mas como uma parceira de vida, a pele de sua pele, a cabeça de seu coração, o coração de sua alma. Esse era seu objetivo secreto, mas Enrique também acreditava que sua prescrição seria melhor. Tudo bem, Margaret queria uma morte tranquila, mas não necessariamente uma morte induzida por anestésicos.

— Por que não fazemos as duas coisas? — contrapôs Ambinder, como se falasse a um superior.

Margaret havia parado de tremer sob as cobertas. Talvez tivesse adormecido.

— Estou achando que é febre, não um efeito das toxinas — disse Enrique.

— Difícil diferenciar uma coisa da outra — devolveu o médico, agora mais seguro.

— Meu pai teve uma infecção na caixa craniana em razão de uma prótese valvar defeituosa, e cuidei pessoalmente dele até poder contratar um enfermeiro particular. — Enrique parou um instante, sem saber ao certo por que dava tantos detalhes. "Será que estou reclamando de alguma coisa?" Depois disse: — Bem, a diferença no caso dele era bem visível. Os intestinos não paravam de funcionar, e ele falava o tempo todo coisas sem o menor sentido. Margaret está apenas tremendo. Não está falando, apenas resmungando ou pedindo água. Neste exato momento, parece que está dormindo.

— Está dando água a ela? — interrompeu Ambinder.

— Ela está com a GEP no estômago. Portanto, estou sim.

Mais uma vez o plantonista havia se esquecido da GEP. Para despistar, ele disse:

— Bem, a água de fato está passando pelo estômago. É possível que Margaret esteja absorvendo parte dela, assim como o Ativan. Isso deve prolongar as coisas.

— Por quanto tempo? Uma hora? Não quero que a garganta fique seca à toa. Será mesmo necessário interromper a hidratação via GEP?

"Por que estou discutindo tudo isso?", Enrique se perguntou. "O cara nem está aqui. Posso fazer o que bem entender. Até matá-la, se quiser. Na verdade, é isso que devo fazer. Colocar um travesseiro sobre a cabeça dela e terminar logo com esse martírio. Ou aplicar uma overdose de Ativan até o coração parar. É isso que Margaret quer. Se eu quiser realmente satisfazer a vontade dela, é isso que devo fazer."

— Tudo bem — concedeu Ambinder. — Dê a cefepima. Vou mandar um ciclo inteiro para sua casa. E o supositório de Tylenol também. Se ela não melhorar em três horas, telefone de novo e a gente vê o que faz.

Enrique foi ao banheiro para lavar as mãos. Enquanto as secava, disse à irmã o que ela podia fazer para ajudar. Em seguida vestiu as luvas, retirou o antibiótico da geladeira, quebrou o lacre e pendurou a bolsa de cefepima no suporte. Infelizmente nenhum dos tubos de intravenoso estava conectado; portanto, para alcançar o acesso no peito, teria de descobrir a mulher. Talvez precisasse retirar a blusa também; não lembrava se Margaret estava usando algo que pudesse ser desabotoado. Melhor seria que não fosse preciso incomodá-la a esse ponto. Antes de retirar as cobertas, ele também preparou o supositório de Tylenol, entregando-o junto com o lubrificante a Rebecca para que eles ficassem à mão e a aplicação fosse feita o mais rapidamente possível, com o mínimo de desconforto.

Durante meses, todos esses procedimentos de enfermagem haviam distraído Enrique do medo. Por vezes ele se deixara levar pela repulsa ao ter de lidar com tubos, agulhas ou qualquer outra invasão ao corpo de Margaret, mas a tangibilidade desses cuidados, a possibilidade de amenizar o pavor dela quanto ao futuro, de mantê-la forte o bastante para se despedir dos filhos, o alívio que essas atividades práticas eram capazes de trazer, tudo isso contribuía para que Enrique — sobretudo depois de tantos anos sentindo-se um inútil no mundo — amenizasse sua terrível incompreensão diante daquilo que estava por vir.

Mas agora, enquanto ele preparava aquelas medidas desesperadas, a ilusão de utilidade não veio a seu auxílio. A verdade era que as tarefas de enfermagem faziam mais do que mantê-lo ocupado. Por trás delas havia o pensamento inconsciente e mágico de que Margaret permaneceria viva enquanto estivesse sendo cuidada. Ao longo dos últimos nove meses, o cérebro de Enrique aos poucos fora aceitando o fato de que em breve ela pararia de falar e reagir, de que o corpo ficaria rígido e frio e seria levado para as profundezas de uma cova; mas agora, diante daquela cama, armado daqueles paliativos fúteis, ele se deu conta de que o coração não estava preparado para o fim irrevogável, não aceitava que dali a três ou quatro dias alguma outra coisa além dos atritos, da infidelidade, da monotonia ou do ódio, a despeito do que ele dissesse ou fizesse, daria um fim definitivo a seu casamento.

Ele entregou o supositório e o lubrificante a Rebecca, depois disse:

— Quando eu pedir, entregue o lubrificante primeiro, depois o supositório.

Rebecca parecia inquieta. Não estava acostumada a prestar serviços tão diretos. Embora já tivesse se habituado a ver o conteúdo das bolsas de GEP, ainda não havia presenciado as demais tarefas do irmão. Mas soube se controlar, e Enrique logo viu que poderia contar com ela caso Margaret resistisse por mais alguns dias.

Contemplando o pequenino volume que se enroscava sob as cobertas, imóvel, por um instante ele cogitou se deveria mesmo tocar nele. Margaret queria dar fim à sua agonia, talvez o mais sensato fosse deixá-la em paz. Não, estou fazendo isto para aliviar o sofrimento dela, foi o que ele precisou dizer a si mesmo para afastar o pensamento de que estava sendo egoísta, tentando despertar a mulher apenas para que eles pudessem conversar. Segurando o tubo conectado à bolsa de cefepima, ele levantou uma ponta das cobertas para ver o torso de Margaret. Os olhos estavam apertados, e o rostinho magro, tão rígido quanto uma máscara mortuária. Ela não se mexia nem resmungava. O peito se movimentava muito lentamente. Enrique ficou aliviado ao ver que ela estava viva, mas novamente se repreendeu pelo egoísmo. Por sorte o decote da camiseta era baixo o bastante para que os acessos ficassem à mostra. Passando a cabeça sob as cobertas, ele desenroscou a tampa do acesso azul, limpou-o com o lencinho antisséptico que já havia preparado e conectou o tubo. Isso feito, afastou-se com cuidado e recobriu a mulher com os edredons. Por fim ajustou a dosagem e acionou o antibiótico.

Ele acabara de contrariar o desejo de Margaret. Estava tratando de uma possível infecção, embora ela tivesse pedido para encerrar todos os tratamentos. Tentou se convencer de que a mulher não objetaria caso estivesse lúcida, já que a cefepima, embora fosse aliviar os sintomas da infecção, não prolongaria a vida dela se ao mesmo tempo a hidratação fosse interrompida.

Enrique parou um momento antes do passo seguinte, a introdução do supositório.

— Tudo bem com você? — perguntou Rebecca.

Ele fez que sim com a cabeça enquanto lhe ocorria um pensamento vil: já que ele havia aplicado o antibiótico contra a vontade de Margaret, por que não conectar uma bolsa de hidratação também? Ela estava com febre. Um litro de soro a faria sentir-se melhor, mas não acrescentaria mais que algumas horas de vida, ele calculou. Que mal haveria nisso?

Ele não poderia desistir, essa era a verdade. Todos aqueles procedimentos de fato haviam sido motivados, mais do que qualquer outra coisa, por seu egoísmo. Ele não poderia abrir mão de lutar pela mulher. Por isso não havia conseguido se despedir dela. Não por causa das hordas de visitantes, nem por causa daquela infecção ou descarga de toxinas, fosse lá qual fosse a origem daquela crise. Um milhão de vezes repetira a si mesmo: ela está morrendo, minha mulher está morrendo, Margaret está morrendo. Dias antes ela havia falado de si mesma no pretérito: "Lembra como eu gostava de me perder por aí de carro com você e os meninos? Adorava quando você me chamava de 'Garota Aventura', lembra, Enrique? Eu era a sua 'Garota Aventura'", ela dissera, como um fantasma a visitá-lo. "Me ajude a fazer isso", ela havia suplicado no hospital. "Você é tão forte... Quero morrer em paz, na minha cama. Sei que você pode me ajudar." Ele não poderia desobedecê-la. O antibiótico não prolongaria a vida dela, mas a hidratação, sim. Ao longo dos anos ele aprendera a contestar as imposições da mulher, e ela, vez ou outra, havia sido generosa o bastante para deixá-lo pensar que poderia fazer valer sua vontade. Embora Margaret estivesse inconsciente e incapacitada de qualquer reação, era quase impossível desobedecê-la.

— Vamos lá, está preparada? — Enrique perguntou à irmã, e untou o supositório com lubrificante.

Rebecca ergueu a parte de baixo das cobertas. Com uma das mãos, Enrique afastou as nádegas da mulher e, com a outra, invadiu o corpo dela. "Faz tempo que já me acostumei a perder a dignidade como paciente", Margaret havia comentado quando a Dra. Ko propôs os supositórios antitérmicos como uma maneira de ludibriar a drenagem do estômago. Ao se perceber invadida, ela retesou o corpo e resmungou algo, mas em questão de segundos Enrique terminou a aplicação e voltou a cobri-la com os edredons. Imediatamente ela se acalmou e retornou à imobilidade de antes. Postando-se ao lado da cama, Enrique se abaixou para beijar a cabeça da mulher, isto é, o montículo de cobertas onde se escondia a cabeça dela. "Fique boa, meu amor", falou baixinho, e olhou para o relógio: seis horas. Com sorte, por volta das nove da noite ela já estaria lúcida novamente. E dessa vez ele não hesitaria. "Sua mulher está morrendo!", ele disse a si mesmo, quase ralhando. "Sua mulher está morrendo! Diga o que você tem a dizer, ou ela nunca irá ouvi-lo."

◆

Enrique acordou ao lado de Margaret e por pouco não pulou da cama, tamanho foi o susto que levou: a poucos centímetros de distância, ela o encarava com seus enormes olhos azuis. Enrique se afastou para ver melhor, mas bateu com a cabeça na parede.

— *Ai!* — exclamou Margaret, como se fosse sua a cabeça batida.

Enrique estranhou ao perceber certa frieza no olhar dela: uma ausência de afeto, a expressão rígida de quem avalia algo ou alguém. Despertando-se rapidamente, ele entendeu. Claro. Margaret o odiava por conta do fracasso da véspera. A patética brochada a deixara indignada. Ele havia adormecido como um cordeirinho, um pateta romântico que imaginava encontrar seu amor intacto na manhã seguinte. Mas o que encontrou foi algo bem diferente: em meio à luz forte que vazava pelas persianas do estúdio de Margaret, ele constatou que a ineficácia de seu pau havia causado danos sem a menor possibilidade de reparo.

O que ela diria? A verdade? "Cai fora daqui, seu brocha!" Ou talvez uma mentira gentil: "Preciso me aprontar para a festa de réveillon; a gente se fala daqui a alguns dias." E quando ele ligasse, ela estaria ocupada pelo resto do século.

Margaret abriu os lábios para dizer algo, e uma ideia desesperada passou pela cabeça dele: silenciá-la com um beijo, possuí-la com ímpeto e fazê-la ver estrelas de tanto gozar; só assim o vexame da noite anterior poderia ser esquecido. Mas não foi isso que ele fez. Na verdade, nem saberia como fazê-lo. Portanto, ficou esperando aflito pelo que ela iria dizer.

— Vou fazer um café. Quer uma xícara? — foi o que ouviu afinal.

Talvez aquilo fosse o modo dela de dizer que não queria fazer uma segunda tentativa. Ou um sinal de que ele podia ficar ali e esperar quanto quisesse para provar sua virilidade. Ou um meio de fazê-lo levantar da cama e sair para sempre da vida dela. Ou talvez, quem sabe, um meio de dizer que queria uma xícara de café.

— Quero — respondeu ele, e se contradisse ao imobilizá-la, passando o braço sobre os ombros dela, arrastando-se para perto e baixando o rosto para beijá-la. Margaret não recuou, tampouco correspondeu ao avanço. Enrique a beijou com hesitação, uma cautela mais apropriada a um tratador de tubarões que a um homem apaixonado.

Os lábios dela estavam ressecados em razão do inverno nova-iorquino e da calefação do estúdio. Os dele também. Ambos estavam com bafo de cigarro e café. Na mesinha de cabeceira, o rádio relógio informava que eram 11h30. Eles haviam dormido menos de quatro horas. Por isso aquelas línguas pastosas, aquelas dores que Enrique sentia no corpo inteiro, nada a ver com as ginásticas do amor. Naquelas circunstâncias, não faria sentido algum levar aquele beijo adiante. Mas foi isso que ele fez. Os seios dela, firmes e quentes, se apertavam contra o peito magricela dele. Enrique deixou a mão esquerda vagar pelas costas fortes e macias dela enquanto a direita se deliciava com a maciez da nuca. O pau estava duro, mais duro do que nunca, apesar da fraqueza e exaustão do resto do corpo. Sem interromper o beijo, ele a apertava cada vez mais, braços e pernas agora se entendendo bem melhor em razão da intimidade adquirida na véspera. O azedume das bocas já havia dado lugar a uma doçura que, para Enrique, vinha do interior de Margaret, de uma bondade essencial que ela trazia na alma.

Ele agora era um cachorro excitado, rindo da ansiedade que o acometera antes, a mão esquerda plantada num dos globos do traseiro dela, apertando-o com urgência. Preciso fazer isso já. Acabar logo com essa história. Provar a ela meu valor a fim de não perdê-la. Pois isso seria um desastre. Eles haviam dormido juntos num clima de total confiança. O cheiro dela, algo entre uma lufada de limão e um bagel recém-saído do forno, infiltrava-se na pele dele. Enquanto a contemplava, enquanto a ouvia, Enrique não tinha consciência da própria esquisitice, nem dos obstáculos do mundo, nem da eterna rivalidade entre os machos, nem da curiosa sensação de estar sempre perdido — e isso era o melhor de tudo. Apesar dos rótulos facilmente identificáveis (judeu, latino, nova-iorquino, segundo grau incompleto, prodígio das letras), e apesar das figuras tão impositivas de sua infância (o pai violento e apaixonado, a mãe carente e sagaz, o meio-irmão ganancioso e gregário, a meia-irmã destemida e por vezes moralista), ele tinha a impressão de que ninguém o conhecia de verdade, de que não tinha para si um porto seguro onde pudesse descansar do mundo; em outras palavras, tinha a impressão de que lhe faltava um lar. Enrique só se deu conta desse não pertencimento depois de conhecer Margaret, de encontrar nos olhos dela uma segurança que até então desconhecia.

Portanto ele investiu com seu membro armado, querendo entrar nela, penetrar aquele coração, aquele espírito e aquele corpo, perder-se naquele paraíso de beleza e autoconfiança. Retorcendo-se. Esfregando-se. E dali a pouco sentiu a umidade que daria acesso à cavidade pela qual tanto ansiava, até então lacrada. Sentia-se um tanto repulsivo, desagradável, mas o desejo sobrepujava a autocensura, fazendo com que os músculos se retesassem a ponto de se estirar a qualquer instante.

— Espera — disse ela, e Enrique recuou como se tivesse levado um tiro. — Preciso reabastecer o diafragma.

Margaret pulou da cama e correu para o banheiro, os peitinhos nus saltitando para deleite de Enrique, que em nenhum momento havia pensado em contracepção. Onde é que estava com a cabeça? Então lhe veio um pensamento tão absurdo que nem sequer foi levado a sério: chegou a pensar que não se importaria caso ela ficasse grávida. Ora, ter filhos nunca fizera parte de seus planos. Como poderia um romancista sustentar uma família? Por falar nisso, em que momento da noite anterior ela havia colocado um diafragma? Ah, sim, a visitinha ao banheiro às 3 da madrugada. Agora estava claro: ela o desejava. Não havia como negar.

Dali a pouco Margaret voltou e rapidamente submergiu no edredom pesado, cobrindo as carnes brancas e o triângulo negro de seu sexo. Puxou Enrique para perto, e ele pôde sentir o cheirinho de espermicida que ainda exalava dos dedos dela. A ereção, claro, já havia ido para o espaço, mas Enrique, sobretudo agora que se sabia desejado, confiava que alguns minutos de beijos bastariam para trazê-la de volta.

Que nada. Os beijos eram os mesmos, os cheiros e a suavidade da pele também, mas nada disso estava funcionando para ressuscitar a rigidez férrea de antes. Uma situação bem mais grave que a brochada da noite anterior, fruto do nervosismo. Os sintomas já eram de impotência. Enrique se sentia na pele de um garotinho que nem ao menos sabia o que era uma ereção, para quem aquela mulher fogosa e fértil não passava de um ser de outro planeta, uma criatura assustadora.

Margaret apalpou o membro impúbere à sua frente. Enrique sentia apenas vagamente o toque dela, tendo a impressão de que aquela muxiba inerte e inútil não lhe pertencia. A expressão que via nos faróis azuis de Margaret era pior que a paralisia que o acometia. Ela o encarava como se ele nem estivesse ali, talvez imaginando a vergonhosa pelanca que apertava entre os dedos, visivelmente desapontada. Ela se afastou.

— Sinto muito — disse ele.

— Não se preocupe — retrucou Margaret, mas num tom seco que serviu apenas para preocupá-lo ainda mais. — Vou passar um café. — Ela saiu da cama, catou a calcinha e o sutiã que largara no chão e sumiu no closet ao lado do banheiro. Ressurgiu pouco depois, vestindo jeans, camiseta e suéter, e foi para a cozinha.

Enrique não sucumbiu imediatamente ao desespero; tinha a impressão de que isso viria depois. Era óbvio que ele a havia decepcionado, a julgar pela rapidez com que Margaret fugira da cama. Era uma triste realidade que aos 21 anos Enrique já estivesse acostumado ao fracasso. Seus livros não eram nenhum sucesso de vendagem, que motivos ele teria para ser um garanhão? Ele também se levantou; cambaleando sobre o piso de tacos, recolheu as próprias roupas e vestiu sua armadura negra: os black jeans e o suéter preto de gola rulê. Estranhamente não pensava em suicídio, visto que acabara de conhecer e perder a mulher de seus sonhos. Tinha com ela uma conexão profunda, atestada por longas conversas, e ainda por cima conseguira levá-la para a cama, mas havia jogado tudo isso para o alto com sua pífia demonstração de virilidade.

O mais lógico seria jogar-se pela janela mais próxima. Ali mesmo, naquele apartamento. Ele poderia correr até a sala, saltar sobre a mesa de vidro e se espatifar contra a parede de janelas, despencando no ar frio do inverno até ser perfurado pelos galhos de uma árvore, as tripas fritadas pelas luzinhas tristes de Natal. E quando o *New York Times* viesse entrevistar Margaret para um breve artigo sobre a morte prematura do prematuro romancista, certamente, por uma questão de respeito, ela omitiria o fato de que o pau dele não funcionava, e os leitores suporiam tratar-se apenas de um caso de amor não correspondido, causa bem mais nobre para tamanho desatino. Talvez a publicidade ajudasse nas vendas do romance que estava para sair. A presença dele não seria necessária no lançamento, uma vez que seu editor de merda não se dava mais ao trabalho de providenciar entrevistas de divulgação. Além disso, ele, Enrique, ainda não tinha nenhuma ideia para o quarto romance, e talvez jamais viesse a ter, agora que via pela frente um futuro inteiro de impotência sexual. Como ele conseguira se tornar um herói *à la* Hemingway sem jamais ter participado de uma guerra?

— Quer um bagel? — ofereceu Margaret, voltando da cozinha. Falou de um modo eficiente. Não casual, mas arredio. E Enrique logo pensou: provavelmente está criando uma distância de modo que possamos fingir, tanto eu quanto ela, que o problema não é o fato de que sou um brocha, um carro cujo motor engasga quando deveria estar girando a mil por hora. Enrique viu nisso certo valor, admirou a elegância da rejeição, a tentativa valente de fazer vista grossa para seu humilhante fracasso.

— Não, não estou com fome. Preciso ir. Tenho que tomar um banho e fazer a barba para uma festinha de Ano-Novo logo mais. — Ele se inclinou na direção dela, e Margaret aparentemente se assustou com o movimento. Decerto teme que eu vá beijá-la outra vez, novamente impor sobre ela este engodo de masculinidade. — Olha... — De algum modo ele encontrou a segurança necessária para dizer o indizível: — Sinto muito por não ter...

Margaret, no entanto, não deixou que ele terminasse.

— Bobagem — disse. — Não estou nem um pouco preocupada.

Enrique sabia que ela estava mentindo. E outro Enrique, muito mais ousado que o original, um Enrique que aparecia apenas quando bem entendia, atropelou todos os sinais vermelhos do ceticismo para tomá-la em seus braços com toda desenvoltura e beijá-la uma, duas, três vezes, antes de sussurrar:

— Quero muito fazer amor com você. Mas é que isso me deixa nervoso, sabe? Talvez porque esteja apaixonado.

Margaret se afastou o bastante para acender os faróis azuis, mais azuis agora que o perfuravam, como se diante de um enigma a ser decifrado. Após um longo silêncio, falou baixinho:

— Não diga uma coisa dessas. É isso que está deixando você nervoso. A gente ainda está se conhecendo. Relaxa. — Em seguida ergueu o rosto e plantou um beijo rápido nos lábios dele, seguido de outro mais demorado, mais sequioso. Sentindo o volume que se formava sob as calças de Enrique, desvencilhou-se, abriu um sorriso maroto e disse: — Não vamos botar mais lenha nesta fogueira. O que você vai fazer no dia primeiro?

— Nada — disse Enrique, infinitamente aliviado ao constatar que ela pretendia voltar a vê-lo.

— Quer ir a um brunch comigo e mais três mulheres?

— Claro — respondeu ele. Teria dito a mesma coisa caso tivesse sido convidado para um brunch com a Gestapo.

— Só você de homem — advertiu ela. — Tem certeza de que vai ter estômago para aguentar?

— A demografia não poderia ser melhor — disse ele, e se aproximou para mais um beijo.

Margaret o afastou com ambas as mãos.

— Agora vai. A gente precisa descansar um pouco.

Enrique desceu à Ninth Street, àquele oásis de prosperidade em meio à desolada paisagem da falida Nova York. E seguiu caminhando por entre os mendigos, os drogados e os poucos trabalhadores de aspecto respeitável, pobres demais ou servis demais para conseguir uma folga no último dia do ano.

Chegando ao loft novinho em folha, achou-o minúsculo e sem alma. A máquina de escrever Seletric sobre a mesa de carvalho dava a impressão de que ali residia uma secretária, não um romancista. Estava de tal modo cansado que tirou a roupa, jogou-se na cama estreita e tentou dormir. Em vão. Não conseguia apagar da cabeça a imagem de Margaret nua correndo do banheiro para se deitar ao lado dele sob as cobertas. Masturbou-se mais como exorcismo do que qualquer outra coisa, irritado ao constatar que aparentemente seu pau funcionava apenas quando não tinha ninguém para impressionar. Tomou um banho, fez a barba, vestiu outro par de black jeans com uma camisa social azul, fez um café e ficou ali, mal-humorado, esperando pela hora de ir para a festa de réveillon na casa de um amigo de Sal, onde, tal como o tinham informado, haveria uma legião de moças disponíveis. Não tinha a menor intenção de conhecer nenhuma delas. Já havia encontrado a garota de seus sonhos e, ao que tudo indicava, jamais conseguiria fazer amor com ela.

Capítulo 20

Luto

Enrique nunca tinha visto um cadáver antes. Pelo menos um cadáver recente. No velório da avó de 85 anos, mãe de seu pai, não conseguira dar mais que uma rápida olhada no rosto de aspecto marmóreo, nos olhos e lábios cerrados feito portões de ferro. Aquela escultura assinada pela agência funerária, a escultura de uma *abuela* de histórias infantis, não tinha nenhuma vida em sua morte. Nenhum laivo do humano que se fora, da alma recém-partida.

Ao contrário daquele gigante inerte, de faces emaciadas e queixo mole, que agora o defrontava num leito do hospital Beth Israel. As carnes de seu pai morto, embora frias quando ele o beijou na testa, ainda tinham a temperatura de um ser vivo. Além disso, as rugas no rosto, as barbelas do pescoço, a fenda estreita entre os lábios drenados de sangue, tudo isso ainda trazia à lembrança a existência de um espírito. Guillermo não estava mais lá, mas também ainda não havia saído do quarto.

Enrique falou baixinho de modo que a enfermeira não o escutasse:

— Desculpa, pai. Desculpa por não estar a seu lado nessa hora. — Foi só o que conseguiu dizer, atordoado em razão da resposta que nunca viria. Durante toda sua vida, e com uma intensidade que chegava a irritá-lo, Enrique havia se preocupado com a opinião de Guillermo sobre tudo que lhe dizia respeito: o modo de falar, o modo de olhar, os projetos literários, os projetos de vida. Nenhum cantinho remoto de sua existência havia escapado da avaliação do pai. Nenhum hábito, nenhum gosto, nenhuma ambição tinha futuro a menos que sobrevivesse ao corredor polonês das censuras de Guillermo ou marchasse triunfante sob os aplausos dele. Enrique havia perdido sua bússola.

Eram 3h16. Até mesmo o relógio evocava Guillermo. Uma das citações prediletas dele vinha de Fitzgerald: "Na noite escura da alma, são eternamente três da manhã." Por um instante Enrique se viu pensando no fato de que Guillermo achava Fitzgerald um escritor menor, talvez por inveja, talvez não, mas logo voltou a atenção para o corpo à sua frente, para os lábios cinzentos do pai morto.

O telefonema do hospital o havia acordado de um sono profundo às 2h37 da manhã. "Sinto muito, Sr. Sabas, mas seu pai acabou de falecer", dissera a enfermeira, informando em seguida que o corpo teria de ser removido para a funerária dali a duas horas. Caso ele quisesse vê-lo, teria de vir imediatamente. Enrique telefonou para os irmãos para dar a notícia, e Margaret o abraçou enquanto ele fitava mudo as duas caixas de luz, as Torres Gêmeas, que rasgavam as janelas do quarto escuro; pasmava-o que a morte do pai, prevista havia mais de um ano, por fim havia chegado. Não queria ver o cadáver, mas sentia-se obrigado a fazê-lo. Uma concessão às convenções sociais? Ou haveria mesmo algo a ser visto na morte?

Ele se vestiu às pressas, e Margaret o acompanhou até as escadas. Max, à época com 11 anos, surgiu à porta do quarto e perguntou se algo havia acontecido a seu avô. Tanto ele quanto o irmão mais velho eram muito chegados a Guillermo, que fazia as vezes de babá pelo menos uma vez por semana e paparicava os garotos sem nenhum pudor, enchendo a cabeça deles com elogios, ambições e observações espirituosas. Max apertou os braços magros em torno do pai.

— Você acordou com o telefone, não foi? — perguntou Enrique.

— Sempre sei quando alguma coisa errada aconteceu com a família — disse Max. E com a solenidade e a certeza de um pré-adolescente, acrescentou: — O vovô gostava muito de você, pai.

Margaret sorriu condoidamente para Enrique, orgulhosamente para Max, depois tomou o filho pela mão e o conduziu de volta ao quarto. Enrique pensava nessa imagem, a mulher e o filho o esperando em casa, enquanto contemplava o corpo parrudo de Guillermo, deitado de costas, as mãos grandes e peludas cruzadas sobre o peito, as feições brutas não adormecidas, porque o sono é pleno de ânimo, mas tão imóvel quanto uma pedra — e mudo. Mais ainda do que naqueles meses tensos do início da adolescência de Enrique, quando eles ocupavam quartos a 3 metros de distância e Guillermo se recusava a falar com ele.

Sua vontade era contar ao pai sobre a atitude de Max, que acordara com o telefonema do hospital para se colocar no posto de guardião da família. "Você desempenhou perfeitamente o papel de filho latino", dissera-lhe Guillermo três meses antes, quando as dores incessantes do câncer que havia passado da próstata para os ossos começaram a desafiar as doses de morfina, e as conversas entre eles cada vez mais reconheciam o fato de que a cortina final daquele drama não tardaria a baixar. "Você sabe disso, não sabe? Fez tudo que um pai latino poderia esperar de um filho." Os netos que Enrique havia dado a Guillermo faziam parte desse pacote de realizações, tanto quanto a mãe deles. Guillermo admirava profundamente o modo como Margaret protegia e estimulava seus filhotes: ora feroz, ora terno, mas sempre guiado por aquilo que ela achava certo. "Seus netos vão ser adultos muito bacanas", Enrique havia dito ao ouvir o pai lamentar que não viveria o bastante para vê-los atingir a maturidade. "Eu sei, eu sei", dissera Guillermo. "Não tenho nenhuma dúvida quanto ao sucesso dos meus netos." E rindo: "Margaret não vai descansar enquanto eles não conquistarem o mundo!"

— Desculpa — Enrique disse ao corpo morto, novamente tentando se redimir. — Desculpa por não estar... — Dessa vez ele nem sequer conseguiu terminar a frase. Durante os três últimos dias, em que

Guillermo já se encontrava em coma, ele não havia conseguido ficar ao lado do pai. No primeiro dia, saíra após três horas de vigília. No segundo, após duas. No terceiro, isto é, na véspera, antes de sair ele beijara a testa enrugada de Guillermo e observara por alguns instantes a respiração rápida dele, uma consequência da ascite, do líquido que o tumor na próstata produzia e depois se acumulava na cavidade abdominal, pressionando os pulmões. Dali a pouco, falou ao ouvido do pai: "Já está na hora de descansar, meu velho. Não se preocupe, está tudo sob controle." Em seguida assegurou-lhe que a editora da universidade já havia fechado o acordo para a reedição de todos os livros dele; prometeu mais uma vez que tomaria conta de Rebecca e dos filhos dela, e por fim disse: "Também não precisa se preocupar comigo. Estou bem. Margaret está bem. Os meninos estão ótimos. O senhor já pode descansar em paz." Estava seguindo as recomendações que havia lido num panfleto do hospital sobre o que dizer a um paciente comatoso. Sabia muito bem que elas não visavam exatamente o bem-estar do paciente. Enquanto dizia aquelas palavras, sentia no fundo do coração que o alívio que elas proporcionavam destinava-se muito mais a si mesmo do que a Guillermo; elas criavam a doce ilusão de que Enrique via mesmo a morte do pai como um descanso.

Por que não?, ele havia pensado enquanto caminhava de volta para casa a fim de jantar com Margaret e os filhos, horas antes dos estertores finais de Guillermo. Já era hora de seu pai descansar. Guillermo tivera uma vida bem-sucedida, havia incomodado e inspirado um número mais que suficiente de pessoas. Levara o nome Sabas para um lugar bem distante da obscuridade e da miséria de sua infância sem pai entre os charuteiros de Tampa, na Flórida. Estou com 42 anos, pensou Enrique, tenho um casamento feliz, dois filhos, já publiquei oito livros, escrevi três roteiros de cinema. Estou pronto para perder meu pai.

Pensamentos muito valentes, mas na realidade dos fatos, ele agora se ajoelhava ao pé de um leito de hospital, envergonhado por ter abandonado Guillermo aos cuidados das enfermeiras, por ter buscado a alegria de Margaret e a energia dos filhos e deixado o pai morrer sozinho entre estranhos. Nem de longe se sentia o filho devoto da cultura latina. Pela terceira vez tentou se redimir:

— Desculpa, pai, por ter faltado ao senhor nessa hora.

Não ouviu nada de volta, nenhum sarcasmo, nenhum perdão, nenhum desabafo, nenhum ressentimento, e sobretudo nenhuma palavra de afeto por parte daquele gigante que tinha como pai. Seu pedido de desculpa havia caído em ouvidos mortos. Ele havia metido os pés pelas mãos naquele derradeiro momento, depois de uma vida inteira tentando ser mais justo com Guillermo do que Guillermo era com ele; tinha saído de fininho, amedrontado demais pela morte para dar uma última espiada na vida.

Enrique passou mais uns dez minutos de constrangimento ao lado do pai morto, como um homem tímido num coquetel repleto de estranhos. Sem encontrar o que dizer para se despedir, beijou a testa fria daquilo que um dia fora seu pai, disse àquele invólucro vazio que o amava e voltou para casa pelo mesmo caminho que havia tomado depois do nascimento de ambos os filhos no Beth Israel, as mesmas ruas que percorreria dali a cinco anos, quando Margaret, tarde da noite, seria diagnosticada e ele teria de voltar apressadamente para casa e fingir que tudo estava bem ao acordar Max para a escola. No lusco-fusco daquela madrugada, enquanto voltava da morte do pai para a vida da mulher e dos filhos, teve uma vaga percepção: vislumbrou a silhueta difusa da ponte que se estendia entre o nascimento e a morte, entre a morte e o nascimento, e se deu conta de que as pessoas a atravessavam convictas de que estavam a caminho de algo absolutamente novo.

O telefone tocou o dia inteiro. Margaret, tal como já vinha fazendo durante toda a doença do sogro, assumiu boa parte das tarefas póstumas. Ela e Rebecca foram à agência funerária, e lá tomaram as devidas providências. Margaret atendeu a maioria das ligações enquanto Enrique ouvia o pesar na voz dela, a doçura dos comentários: "Tadinho, ele estava sofrendo tanto... Era difícil vê-lo daquele jeito. Guillermo era um homem tão enérgico, gostava tanto da vida, queria tanto aproveitá-la... Talvez tenha sido melhor assim." Ela havia organizado a desordem da morte de Guillermo com frases singelas como essas, agrupando num pacote inofensivo e reconfortante todos os desatinos que o sogro havia cometido na velhice: o divórcio após quarenta anos de casamento, a teimosia em viver sozinho, ainda que muitas mulheres tivessem ficado felizes em cuidar dele em troca do prazer de ouvir a música tonitruante de sua personalidade.

Ele havia se mudado para um quarto e sala a dois quarteirões de distância, dando as caras diariamente no apartamento de Enrique, por vezes tornando-se um peso na vida dele. Durante os últimos cinco anos havia almoçado com o filho pelo menos uma vez por semana, e pelo menos outra tomava conta dos netos, o que sempre envolvia um minucioso relatório. Pai e filho se falavam diariamente pelo telefone. Após a adolescência de Enrique, uma guerra diária em que muitas vezes nenhuma palavra era trocada entre os dois, eles haviam praticamente se amalgamado na mesma pessoa. Ouvir Margaret arrolar sem nenhum esforço as longas colunas das atitudes irracionais de Guillermo era ao mesmo tempo uma fonte de consolo e irritação.

No dia do enterro Enrique se viu sozinho no quarto enquanto, no andar de baixo, Margaret aprontava os filhos e, incansavelmente, sempre de bom humor, ligava para os familiares dele, alçando as velas rotas de cada um para que todos alcançassem o porto correto na hora correta. Por fim apareceu para supervisionar o marido.

Já uma mulher de meia-idade, Margaret, como sempre, estava impecável. Apesar da sobriedade das roupas (saia cinza, blusa branca, paletó cinza, quase um terninho desses que as mulheres usam para trabalhar), a farta cabeleira negra, o rosto redondo de pele muito clara, os enormes olhos azuis, o sorriso convidativo, tudo isso lhe conferia o aspecto de uma mocinha lépida e linda. Tinha um brilho, uma força e um quase inabalável bom humor que inspiravam confiança.

— Estou bem assim? — perguntou Enrique em seu terno Armani, preto e elegante. Ele havia escolhido uma gravata de um tom marrom avermelhado. — Acha que devo trocar por uma preta?

— Não precisa — disse ela com sua habitual segurança. Ajustando o nó, emendou: — Você está ótimo. Guillermo ficaria muito orgulhoso. Gostava de ver o filho bem-vestido. Certa vez me parabenizou por vestir você tão bem. Falou que, antes de me conhecer, você era um molambo.

— Você detestava as roupas dele — observou Enrique.

— Seu pai tinha um *péssimo* gosto — disse ela, e riu como se aquilo fosse mais um dos encantos do sogro. — Lembra daquele terno que ele comprou para você? — Vinte anos antes, para fazer as pazes com o filho após uma virulenta discussão sobre uma bobagem qualquer, uma mera divergência de opiniões sobre um filme, Guillermo havia comprado para Enrique um terno pelo menos dois números acima do dele, uma geringonça de corte quadrado muito mais adequada ao próprio corpanzil dele do que à magreza comprida do filho. Como se isso não bastasse, o tecido era de uma cor estranha, meio esverdeada, que segundo Margaret dava a Enrique o aspecto de uma pessoa doente. — Aquilo foi hilário! — disse ela, e gargalhou com a lembrança. Guillermo tinha orgulho de seu gosto para as roupas. Sabendo disso, Margaret jamais fazia troça da preferência que o sogro dava às cores berrantes, típicas da classe trabalhadora, tampouco do ideal que ele fazia de uma elegância burguesa, o qual, na melhor das hipóteses, resultava numa espécie de arremedo latino para um pavão WASP. Do jeito que se vestia, Guillermo lembrava não um homem que morava em Westport mas um ditador latino-americano que se exilava em Greenwich Village.

A lembrança de Margaret sobre o maldito terno não evocou em Enrique a comédia das noções estéticas do pai. Trouxe à tona as palavras ríspidas daquela última briga, a desmesura das invectivas que ambos trocavam quando discutiam. O nascimento de Greg havia acarretado um cessar-fogo. Não uma paz genuína, mas um acordo tácito no sentido de não trucidar um ao outro e de formar uma aliança estratégica pelo bem maior do nome Sabas. Enrique jamais dissera ao pai que o amava sem um traço de ironia, sem o pretexto de uma despedida ou do encerramento de uma carta. Não previa, ou acreditava, que um dia não teria mais a oportunidade de fazê-lo com a devida sinceridade, uma sinceridade dickensiana.

— Sinto muito, Puff — disse Margaret, talvez percebendo a tristeza do marido. Acarinhou o rosto dele, espichou-se para beijá-lo e sussurrou: — Sinto muito que seu pai tenha ido embora.

Todas as emoções que Enrique vinha represando até então subitamente transbordaram de seu peito, atropelando-o na pressa de sair. Como se tivesse levado um coice na boca do estômago, ele dobrou o tronco para a frente. Margaret tentou ampará-lo, mas ele a repeliu e escondeu o rosto, envergonhado da fúria que o acometera. A culpa era inteiramente dela: as costas que ele dera para a própria família, as críticas que passara a fazer mentalmente a eles, a falsa paz que Margaret havia exigido que ele sustentasse com os pais e o meio-irmão, de modo que Greg e Max não se assustassem ainda mais com a maluquice das reuniões familiares. Tudo era obra dela, inclusive a ausência dele na hora da morte do pai. Fora Margaret quem o impedira de estar ali, dizendo que não fazia sentido nenhum passar a noite no hospital, que isso só o deixaria ainda mais cansado, além de deixar os meninos mais preocupados. "Guillermo está em coma", dissera ela. "Não vai saber quem está ou não está ao lado dele."

Enrique se jogou sobre a cama, e Margaret correu atrás dele, tentou puxá-lo para os próprios braços, mas Enrique dobrava o corpanzil numa bola de tal modo apertada que ela nada pôde fazer senão tentar beijá-lo: procurou alcançar os lábios dele, mas acabou se conformando com a testa, e no desespero de consolá-lo, sussurrou:

— Meu amor, pobrezinho do meu amor...

Mas a culpa era dela, por tudo. Por causa dela Enrique havia frustrado todas as expectativas do pai, que almejava ter como filho um grande artista, um destemido contador de verdades; pois tudo isso havia sido abandonado em troca de um desenfreado consumismo burguês, de uma covarde segurança material. A amarga verdade era esta:

— Você não me ama! — engrolou Enrique, um animal selvagem profundamente ferido. — Você não me ama!

— O quê? — Margaret se espantou.

Tentando fugir da tempestade de pensamentos confusos que açoitava sua cabeça, Enrique pulou da cama sem antes firmar os pés no chão e se esborrachou no piso de tábuas corridas, novamente assustando Margaret. Em algum momento daquele desacerto, encontrou forças para berrar:

— Você não me ama!

Margaret fisgou-o pelas axilas e, tentando levantá-lo, disse:

— Tudo bem com você? Machucou?

Ele afastou a mulher, levantou-se sozinho e foi para as janelas. Buscando refúgio na paisagem urbana, tentou fugir de si mesmo, sair daquela cabeça que nunca o deixava em paz. Estou ficando doido, concluiu, um lampejo de clareza que abrira caminho pelo matagal de pensamentos desorganizados que estorvava seu crânio. Estou perdendo o juízo.

Margaret se aproximou e se espremeu sob os braços dele, perplexa.

— Enrique — ela suplicou —, do que está falando? Você sabe que eu te amo, não sabe?

— Não ama, não — retrucou ele, agora aos prantos, incapaz de manter o cérebro sob controle. Aos berros, ouviu-se repetindo: — Você não me ama, você não me ama! — Era como se as palavras não estivessem saindo dele, mas da boca de algum demente desconhecido.

Margaret o abraçou com força e disse:

— Eu te amo muito! — Afastando-se para encará-lo, emendou: — Como pode acreditar que não te amo?

Enrique desabou no sofá junto das janelas, e Margaret se sentou ao lado dele, acarinhando-lhe a mão, beijando-lhe o rosto, tentando apaziguar o marido que tremia feito uma folha ao vento. Por um instante ele se aquietou, mas dali a pouco voltou a tremer; já ia resmungando algo quando foi interrompido pela mulher:

— Shhhh...

Deixou a cabeça cair sobre o peito dela e apertou os olhos, talvez na tentativa de não ouvir o que ele próprio balbuciava. A tremedeira parou. Quando também cessou o alarido em seu cérebro, que parecia querer escapar do crânio e sair voando pelo céu, ele pensou: "Que diabos foi isso?"

Percebendo que ele já estava mais calmo, Margaret ergueu a cabeça do marido, beijou-o nos lábios e perguntou baixinho:

— Você sabe que eu te amo, não sabe? Hein? Mais do que nunca, não sabe? — Fitava-o a poucos centímetros de distância, apagando com o oceano de seus olhos todo o fogo daquele destino. — Você sabe disso, não é?

— Não — disse Enrique. Assim, sem nenhuma explicação.

— Como não? — devolveu Margaret, boquiaberta.

— Sou um doido — disse ele. — Seu marido é um doido varrido.

— Bobagem. Você está triste porque acabou de perder o pai. É normal.

Enrique abraçou-a, e as palavras saíram imediatamente, embora ele ainda não tivesse pensado nelas:

— Tenho medo que você deixe de me amar. *Morro* de medo que um dia você deixe de me amar.

— Nunca vou deixar de te amar — disse ela, com a facilidade de quem pede uma refeição pelo telefone. — Você é a minha vida.

Enrique apertou com todas as suas forças o corpo miúdo da mulher, que por pouco não perdeu o ar dos pulmões.

— A não ser que você quebre a minha coluna — disse ela. — Aí, sim, vou deixar de te amar.

Enrique manteve a pressão do abraço, mas não ouviu nenhuma queixa adicional. Sua vontade era trazer a mulher para dentro de si, espremê-la até incorporar o espírito dela. A certa altura, exalou um demorado suspiro de gratidão e alívio. A corrida já havia chegado ao final: apesar de suas tantas mancadas, dos inúmeros equívocos ao longo dos anos, das mágoas que ele havia distribuído a torto e a direito, das coisas que ele havia pisoteado em nome do amor, das boas intenções e das ambições grandiosas, Enrique tinha sido agraciado com uma inesperada anistia, não havia sido punido. A vida lhe havia dado Margaret para fazer dele uma pessoa inteira.

Capítulo 21

Por fim

A febre cedeu. Margaret não estava em coma, mas também não havia recobrado plenamente a consciência. Às 9 horas, Enrique a descobriu e verificou se ela precisava de mais um supositório de Tylenol. Perguntou se ela sentia calor ou frio, e ela respondeu com um débil balançar da cabeça, resmungando um sonolento "OK" quando ele ofereceu água. Dali a pouco abriu a boca sequiosamente para receber o copo, mas permaneceu de olhos fechados, como se não quisesse ver nem ouvir o mundo. Mal levantou a cabeça do travesseiro para beber, consumindo o mínimo de energia possível. Assim que pôde, enroscou-se em posição fetal e ficou imóvel, como se hibernasse.

Margaret queria paz, pensou Enrique, contemplando o perfil que escapava das cobertas. Naquela manhã, ainda bastante alerta, ela comentou que se desincumbira de sua última tarefa ao escolher as roupas com as quais seria enterrada. Só mais tarde Enrique entendeu que, ao escolher também os brincos que ganhara dele de aniversário, ela o havia feito com a intenção de uma despedida simbólica, um gesto de gratidão. Ela havia se pronunciado, e ele não havia respondido. Enrique ergueu os olhos para o céu daquele entardecer de junho, estriado a oeste pelos dedos rosados de Homero, e teve uma premonição daquilo que muito em breve seria sua vida. Não se tratava exatamente de um futuro de solidão, mas de abandono. Uma espécie de isolamento no próprio crânio, ou no coração, algo que ele não vivenciava desde os 21 anos. Durante todo esse tempo ele havia transitado despreocupadamente pelo mundo, acreditando-se uma criatura livre que tinha se casado com Margaret apenas por obra do destino. Mas agora, às vésperas da partida final, a real natureza daquela separação se revelava para ele. Parte de sua pessoa pertencia a Margaret, e portanto iria embora com ela. Abandono. Essa era a palavra. Olhando do porto sem ao menos receber um aceno de adeus, Enrique estava sendo abandonado por Margaret, e também por si mesmo, o homem que ela havia moldado com seu amor.

Ele pendurou a segunda bolsa de cefepima no suporte e conseguiu conectá-la sem perturbar a mulher, pois a cânula se encontrava para fora das cobertas. Não seria humano despertá-la para uma coisa dessas. Margaret queria sumir como um dia de verão, numa bela e gradual transição para o breu da noite. Algo muito maior e insondável a estava chamando. Enrique desviou os olhos para as bolsas de hidratação, as bolsas proibidas que jaziam numa caixa ao lado da geladeirinha. O sono fazia parte do processo de morrer, tal como lhe haviam informado. Um litro talvez tivesse o efeito de uma xícara de café forte, talvez trouxesse Margaret de volta para que ele pudesse aplacar a egoísta necessidade que tinha dela. E ele era um homem ganancioso, certo? Não havia feito outra coisa senão tirar da mulher. Ele e os filhos a tinham sugado, não tinham? E ele não havia jogado sobre os ombros dela os pais inúteis e o meio-irmão escroto? E não deixara que ela sucumbisse ao pragmatismo dos Cohen em vez de estimular a artista que havia nela? Além disso, as poucas obras (as fotos de pessoas tocando a vida adiante com uma valente determinação; as pinturas de crianças com seu comovente espírito de luta diante de um mundo grande e cruel demais para satisfazer suas pueris ambições; as últimas pinturas de rebanhos bovinos em elegantes tons de vermelho e amarelo) que ela pudera criar entre uma e outra discussão sobre os romances e roteiros que ele escrevia, discussões intermináveis e autocentradas, exibiam uma ampla e generosa aceitação da vida que simplesmente não existia na cabeça competitiva e revoltada de Enrique.

Ele honestamente não via de que maneira seu falido coração poderia sobreviver sem a afluência daquele amor. Que alegria poderia haver em seu espírito sem o enlevo daquele olhar azul-violeta, sem a certeza que Margaret tinha sobre a força desse mesmo espírito? Na verdade ele não era um homem forte. Sem a mulher, era apenas um homem confuso. Bastava ver seu estado naquele momento em que se encontrava subtraído das tarefas de secretário e enfermeiro: sem Margaret como seu fio condutor no mundo, ele não tinha nada para fazer senão ficar admirando feito um pateta o entardecer de Manhattan, entristecido muito mais do que emocionado com a beleza da paisagem. Como poderia apreciá-la? Sabia que os prédios da cidade, por mais altos que fossem, não eram eternos; sabia que os sabores, os sons e os toques da vida também não perdurariam para sempre. Sua cabeça estava sempre no futuro ou no passado, enquanto a de Margaret residia no presente. Ela era a vida, portanto a vida estava morrendo.

Enrique decidiu não aplicar outra bolsa de soro. Tinha motivos para fazer o que havia feito antes, controlar a febre com um antibiótico, mas não para prolongar a vida da mulher. De qualquer modo, o processo era irreversível. Sem hidratação e nutrição por quatro dias, Margaret aos poucos resvalava para a fraqueza que precederia o coma final. Enrique esperava que, ficando ao lado dela permanentemente, cedo ou tarde seria recompensado com um lampejo de consciência durante o qual teria a oportunidade de falar, não dos medos que sentia do futuro, mas da importância que o amor dela havia tido em sua vida, da dádiva que havia sido o encontro entre eles. Queria dizer o quanto era grato por tê-la conservado a seu lado, não só por boa parte da vida adulta, mas por um único dia que fosse.

E caso essa oportunidade não viesse, e ele não pudesse se despedir como queria, pelo menos ele não seria desnecessariamente cruel com a mulher. Margaret morreria sem saber que ele a havia traído com uma de suas amigas. Sally havia retomado o contato com ela logo após a instalação da doença, mandando e-mails ou telefonando regularmente de Londres, onde vivia com o marido inglês e as filhas gêmeas. Um ano antes havia atravessado o Atlântico para uma visita; passara algumas horas sozinha com Margaret, depois Lily havia se juntado a elas para almoçar, o trio novamente reunido. Enrique fizera questão de ficar de fora. Não para minimizar o constrangimento: ele e Sally já haviam estado juntos em algumas festinhas de aniversário, em encontros tranquilos e agradáveis. Ele queria que as mulheres se divertissem sozinhas, relembrando juntas os tempos de juventude sem namorado nem marido.

O affaire com Sally havia sido um curioso episódio. No fundo, no fundo, não fizera nenhuma diferença para seu casamento. No entanto, ele sabia muito bem que Margaret, caso viesse a descobrir, ficaria profundamente magoada. Seria impossível explicar que o Enrique infiel estava mais morto que o affaire em si. Para Sally, feliz com seu casamento de 20 anos, o caso entre eles não passava de um constrangimento que ela preferiria mil vezes esquecer. Enrique não tinha o menor receio de que ela fosse dar com a língua nos dentes.

Lily contara a Enrique quanto havia sido difícil ajudar Margaret a escolher as roupas com as quais ela seria enterrada, bem como entregar o laptop para que ela pudesse enviar e-mails a algumas amigas das quais não pudera se despedir pessoalmente, Sally entre elas. E Enrique subitamente percebeu como havia sido estúpido e fraco: por um triz não teria tido o filho Max, não teria descoberto o verdadeiro amor da maturidade de seu casamento, não teria se tornado o homem que agora era. Pelo menos um alívio havia na iminência da morte de Margaret: o medo de que ela desnecessariamente descobrisse toda a verdade seria enterrado com ela. Algo de bom havia naquela finitude.

Ele desceu ao andar de baixo, informou Rebecca sobre o estado de Margaret e agradeceu a irmã por ter passado a noite lá, dormindo no quarto vazio de Greg e colocando-se à disposição para ajudar. Ligou para o celular de Max, que estava fora com Lisa e ele disse ao pai que não voltaria para casa naquela noite, mas na manhã seguinte, caso Enrique precisasse de alguma coisa. Também falou com Greg, que voltaria no dia seguinte para retomar sua vigília, e disse a ele:

— Sua mãe agora está melhor. — O que era a verdade, mas por algum motivo parecia mentira.

Repetiu a mesma bizarrice ao sogro no relatório diário que dava à família de Margaret, reunida em Great Neck. Leonard disse que eles viriam no dia seguinte após uma ausência de dois dias, e Enrique não encontrou coragem para pedir-lhe que não o fizesse. E se Margaret recobrasse a lucidez justo no momento em que eles estivessem no quarto? Restava-lhe pedir a Rebecca, ou a quem estivesse por perto, que mantivesse Dorothy e Leonard ocupados no andar de baixo.

Temendo se enroscar nos tubos de intravenoso ou no tubo conectado ao estômago da mulher, Enrique decidiu dormir no chão. Acomodou um colchão inflável a poucos centímetros da cama de modo que, enquanto dormisse, pudesse ouvir qualquer gemido ou reclamação por parte de Margaret. Tentou ler alguma coisa, mas depois de alguns minutos sucumbiu ao sono. Às 21h30, apagou todas as luzes e ficou ali, no escuro, ouvindo a respiração da mulher.

A certa altura, acordou assustado com os gemidos que vinham da cama. Gemidos estranhos, ominosos. Ao acender a luz, não compreendeu o que viu. Uma serpente grande, verde e branca, coleava lateralmente através do colchão. Parecia arrastar algo que havia matado. Por um instante ele ficou observando aquilo, esfregando os olhos feito um pateta. Olhou melhor. Margaret se enroscava num dos lençóis e num cobertor verde que ele não lembrava ter colocado sobre ela. Retorcia-se agoniada, arrastando consigo o tubo espesso da bolsa de drenagem do estômago.

Ele demorou para localizar a cabeça da mulher. Embora as pernas estivessem descobertas, o torso era uma confusão de lençóis e cobertor. Aproximando-se, desembrulhou-a com cuidado, temendo que as cobertas a estivessem estrangulando. Margaret dava a impressão de que não sabia o que ele estava fazendo, nem onde ela própria estava. Mexia-se com os olhos apertados, ainda que aparentasse estar à procura de algo que esperava encontrar na cama, uma vez que se arrastava por toda parte. Enrique nem sequer fazia ideia do que ela, mesmo delirando, pudesse estar procurando em meio às cobertas. Então perguntou:

— Margaret, o que você quer? — Mas não obteve nenhuma resposta. Tentou recobri-la, mas ela se arrastou para o pé da cama. — Quer ir ao banheiro? — sondou, mesmo sem saber o porquê daquela hipótese tão improvável. Só então se deu conta de que sentia o cheiro de fezes. Puxou as cobertas, e o mistério se desfez.

Ela havia sujado a calcinha, a camiseta e boa parte do lençol de baixo com uma diarreia pastosa; decerto queria fugir da sujeira e do cheiro, mas sem despertar do sono.

— Margaret, volto num minuto. Não se mexa muito — disse Enrique, receando que ela caísse da cama. Um conselho inútil, ele logo se deu conta, já que Margaret se achava num estado semidelirante. Ou talvez em algum lugar de sua inconsciência ela pudesse compreendê-lo. De qualquer modo, não lhe restava outra coisa a fazer senão abandoná-la um instante para providenciar a limpeza. — Margaret, volto daqui a pouco, OK? Estou aqui. Não se preocupe.

Esquecendo-se de que estava descalço e corria o risco de escorregar, ele desceu a escada às pressas, saltando os degraus. E no ponto em que eles se dobravam num ângulo de noventa graus, ele de fato escorregou e viu o pé direito alçar voo. Estava prestes a emborcar quando sentiu o ombro esquerdo bater forte contra a parede, o que provocou uma dor terrível, mas também deu azo para que ele agarrasse o corrimão e recuperasse o equilíbrio antes de seguir patinando pelo lanço seguinte. Por fim se esborrachou de bunda no chão, com tanto ímpeto que até o crânio tremeu. Aparentemente não quebrou nada. Só de pensar que poderia ter batido a cabeça em algum lugar, sentiu o coração palpitar a ponto de fazer sacudir a caixa torácica. “Pelo amor de Deus”, pensou, “não vá ter um infarto agora. Deixa para semana que vem.” Em seguida chamou por Rebecca, esperando que ela o tivesse ouvido cair e estivesse acordada para ajudá-lo. De onde estava, podia ver o relógio da cozinha: 0h45. Decerto ela ainda não havia dormido.

Não ouviu nenhuma resposta. Precisava se apressar e voltar para acudir Margaret. Levantando-se, sentiu dores nas costas e na coxa direita, sobretudo ao tocá-la. Achou que tivesse quebrado a perna, mas não teve dificuldade para atravessar o corredor que dava para os quartos dos meninos. A luz de Rebecca estava apagada. Procurando não fazer barulho, abriu o armário de rouparia e de lá tirou dois conjuntos completos de lençóis. Tinha experiência suficiente com as infecções para antever os problemas que poderia encontrar. Se um acidente havia ocorrido, outro decerto poderia acontecer também.

Não se perguntou de onde tinham vindo aquelas fezes, uma vez que Margaret não havia digerido nada desde o mês de fevereiro. Esse mistério já havia sido deslindado meses antes por um dos médicos dela. As paredes internas dos intestinos vinham descamando a intervalos de poucos dias; além disso, pequenos pedaços de comida por vezes passavam ao largo da GEP do estômago e caíam diretamente no trato digestivo, apesar de todos os bloqueios. Na semana anterior, Margaret havia mastigado e engolido todas as suas comidas prediletas. Enrique foi até a cozinha, pegou dois sacos de lixo grandes, dois rolos de toalha de papel, uma caixa extra de lenços umedecidos e, mancando, voltou com tudo isso ao quarto.

Margaret ainda tentava se afastar da sujeira com os olhos fechados. Ele acendeu as luzes para ver o que precisava limpar.

— Margaret, vou trocar os lençóis e limpá-la, está bem? — disse. — Você não vai conseguir sair da cama, vai? — Nenhuma resposta. Ele vestiu as luvas de borracha e removeu as vestes da mulher, que não esboçou nenhuma reação além de alguns gemidos. Enrique se espantou ao ver que as fezes cobriam inteiramente as nádegas dela, bem como boa parte das costas. Daí a agonia para se livrar da sujeira. — Acho que estes lenços estão meio frios, mas... — Uma alternativa lhe ocorreu de repente. — Espera aí — disse ele inutilmente, pois Margaret permanecia quieta. Em seguida correu ao banheiro, pegou um par de toalhas e as encharcou com água quente na pia, sempre espiando através da porta para vigiar a mulher. Vendo que ela estava a ponto de cair da cama pelo lado que dava para as janelas, voltou às pressas para o quarto.

As toalhas quentes não a incomodaram, mas também não foram suficientes. O cocô era muito, e parte dele já havia secado, formando uma espécie de crosta. Seria preciso usar os lenços umedecidos. Enrique os apertou por um tempo entre os dedos a fim de aquecê-los. Embora estivesse com as luvas de borracha, pôde ver que eles continuavam frios. Margaret estremeceu ao toque deles e resmungou algo com uma voz gutural. Mas não estava consciente. Para Enrique, essa inconsciência era pelo menos tão deprimente quanto o fedor, a sujeira e a vileza daquilo que acontecia com o corpo de sua amada. Era revoltante que aquela maldita doença tornasse as coisas tão difíceis para ela. Por que tanta crueldade?

— Ela já entregou os pontos! — disse ele em voz alta, como se o câncer estivesse logo ali, parado à porta, admirando seu trabalho. — Deixe minha mulher em paz!

Assim que terminou a limpeza, enrolou metade do lençol de baixo até o corpo de Margaret, carregou-a por sobre o obstáculo e a deitou sobre o colchão nu. Em seguida recolheu o lençol imundo e verificou se as fezes não haviam vazado para o colchão. Felizmente não. Por fim estendeu o lençol limpo sobre a primeira metade da cama, repetiu o mesmo procedimento de antes, e cobriu a segunda metade. Novamente examinando o corpo da mulher, agora inerte, encontrou dois pontos sujos que não havia notado antes; limpou-os, e só então vestiu roupas limpas em Margaret, outra calcinha e outra camiseta. Com essa última ele teve certa dificuldade, deixou a cabeça da mulher cair por um segundo antes de passá-la pelo decote. Mesmo essa falta de jeito não pareceu perturbá-la. Enrique examinou um dos edredons, viu que ele estava sujo numa das pontas, xingou, e constatou que o segundo estava limpo. Margaret não tremia, portanto um único edredom seria suficiente. Depois de cobri-la com um dos lençóis que trouxera da rouparia, e com o edredom limpo, beijou a mulher na testa e sentiu uma profunda satisfação, um profundo alívio. Ela agora dormia confortavelmente e quietinha. Ele dera um jeito na situação. Compreendera a aflição muda da mulher e tornara as coisas melhores para ela.

Mas o prazer da realização não duraria muito. Enrique estava exausto, sentia dores nas costas. Colocou as cobertas, toalhas e roupas sujas num saco para serem lavadas; noutro colocou os lenços umedecidos e as luvas de borracha para serem jogados fora. O edredom era volumoso demais para os sacos que ele tinha à mão. Enrique desceu à cozinha para buscar outro maior e, voltando ao quarto, viu que Margaret não havia se mexido.

Talvez aquilo fosse o coma, pensou. Margaret não tinha nenhuma consciência da presença dele, nem do mundo. Reagia apenas ao que a pele ou o corpo sentiam. Não estava mais lá. A mulher com a qual ele precisava conversar não estava mais lá.

♦

Enrique procurou manter a calma. Embora tivesse acordado às 8h45, praticamente de madrugada, esperou até as 11 do primeiro dia de 1976 para tirar do gancho o pesado telefone preto e ligar para Margaret. Discou os dois primeiros números, depois bateu o gancho com tamanha força que a campainha da base reagiu com um trinado seco. O estranho silêncio que reinava na Eighth Street, geralmente tão barulhenta, convenceu-o de que era cedo demais para ligar e perguntar se ele poderia buscá-la para o brunch, certificando-se assim de que o convite ainda estava de pé.

Ele tinha dúvidas de que seria mesmo bem-vindo no tal brunch com Margaret e as amigas dela. Isso porque na véspera, pouco antes da meia-noite, naquele terrível momento de ansiedade quando os solteiros têm de se beijar para celebrar a passagem do ano, ele se dera conta de que não sabia quando nem onde o brunch seria realizado. Margaret o havia convidado, mas não lhe dera mais detalhes.

Na manhã seguinte, Enrique havia transformado essa omissão na suspeita de que ela nunca mais queria revê-lo. Imaginava-se esperando o dia inteiro ao lado do telefone até entrar em parafuso e finalmente ligar, apenas para ser informado por uma Margaret afável, porém um tanto distante, que ela e as amigas haviam ficado na rua até o amanhecer e dormido até tarde, tarde demais para que voltassem a se reunir para um brunch; ela diria que sentia muito e que ligaria em breve para marcar um novo encontro. Naturalmente essa ligação jamais viria a acontecer. Enrique tinha certeza de que na véspera, na festinha dançante, animada e suarenta em que ela havia comemorado a chegada de 1976, Margaret havia conhecido um homem cujo pau funcionava e em cujos braços ela agora se comprazia enquanto, horrorizada, pensava na triste figura que pretendia abrir o ano com salmão e bagels na companhia dela. Quando enfim tirou o telefone do gancho e encaixou o dedo no buraquinho do disco, ele imaginou o que poderia acontecer se completasse a ligação. Ouviu com absurda clareza as risadas que seu rival daria quando Margaret desligasse o telefone, tendo dito que o brunch havia sido cancelado porque duas de suas amigas estavam de ressaca. Viu o Don Juan emoldurando os peitinhos dela com as mãos, beijando os mamilos, enquanto Margaret se retorcia com risinhos maliciosos. Isso seria demais. Não ligue, ele disse a si mesmo. Por pior que fosse passar o dia inteiro ao lado do telefone, a humilhação da vigília seria bem mais suportável do que o papel de bobo que ele faria ao insistir num encontro indesejado. A decisão de não ligar deixou-o mais calmo, apesar da amarga sensação de impotência e fracasso.

Às 11h15 ele novamente tirou o telefone do gancho. Chegou ao ponto de discar cinco ou seis números até que o deixou cair como uma batata quente, de uma altura tão grande que agora a campainha soou duas vezes, alto, antes de se aquietar num funesto silêncio.

— Não aguento mais! — ele berrou, mais nervoso do que nunca, mais do que era capaz de se imaginar. — Não posso mais voltar a vê-la — resmungou, aceitando o fato de que não tinha forças para suportar semelhante tormenta. Sou frágil demais, disse a si mesmo, não tenho estômago para esse tipo de emoção. Por isso sou escritor, não consigo lidar com o mundo real. Por isso meu pau funciona apenas quando estou escrevendo cenas de sexo, ele deduziu, esquecendo-se de que havia morado com Sylvie por mais de três anos e trepado com ela milhares de vezes.

Preciso sair. Não posso mais ficar aqui. Mas sair para onde? E fazer o quê? Ele não tinha a menor ideia. Mas precisava sair e ignorar a rejeição de Margaret. Já ia abrindo o closet para retirar o casaco militar quando se deu conta de que talvez estivesse enganado. Talvez ela fosse ligar. Uma possibilidade bastante remota, mas ainda assim uma possibilidade, e decerto para cancelar educadamente o convite para o brunch.

Enrique fumou cinco cigarros. Passou um café e tomou as quatro canecas do bule. Às 11h30 decidiu jamais ligar para Margaret. Às 11h34, discou, chegou ao sexto número e voltou o aparelho para a base com tamanha delicadeza que dessa vez não houve nenhuma campainha para denunciar sua covardia.

Às 11h52, encontrava-se sentado à beira da cama, balançando o corpo para a frente e para trás enquanto resmungava em voz alta:

— Meu Deus, estou ficando doido... Meu Deus, estou ficando doido...

Foi então que o telefone tocou. Assustado, ele o encarou por alguns segundos antes de saltar da cama. Deve ser outra pessoa, acautelou-se, o coração dando cambalhotas no peito enquanto ele se aproximava da escrivaninha, os olhos grudados na geringonça preta que tocava uma segunda vez. Ouvir aquilo era um martírio. E se ela desligasse? Como ele suportaria falar com outra pessoa naquele estado? E se fosse o pai ligando? E se fosse Bernard? Santo Deus, Bernard tinha toda razão. Margaret não era mesmo para seu bico. Nem ele, Bernard. Ninguém era para seu bico, essa era a dura verdade.

A terceira chamada foi tão estridente que ele atendeu apenas para silenciá-la.

— Alô — disse, já preparado para gritar com quem quer que estivesse do outro lado da linha.

— Feliz Ano-Novo! — disse Margaret.

A voz ao mesmo tempo suave, esperta e marota teve sobre Enrique o efeito de um poderoso bálsamo: a xilocaína que anestesia a dor nos dentes, o banho quente que anestesia as dores musculares, ou mais exatamente, o abraço da mulher amada que anestesia as dores do mundo.

— Para você também — disse ele. Quem estivesse ali para ouvir ficaria surpreso com a calma e a segurança que de algum modo ele havia conseguido arregimentar. — E sua festa, como foi? — Apesar da displicência na voz, preparava-se para ouvir que ela havia conhecido alguém melhor.

— Meio chata — respondeu ela. — Eu não sabia direito o que estava fazendo ali. E a sua? Foi a melhor festa que você já foi na vida, aposto — disse ela rindo.

— Eu estava prestes a cortar os pulsos, de tão maçante que foi — disse ele. — Então... nosso brunch está de pé?

— Claro. Quer dizer, eu e as meninas vamos nos encontrar, e seria ótimo se você viesse também. Mas você tem certeza que quer vir?

A dúvida o deixou preocupado.

— Claro que tenho. Mas se você quiser ficar sozinha com suas amigas, se eu for atrapalhar a conversa de vocês, não tem problema, vou entender. Talvez a gente possa jantar mais tarde.

— Se a essa altura você não estiver enjoado de mim... tudo bem, a gente pode jantar. Mas eu adoraria que você fosse comigo a esse brunch. A mulherada vai ficar em polvorosa.

— Por minha causa? — perguntou ele, cético. O que haveria assim de tão especial em sua pessoa? A incapacidade de ficar de pau duro? O fato de ser um homem inofensivo?

— Claro! Imagina quando elas me virem chegando com um amigo novo, que elas nunca viram na vida. Vai ser o maior alvoroço.

— Então vamos lá, alvoroçar a mulherada — disse Enrique, e Margaret riu, novamente com sua inexplicável alegria. De onde viria tanto bom humor? E como Enrique poderia viver sem ele? — Onde e a que horas? — perguntou, torcendo para que tivesse tempo suficiente para repensar as roupas. Estava de black jeans, claro, e talvez fosse hora de mudar para os azuis.

— Adivinha aonde estamos indo? — disse Margaret. — Na Buffalo Roadhouse! Você vai aguentar voltar lá outra vez?

— Adoro a Buffalo Roadhouse. Acho até que a gente devia jantar lá também. Todos os dias.

Dessa vez Margaret não riu.

— Que horror — disse. — Então está combinado. Agora preciso me arrumar. Eu e Lily vamos passar na sua casa pouco antes das 13 horas e tocar a campainha. Você desce, e a gente vai junto para lá, OK?

— OK — disse Enrique, e novamente se viu sozinho, mas agora tomado de excitação e felicidade. Começou a dançar pela sala feito um desmiolado. Olhou-se no espelho, trocou a camisa azul por uma blusa de gola rulê preta, os jeans pretos pelos azuis, viu que não ficou bom e voltou para os pretos. Achou que a monocromia o deixava sério demais, mas havia algo de estranhamente correto naquele arranjo. Sou meio esquisito mesmo, ele pensou com certo orgulho. Devo me vestir como se tivesse acabado de sair do hospício.

Fez o que pôde para não descer e se antecipar a Margaret e Lily, mas chegou à calçada às 12h40. Acenou como um imbecil quando avistou as duas garotas a meia-quadra de distância, tagarelando com um aspecto sério. Do que estariam falando? Decerto não era dele, pois ambas sorriram com naturalidade e acenaram com o mesmo ânimo quando o viram, como se todos fossem velhos amigos, reunidos depois de uma longa separação.

Durante todo o trajeto até a Sheridan Square, Margaret e Lily não se cansaram de exaltar Enrique pela coragem de comparecer a um brunch só de mulheres. Na terceira vez que tocaram no assunto, ele observou:

— Estou começando a ficar preocupado. Só vou *comparecer* a esse brunch, certo? Não vou ser grelhado ou frito, vou?

As moças riram e trocaram um olhar que parecia ter algum significado. Enrique não esquentou a cabeça, aparentemente vinha fazendo certo sucesso. Diante de tanta munição que dera para que Margaret o crucificasse, sentiu-se mais seguro de si. Mas nem tanto. Ainda se preocupava, pelo menos até certo ponto, com a opinião das outras duas mulheres que não conhecia e também iriam à Buffalo Roadhouse; supunha que Margaret o estivesse exibindo para escrutínio das amigas. Estava evidente, no entanto, que Lily já tinha dado o sinal verde, e ela, segundo Margaret, era sua melhor amiga.

As desconhecidas já esperavam por eles dentro do restaurante, paradas à porta. Penelope, uma ruiva de cabelos encaracolados, estava de saia (ao contrário das outras, que estavam de jeans) e tinha modos formais, talvez por isso aparentasse ser mais velha do que era. Não parecia surpresa com a presença dele. Mas a loirinha Sally, de olhos alertas e um jeitão desmiolado, fitou-o de cima a baixo para depois dizer:

— *Você* veio a um brunch só de mulheres?

— Ele não é corajoso? — insistiu Lily.

— Sim, sou corajoso — disse Enrique, e tomou a mão de Sally. — Na verdade sou até meio irresponsável. A caminho daqui, consegui fazer com que estas duas atravessassem a Sixth Avenue com o sinal fechado para pedestres. É ou não é uma façanha? — Ele se virou para Margaret, que retrucou sem hesitar:

— É. E agora a polícia está atrás da gente.

O grupo foi levado até uma mesa vizinha àquela em que Enrique e Margaret haviam jantado.

— Nossa mesa — ele comentou.

Sally quis saber do que ele estava falando, e Margaret explicou que apenas dois dias antes eles haviam tido ali seu primeiro encontro. O que também não parecia nenhuma surpresa para Penelope, a julgar pela solenidade com que ela meneava a cabeça. Foi Sally quem arrancou gargalhadas de todos ao dizer:

— Uau. E ela convidou você pro nosso brunch. E você aceitou o convite. Deve ter sido um encontro e tanto!

As risadas deixaram todos mais à vontade. Enrique quis saber como as amigas haviam se conhecido, e elas foram logo respondendo, uma falando por cima da outra. Sally, Lily e Margaret haviam se conhecido na Cornell. Lily e Penelope trabalhavam como assistentes numa editora, e o marido de Penelope, Porter, era crítico de cinema de uma revista semanal relativamente nova, à beira da falência segundo rezavam os boatos. O tal Porter andava histérico por causa disso, alfinetara Penelope, que em seguida se virou para dizer a Enrique:

— Ah, ele leu o seu livro. Gostou muito. O que é raro em se tratando de Porter — ela arrematou com um risinho.

— Você publicou um livro? — perguntou Sally, os lábios carnudos entreabertos, os olhos verdes arregalados, a expressão de tal modo perplexa que fez Enrique rir.

— Parece que sim — disse ele, mas não elaborou. Em hipótese alguma ele choraria as pitangas de sua carreira literária diante daquela plateia de moças bonitas. Perguntou a Penelope como ela havia conseguido o emprego na editora, como havia sido o encontro com Lily, como ela conhecera o marido Porter, e dali a pouco pôde se recolher à segurança de um mero ouvinte, deixando que as garotas tagarelassem sobre as festas de fim de ano, sobre suas respectivas famílias e, no caso de Sally e Penelope, sobre seus respectivos homens. Gostou de bisbilhotar as reclamações de cada uma, bem como os acirrados debates sobre os cabeleireiros e os cortes que eles tentavam impor a elas. Surpreendeu-se principalmente com o interesse genuíno que elas demonstravam pelo romance de William Styron, *A escolha de Sofia*, que ainda estava por ser publicado mas que três delas já haviam lido ainda como manuscrito. Debatiam os méritos do livro em si, ao contrário dos pais dele, ao contrário de Bernard e de todos os demais escritores que ele conhecia. Não transformavam a experiência da leitura numa bizantina referência às próprias ambições ou às complexas opiniões que tinham acerca do mundo. De modo geral exibiam uma simpática equanimidade na distribuição dos assuntos: com a mesma facilidade e a mesma veemência, ora discutiam se valia a pena pintar as unhas dos pés no inverno, ora cogitavam se o governo de Jimmy Carter enfim traria a paz para Jerusalém.

— Você está se comportando tão direitinho — disse Margaret a certa altura para Enrique. — Ele não é paciente?

— É um santo — disse Penelope. — Porter daria um tiro na testa se tivesse de ficar aqui, ouvindo a gente fofocar.

Enrique sorriu para as mulheres, um sorriso recatado que ele esperava que denotasse certa tolerância com elas, quando na verdade o que sentia era gratidão por estar cercado de tanto estrogênio, de tantos perfumes, de tantas mechas ruivas e negras e louras e morenas, bem como por ouvir o coral daquele quarteto de vozes tão musicais (a rispidez de Margaret, o desconcerto de Sally, a doçura de Lily, a prudência de Penelope) e espiar furtivamente o pescoço alvo de cada uma, os peitinhos jovens, as mãos pequenas, os dedos delicados, os pulsos comoventemente frágeis. Elas se cansaram do brunch muito antes dele. Ao cabo de três horas decidiram ir embora e, generosamente, creditaram a Enrique o sucesso do encontro. Uma deslavada mentira, já que ele havia ficado mudo boa parte do tempo. Relutantes em se separar, decidiram andar juntas até a estação de metrô da Fourth Street; dali, Margaret e Enrique seguiriam sozinhos a pé.

O grupo dobrou para leste na calçada, e Enrique, sem muito pensar, passou o braço sobre os ombros de Margaret e a puxou para perto de si. Ela se aconchegou contra o corpo alto dele, talvez grata por tê-lo como escudo contra o vento frio de janeiro. Quando olhou para as outras, Enrique viu que todas o encaravam em vez de seguir andando na direção da Sixth Avenue. Antes de se colocarem em movimento, sorriram, todas a um só tempo, como se um pronunciamento tivesse sido feito. Será que ainda não perceberam que estamos juntos?, ele se perguntou, achando que a história sobre o primeiro encontro no restaurante tivesse bastado para informá-las. Mas dali a pouco elas já estavam novamente tagarelando sobre os assuntos de sua predileção, reclamando ora dos cabelos, ora do emprego, ora do marido ou namorado. Na altura do metrô, despediram-se dele com beijinhos. Lily acrescentou um abraço caloroso, depois disse:

— Puxa, você é tão alto!

Enrique ficou com a impressão de que havia sido recebido de braços abertos num país estrangeiro.

Sem perguntar para onde estavam indo, Margaret permaneceu ao abrigo do braço dele durante todo o trajeto até seu apartamento. Falou o tempo todo, explicando isto ou aquilo sobre as três amigas, e Enrique ouviu com atenção, pois os detalhes eram importantes para ela e por isso eram importantes também para ele. Fez o possível para não pensar no que estava por vir. Passaram pelo porteiro metido a besta, subiram ao apartamento e despiram os casacos; Margaret preparou mais um café e se sentou ao lado dele com seus cabelos macios, seu pescocinho branco, seus peitinhos alegres, e pela primeira vez desde a puberdade, Enrique desejou febrilmente que fazer sexo fosse algo que não existisse.

♦

Ele acordou assustado com os gemidos de infelicidade dela. O coração batia forte, os olhos arranhavam em razão do pouco sono, a cabeça chapinhava numa neblina de desespero. Ele acendeu a luminária que havia colocado ao lado do colchão inflável. Margaret novamente se remexia na cama, enredada pelas cobertas, arrastando-se aflita pela superfície, procurando fugir de algo ao mesmo tempo que queria dormir. Exatamente como tinha feito antes. Enrique saltou ao encontro dela.

— Estou aqui, Mugs — disse, tentando acalmá-la. — Espera só um pouquinho que vou te ajudar. — Rezou para que fosse o Ativan perdendo o efeito, e não os intestinos outra vez.

Viu manchas pardas sobre o lençol de baixo. Algumas eram quase verdes, de um tom ainda mais repugnante. Ele exalou um suspiro lento e pesado. Sua vontade era sumir dali, descer à porta e fugir para qualquer lugar, deixando que estranhos encontrassem a mulher, que a limpassem e vigiassem até a morte. Por que tenho de fazer isso? Sou um homem egoísta, ele pensou. Por que a vida está me obrigando a ser generoso?

Tudo isso, o ódio que sentia pela morte da mulher, perpassou seu corpo e sua alma pelo breve intervalo que durou seu suspiro, depois evaporou. Ele agiu rápido e sem pensar. Precisava buscar toalhas higiênicas na rouparia, pois as fezes eram pastosas e difíceis de limpar entre as nádegas. Ainda sentindo dores na perna e nas costas, lembrou que dessa vez não deveria correr. Desceu à cozinha, pegou mais sacos de lixo e, chegando ao armário de rouparia, constatou que não havia mais lençóis limpos, então tirou do alto um cobertor mais leve, de algodão. Notou que a porta do quarto de Max estava fechada. Ele voltara, afinal. Talvez tivesse brigado com a namoradinha. Enrique não poderia especular sobre o assunto com a mulher, uma das inúmeras coisas sobre os filhos que ele não poderia mais compartilhar com ela. A luz do quarto de Rebecca estava apagada. Talvez ele devesse acordá-la. Mas para quê? Companhia? Ele poderia cuidar sozinho de toda a limpeza.

Chegando ao quarto, no entanto, viu que dessa a vez a tarefa não seria tão simples assim, pois Margaret agora se mostrava relutante a qualquer ajuda. Incomodava-se sempre que tocada. Fugia das toalhas, resmungava. Baixou a cabeça quando Enrique tentou tirar a camiseta suja.

— Mugsie, só estou tentando limpar você. Daqui a pouco tudo vai ficar bem outra vez.

Ficar bem? Enrique mal acreditou no que acabara de dizer. Talvez por isso tantas enfermeiras falassem assim, nesse tatibitate infantiloide. De outro modo, como seria possível consolar uma pessoa condenada a semelhante martírio? Ou, pior, como explicar o enfado e a desesperança de seus próprios esforços?

A limpeza demorou muito mais por conta da agitação de Margaret. Enrique precisou buscar mais duas toalhas higiênicas e submergi-las na água quente por mais tempo, bem como imobilizar a mulher com uma das mãos enquanto usava a outra para esfregá-la. A certa altura, procurou no rosto dela algum sinal de consciência, mas durante os vinte minutos consumidos pela limpeza, Margaret permaneceu de olhos fechados e não respondeu a nenhuma de suas perguntas. Agora parecia mais próxima do delírio. Mas voltou ao silêncio assim que Enrique terminou de vesti-la e acomodá-la sob o cobertor de algodão.

Ele apagou as luzes, voltou para o colchão e esperou que os olhos se acostumassem ao breu. Tão logo pôde ver alguma coisa, constatou que Margaret ainda estava quieta. Eram 2h45 da manhã. Talvez fosse o caso de ligar para o Dr. Ambinder e tirar o homem do sono, mas o que ele poderia propor senão uma nova dose de Ativan e Thorazine? Nesse caso, a despedida de Enrique se resumiria a isto: uma bolsa de plástico nas mãos e nenhum diálogo.

Dali a pouco ele novamente acordou assustado, a cabeça latejando e o coração a mil. Alguém estava ali, no escuro.

— Que foi? — berrou ele. Tentou alcançar a pessoa que se avizinhava do colchão, mas caiu de queixo sobre as tábuas corridas do piso, uma queda de apenas alguns centímetros. Cambaleando, ficou de pé e acendeu as luzes.

Não havia ninguém a seu lado. Mas ele se assustou assim mesmo ao ver que a mulher, sentada na cama e de olhos fechados, tentava alcançar alguma miragem à sua frente. Sentou-se à frente dela e disse:

— Que foi, Mugs?

Voltando aos movimentos elásticos de uma cobra, Margaret deixou o corpo escorregar sobre a cama e virou para o lado. Enrique levantou as cobertas para ver se ela havia evacuado outra vez. Não havia, mas nem por isso ficou aliviado, porque Margaret se retorcia toda, inquieta. Com o cuidado de quem tem nas mãos um véu de noiva, ele ergueu a bolsa de drenagem do estômago de modo que o tubo não fosse atropelado pelos movimentos dela. Margaret se arrastou para o pé da cama, depois voltou para onde estava.

— Margaret, você quer água? — perguntou Enrique. Nenhuma resposta. — Mugs, está acordada? Pode me ouvir? — Ela gemeu e engrolou algo, mas não como resposta ao que quer que fosse. Desesperado, Enrique ligou para o serviço de emergência do Dr. Ambinder. Passou o número do médico para a atendente e, com o telefone sem fio grudado ao ouvido, ficou observando a dança da mulher sobre a cama. Mesmo naquela coreografia com a morte, Margaret ainda era uma mulher cheia de energia, lutando contra a miséria em que se transformara sua vida.

Ambinder deu a impressão de que tateava no escuro depois que Enrique, com toda a calma possível, passou a ele um minucioso relatório sobre o que vinha acontecendo.

— Ela não está com febre? — perguntou.

— Não está quente. Acho que não tem febre. De qualquer modo não consigo mantê-la quieta por muito tempo para... — Nesse instante, como se para ilustrar o que estava dizendo, Enrique precisou interromper a conversa a fim de amparar Margaret, que estava prestes a cair da cama, já com a cabeça e os ombros para fora. — Ela parece estar delirando — admitiu.

— Sei — disse Ambinder, e só.

Enrique não podia esperar.

— Não seria o caso de sedá-la com um Ativan intravenoso? — sugeriu.

— Você não quer tentar o Thorazine? — Ambinder abafou um bocejo.

— Não — respondeu Enrique com firmeza. — Se o Ativan não funcionar, dou o Thorazine. Mas quero tentar o Ativan primeiro.

— Tudo bem.

— Se o Ativan for aplicado na veia, ela vai apagar permanentemente, certo? Não vai voltar a ficar consciente, vai?

— Não. Vai ficar fora de batalha. Não vejo nenhum problema nisso.

"Fora de batalha." As palavras ecoavam na cabeça de Enrique enquanto ele preparava a bomba intravenosa para aplicar o Ativan, uma dose contínua, suficiente para manter uma pessoa saudável totalmente sedada. Tudo já estava pronto, faltava apenas conectar o tubo ao acesso, quando Enrique se sentou à beira da cama com a tal bomba, uma caixinha do tamanho e do peso de um gravador portátil de fitas cassete. A essa altura Margaret se encontrava sentada também, com os olhos fechados e a cabeça virada para ele.

— Margaret? — disse ele para o rosto vazio da mulher. — Margaret, vou aplicar o Ativan com a bomba. Já falamos sobre isso, lembra? Você vai ficar completamente sedada. Não vai conseguir falar, e talvez não entenda o que eu disser. Portanto, esta será nossa última conv... — Ele engasgou. — Esta será a última vez que vamos nos falar. Eu te amo. — Os olhos ardiam com as lágrimas. Enrique tinha a impressão de que iria desabar se dissesse mais uma palavra. Respirou fundo. Margaret permanecia imóvel. Apontava a cabeça na direção dele, mas dificilmente ouvia alguma coisa. Tinha ido para outro mundo. Ergueu o braço para tocar algo que não estava lá. Enrique colocou sua mão no caminho, mas Margaret tocou os dedos dele apenas por alguns segundos e prosseguiu tateando o ar, como se o marido fosse apenas um obstáculo para aquilo que ela realmente queria pegar. — Não sei se você está me ouvindo, Mugs, mas eu queria dizer que... foi você quem deu sentido à minha vida. Quando era jovem, ou quando ficava irritado com algo, de mau humor, sei que eu dizia coisas que magoavam você. Mas a verdade é que você e os meninos são as pessoas mais importantes da minha vida, as pessoas que tornaram a minha vida boa. — Isso é horrível, ele pensou. Palavras vazias, sem nenhum sentido. O que era estranho, visto que sua cabeça transbordava de emoções. Ele não era um homem articulado, essa era a verdade. O trabalho de sua vida, a autoexpressão com as palavras, a linguagem do coração, revelava-se banal e inútil quando ele mais precisava dela. — É só isso que eu queria dizer — arrematou ele, consciente dos próprios limites. — Obrigado. Obrigado por tudo que você me deu.

Tentou convencer a si mesmo de que Margaret o tinha ouvido, mas dali a pouco ela desabou para o lado direito e voltou a se retorcer. Ele enfim conectou o tubo da bomba ao acesso intravenoso. Antes de ligar a máquina, tentou cerrar a mulher num abraço; ela se aquietou por um instante, mas depois o empurrou como se ele fosse um obstáculo em seu caminho. Enrique beijou os lábios dela, mas eles não reagiram: estavam mortos e frios.

Ele se levantou da cama, depôs a bomba no chão e apertou o botão verde para ligá-la. O visor de LED se acendeu, e o líquido translúcido começou sua irregular escalada rumo ao acesso no peito de Margaret, que dali a cinco minutos parou de serpentear.

Enrique arrumou as cobertas que se enroscavam nas pernas da mulher e beijou a testa fria dela. Ao cabo de dez minutos viu cessar todos os movimentos, exceto o vaivém dos pulmões. Disse seu desimportante adeus, que ela recebeu com ouvidos surdos.

♦

Ele a beijou. Não queria enfrentar o desastre que esse beijo acarretaria, mas não se conteve. Margaret acabara de dar um último gole no café e descrever com precisão seu grupo de amigas:

— "As Damas do Desastre." Não é hilário que elas fiquem tão felizes com tudo que está errado na vida delas? — Olhando para Enrique, confundiu-se com o misto de paixão e medo que viu nos olhos dele. — Que foi? Não gostou delas? Aquele falatório todo sobre o mundo editorial deve ter deixado você com os cabelos em pé!

Novamente ele a beijou. De início Margaret ficou assustada, mas depois se entregou. Os lábios dele estavam quentes, os dela também, embora estivessem frias as mãos que o acarinhavam no pescoço. Enrique queria, e como queria, fazer amor com ela. A certa altura, Margaret recuou e disse:

— Então, deixou ou não deixou?

— Deixou o quê? — sussurrou ele, beijando o pescoço vulnerável à sua frente.

— Você de cabelos em pé... — disse ela, e gemeu baixinho quando ele encontrou o nicho escuro sob o lóbulo dela. — Aquela conversa sobre o mundo editorial.

— Nem sei que mundo é esse — devolveu ele, e procurou a boca dela.

Margaret desceu a mão para o volume que se formava sob as calças de Enrique, abriu os olhos e, a poucos centímetros de distância, cravou-os na alma dele para dizer:

— Vamos lá?

— Isto aí não vai durar.

— Por que não? Você me parece bem animado — disse ela com um sorriso de malícia.

— Animado, não. Apavorado.

— Apavorado com o quê?

— Sei lá! — exclamou Enrique, frustrado.

Com a energia de costume, Margaret saltou do sofá e ficou de pé.

— Para de pensar. Me come e pronto — disse, e o puxou para si, arrastando-o para o quarto como se ele fosse uma criancinha perdida. Sentou-se na beira da cama e desafivelou o cinto dele. Enrique já ia tirando a blusa quando ela disse: — Não. Me come. Não quero que você faça amor comigo. Quero ser comida, só isso.

Em seguida puxou as calças e as cuecas dele até a altura dos joelhos, despiu as próprias calças junto com a calcinha e as chutou para longe, deixando entrever o claro-escuro da virilha. Enrique se sentou na cama e se desvencilhou das calças. O pau se empinava e balançava no ar como se quisesse irromper do resto do corpo, e tudo lhe pareceu perfeito quando, nus da cintura para baixo, suéter de lã contra a blusa de algodão, pênis contra vagina, ele se jogou sobre ela, bocas se abrindo famintas uma para a outra. Margaret afastou as pernas e levou a mão até o membro dele para guiá-lo. Enrique achava que o pau ainda estava duro, mas viu que não quando ela o apertou entre os dedos a poucos centímetros de seu destino final. Nesse instante, foi-se embora todo o prazer tátil que ele vinha sentindo com o abraço daquelas coxas. Foi como se parte de sua cabeça tivesse abandonado toda a cena para pensar: "Não vou conseguir."

Margaret tentou puxá-lo para dentro de si, e ele quis obedecer, mas a essa altura o pau já havia murchado como um acordeom.

— Não vai dar — disse Enrique, à beira das lágrimas. Estava tão perto de encontrar aquilo que faltava a seu universo, tinha um tesouro entre os braços, dentro do coração, mas o corpo não estava disposto a colaborar. Sua vontade era estrangular a si mesmo.

— Shhh... Relaxa — sussurrou Margaret, e se desvencilhou. Fazendo carinhos nas costas dele, disse: — Uma hora vai acontecer. Não temos pressa. Temos todo o tempo do mundo — prometeu.

♦

Na terceira vez em que acordou com os gemidos dela, Enrique viu que a luz da manhã já atravessava as frestas das cortinas. Conferiu as horas no relógio. Eram apenas 5h30, um precoce amanhecer de verão. Aquela era a terceira crise de Margaret em oito horas. Ela se remexia na cama outra vez, quase inteiramente descoberta. Em razão da claridade, Enrique pôde ver melhor a pasta esverdeada que vazava através da calcinha e descia entre as pernas.

— Não! — protestou ele em voz alta, como se o autor de tudo aquilo fosse capaz de ouvir sua súplica. — Isso não é possível! — disse, referindo-se tanto aos intestinos da mulher, que àquela altura já deveriam estar vazios, quanto à agitação, que parecia desafiar o sedativo. Por pior que fosse o cheiro, ou por maior que fosse o desconforto, Margaret deveria estar inconsciente. — Não é possível — repetiu ele.

Margaret reagiu. Espremeu-se contra a cabeceira da cama e conseguiu se sentar. Mais impressionante ainda, estava de olhos abertos e estendia os braços como se chamasse por Enrique. Ele se assustou com a inesperada demonstração de energia. Talvez estivesse sonhando.

— Margaret? — chamou ele, mas não se sentou na cama. Consternado, viu que os lençóis estavam imundos com as fezes quase líquidas da mulher. Não havia mais cobertores limpos, apenas mais um conjunto de lençóis para trocar. Ele teria de acordar Rebecca e pedir ajuda. Não posso estar sonhando, constatou. Pensamentos tão corriqueiros só podem ser reais.

Margaret olhava de um modo estranho. Parecia registrar os objetos à sua frente, mas não o marido, embora ele estivesse no centro daquilo que deveria ser seu campo de visão. Ela engrolou algo, e Enrique novamente se assustou. Mais um grunhido do que qualquer outra coisa, mas a entonação sugeria uma pergunta, talvez um pedido. Ela tentava falar.

— O quê? — perguntou Enrique feito um bobo.

Margaret ergueu a mão direita, mas de um modo cego, sem que os olhos se mexessem. Mas parecia enxergar algo, olhava fixamente para um ponto qualquer a meia distância. Dali a pouco tocou os lábios.

— Beb... — disse, e Enrique entendeu que ela queria beber.

— Você quer água, não é? Espera um pouco que vou buscar.

Ele encheu um copinho de plástico e deu de beber à mulher. Com os lábios secos e rachados, ela sorveu todo o conteúdo com avidez. Resmungou algo que parecia um suspiro de alívio e desabou na cama, tão determinada a dormir que deitou o rosto sobre uma das poças de fezes.

— Ah, Mugs... — disse ele, penalizado. Ergueu-a com cautela pelos ombros e a arrastou para uma parte limpa do lençol. Margaret reclamou um pouco, mas logo se aquietou.

Empunhando o saco de lençóis sujos, ele desceu às pressas para o quarto de Rebecca e bateu à porta. Meio sonolenta, mas vestida, ela saiu ao corredor. Enrique rapidamente explicou a situação e pediu que ela colocasse os dois conjuntos de lençóis na máquina de lavar.

Em seguida pegou na rouparia o último conjunto de lençóis limpos e chispou de volta ao quarto. Dessa vez, a concentração em determinada parte do lençol fez com que as fezes, em razão do peso, vazassem para a capa do colchão. Aflito, Enrique parou um instante para pensar no que fazer. Talvez tivesse outra em casa. Neste exato momento, Rebecca surgiu no quarto e se espantou com o que viu.

— Meu Deus... — exclamou.

— Algum problema com as máquinas? — perguntou ele, e ela fez que não com a cabeça. — A capa do colchão também está suja. Fique aqui enquanto procuro outra. — Voltando à rouparia, Enrique encontrou o que queria numa prateleira próxima à dos lençóis. Margaret havia reorganizado todos os armários durante o período de remissão, jogando fora boa parte da tralha acumulada desde o casamento, guardando isto ou aquilo como lembrança, atualizando os álbuns de fotografia. Enrique deduziu que ela o havia feito, de um lado, para resgatar um período de sua vida como motivação para continuar vivendo, e de outro, para deixar tudo arrumado na hipótese de que sua estrada tivesse chegado ao fim. Ela havia encarado a possibilidade de morte. Por que ele não conseguia fazer o mesmo?

Com a ajuda da irmã, Enrique conseguiu terminar a limpeza rapidamente, e dali a pouco, Margaret (ou o corpo dela, visto que aparentemente isso era tudo que tinha sobrado da mulher) já se achava confortavelmente acomodada sob o lençol e o cobertor que Rebecca apanhara no quarto de Greg. Novamente ele conferiu a bomba para ver se Margaret vinha recebendo a aplicação contínua do sedativo. Tudo em ordem. Era impressionante que ela tivesse conseguido recobrar parte da consciência, por menor que fosse. Decerto o incômodo que sentia por dentro era tão grande que havia sobrepujado a medicação. Enrique teve dúvidas quanto ao que vinha fazendo, cogitando se estava mesmo ajudando a mulher a partir em paz ou apenas fazendo uma encenação para que todos se sentissem melhor ante os acontecimentos. De qualquer modo, acreditava que devia aumentar a dosagem e dar fim àquela tormenta de uma vez por todas, em vez de obrigar o corpo de Margaret a continuar respirando por mais alguns dias de nenhum sentido.

Ele não voltou a dormir. Preparou um café, depois uma tigela de cereal, mas não estava com nenhum apetite. Queria mesmo era tomar um banho. Ao dizer isso para Rebecca, ela perguntou:

— Posso bater na porta do banheiro caso Margaret volte a acordar? — Decerto estava com medo de assumir sozinha o controle das coisas.

Ela podia, sim, bater à porta do banheiro. E também era possível que Margaret voltasse a acordar. Mas não foi isso que Enrique disse à irmã. A enfermeira do serviço de atendimento domiciliar viria às 8 para examinar Margaret. Portanto, ele preferiu deixar para depois o banho de que tanto precisava. Um banho de corpo e alma.

♦

Margaret estava rindo. Inclinou a cabeça para trás e exalou a baforada do trago que acabara de dar no cigarro.

Uma vez que estava gostando da conversa, Enrique prosseguiu com a absurda descrição do futuro que os dois teriam juntos:

— A gente pode passar o resto da vida sem trepar. Não preciso do meu pênis para atender as suas necessidades, certo? Quanto às minhas... Posso muito bem tocar uma punheta.

Ela virou o rosto para encará-lo com curiosidade, cravando nele os faróis azuis.

— Você se masturbou na noite do réveillon? — perguntou.

Bem, já que ele estava contando toda a verdade, por que não ir até o fim?

— Assim que cheguei em casa. E tudo correu bem. Fiquei puto da vida.

Margaret apagou o Camel Light e se deitou de lado, deixando entrever a cinturinha fina e parte do sexo sob a tenda do lençol.

— Eu também — disse com malícia. — Quanto desperdício... — Em seguida puxou o lençol de Enrique até expor a parte de baixo do corpo dele. — Quero ver você bater uma agora.

— Quer o quê? — gaguejou ele.

— Anda — insistiu ela, e apontou o queixo para o equipamento de Enrique, que por algum motivo já estava quase lá. — Quero ver. — Em seguida aproximou o rosto redondo e alegre na direção dele, quase a ponto de beijá-lo, ou de cegá-lo com os faróis azuis. — Vou começar para você — sussurrou, e fechou os dedos frios no músculo que crescia à sua frente.

♦

Por uma hora e meia Enrique esperaria pela chegada da enfermeira. Durante todo esse tempo Margaret permaneceu imóvel, a não ser pelo sobe e desce da respiração. Ele a deixou sozinha apenas quando Dorothy ligou para dizer que chegaria com Leonard antes do meio-dia, o que na verdade queria dizer 11 horas. Bem à maneira dos Cohen, Enrique se viu edulcorando os acontecimentos da última noite:

— Ela teve um pouquinho de febre, mas agora está melhor — informou.

— Ah, que bom — disse Dorothy, a voz embargada de medo e tristeza.

Assim que desligou o telefone, Enrique deixou a cabeça cair, fechou os olhos e respirou lentamente até que passasse a vontade de sair correndo, gritando e esmurrando tudo que encontrasse pelo caminho. Tinha se esforçado tanto para que aquela reta final fosse tão palatável quanto possível, e acreditava ter feito um bom trabalho para todos, menos para si mesmo e para Margaret. Os arremedos de despedida que conseguira emplacar entre uma e outra visita nem de longe eram o que ele desejava, e a agonia da noite anterior lhe parecia um retumbante fracasso do qual ele jamais seria capaz de se perdoar.

Voltando ao quarto, foi informado por Rebecca de que Margaret havia se mexido um pouco enquanto ele atendia ao telefone no andar de baixo. De fato ela agora se encontrava no lado esquerdo da cama, a cabeça exposta por cima das cobertas. Os ângulos do rosto chupado até que eram bonitos, mas a pele translúcida, a trama azulada das veias, a testa muito branca, tudo isso lhe conferia o aspecto de uma extraterrestre. Havia algo de embriônico e intenso sob a superfície tranquila daquela pose. Margaret dava a impressão de que estava nascendo para outra vida, embora Enrique não quisesse alimentar essa consoladora ilusão. Ele conferiu a bomba do Ativan, que funcionava como devia. Ainda o espantava que a mulher conseguisse se mexer.

Ele discutiu o assunto com a enfermeira quando ela chegou dez minutos depois.

— É mesmo? — exclamou ela com surpresa ao saber que Margaret havia conseguido sentar e beber água apesar da sedação. — Nunca vi isto acontecer antes.

Enrique não ficou nem um pouco impressionado com a reação dela. Em sua opinião, os profissionais da medicina muitas vezes eram hiperbólicos nas suas observações, muito embora se guiassem pela ciência. A se acreditar nos médicos e nas enfermeiras de Margaret, ela havia exibido pelo menos uma dezena de sintomas atípicos e reações bizarras a medicação. O lado supersticioso da personalidade de Enrique era vulnerável a esse tipo de conversa. Enquanto se despia no banheiro, ele precisou se conter para não pensar bobagens a respeito do que viria. Margaret estava a um passo da morte, e todos, incluindo médicos e enfermeiras, ficavam mais propensos a encontrar um significado especial nas coisas mais comuns. Ele ligou o chuveiro quente e se ensaboou com gosto, aliviado por poder lavar da memória os acontecimentos terríveis da noite. Sob a ducha forte, fechou os olhos e fez a si mesmo uma espécie de preleção. A Margaret que conheço não existe mais. A Margaret que amo já se foi. Tudo que sobrou foi a casca de seu corpo. Sua luz interior já se apagou; não posso mais contar com o calor e a clareza que ela sempre me proporcionou.

De início não entendeu que alguém batia à porta do banheiro. Achou que algo havia caído no apartamento de cima. Mas depois ouviu a voz aflita de Rebecca:

— Enrique! Enrique! Sinto muito te incomodar, mas...

"Ela morreu", ele foi logo pensando.

— Margaret está agitada! Desculpa, mas a gente não está conseguindo... Você pode sair do banho?

Enrique saiu do chuveiro e se embrulhou numa toalha. Margaret estava acordada!

Ele abriu a porta do quarto. Rebecca e a enfermeira tentavam impedir que Margaret se levantasse. De algum modo ela havia conseguido se sentar na beira da cama. Vestia apenas a calcinha preta. A cabeça apontava para a enfermeira, mas os olhos estavam fechados.

— Margaret, só estou checando o acesso em seu peito — disse a enfermeira, naquela estranha calma de quem fala a um psicopata.

— Não! — disse Margaret com firmeza, e estendeu os braços cegamente no ar.

Com os pés molhados e meio constrangido, Enrique segurou a toalha e se aproximou delas.

— Ela começou a reclamar... — explicou a enfermeira num tom defensivo. Ao fundo, Rebecca dava alguma informação adicional, mas Enrique só tinha ouvidos para a enfermeira, que prosseguiu: — Vi que a camiseta estava manchada, então levantei para ver o que...

— Acho que a gente devia deixá-la em paz — interveio Rebecca, com a mesma estranha calma, mas sem conseguir velar certa raiva e agitação.

Margaret inclinou o tronco para a frente. Assustada, a enfermeira segurou as mãos dela.

— Quer se levantar? — perguntou.

O susto agora foi ainda maior. Em alto e bom som, como se estivesse totalmente desperta, Margaret berrou:

— *Não!* — Ergueu as pálpebras, mas os olhos pareciam desfocados, selvagens. Desvencilhando-se da enfermeira, estapeou o ar e novamente berrou: — *Não!* — Uma demarcação de território, mais que um protesto.

— Não sei o que você quer... — disse a enfermeira.

Deixando de lado a preocupação com o piso escorregadio e a toalha que ameaçava cair, Enrique se aproximou de Margaret, ambos seminus, o corpo dela, assim como o dele, vincado e abatido em razão da luta. Segurou os pulsos dela, dois comoventes fiapos, e se ajoelhou para fitá-la de frente.

— Margaret — disse ele para os olhos atordoados da mulher.

Ela desistiu de se levantar. Olhava para a frente como se o marido nem sequer estivesse ali, como se procurasse por algo ou outra pessoa. Enrique não sabia o que ela queria, mas deu o que tinha a oferecer.

— Estou aqui, Mugs — disse, e plantou os lábios nos lábios dela, ainda que eles não estivessem prontos para um beijo. — Estou bem aqui. — Pressionando a boca contra a boca dela, encontrou dentes mais do que qualquer outra coisa.

Margaret relaxou as feições e derreou os ombros. As bochechas se alargaram num sorriso, os lábios se crisparam num beiço, e os olhos se fecharam. Claro estava, até mesmo para o cético Enrique, que ela procurava pelo marido.

Ele a beijou, e pela duração do beijo, ela gemeu de satisfação:

— Mmmm...

Quando Enrique enfim se afastou, ela novamente fez um beiço, e ele a beijou de novo, passando os braços pelos ombros magros da mulher, que voltou a gemer, vibrando de alegria.

Terminado o beijo, Margaret suspirou aliviada e indicou que queria se deitar. Enrique a ajudou, gentilmente conduzindo o corpo dela para o colchão, afastando o tubo do sedativo para que ele não se enroscasse.

Margaret não voltou para a posição fetal. Permaneceu de costas, boca e olhos fechados, estirada como se estivesse pronta para o descanso final. Enrique a recobriu, depois puxou a toalha para cobrir a si mesmo. A respiração dela havia mudado. Tornara-se mais curta e rasa, tal como a enfermeira havia dito que aconteceria na fase final. Faltava pouco para que ela entrasse em coma. Enrique olhou de relance para a irmã, que se desmanchava em lágrimas.

— Ela queria você — disse Rebecca entre um soluço e outro.

A enfermeira pousou a mão sobre o ombro dele, de leve, como se o estivesse sagrando cavaleiro do rei.

Ele havia se enganado o tempo todo. Margaret queria, sim, se despedir. E não descansara até fazer sua despedida, por sinal muito eloquente. Conseguira dizer a ele que, apesar de todos os obstáculos que a natureza e a vida tinham colocado em seu caminho, o amor deles havia sobrevivido.

◆

Rápido, muito rápido, dali a um minuto, dali a menos de um minuto, em segundos, num único segundo, Enrique se viu tomado de excitação. A cabeça se inebriava com o toque dela, o coração se afogava na luz daqueles olhos oceânicos. Ele nem sequer lembrava que um ano novo havia começado naquela manhã, tampouco que o sol brilhava lá fora. Não lembrava o nome dela, não lembrava que havia comido uma omelete de cebolas durante o brunch, não lembrava que o apartamento tinha piso de tacos. Muito menos lembrava que deveria estar com medo.

Percebendo que estava por cima dela, perguntou-se como fora parar ali sem que ela o tivesse içado de algum modo. O mundo se resumia ao sorriso que ele via à sua frente, àquele sorriso que o hipnotizava, que o guiava como a agulha de uma bússola. Ela ajustou o membro dele entre as pernas e, antecipando-se a qualquer hesitação, falou:

— Você não vai conseguir.

— Não... vou... conseguir? — ele gaguejou de volta, surpreso.

— Porque se entrar em mim, nunca mais vai sair.

— Nunca mais sairei? — ele devolveu com o espanto de uma criança.

— Nunca mais. — Ela o puxou para si; sentindo o quentinho na glande, ele receou se desmanchar de tanto prazer. — Depois disso, você vai ficar preso para sempre.

— É, acho que vou — disse ele sorrindo. Sentiu as mãos que o empurravam pelas nádegas, mas não se deparou com nenhuma parede, nenhum obstáculo, apenas com o oceano de Margaret, com o banho quente de suas entranhas.

Ela sussurrava coisas junto à orelha dele, esquentando-a, enquanto as mãos frias fincavam as costas, guiando-o para dentro de si.

— Você nunca mais vai sair daqui. Vai se mudar para cá, vai se casar comigo, e a gente vai ter filhos. Você vai ficar aqui para sempre — dizia ela.

Enrique, por sua vez, nadando nas águas quentes daquele oceano, deixou escapar do coração todo o medo que ali se represava, expurgou da alma todo o desespero, e extasiado pensou: "Um lar, um lar! Finalmente encontrei um lar!"

Agradecimentos

Eu não teria vencido os primeiros capítulos deste livro não fosse pelo estímulo contínuo e firme de Tamar Cole, Susan Bolotin, Ben Cheever e Michael Vincent Miller. Tampouco teria conseguido revisá-lo sem a generosidade e compreensão de Donna Redel. De modo geral os escritores agradecem seus agentes e editores pela ajuda prestada. O que é prudente, porém óbvio. No entanto, *Um casamento feliz* não teria visto a luz do dia, nem me deixado tão orgulhoso, não fosse por Lynn Nesbit e Nan Graham, que foram muito além de sua já sabida competência para me ajudar de modo crucial; não há como superestimar a meticulosidade editorial de Nan. Agradecimentos sinceros também são devidos a Paul Whitlatch pela ajuda prestada em todas as fases da edição e publicação deste livro. Por fim, certas informações médicas foram generosamente cedidas por Kent Sepkowitz, excelente médico e escritor. Todos os equívocos, claro, são meus.

Este livro foi composto na tipologia
Chaparral Pro, em corpo 11,5/16, e impresso
em papel off-white 80g/m² no Sistema Cameron
da Divisão Gráfica da Distribuidora Record.